# Victor Wendl

# Zurück ins Banat

Roman

Aus dem Amerikanischen von
Stephanie von der Mark

Für alle deutschen Volkszugehörigen aus Rumänien, Jugoslawien
und Ungarn

# Dank

Viele Menschen haben meine Arbeit an diesem Buch unterstützt, wofür ich ihnen sehr dankbar bin.

Mein Dank gilt allen Banater Schwaben, die mir ihre Erlebnisse aus dem Zweiten Weltkrieg anvertrauten. Allen voran danke ich Jakob Thalheimer, dessen Erzählungen aus seiner Zeit in Jugoslawien in viele Kapitel des fiktiven Romans einflossen.
Ich danke Louis Meulstee, dessen technisches Wissen mir half, die heimliche Bedienung der Funkgeräte glaubwürdig zu schildern.
Ich bedanke mich bei Megan Norris Jones für ihre wertvollen Anmerkungen, die die erste Fassung des Buchs deutlich verbessert haben.
Ich danke Robert Altbauer für die Illustrationen und seine Hilfe bei der Erstellung der Landkarten des Banats.
Mein Dank geht auch an Stephanie von der Mark für die Übersetzung ins Deutsche. Die deutsche Fassung ist vor allem für die Banater Schwaben in Österreich und Deutschland gedacht, damit sie lesen können, was ihre Familien damals auf der Flucht in ähnlicher Weise erlebt haben müssen.

Außerdem möchte ich mich bei allen Überlebenden der Arbeitslager in Jugoslawien entschuldigen, dass ich die Zustände von damals in diesem Buch recht unverblümt schildere.

**Das Banat** ist eine Region, die von den Flüssen Marosch im Norden, Theiß im Westen und Donau im Süden sowie von den Südkarpaten im Osten begrenzt ist. Das Gebiet liegt nördlich von Belgrad in Serbien und südlich von der rumänischen Stadt Arad. Die westliche Grenze liegt in der Nähe der Stadt Szeged in Ungarn, die östliche bei Lugoj in Rumänien.

(frei nach Nikolaus Engelmann)

Anmerkung der Übersetzerin:

Obwohl das deutsche Wort „Zigeuner" heutzutage als
diskriminierend empfunden und im normalen Sprachgebrauch durch
das Wortpaar „Sinti und Roma" ersetzt wird, wirkt es im Kontext
des Romans authentisch und wird deshalb wertfrei an vielen Stellen
für das englische „gypsy" verwendet.

ISBN 978-0-9858375-4-9

Theiß

Szeged

UNGARN

Arad

Mures

Theiß

Nakovo

Temesvar

Lugoj

Kikinda

Temesch

Liebling

JUGOSLAWIEN

RUMÄNIEN

Karpatenvorland

Theresiafeld

Belgrad

Donau

DAS BANAT

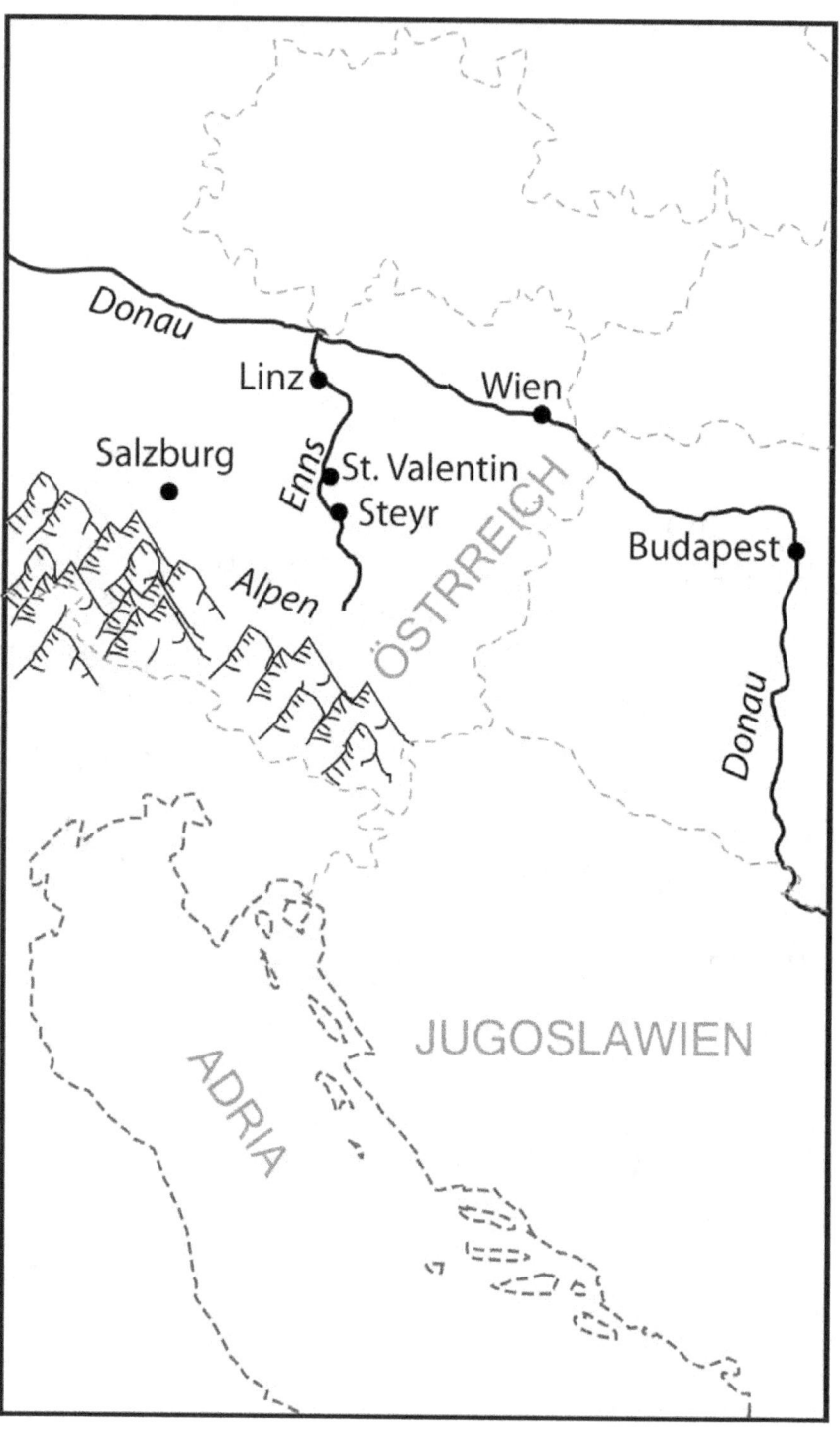

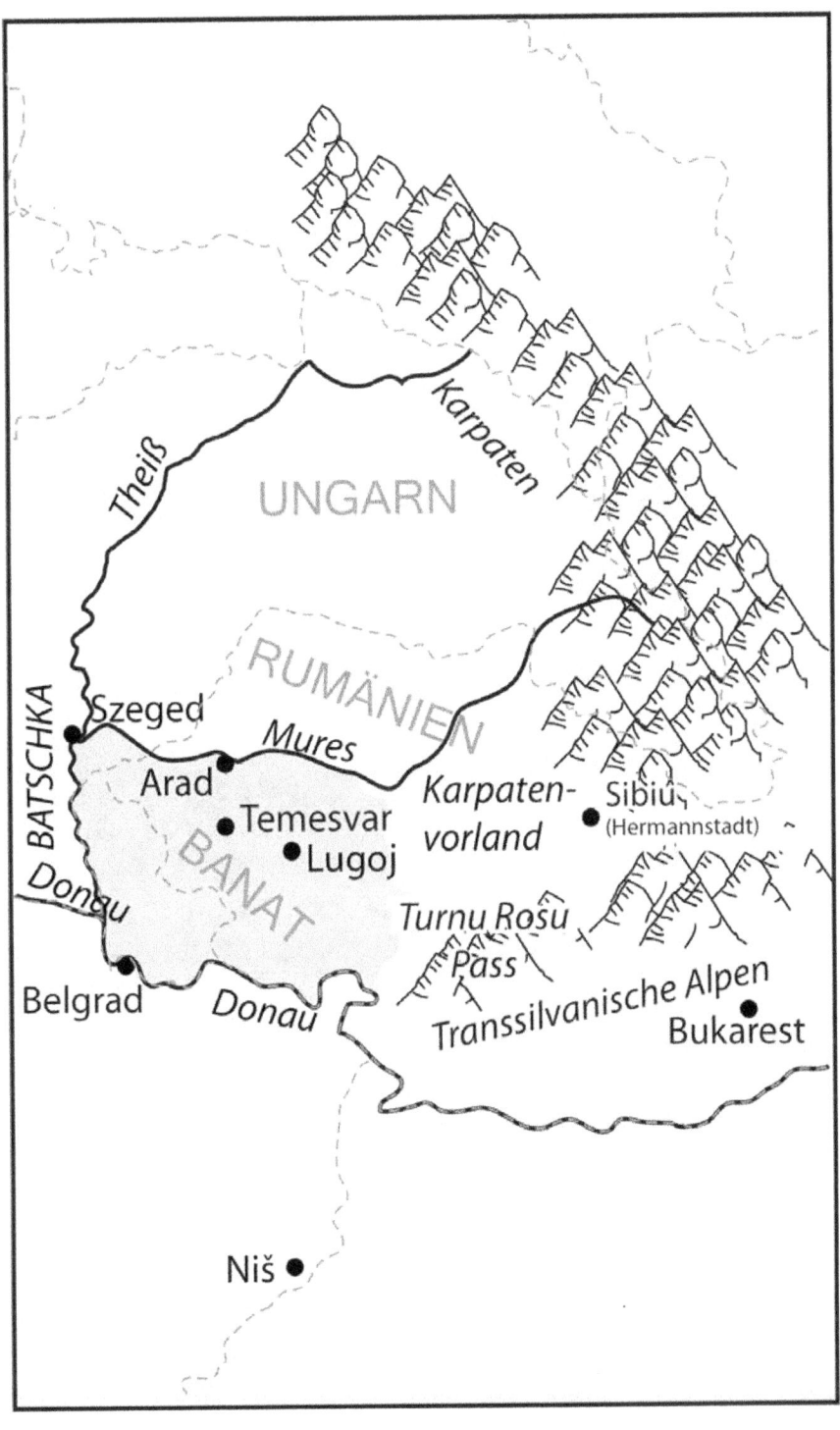

## Ungarisches Banat
### Mai 1919

„Noch nicht, Hansi", flüsterte mein Vater. „Wir warten lieber hier."

Am rechten Fuß zog er mich wieder in unser Versteck hinter einen Maulbeerbaum zurück.

„Meinst du, dass sie mich gesehen haben, Vater?"

Ich blickte zu ihm, aber er antwortete nicht. Stattdessen beobachtete er genau die ungarischen Arbeiter, die gerade die letzten Tiere in den Zug luden. Selbst unter großer Anspannung geriet mein Vater nicht in Panik. Hier draußen, nicht weit von unserem deutschen Dorf in Ungarn, war die Nacht dunkel und der Himmel bewölkt. Grashalme kitzelten mich im Gesicht, während wir regungslos dalagen und warteten. Nur dort, wo die Tiere verladen wurden, war Licht. In den Feldern um uns herum war es kohlrabenschwarz, so dass die Magyaren uns nicht sehen konnten.

„Jetzt, Hansi. Schnell."

Ein ungarischer Arbeiter zog die Waggontür geräuschvoll zu und folgte den anderen Männern zu dem Gebäude, das sich längs der Gleise erstreckte. Wir verließen den Schutz unseres Verstecks und krochen durch das hohe Gras zum abfahrtbereiten Güterzug.

„Kriech weiter wie eine Schlange", raunte mir mein Vater zu.

„Ja, mach ich doch."

In dieser äußerst angespannten Situation tat er, als sei es ein Spiel, doch ich wusste es besser. Obwohl ich erst fünf Jahre alt war, war mir klar, welche Folgen es hätte, wenn uns einer dieser ungarischen Männer entdecken würde. In der Dunkelheit konnte ich kaum etwas sehen, während wir beide zum letzten Waggon des Zuges robbten.

„Ich kann nicht mehr. Können wir kurz eine Pause machen?"

„Komm, weiter. Wir sind fast da."

Er schob mich an, damit ich schneller kroch. Spitze Steine gerieten in meine Hose und gruben sich in meine Haut. Wäre meine Mutter noch am Leben gewesen und hätte mich in meiner guten schwarzen Hose und Weste für den Sonntagskirchgang durch den Dreck kriechen sehen, hätte sie mich gescholten.

„Nur noch ein paar Meter."

Mein Vater war von der Anstrengung außer Atem. Als wir den letzten Waggon erreichten, wurde der Untergrund matschig. Vom Verladen der Tiere war er weich getrampelt.

„Irgendetwas stinkt hier, Vater."

„Ich weiß, mein Sohn. Versuche, nicht daran zu denken." Die Tiere hatten ihren Mist hinterlassen. Meine Kleidung und meine Hände waren mit Kot beschmiert. Fast so wie früher, nur war es damals Marmelade gewesen, mit der Mutter samstags das selbstgebackene Brot bestrich.

„Sei still. Keinen Mucks!", sagte mein Vater.

Er erhob sich so weit aus dem platt getretenen Gras, dass er die Türverriegelung des Waggons untersuchen konnte. Unser Plan war, heimlich aufzuspringen und mit dem Güterzug aus Ungarn zu fliehen. Während der schreckliche Gestank durch die leichte Sommerbrise verstärkt wurde, beobachtete ich meinen Vater, wie er sich mit seinen dicken Fingern voller Schafsdung an dem Schloss zu schaffen machte.

„Herrgott!"

Er versuchte mehrmals mit aller Gewalt den verrosteten Metallriegel zu verschieben, doch dieser ließ sich nicht bewegen. Nach mehreren Anläufen, die Schiebetür zu öffnen, ließ er sich erschöpft und frustriert neben mich ins Gras fallen.

„Nicht aufgeben!", flüsterte ich und wischte ihm den braunen, klebrigen Schafskot vom Kinn. Dass bei den letzten Wahlen die Kommunisten in Ungarn an die Macht gekommen waren, widerte ihn an. Er hasste den Gedanken, unter kommunistischer Führung zur Minderheit der ethnischen Deutschen zu gehören und hatte deshalb beschlossen, uns heimlich außer Landes zu bringen.

„Schau dort, Hans."

Er zeigte auf das lang gestreckte Gebäude, wo sich die magyarischen Arbeiter erholten, nachdem sie den ganzen Tag mit dem Beladen des Zuges zugebracht hatten.

„Ja, Vater, was ist damit?"

„Wenn irgendwer aus dem Gebäude kommt, ziehst du an meiner Hose."

„Ist gut."

„Auf keinen Fall darfst du aufstehen oder rufen, klar?"

„Ja, weiß ich."

Noch einmal schaute er auf den Riegel und inspizierte den Mechanismus der Schiebetür. Aus dem rechten Stiefel zog er dann ein kleines Messer und nahm den Griff fest in die Faust. Er stand schnell auf und schlug mit dem Griffende des Messers auf den Riegel. Doch es bewegte sich immer noch nichts. Verzweifelt schlug er ein zweites Mal mit aller Kraft. Endlich löste sich der verrostete Schieber. Das laute Geräusch hallte von den Zugwaggons wider, bis es in der Ferne hinter der Verladestation verklang.

In einiger Entfernung sah ich plötzlich einen Schatten, als die Tür des Gebäudes aufging. Ich erschrak und folgte der Aufforderung meines Vaters, indem ich an seinem Hosenbein zog, um ihn zu warnen.

„Los, spring rein".

Eilig schob er mich durch die Öffnung ins Wageninnere, dann hüpfte er hinter mir hinein. Als ich an den dicht gedrängten Schafen vorbeikrabbelte, hatte ich Angst, von den erschrockenen, dreckigen Tieren getreten oder niedergetrampelt zu werden.

„Bleib unter mir, dann passiert dir nichts", sagte mein Vater.

Auf allen Vieren krochen wir zur hinteren Wand des Eisenbahnwagens und die Tiere schreckten auf, als wir uns durch sie hindurchzwängten.

„Gib bloß kein Geräusch von dir."

„Ja, weiß ich doch."

Draußen hörte man einige der Arbeiter auf ungarisch sprechen. Obwohl wir in Ungarn lebten, verstand ich die Sprache kaum. Jetzt, da der Erste Weltkrieg vorbei und die österreichisch-ungarische Monarchie aufgelöst worden war, galt ich wegen der geographischen Lage unseres deutschen Dorfes eigentlich als Ungar. Allerdings fühlte ich mich nicht so,

wahrscheinlich weil ich mit meinem Vater zu Hause nur Deutsch sprach und mit Deutsch sprechenden Kindern in unserem Bauerndorf spielte.

„Pssst", flüsterte er dicht an meinem Ohr.

In der dunklen Stille des Viehwaggons konnte ich nur ein paar Wortfetzen der heiseren Unterhaltung verstehen. Es ging anscheinend um den offenen Riegel des Wagens und dass es ihnen den Job kosten könnte, wenn Tiere aus dem fahrenden Waggon fielen.

„Oh nein!", flüsterte mein Vater.

Er schlang seine Arme fest um mich, während wir uns eng unter einem der dickbäuchigen Schafe zusammenrollten. Plötzlich ging mit einem Ruck die Frachttür auf. Zwischen den vielen Schafsbeinen hindurch konnte ich die Gestalt eines ungarischen Arbeiters ausmachen und sah, wie er ins Wageninnere voller fetter, schlachtreifer Schafe spähte. Der Magyar suchte nach irgendwelchen Auffälligkeiten und blickte an den Wänden des Waggons entlang.

„Vater...".

Bevor ich noch etwas sagen konnte, hielt er mir den Mund zu. Einige der aufgeblähten Schafe, unter denen wir lagen, erledigten plötzlich ihr Geschäft. Stinkender Urin prasselte auf den Rand von Vaters Hut, wie Regentropfen auf einen Schirm. Der Dunggestank unserer Kleidung vermischte sich jetzt mit dem des Schafurins und machte es fast unerträglich, vollkommen regungslos liegenzubleiben. Die ungarischen Arbeiter blickten immer noch misstrauisch ins Wageninnere.

Schließlich aber wurde die Tür lautstark zugezogen und völlige Dunkelheit kehrte in den Viehwaggon zurück. Langsam nahm mein Vater die schmutzige Hand von meinem Mund und ich wusste, dass vorerst die Gefahr vorüber war. Nachdem die Männer gegangen waren, nahm ich eine bequemere Haltung ein und riskierte dabei ein leises Geräusch, während ich von dem widerlichen Gestank der

Schafe um mich herum ein wenig fortrückte. Wir warteten noch einige Augenblicke, bis die Arbeiter gar nicht mehr zu hören waren. Als die heikle Situation vorbei war, schubste mein Vater die Schafe zur Seite, so dass wir aufrecht sitzen und uns gegen die hölzernen Planken der Waggonwand lehnen konnten.

„Wie ist es eigentlich in Amerika, Vater?"

„Es ist prima dort, Hans. Es wird dir gefallen."

Er wollte mit mir zusammen mit dem Schiff nach Amerika fahren, um dort für ein paar Jahre zu arbeiten. Die Kommunisten in Ungarn, so hoffte er, würden irgendwann nicht mehr an der Macht sein und er könnte dann mit dem ersparten Geld aus Amerika in sein Dorf zurückkehren.

„Ich dachte, die Amerikaner sind unsere Feinde?" „Nein, der Krieg ist vorbei. Sei jetzt still, sonst hören sie uns noch."

Es war das Jahr 1919 und entfernte Verwandte von uns, die in North Dakota Landwirtschaft betrieben, erzählten in ihren Briefen, dass sich Amerika mitten im Aufschwung befand. Seit dem Ersten Weltkrieg hatte die Diskriminierung der Deutschen in Amerika zwar überhand genommen, aber das kümmerte meinen Vater nicht. Wenn er schon das Dorf, in dem er geboren wurde, verlassen musste, dann war Amerika - trotz aller Verachtung für ethnische Deutsche - der Ort der Wahl.

„Vater, ich glaube wir rollen los..."

„Ja, mein Sohn, du hast recht."
Der Zug begann sich zu bewegen. Bisher war das kleine Bauerndorf in Ungarn meine ganze Welt gewesen, und nun ließen wir es für ein neues Leben in Amerika zurück. Wie es wohl sein würde, eine fremde Sprache zu lernen und neue Freunde zu finden? Über Amerika wusste ich nur das, was ich in der Schule darüber erfahren hatte. Ich war sehr aufgeregt und freute mich schon, aber ich hatte auch Angst, alles zurückzulassen.

„Und wer kümmert sich um unseren Mais, wenn wir weg sind, Vater?"

„Niemand. Du hast doch den Bauern kennengelernt, dem wir unser Land verkauft haben."

„Ach so, stimmt."

„Wir kaufen es wieder zurück und noch mehr Land dazu, als wir bisher hatten."

Viele Deutschstämmige wie mein Vater, gingen für ein paar Jahre nach Amerika und sparten dort genügend Geld an, um bei der Rückkehr nach Ungarn ihren bisherigen Landbesitz deutlich zu vergrößern. In seinem deutschen Dorf hatte mein Vater nicht die Wahrheit gesagt, sondern erzählt, dass er mit der Landwirtschaft aufhören und fortan als Schneider arbeiten würde, weil das weniger anstrengend sei. Er misstraute jedem und fürchtete, dass irgendwer seinen Plan, illegal nach Amerika auszuwandern, dem ungarischen Militär verraten und so sein Vorhaben vereiteln könnte.

„Wenn ich in Amerika bin, lerne ich so zu kochen wie Mama", sagte ich.

„Das kannst du, mein Sohn, und noch vieles mehr."

Er sah auf mich herunter und strich mir eine Haarsträhne aus dem Gesicht, die durch den eingetrockneten Schafsdung verklebt war. Ich tat dies ebenso bei ihm und lachte, als ich die verkrusteten Klümpchen von seinen Stirnfalten kratzte. Eigentlich war er noch jung, aber er kam mir wie ein alter Mann vor. Wenn ich hörte, wie er sich mit Freunden über den Krieg unterhielt, wusste ich, dass er in seinem jungen Leben schon viel Tod und Unheil gesehen hatte. Mehr als einmal hörte ich ihn über das Leben in der Armee erzählen und dass das sinnlose Töten und die Zerstörung vollkommen vergebens gewesen sei. Sicherlich war er kein Feigling, aber der Krieg hatte einen hohen Tribut gefordert.

„Auf Wiedersehen, Mutter."

„Auf Wiedersehen", flüsterte mein Vater.

Als der Zug durch die Außenbezirke unseres Dorfes fuhr, konnte ich durch einen Spalt in den Holzplanken einen Blick auf unsere katholische Dorfkirche erhaschen. Immer noch hatte ich vor Augen, wie wir bei der Beerdigung meiner Mutter vor ein paar Monaten an ihrem Grab im Friedhof neben der Kirche standen. Tuberkulose hatte unser Dorf heimgesucht und viele Familien, die mein Vater kannte, zerstört. Im Laufe von mehreren Monaten wurde der Husten meiner Mutter immer schlimmer, bis sie schließlich dieser neumodischen

Pest erlag. Ihr Tod war der Wendepunkt im Leben meines Vaters, der ihn schließlich dazu bewegte, alles zu riskieren und nach Amerika aufzubrechen.

Als der Zug ratternd um eine Kurve fuhr und ich gegen die Wagenwand gedrückt wurde, hörte ich die Goldmünzen meines Vater in einem kleinen Säckchen klimpern, im gleichen Takt wie die Hufe der Schafe schlugen, die ihr Gleichgewicht zu halten versuchten. Sein gesamtes Vermögen war an dem Gürtel befestigt, und wenn er es in der Dunkelheit verlieren würde, wären wir auf unserer Reise in ein fremdes Land ohne jegliche finanzielle Mittel. Seit der Zeit als Österreich die türkische Oberhoheit über Mitteleuropa beendet hatte, war meine Familie in Besitz von Land in unserem Dorf. Mein Vater erzählte mir von den Familienmitgliedern, die nach Amerika ausgewandert waren, bevor ich geboren wurde. Die optimistischen Briefe, die wir von ihnen erhielten, müssen meinen Vater in seiner Entscheidung, das Land zu verkaufen und alle Brücken in Ungarn abzubrechen, geholfen haben. Wer wusste, ob ich jemals wieder in die einzige Heimat, die ich hatte, zurückkehren würde?

„Wir sind auf dem Weg nach Amerika, Hansi."

„Ja, wir sind auf dem Weg."

"Hans, es gibt Abendessen."

Ich hörte kaum das Rufen aus der Küche. Konzentriert lauschte ich dem alten Radio, das mein Vater vor vielen Jahren kurz nach seiner Ankunft in Amerika gekauft hatte.

„Komm bitte, Hans! Es wird sonst kalt!"

„Ja. Ich komme gleich."

Normalerweise sprach ich englisch mit meinem Vater, obwohl ich auch gut Deutsch in seinem ungarischen Akzent konnte. Ich ignorierte das Rufen aus der Küche. Stattdessen blieb ich auf seinem Lieblingssessel im Wohnzimmer sitzen und hörte der Berichterstattung über den Konflikt in Europa weiter zu. Es knisterte im Lautsprecher, während über die Veränderungen in der Marionettenregierung von Jugoslawien berichtet wurde, das mittlerweile von den Deutschen besetzt worden war.

„Hans, jetzt rufe ich dich aber zum letzten Mal!", dröhnte die tiefe Stimme meines Vaters.

Normalerweise folgte ich erst der dritten Aufforderung, so dass er aufstehen und zu mir kommen musste, doch heute machte ich eine Ausnahme. Als ich zum Esstisch ging, fragte ich mich, inwieweit ich wohl mit dem Krieg in Europa zu tun hätte, wäre mein Vater damals wieder nach Ungarn zurückgekehrt, statt die letzten zweiundzwanzig Jahre in Amerika zu verbringen. Hitlers Armee marschierte in Länder ein, für die ich Sympathie empfand. Doch wie hätte ich zu dem Krieg gestanden, wenn ich einer von den jungen deutschen Soldaten gewesen wäre?

„Hmm, Lisa, das riecht aber lecker", stellte ich fest.

Ich sprach die Frau meines Vaters lieber mit ihrem Vornamen an, statt sie „Mutter" zu nennen. Er hatte Lisa in einem der vielen deutschen Vereine von New York kennengelernt, als ich während des Jurastudiums nicht zu Hause wohnte, und kurz darauf hatten sie geheiratet. Wahrscheinlich war er einsam gewesen und hatte deshalb wieder geheiratet, aber mir konnte das nur recht sein.

„Dieses *Filtuskraut* schmeckt wirklich viel besser, als alles, was ich je in Wisconsin so zu essen bekommen habe. Eine norddeutsche Köchin, die wie eine Ungarin kochen kann. Das hast du gut hinbekommen, Vater."

„Sehr witzig. Jetzt iss lieber, bevor es kalt wird", erwiderte Lisa.

Als mein Vater, der kein sehr begnadeter Koch war, noch das Essen zubereitete, hatte ich oft einen Großteil der Kohlrouladen übrig gelassen. Doch seit Lisa da war, hatte sich das Essen geschmacklich wesentlich verbessert. Ihre Familie war um die Jahrhundertwende aus Preußen nach Amerika ausgewandert. Lisas erster Mann, ebenfalls ein Deutscher, war als Soldat beim amerikanischen Militär im Ersten Weltkrieg gefallen. Sicherlich war ihre Familie über die Wahl ihres zweiten Mannes nicht sonderlich begeistert. Die Preußen in New York glaubten, sie wären etwas Besseres als ethnische Deutsche aus Ungarn. Besonders, wenn es sich um solche Immigranten handelte, die vor über zwanzig Jahren mit dem Boot in Ellis Island gelandet waren.

„Sieht ganz so aus, als ob die Deutschen neue Freunde in Jugoslawien gefunden hätten."

Es war nun schon mehr als sechs Monate her, dass die Deutschen mit ihrer Panzerartillerie in Belgrad eingefallen waren und dabei über zweihundert Soldaten getötet hatten. Ein weiteres osteuropäisches Land, das jetzt unter deutscher Herrschaft stand.

„Gottlob bin ich nicht dort drüben", bemerkte mein Vater. Er zerteilte seinen zweiten Krautwickel während er kaute und so wie er sprach, war klar, dass er nur geringes Interesse an den Geschehnissen in Europa hatte.

„Was meinst du, was mit unserem Volk passieren wird?", fragte ich.

„Keine Ahnung."

Ich nannte die ethnischen Deutschen in Ungarn immer „unser Volk". Das war ein Ausdruck, den ich von meinem Vater übernommen hatte, wenn er über die Banater Schwaben, also die Deutschstämmigen in Ungarn, Jugoslawien oder Rumänien sprach.

„Ich verstehe nicht, wie du hier so gelassen dasitzen kannst und einfach keine Meinung über das hast, was gerade geschieht. Die Nazis sind gegen alles, wofür unser Land steht, nämlich uneingeschränkte Freiheit. Deshalb sind wir doch in erster Linie hierher gekommen."

Hier sprach der neugebackene Rechtsanwalt in mir. Frisch von der juristischen Fakultät der Universität Wisconsin, war ich voller Leidenschaft für das Thema. Für meinen Vater war es nicht leicht gewesen, das Geld für mein Studium aufzubringen. Doch er wollte, dass ich als Deutscher in New York auch die Möglichkeit hatte, Karriere zu machen. Für die Reichen der New Yorker Geschäftswelt hatte er Kleider genäht und wusste deshalb, dass eine gute Ausbildung in diesem Land direkt in entsprechende Wirtschaftskraft umgewandelt werden konnte. Seinen Sohn wollte er unbedingt auch daran teilhaben zu lassen.

„Unserem Volk ging es besser, als Ungarn noch zum Kaisertum Österreich gehörte. Wenn Hitler die damaligen Lebensbedingungen wieder herstellen kann, wird sich sicherlich kein Banater Schwabe darüber beschweren."

Mein Vater dachte an seine Jugendzeit vor dem Ersten Weltkrieg unter österreichisch-ungarischer Flagge. Die Menschen aus seinem Bauerndorf waren von der ungarischen Regierung zur Magyarisierung gezwungen worden, weil aus den verschiedenen ethnischen Volksgruppen ein einheitliches ungarisches Volk entstehen sollte. Die Regierung griff in das Privatleben der Bevölkerung ein, und bereitete immer größere Probleme. An den Schulen durfte nicht mehr auf Deutsch unterrichtet werden und deutsche Nachnamen wurden durch ungarische ersetzt.

Als die Kommunisten, kurz nachdem wir nach Amerika gegangen waren, in Ungarn an die Macht kamen, wurden die Deutschstämmigen aus unserem früheren Dorf immer mehr diskriminiert, weil sie eine Minderheit darstellten. Er wusste, dass die Banater Schwaben in Jugoslawien nun mit den gleichen Problemen, wie seine Leute damals unter ungarischer Herrschaft zu kämpfen hatten. Nun aber, da Hitler Jugoslawien besetzt hatte, könnte dieser den Deutschen dort wieder die Freiheit zur eigenen Kultur und Lebensart zurückgeben.

„Meine Kommilitonen glauben, dass wir in diesen Krieg mit hineingezogen werden", gab ich zu bedenken.

„Lass uns lieber zu wichtigeren Gesprächsthemen wechseln. Du sitzt hier zu Hause herum und ich möchte mal wissen, ob du dich eigentlich um eine Anstellung kümmerst."

Er legte das scharfe Messer mit dem Holzgriff ab und kaute den letzten Bissen seiner Kohlroulade, während er auf meine Antwort wartete. Seine Aufmerksamkeitsspanne war, was Weltereignisse oder Politik betraf, nicht gerade lang. Es war Oktober 1941. Amerika kletterte langsam aus der größten Wirtschaftskrise der Geschichte heraus und junge Rechtsanwälte wie ich hatten es schwer, in New York Arbeit zu finden.

„Hast du schon etwas in Aussicht?"

Mein Vater nahm mit seinen dicken Fingern das Messer und fuchtelte damit in der Luft herum.

„Ja, das habe ich tatsächlich", sagte ich.

„Sieh mal einer an."

Er gehörte nicht zu den Leuten, die gerne Zeit vertrödelten und verträumt an Rosen schnupperten. Mein Jurastudium war nun vorbei und der nächste Schritt war natürlich, Arbeit zu finden. Er wusste aber auch, dass die Marktlage in New York und Umgebung sehr schwierig war. Doch nachdem ich mich seit einigen Monaten mit Gelegenheitsarbeiten durchgeschlagen hatte, für die überwiegend deutsche Nachbarschaft von Yorkville auf der Upper East Side von Manhattan, sollte nun endlich Schluss mit „Urlaub machen" sein.

„Einer meiner Dozenten aus Madison hat mir einen Brief geschrieben und etwas für mich arrangiert", sagte ich. „Er schreibt von einer Anstellung bei einer neuen Behörde hier in New York."

Ich war nicht sonderlich erpicht darauf, ein Bürokrat in einem Amt zu werden, aber da noch nichts anderes in Aussicht war, hatte ich dem Termin für ein Vorstellungsgespräch zugestimmt. Mein Ziel war, bis zum Sommerende wenigstens eine sichere Stelle zu haben. Langsam aber neigte sich der Sommer seinem Ende zu und es schlug mir allmählich auf das Gemüt, dass ich bisher nur dieses eine Gespräch vereinbart hatte.

„Was ist das denn für eine Stelle, auf die du dich bewirbst?"

„Keine Ahnung", gestand ich. „Das werde ich wohl beim Vorstellungsgespräch erfahren".

Mein Vater sah mich prüfend an. Um seinem Blick auszuweichen, widmete ich mich meinem halbleeren Teller.

„Weißt du, ich glaube, du nimmst das nicht wirklich ernst genug", sagte er. „Wie willst du denn einen guten Eindruck hinterlassen, wenn du nicht einmal weißt, worum es sich handelt?"

„Lass ihn doch. Das wird sich alles morgen herausstellen", beschwichtigte ihn Lisa.

Sie war immer der Schlichter zwischen uns, wenn das Gespräch zwischen meinem Vater und mir mal wieder hitzig wurde.

„Nein, Moment. Als ich hier als Schneider arbeiten wollte, suchte ich auch nach einer Stelle als Schneider. Ich bin nie zu einem Vorstellungsgespräch gegangen, wenn ich nicht sicher wusste, dass ich für die Arbeit auch Faden und Schere brauchen würde."

Ich blickte von meinem Teller auf und stellte mich auf einen seiner langen „Damals-noch-zu-meiner-Zeit"-Vorträge ein. Er belehrte mich, während er das gewetzte Messer wie den Taktstock eines Dirigenten durch die Luft schwang. Seine dicken Wangen verfärbten sich während er sprach.

„Immerhin gehe ich ja zu diesem blöden Vorstellungsgespräch", unterbrach ich ihn, was die Zornesröte in seinem Gesicht verstärkte. „Diese Stelle hat sowieso wenig zu bedeuten! Bald werden wir in den Krieg ziehen, und wenn wir das machen, dann melde ich mich, genau wie meine amerikanischen Freunde!"

Mein Vater ging prinzipiell nie mit der Masse, egal wie stark der Druck war. Seine Fähigkeit, Isolation auszuhalten, weil er keinen Deut seiner Individualität einbüßen und das verrückte Verhalten der anderen nachmachen wollte, war beeindruckend. Wenn alle Menschen in eine Richtung strömten und von der Klippe sprangen, dann würde er niemals kapitulieren und sich ihnen anschließen. Ich wusste, dass es meinen alten Herrn zornig machte, wenn ich so unbekümmert zum Militär ging, bloß weil das meine Freunde auch taten.

„Was ist denn das für eine blöde Idee?", fragte er. „Du weißt doch gar nicht, wie es ist, im Krieg zu sein. Ich dagegen weiß es und ich kann dir sagen, es ist es nicht wert, egal aus welchem Anlass der Krieg geführt wird."

Seine Augen traten vor lauter Wut hervor. Er unterhielt sich zwar nicht gerne über Politik, aber er war auch nicht dumm. Die meisten Deutsch-Amerikaner hielten sich lieber heraus, doch ihm war auch klar, dass sie doch irgendwann involviert werden würden und da ich noch jung war, würde auch ich sicher auf die eine oder andere Weise dienen müssen.

„Ich hatte nie die Möglichkeiten, die du jetzt hast. Du hast eine Ausbildung. Wenn wirklich Krieg ausbricht, warum nutzt du dann nicht deine Ausbildung und setzt sie auch für den Krieg ein? Nimm irgendeinen Posten in einem Büro an und sitz es aus. Ich jedenfalls würde das so machen."

„Ich will jetzt wirklich nicht mehr weiter darüber sprechen. Ich gehe jetzt", sagte ich und stand vom schweren Holztisch auf, indem ich meinen Stuhl geräuschvoll nach hinten über den Küchenboden schob. Was dieses Thema betraf, würden mein Vater und ich wohl niemals einer Meinung sein. Es war zwecklos weiter darüber zu diskutieren. Mit der Schulter stemmte ich die Haustür auf und ging nach draußen auf den Gehsteig, um mich zu beruhigen.

Ich fühlte über Amerika ganz anders als er. Vielleicht kam das durch mein Studium oder weil ich hier aufgewachsen war. Immerhin war ich, zumindest dem Papier nach, Anwalt und dafür ausgebildet, die Verfassung der Vereinigten Staaten zu schützen. Durch meine juristische Ausbildung war mir demokratisches Gedankengut zu eigen gemacht worden, weshalb ich Hitlers Schreckensherrschaft zutiefst verachtete.

Meinem Vater waren keine Errungenschaften von anderen vermacht worden, weshalb er auch nicht wusste, wie man sich durch den Dschungel Amerika schlug. Alles, was er in diesem Land erreicht hatte, war seiner Ansicht nach durch harte Arbeit und Intelligenz geschehen. Durch geschickte Immobilienkäufe im kleinen Rahmen, die er in der tiefsten Wirtschaftskrise mit den Goldmünzen aus Ungarn gemacht hatte, konnte er mir das Studium finanzieren. Als ich durch die Straßen der Stadt lief, wurde mir klar, dass für ihn alles verschwendet wäre, würde ich erschossen oder anderweitig getötet werden. Amerika hatte für ihn nur einen Zweck: Es war ein Ort, an dem man Geld verdienen konnte und seine Familie voranbrachte. Während ich einem der deutschen Kinder aus unserer Nachbarschaft einen Fußball zurückkickte, versuchte ich, die Angelegenheit aus der Perspektive meines Vaters zu betrachten. Seine antimilitärische Einstellung kam durch seinen Kriegsdienst in der Armee während des Ersten Weltkrieges. Einer seiner Freunde aus Ungarn, der nun auch in unserer Nähe in New York lebte, erzählte mir einmal, dass mein Vater sich fast erhängt hätte, um dem blutigen Kriegsgeschehen in Österreich-Ungarn zu entkommen. Für andere Deutsche oder für irgendwelche Amerikaner im Krieg erschossen zu werden, war in seinen Augen genauso sinnlos.

Am nächsten Morgen ging ich pünktlich zu dem einzigen Vorstellungsgespräch in einer sonst recht aussichtslosen Arbeitsmarktlage. Das kurze Telefongespräch mit einer der Sekretärinnen war sehr vage gewesen. Ich sollte zum Raum 3603 im Rockefeller Center kommen, aber da noch nicht einmal Nummern an den Türen standen, hatte ich Glück, das Zimmer überhaupt zu finden.

„Nehmen Sie auf einer der Kisten in der Ecke Platz. Entschuldigen Sie bitte das Durcheinander", sagte sie.

„Klar".

Während sie mit hoher Stimme Anrufe auf den vielen Leitungen beantwortete, wischte ich mit meinem weißen Taschentuch den Staub weg und setzte mich. Die schwarzen Telefone klingelten weiter und im Geiste sah ich mich bereits dort viele Stunden vergessen in der Ecke sitzen, inmitten dieses bürokratischen Chaos' und Lärms. Mir wurde immer unwohler. Der Staub von den Kisten war nun auch auf meiner guten Hose. Mein Vater hätte das sehr missbilligt. Wenn ich wegen des Staubs auf der Hose, die er extra für Vorstellungsgespräche für mich geschneidert hatte, keinen guten ersten Eindruck machte, wäre ihm das sehr peinlich.

„Wie heißen Sie noch mal?", fragte die Sekretärin.

„John. John Miller", antwortete ich.

„Ach so, ja richtig."

Sie verließ die Unordnung wieder und schlüpfte durch eine Tür, die in ein weiteres Büro führte. Immer wieder kamen Leute, die Schreibtische und Aktenschränke brachten. Das ständige Läuten der Telefone machte mich fast verrückt. Es war ganz offensichtlich, dass ich als arbeitsloser Sohn eines deutschen Immigranten heute das Letzte war, was diese Frau brauchen konnte. Langsam wurde ich auf meiner improvisierten Sitzgelegenheit ungeduldig. Ich erhob mich, lief in dem unfertigen Vorzimmer auf und ab und versuchte zwischen den eingravierten Buchstaben in der Glasscheibe der Bürotüre etwas zu erkennen. Die Sekretärin sprach mit dem Herrn, der hinter einem unordentlichen, riesigen Schreibtisch in der Mitte des Raumes saß. Ich konnte kaum etwas erkennen, aber so weit ich sah, wirkte er intellektuell und wahrscheinlich war er derjenige, der das Vorstellungsgespräch mit mir führen würde. Die Frau machte Anstalten, sich zur Türe zurückzudrehen und weil ich nicht so neugierig erscheinen wollte, eilte ich schnell zu meiner schmutzigen Kiste zurück und wartete, bis sie wieder in den Raum trat.

„Sie können jetzt hineingehen", verkündete sie.

„Danke."

Als ich in das Büro ging, war ich plötzlich sehr angespannt. Vorhang auf! Jetzt war ich auf der Bühne.

„Nehmen Sie bitte Platz."

„Guten Tag, ich bin John Miller."

„Allen Dulles. Setzen Sie sich."

Ich gab ihm die Hand und setzte mich auf den zugewiesenen Stuhl. Er nahm den Hörer des schwarzen Telefons und sprach mit jemanden, während ich nervös auf den offiziellen Beginn unseres Gesprächs wartete.

„Entschuldigen Sie bitte diese Unordnung. Wir sind erst vor ein paar Wochen hier eingezogen und es läuft noch nicht alles", sagte er.

Ich wusste ein paar Dinge über ihn aus dem Brief meines Dozenten aus Wisconsin, der das Gespräch für mich in die Wege geleitet hatte. Der kahl werdende Mann war früher einmal Diplomat gewesen und in mehreren Funktionen in ganz Europa tätig, bevor er Jurist in New York wurde. Er wirkte wie jemand, der keiner körperlich anstrengenden Tätigkeit nachging. Durch seine Brille sah er mich mit wachen Augen an. Seine blassen Gesichtszüge und die angespannten Kiefermuskeln verrieten, dass er unter großer Anspannung stand, weil er aus dem unorganisierten Durcheinander um uns herum eine funktionierende Behörde machen musste.

„Haben Sie Ihren Lebenslauf dabei und wenn ja, haben Sie ihn der Sekretärin gegeben, als Sie gekommen sind?"

„Nein, ich habe ihn hier. Bitte sehr."

Ich reichte ihm über seinen grünen Metallschreibtisch das frisch bedruckte Papier mit meinen Qualifikationen. Er sah es sich einige Minuten lang an, blickte dann zu mir und grinste. Unbehaglich lächelte ich zurück und hoffte sehr, dass er bald etwas sagen würde, um diese unbequeme Stille zu unterbrechen. Mein Lebenslauf unterschied sich kaum von dem anderer junger Leute mit guten Noten, aber unterhalb meines maßgeschneiderten Anzuges war ich dennoch der Sohn eines Immigranten und fühlte mich wegen meines bescheidenen Anfangs etwas unsicher. Ich wusste, dass wir kaum Gemeinsamkeiten feststellen würden, wenn wir uns länger unterhielten, und so hoffte ich, dass sich seine Fragen auf die offene Stelle in dieser neuen Behörde beziehen würden.

„Wir gehören zum COI, dem Coordinator of Information Office, das für die Zentralisierung der Geheimdienstaktivitäten verantwortlich ist", sagte er.

„Verstehe."

Ich versuchte möglichst interessiert zu wirken, als ich seinen Beschreibungen der offensichtlich recht unwichtigen Aufgaben dieser Behörde folgte. Trotzdem hoffte ich dort einen Arbeitsplatz zu bekommen, um meinem Vater nicht weiter auf der Tasche zu liegen.

„Wir eröffnen hier in New York eine Nachrichtendienststation für das Erfassen von Informationen."

„Wofür werden denn diese Informationen benötigt?"

Ich konnte kaum glauben, was ich da eben den früheren Diplomaten gefragt hatte. Erst dachte ich, ich würde vielleicht interessierter erscheinen, aber jetzt bereute ich es, meinen Mund aufgemacht zu haben.

„Wir sammeln Informationen über die Geschehnisse in Europa aus lokalen Zeitungen in deutscher Sprache und führen Interviews mit Immigranten durch, die gerade erst angekommen sind. Wir hoffen, auf diese Weise Erkenntnisse über den Krieg dort zu erhalten."

„Und wie werden Juristen wie ich eingesetzt?" Er antwortete nicht sofort auf meine Frage. Ich war immer noch der Meinung, dass mein frisch erworbenes Rechtsanwaltszeugnis der Grund für die Einladung zum Vorstellungsgespräch war.

„Wie gut ist eigentlich Ihr Deutsch?", antwortete er mir mit einer Gegenfrage und blickte weiter auf den Abschnitt in meinem Lebenslauf, wo meine fließenden Deutschkenntnisse angegeben waren. Mein deutscher Akzent war im Gegensatz zu seinem starken New Yorker Einschlag kaum vernehmbar. Wahrscheinlich hätte er ihn nicht einmal wahrgenommen, wenn es nicht auf dem Papier in seinen Händen gestanden hätte.

„Ziemlich gut", sagte ich.

„Wie haben Sie eigentlich Deutsch gelernt?"
"Ich bin in Ungarn aufgewachsen. Meine Eltern sind deutschstämmig."

„Was machen denn Deutsche in Ungarn?"

Seinem verwirrten Gesichtsausdruck zufolge wusste er recht wenig über die Geschichte meines Volkes. Regierungsbeamte aus Amerika kümmerten sich vermutlich nicht sehr um ethnische Minderheiten aus Ländern, die nicht auf der kurzen Liste der europäischen Weltmächte standen.

„Meine Volksgruppe wohnt verstreut in ländlichen Regionen von Rumänien, Jugoslawien und Ungarn. Diese Deutschen leben dort schon seit Anfang des achtzehnten Jahrhunderts, als die Türken vertrieben wurden."
"Und warum sind Sie nach Amerika gekommen?"
"Mein Vater wollte hier Geld verdienen. Ich glaube, er hatte genug davon, dass die Deutschen unter ungarischer Herrschaft diskriminiert

wurden. Er packte seine Sachen und verließ das Land. Ich war noch ein kleiner Junge und musste natürlich mitkommen."

Mit Absicht erwähnte ich lieber nicht, dass mein Vater das kommunistische Regime hasste, das damals an der Macht war. Ich dachte, bei einer Regierungsbehörde würde es einen schlechten Eindruck hinterlassen, wenn unsere Familie als regierungsfeindlich angesehen werden würde.

Er löcherte mich weiter mit Fragen über meine Herkunft und meine Meinung zum Krieg. Die Zeit in Amerika und das Jurastudium schienen ihn kaum zu interessieren. Während ich seine Fragen beantwortete, schielte ich zu den großen Karten an den Wänden in dem vollgestopften, noch unfertigen Büro. Auf einer Europakarte waren sehr viele schwarze Stecknadeln angebracht, die zu den Nachrichten aus dem alten Radiogerät meines Vaters über die von den Deutschen besetzten Gebieten passten.

„Was halten Sie denn von der derzeitigen deutschen Regierung?" Mit dieser Frage hatte ich schon gerechnet und ich wollte mich so amerikanisch wie möglich geben. Wenn die Lage in Europa eskalierte, dann würde meine deutsche Herkunft es wahrscheinlich schwieriger machen, eine Anstellung zu finden.

„Ich war noch ein Kind, als ich hierher kam. Freiheit und Demokratie zählen zu meinen Grundwerten. Ich bin gegen jedwede Regierung, die diese Werte nicht verkörpert, egal welcher Nationalität."

Ein einseitiges Lächeln zog seine rechte Wange hoch, als ob dem Veteranen gerade etwas Hinterhältiges eingefallen wäre.

„Warten Sie bitte kurz draußen", sagte er.

„Gerne."

Ich begab mich wieder in die zugestellte Ecke im Vorzimmer und dachte an meine erste Schauspielrolle als junger, verzweifelter Anwalte, der Arbeit suchte. Während ich weiter wartete, hoffte ich, dass ich einen guten Eindruck auf ihn gemacht hatte, so dass er mir ein Angebot unterbreiten würde. Ich war nicht reich und Geld war deshalb wichtig für mich, aber noch besser war, wenn ich meinem Vater nicht weiter auf der Tasche liegen müsste und die Stelle auch noch meiner Ausbildung und meinem Können entspräche.

„Kommen Sie bitte wieder herein, John.“

„Gerne.“

Ich sprang auf, hastete zur Tür und wartete, bis er sich ächzend auf seinen Bürostuhl hinter dem Schreibtisch niederließ.

„Diese Niederlassung hier in New York wächst sehr schnell, John“, sagte er. „Ich brauche Leute wie Sie: zweisprachig aufgewachsen, die deutsche Zeitungen lesen und Geheimdienstberichte darüber abfassen können, damit wir wissen, was die Deutschen denken.“

„Bieten Sie mir eine Stelle an?“

Voller Erwartung sah ich ihn an, weil ich nun endlich ein Arbeitsangebot bekäme.

„Leider kann ich Sie nicht einstellen.“

Ich merkte, wie ich rot wurde. Das war meine einzige Aussicht auf Arbeit und gerade war ich abgelehnt worden.

„Da können wir auch Leute einstellen, die doppelt so alt sind“, sagte er. „Jüngere Menschen wie Sie, mit besonderer Herkunft, können unserem Land auf bessere Weise dienen. Ich habe soeben mit meinen Vorgesetzten in Washington gesprochen. Wären Sie an einem Vorstellungsgespräch für eine andere Stellung interessiert?“

Immer noch war ich niedergeschlagen, weil er mich abgelehnt hatte und begriff kaum, dass er mir gerade einen zweite Möglichkeit aufzeigte.

„Ja, sicher.“

Es war nichts anderes in Aussicht und da er mich schließlich nicht anstellte, wäre es dumm, das Gespräch abzulehnen.

„Ich möchte, dass Sie morgen früh hinfahren und mit jemanden vom COI sprechen“, sagte er mit Nachdruck. „Mir ist klar, dass das sehr kurzfristig ist, aber sie möchten unbedingt mit Ihnen sprechen.“

„Meinen Sie Washington D.C.?“

„Ja, meine Sekretärin wird sich um die Hotelübernachtung und die Anreise kümmern. Ab sofort müssen Sie jegliche Information über die Stelle vertraulich behandeln.“

Diese Anordnung war nicht sonderlich schwer zu befolgen, denn schließlich wusste ich ja nichts darüber. Nachdem man mir noch sagte, wo ich am nächsten Morgen hingehen müsste, eilte ich nach Hause und packte meine Sachen für Washington zusammen. Ich erzählte Lisa von dem zweiten Vorstellungsgespräch und machte mich dann gleich auf dem Weg zum Bahnhof. Ich wartete noch nicht einmal, bis mein Vater von der Arbeit nach Hause kam und versäumte so die Gelegenheit, seine Sorgen, dass ich nie eine Arbeit finden würde, aus dem Weg zu räumen.

Im Zug, während wir in New York losrollten, auf den Weg in die Hauptstadt der Vereinigten Staaten, dachte ich darüber nach, wie wenig ich doch von der Stelle wusste. Warum durfte ich niemanden etwas über das bevorstehende Gespräch erzählen? Was wollte die Regierung meines Landes von mir? Von der Reise und dem vielen Grübeln erschöpft, kam ich schließlich gegen Mitternacht in Washington an. Ich fuhr mit dem Taxi zum Hotel. Es war mein erstes Mal in Washington D.C. aber ich war viel zu nervös und müde, um mich über diese Gelegenheit zu freuen.

In der Nacht schlief ich sehr unruhig und erwachte nach sieben Stunden um sechs Uhr morgens durch das wohlvertraute schrille Läuten meines alten Weckers. Schnell zog ich meinen Maßanzug an, der vom Vortag und dem Gespräch in New York ein wenig nach Schweiß roch. Der Hotelangestellte an der Rezeption zeigte mir, wie ich zur E Street käme, wo das Gespräch stattfinden sollte. Sie lag in Fußnähe des Hotels und so konnte ich auf dem Weg wenigstens etwas von der Stadt sehen.

Auf den bevölkerten Straßen liefen schon zu dieser frühen Stunden Männer in Ausgehuniform. Sie sahen angespannt aus. Zu Universitätszeiten hatte mich der Militärdienst nie sonderlich interessiert, aber mit dem Krieg in Europa und der Schwierigkeit hier Arbeit zu finden, gewann er durchaus an Attraktivität. Das gestrige Gespräch in New York hatte mir wieder gezeigt, dass die Lage in Europa immer ernster wurde.

„Moment mal, junger Mann", sagte der Wachmann. „Wo wollen Sie hin?"

Er stand mit vorgestreckter Brust mitten im leeren Gang des Apex Building, in das ich gerade erst hineingegangen war, und versperrte mir den Weg. Seine Militäruniform und der barsche Ton verliehen ihm eine gewisse Autorität, die einen Zivilisten wie mich ziemlich einschüchterte und ich wollte mich nur ungern mit ihm anlegen.

„Ich bin zu einem Vorstellungsgespräch eingeladen", antwortete ich.

Er musterte meine Jacke skeptisch und suchte erfolglos nach irgendeinem Erkennungszeichen.

„Bei wem?", wollte er wissen.

„COI", antwortete ich.

Statt „Coordinator of Information" verwendetet ich die Abkürzung, in der Hoffnung diesem störenden Hindernis gegenüber sachkundig zu erscheinen. Ich starrte ihn festen Blickes an, um einschüchternd zu wirken, damit er sich lieber nicht mit mir anlegte, wenn er seine bequeme Arbeit als Wachmann weiter behalten wollte.

„Tragen Sie das hier sichtbar und geben Sie es mir wieder zurück, bevor Sie das Gebäude verlassen."

„Alles klar", sagte ich.

Er drückte mir einen Besucherausweis in die Hand und ich durfte weitergehen. Auf meinem Weg durch die leeren Gänge zu den Räumlichkeiten des COI, bemerkte ich noch andere Menschen, die genau wie ich wohl nicht so recht wussten, wo sie hingehen mussten. Ich wollte niemanden fragen und schließlich sah ich einen provisorischen Wegeplan an der Wand. Eiligen Schrittes ging ich in den Gebäudeabschnitt der Behörde Coordinator of Information. Mit meinem Besucherausweis ausgestattet kam ich nun auch an den nächsten Wachmännern am Eingang des Korridors vorbei und erreichte schließlich den Trakt, in dem das Vorstellungsgespräch stattfinden sollte.

„Entschuldigung", sagte ich zu der ungefähr zehn Jahre älteren, recht attraktiven Brünetten hinter einem Schreibtisch, im Flur des abgetrennten Seitenflügels.

„Ich habe hier ein Vorstellungsgespräch. Allen Dulles aus New York schickt mich."

Durch die Erwähnung des Namens hoffte ich, dass wir uns überflüssige Bürokratie sparen könnten, und dass ich so schneller zu meinem vorgesehenen Gesprächspartner und einem tollen Job käme. Der junge deutsch sprechende Rechtsanwalt war gekommen und jeder sollte es wissen!

„Gehen Sie bitte den Flur entlang und nehmen Sie in Raum zwölf Platz", sagte sie.

In dem sehr großen Raum waren alle vier Wände mit dunklen Vorhängen von der Decke bis zum Boden behängt. Immer wieder kamen Männer in Uniform herein, schoben einen der Vorhänge zur Seite. Riesige Landkarten kamen zum Vorschein.

Die hübsche Frau kam noch einmal zu mir. „Bei wem haben Sie das Gespräch?"

„Allen Dulles aus New York hat mir das nicht gesagt. Er hat mir lediglich die Adresse vom COI gegeben, sonst nichts."

Sie lächelte abfällig, als ob ich verrückt sei, den weiten Weg nach Washington D.C. anzutreten, ohne zu wissen, wen ich sehen wollte.

Stunden schienen zu vergehen und allmählich fielen mir die Augen zu, weil ich von der langen Zugfahrt und der kurzen, unruhigen Nacht immer noch müde war. Plötzlich aber schreckte ich hoch, als ob eine Bombe ins Apex Gebäude eingeschlagen hätte.

„He, aufwachen!"

Verwirrt blickte ich die Brünette an.

„Entschuldigung", stammelte ich, „ich bin wohl eingeschlafen." "Bill Donovan erwartete Sie jetzt."

„Wunderbar."

Ich bemühte mich, wach zu werden und betrat das Nachbarzimmer des Planungsraums. Mehrere Männer in Militäruniform saßen an einem Tisch und diskutierten über irgendwelche Organisationskarten vor ihnen. Geduldig wartete ich in einer Ecke, bis sie ihr Gespräch beendet hatten und alle, bis auf einen, das Büro verließen.

„Ich bin Bill Donovan".

Er wirkte sehr vital, obwohl er wahrscheinlich doppelt so alt war wie ich. Er gab mir einen kräftigen Handschlag.

„Allen rief mich gestern an. Wo kommen Sie noch mal her? Aus Ungarn, aber Sie sind Deutscher?"

Wie für die meisten Amerikaner war das auch für den neuen Vorsitzenden des COI anscheinend etwas verwirrend.

„Ich kam in einem kleinen deutschen Dorf in Ungarn zur Welt. Mit meinem Vater bin ich dann als Kind nach Amerika gekommen."

Er ging zur Wand an seinem Schreibtisch, schob den Vorhang zur Seite und man konnte eine große Karte von Osteuropa sehen.

„Sind diese Deutschen erst kürzlich nach Ungarn gekommen?", wollte er wissen.

„Nein. Sie sind wahrscheinlich seit mehr als 200 Jahren schon dort."

„Und sie sind immer noch Deutsche? Wohl nicht wie bei mir, ich bin eigentlich Ire, aber nur noch auf dem Papier."

„Ja, das ist richtig. Sie sind ganz sicher noch Deutsche und nicht vollständig integriert."

Er unterbrach einen Moment und vermerkte etwas in seinem Notizbuch vor ihm auf dem Schreibtisch.

„Also, lassen Sie mich mal so fragen – könnten sie sich ohne Weiteres zum Beispiel mit einem Deutschen aus einem dieser Orte hier unterhalten?"

Donovan deutete mit seinem Stift auf die Karte.

„Ja, ohne Probleme. Die Dialekte sind vielleicht ein bisschen anders, je nachdem woher man kommt, aber das ist auch schon alles."

Mir fiel ein Freund meines Vaters ein, ein Deutschstämmiger aus Jugoslawien. Sein deutscher Dialekt war dem meines Vaters recht ähnlich, obwohl beide aus verschiedenen Ländern stammten bevor sie nach New York kamen. Er war sogar leichter zu verstehen, als einige der deutschen Studenten aus Berlin an der Universität in Wisconsin.

„Ich möchte Ihnen gerne erklären, worum es geht und warum wir einen Immigrantensohn mit Jurastudium nach Washington eingeladen haben", sagte Donovan.

„Der Krieg kommt, mein Lieber, und wir werden involviert sein. Mein Gefühl sagt mir, dass wir Leute brauchen, die an verschiedenen strategisch günstigen Orten in Europa verdeckt ermitteln, damit wir aus erster Hand zuverlässige Information über die Geschehnisse erhalten. Wir brauchen Leute wie Sie, mit ihrer spezifischen Herkunft, die uns dabei helfen."

„Was ist mit Militärdienst? Ich bin doch Rechtsanwalt", warf ich ein.

Der Vorschlag, ich könnte ein guter Kandidat für Spionage sein, erschreckte mich.

„Vielleicht habe ich eine Schwäche für Anwälte, die im Geheimdienst arbeiten, weil ich schließlich auch Jura studiert habe, an der Columbia Universität."

An seinen Augen bildeten sich Fältchen, als er ein Lächeln aufblitzen ließ. Man merkte ihm an, dass er unter großem Druck stand, brauchbare Informationen über die Ereignisse in Europa zu sammeln. Er erzählte weiter, dass bisher Geheimdienstinformationen nur fragmentarisch von verschiedenen Behörden beschafft wurden und dass das COI nun verantwortlich dafür war, dieses ad hoc entstandene Netzwerk als zentrale Behörde zusammenzubringen.

„Sie werden entsprechend von uns ausgebildet. Und darüber hinaus haben Sie ja auch eine natürliche Tarnung, weil Sie einer dieser Deutschen sind. Sie werden sich wunderbar unter sie mischen können und genau dorthin werden wir Sie schicken."

Ich spürte, wie sich mein Magen zusammenzog. Eigentlich hatte ich eine Anstellung in einem Büro in Washington erwartet und jetzt bekam ich ein Angebot für Spionagearbeit in Europa.

„Ich muss erst mal in Ruhe darüber nachdenken", gab ich zur Antwort. „Das ist natürlich gar nicht das, was ich erwartet habe."

„Wir haben nicht viel Zeit, John. Ich brauche bald eine Antwort", drängte Donovan. „Wenn Sie diese Stelle nicht annehmen, werden Sie mit großer Wahrscheinlichkeit eingezogen und Ihr Plan, als Anwalt zu arbeiten, wird sich vorerst sowieso verschieben. Früher oder später sind wir da mit drin."

„Ich muss wenigstens eine Nacht darüber schlafen."

Das Telefon klingelte. Schnell gab er mir die Hand während er abnahm und ich ging zur Tür.

„Sie würden Ihrem Land einen großartigen Dienst erweisen! Amerika hat schließlich für Ihre Ausbildung gesorgt und Ihnen eine Chance gegeben. Und genau dafür kämpfen wir dort drüben", rief Donovan mir hinterher. Das war noch sein letzter Versuch, bevor ich den Raum verließ.

Im Zug nach New York dachte ich über das Angebot nach. Als frischer Absolvent war es natürlich weit entfernt von dem, was ich mir ursprünglich erhofft hatte. Es war eine recht aufschlussreiche Erfahrung gewesen, zu sehen, wie sich Amerika hinter den Kulissen darauf vorbereitete, in den Krieg in Europa hineingezogen zu werden. In einer Sache hatte Donovan natürlich recht. Auch wenn ich mich gegen die Geheimdienstaktion entschied, würde ich wahrscheinlich anderweitig eingezogen werden. Ich würde mich trotzdem nicht aus der Affäre ziehen können. Ohnedies hatte ich sowieso vorgehabt, wie meine amerikanischen Freunde von der Universität, zum Militär zu gehen, wenn wir Deutschland den Krieg erklärten. Bis jetzt war der Krieg lediglich ein Radioprogramm für mich gewesen, aber mit diesem Jobangebot hatte sich das schlagartig geändert.

Während der Zug weiterratterte, schloss ich meine Augen und lehnte meinen Kopf gegen das Fenster. Die Gasscheibe an meinen Wangen fühlte sich in dem stickigen, heißen Abteil angenehm kühl an. Immer wieder nickte ich ein und in meinen Traumbildern sah ich mich als Kriegsheld aus Europa zurückkehren, der durch Großtaten der Spionage im Feindgebiet unzählige Leben rettete. Diese romantisierten Vorstellungen wurden aber schnell wieder von den Erinnerungen an die Kriegsberichte meines Vaters zunichte gemacht. Nach dem Krieg würden sich Anwaltskanzleien in New York allerdings darum reißen, einem Kriegshelden wie mir eine Teilhaberschaft anzubieten. Da würde selbst mein Vater meine Entscheidung, zum Militär zu gehen, gutheißen. Aber wem machte ich etwas vor? Ich war trotzdem sicher, dass er bei der Vorstellung, seinen Sohn in irgendeiner Geheimdiensttätigkeit im Ausland zu wähnen, wütend werden würde. Donovan musste bald Bescheid bekommen, aber im Moment war ich zu erschöpft, überhaupt daran zu denken, wie meine Antwort ausfallen könnte.

"Los, verteidige dich!"

"Das versuche ich ja!"

Der durchtrainierte Ausbilder packte mich am Handgelenk, drehte meinen eher schmächtigen Arm auf den Rücken und schnappte mir dabei die halbautomatische Waffe - eine P 38 - aus der Hand.

„Du bist tot", sagte der Ausbilder.

Mit dem verdrehten Arm konnte ich mich kaum bewegen. Ich spürte das kalte Metall der Pistole an meiner Schläfe, während der Trainer so tat, als ob er mich erschießen würde.

„Könntest du einen anderen Menschen töten, wenn es die Situation erfordert?"
"Was?"

Seine Muskeln zeichneten sich unter der Uniform ab wie aufgeblähte Ballons unter straffer Haut. Mein Arm schmerzte von dem festen Griff und ich konnte kaum noch klar denken.

„Du hast mich doch gehört. Könntest du jemanden töten, um dich selbst zu verteidigen?"

„Ich glaube schon."
Der Ausbilder bemerkte mein Zögern, als ich versuchte, ihm eine glaubwürdige Antwort zu geben. Er war in Psychologie und Verteidigungstaktiken geschult und erkannte deshalb wohl, dass es schwierig sein würde, meinen Killerinstinkt zu wecken. Von meiner Reaktion angewidert, bog er mir den Arm weiter hoch und zwang mich schließlich zu Boden.

„Ja schon, könnte ich, wenn es die Situation erfordert", stammelte ich.

Meine Antwort barg nicht die nötige Überzeugungskraft, die der namenlose Trainer hören wollte. Ich hatte einmal mit einem Kleinkaliber bei Verwandten auf einer Farm in North Dakota zwei Hasen erlegt, aber das war auch alles, was ich an Tötungserfahrung aufweisen konnte.

„Dann werde ich meine Zeit nicht damit verschwenden, dich für das zusätzliche Training in der SA/G anzumelden. Als Todesschütze bist du offensichtlich vollkommen nutzlos. Wir haben weder Zeit noch Mittel, deinen inneren Konflikt zu beseitigen."

Er ließ die Walther P-38 wieder ins Halfter gleiten und zog ein kurzes Messer aus der Tasche.

„Hier, du Anwalt, das passt besser zu dir. Ich werde dir ein paar extra Trainingsstunden verschaffen, damit du lernst, dich mit dem Messer zu verteidigen, falls du auffliegst."

„Ja, Sir."

Ich nahm das Messer und ritzte gedankenverloren ein Kreuz in den harten Untergrund, während ich wenigstens für einen Moment vergessen wollte, dass ich hier eine Ausbildung zum Spion absolvierte. Ich musste plötzlich an meinen Vater denken und an die Zeit damals in Ungarn. Bevor er einen Laib frisch gebackenes Brot anschnitt, hatte er auch immer ein Kreuz hinein geritzt.

„Lass mich eines klarstellen", sagte der Ausbilder, „du bist kein Auftragskiller. Das Messer ist nur für Verteidigungszwecke. Wenn du erwischt wirst, dann gibst du die Mission auf und versuchst am Leben zu bleiben, kapiert?"

„Ja, Sir."

Ich stellte diesem muskelbepackten Trainingsoffizier niemals irgendwelche Fragen. Er wirkte stets wütend und man sah ihn nie lächeln. Aus Sicherheitsgründen durfte weder ich noch einer der anderen sieben Auszubildenden die echten Namen unserer Trainer erfahren. Unter uns hatte der athletische Kerl den Spitznamen „Zu-heiß-gebadet". Ich stellte mir vor, dass man ihn als Säugling zu heiß gebadet hatte, was zu einer schwerwiegenden Persönlichkeitsstörung im Erwachsenenalter führte.

„Übrigens ist deine Sicherheitsüberprüfung endlich durchgegangen."

„Sehr gut", freute ich mich.

Ich war ein bisschen in Sorge gewesen, ob es bei den strengen Untersuchungen Probleme wegen meiner ethnisch deutschen Herkunft und meiner Zeit in Ungarn geben würde. Ohne Sicherheitsfreigabe würde ich wahrscheinlich im drohenden Krieg gegen Deutschland auf andere Weise dienen müssen. Da man sie mir nun aber gewährt hatte, würden wohl endlich die vielen Fragen zu meiner Vergangenheit aufhören. Obwohl mein namenloser Trainer es nie wirklich sagte, wusste ich doch, dass er mich ständig auf die Probe stellte, um beurteilen zu können, ob ich in der Isolation dort womöglich ein Doppelagent werden würde. Ich fand die Vorstellung irrsinnig, wenn man doch bedachte, dass ich die meiste Zeit meines Lebens in Amerika verbracht hatte.

„Wie kommst du mit dem Geheimcode voran?"

„Ich kann ihn auswendig, Sir."

Der besondere Code war entwickelt worden, um meine Funknachrichten zu verschlüsseln und schon nach wenigen Wochen in der Ausbildung war er mir in Fleisch und Blut übergegangen. Die Deutschen, die den Funk abhörten, würden durch den Geheimcode mit den Informationen kaum etwas anfangen können.

„Du gehst morgen früh, Punkt acht, zum Kommandanten."

„Ja, Sir."

„Gut. Du bist fertig."

Ohne noch etwas zu sagen, ging ich zu den Baracken, die in den letzten sechs Wochen mein Zuhause dargestellt hatten. Zusammen mit den anderen sieben Trainees, gehörte ich zu den ersten Absolventen des neuen SA/B Ausbildungszentrums, das ungefähr zwanzig Meilen von Washington versteckt lag. Meine Spionagekameraden nannten es wegen der kahlen Umgebung inmitten von gut vierzig Hektar Land auch einfach nur „die Farm".

Der Krieg in Europa rückte für Amerika immer näher heran. Als ich über das verlassene Gelände zu den Baracken ging, dachte ich über meine Entscheidung nach, für Bill Donovans Coordinator of

Information Office zu arbeiten. Es war richtig gewesen, den Sprung zu wagen und Donovans Vorschlag anzunehmen, zur Geheimdienstabteilung SA/B zu gehen. Aufgabe der Organisation war es, im Ausland Informationen zu beschaffen und ich würde meinen Beitrag dazu leisten. Niemand wusste von meiner zukünftigen Rolle als Spion, die ich für meine Regierung ausüben würde, nicht einmal mein Vater. Er dachte, ich würde in einer Verwaltungsabteilung für den Test neuer Militärausrüstung arbeiten. Mir war nicht sehr wohl dabei, ihn anzulügen. Schließlich hatte er für mich viel auf sich genommen und mich ohne Mutter groß gezogen, aber ich konnte nichts daran ändern. Alle Auszubildenden der Farm hatten sich zur absoluten Geheimhaltung verpflichtet.

Ich öffnete die Tür zu den halbleeren Baracken mit den vielen Betten, von denen die meisten noch unbenutzt waren, da das Trainingsprogramm gerade erst begonnen hatte. Sie hatten weitere Betten für die neuen Trainees bereits gebracht, da die nächsten Ausbildungsklassen größer sein würden als meine. Ich ließ den Kopf auf das steife, grauweiße Kissen fallen und dachte über meine Aufgabe nach, die mir nun bald, nach Ende des Trainings, zugeteilt werden würde.

Die Ausbildungsstunden wurden immer intensiver und daraus schloss ich, dass die Trainer unter enormen Druck standen, so bald wie möglich Leute nach Europa zu schicken, damit sie neueste Informationen über die Lage dort einholen konnten. Während ich darüber nachdachte, wohin man mich schicken könnte, spielte ich mit der ungarischen Goldmünze, die mir mein Vater als Glücksbringer mitgegeben hatte. Durch die gebetsmühlenartige Wiederholung hoffte ich, leichter in den Schlaf zu finden. Wie die meisten Ungarndeutschen hatte auch mein Vater einen Hang zum Aberglauben, über den er aber nie sprach. Er hatte mir die letzte seiner Glücksgoldmünzen aus Ungarn gegeben, was ihm wahrscheinlich ein beruhigendes Gefühl verschaffte, auch wenn es Grund genug zur Beunruhigung gab.

Am nächsten Morgen erwachte ich früher, als es für das Gespräch mit dem Militärkommandanten, der die Farm leitete, nötig gewesen wäre. Den namenlosen Kommandanten hatte ich bisher nur ein einziges Mal zusammen mit den anderen ersten Teilnehmern des Programms gesehen. Während ich quer über das Feld lief, war ich schon sehr gespannt darüber, was er über meine Leistung im Training zu sagen hatte.

„Ich soll zum Kommandanten gehen", erklärte ich, als ich eintrat.

„Er erwartet Sie schon", erwiderte die Sekretärin.

Obwohl die Farm erst seit sechs Wochen in Betrieb war, schien bereits alles sehr routiniert zu laufen. Das war dem Einsatz des Kommandanten, der mich jetzt bewerten würde, zu verdanken. Der reibungslose Ablauf der neu eröffneten Einrichtung zeugte wohl von einer beeindruckenden organisatorischen Fähigkeit. Außer, dass er Psychologie studiert hatte, wusste ich so gut wie gar nichts über den Mann, dessen sehr ordentliches Büro ich nun betrat.

„Kommen Sie herein und nehmen Sie Platz", sagte er mit monotoner Stimme.

Ich setzte mich auf einen Holzstuhl, der genau in der Mitte vor seinem aufgeräumten Metallschreibtisch stand. Er ging zu den Aktenschränken, die in einer akkuraten Reihe an der Wand standen und zog meine Akte heraus. Während er zurück zu seinem Schreibtisch ging, blätterte er durch die Seiten. Etwas Handgeschriebenes auf dem Aktenblatt veranlasste ihn, aufzublicken und mich zu mustern, als ob er nach einem Fehler suchte, der bisher übersehen worden war und mich als Kandidat für Geheimdienstaktionen im Ausland unbrauchbar machte.

„Ihre Ausbilder geben an, dass Sie Ihren Geheimcode beherrschen."

„Ja, ich kann ihn auswendig und das Kofferfunkgerät kann ich problemlos bedienen."

Wie man den SSTR-1 Funksender handhabe, schien für die Leute des Trainingsprogramms das einzig Wichtige zu sein. Zugegebenermaßen wäre die ganze Informationsbeschaffung nutzlos, wenn ich mit meinem Funkgerät keine verschlüsselten Nachrichten übermitteln könnte. Ich stellte ein allgemeines Misstrauen gegenüber Immigranten, wie mich, für den Einsatz als Agent fest. So wie die Leute hier sprachen und sich verhielten, kamen sie aus reichen Familien, der Elite der östlichen Küstenregion, die den Umgang mit Leuten wie mir nicht gewohnt waren. Nachdem er sich meine gesamte Akte durchgesehen hatte, sah er auf und starrte mich lange ohne Augenschlag an, so dass mir unbehaglich zumute wurde.

„Sie wissen sicherlich schon, dass Ihre Sicherheitsuntersuchung durchgegangen ist."

„Ja, das weiß ich."

Er blickte mich weiter starr an, fast so, als ob er nach dem leisesten Anzeichen von zu starken Enthusiasmus über meine positive Sicherheitsuntersuchung suchen würde, weil ich die Regierung meines Landes reingelegt hätte. Er blickte noch einmal kurz auf den beigen Umschlag meiner Akte und ging dann zur Europakarte an der Wand hinter seinem Schreibtisch. Es handelte sich um eine kleinere Version der gleichen Karte, die ich schon aus Donovans Büro im COI in Washington D.C. kannte, allerdings steckten hier weniger schwarze Nadeln darin.

„Ein Projekt der Abteilung für Mitteleuropa ist nun neu eingestuft worden als ‚bewilligt und in Vorbereitung'. Es ist für jemanden mit Ihrem Hintergrund geeignet."

Ich nickte.

„In Jugoslawien gibt es Widerstandsbewegungen gegen die Deutschen. Wir erhalten aber nicht übereinstimmende Angaben über die Geschehnisse dort."

Er fuhr mit der Hand über die Karte von Jugoslawien und zeigte, aus welcher Gegend die unzulänglichen Berichte über die aufständischen Angriffe auf die Deutschen kamen.

„Wir müssen dringend die Qualität der Informationen über die Widerstandsbewegungen verbessern, damit wir wissen, wem wir militärische Unterstützung zusichern sollen. Es wird Ihre Aufgabe sein, dieses Informationschaos zu entwirren und genaue Angaben über das, was dort passiert, zu machen."

Nun würde alles, was ich über Informationsbeschaffung gelernt hatte, in Jugoslawien kalte Realität werden.

„Jede Zusatzinformation, auf die Sie stoßen, wie zum Beispiel Truppenbewegungen, Meinungen und Stimmung, und so weiter, muss uns auch übermittelt werden."

Ich blickte weiter auf die Karte von Mitteleuropa, die hinter dem makellosen Schreibtisch hing, dann rückte ich den Stuhl zurück und ging langsam hinüber.

„Wo werde ich stationiert sein?"

Der Kommandant sah in seine Unterlagen, bevor er antwortete.

„Wir schicken Sie nach Theresiafeld, einem kleinen deutschen Bauerndorf, nicht weit von Belgrad."

Er fuhr mit dem Zeigefinger über die Karte zu einem kleinen Punkt in Jugoslawien, nördlich von Belgrad.

„Das ist eine strategisch günstige Position, um Geplauder über diese Widerstandsgeschichte gegen die Deutschen aufzuschnappen. Und natürlich sind Sie wegen Ihrer Herkunft dort auch gut getarnt."

Schlagartig wurde mir klar, dass nun alles Wirklichkeit werden würde. Mein Land entsandte mich als Spion in feindliches Gebiet. Ich würde fortan eine Maske tragen und mich als denjenigen ausgeben, der ich geworden wäre, wenn mein Vater damals Ungarn nicht verlassen hätte.

„Habe ich dort eine Kontaktperson?"

„Damit können wir Ihnen leider nicht dienen. Wenn Sie in Theresiafeld ankommen, müssen Sie versuchen, sich dort ein Leben aufzubauen und unter das Volk in ihrem Dorf zu mischen. Wir hören Ihren Funkruf ab, aber Sie werden nicht wissen, wer am anderen Ende vor dem Empfänger sitzt."

Mein Hals schmerzte beim Schlucken. Wenn ich nicht wusste, wer meine Botschaften empfing, dann würde ich dem Feind schließlich keine brauchbaren Informationen geben können, wenn man mich einsperrte und folterte.

„Derjenige, der Ihre Nachrichten abhört, wird sie nach England übermitteln. Dort werden sie analysiert und für weitere Untersuchungen gespeichert."

„Ich verstehe."

„Und vergessen Sie nicht, wenn man Sie entdeckt, dann müssen Sie sofort Ihre Mission abbrechen und versuchen zurückzukehren. Niemand weiß etwas von unserem Agentennetz, das wir in

Jugoslawien aufbauen, nicht einmal Russland, und das soll auch so bleiben."

„Ja, Sir."

„Sie werden völlig auf sich allein gestellt sein, aber das ist auch eine Sicherheitsmaßnahme für Sie."

Ich fixierte weiter den schwarzen Punkt auf der Karte, der meinen zukünftigen Einsatzort, Theresiafeld, darstellte und fand den Gedanken befremdend, dass ich nun alles, was ich in Amerika gelernt hatte, für gewisse Zeit vergessen sollte, während ich in Jugoslawien eingesetzt wurde. Um meine falsche Identität aufrechtzuhalten, würde ich mich auf das stützen, was ich als Kind in Ungarn gelernt hatte.

„Wie lange wird der Einsatz dauern?", fragte ich.

„Wir werden Sie benachrichtigen, wenn Ihre Mission beendet ist."

Seine Antwort war nicht gerade beruhigend. Ich ahnte, dass es Jahre dauern würde, bis ich meinen Vater wiedersehen und nach Amerika zurückkehren konnte. Wer wusste schon, wie lange der Krieg in Europa dauerte und wie lange ich als Spion in Jugoslawien bleiben müsste.

„Zurück ins Banat", sagte ich leise vor mich hin, den schwarzen Punkt für Theresiafeld weiter im Blick.

„Wie bitte?"

Ich sah zum Kommandanten und merkte, dass ich mit mir selbst gesprochen hatte.

„Das Banat ist der Name, den die Menschen aus meiner ursprünglichen Heimat für die geographische Region verwenden, in der ich stationiert sein werde."

Der geschulte Psychologe, der für die gesamte Organisation der Farm verantwortlich war, legte tröstend einen Arm über meine Schulter.

„Genau, mein Sohn. Wir schicken Sie zurück ins Banat."

*Wien, Österreich*
*Dezember 1941*

Der junge Priester lief den Seitenflügel der Kirche entlang.
Durch das bunte Glas der hohen Fenster, die fast bis zu den
Deckenbögen hinaufreichten, fiel das matte Licht des frühen
Wintermorgens und leuchtete ihm den Weg. Hier und dort saßen auf
den Kirchenbänken Frauen, die still beteten. Er versuchte, den
Blickkontakt mit ihnen zu meiden und flüchtete schnell durch eine
mit Schnitzereien verzierte Holztür in den Beichtstuhl. Der Priester
suchte in der dunklen Zelle nicht nach Vergebung, wie es seine
Gemeindemitglieder taten, sondern vielmehr Zuflucht vor sich
selbst. Da er kaum etwas sehen konnte, tastete er seine Soutane ab
und fand die Schnapsflasche, die er dort in einer Tasche versteckt
hielt. Er nahm einen kräftigen Schluck, lehnte den Kopf nach hinten
und schloss die Augen. Es kam nicht selten vor, dass er sich mehrere
Stunden lang in seinem lieben Beichtstuhl aufhielt. Dort konnte er
sich von seinem Gehorsamkeitsgelübde im Dienste der römisch-
katholischen Kirche erholen. Nur gelegentlich wurde sein
Schlummern durch den einen oder anderen Gläubigen, der seine
Beichte ablegen wollte, gestört.

Mit dem voranschreitenden Krieg in Europa, empfand er das
tägliche Ritual der Lossprechung von kleinen verzeihlichen Sünden
als noch lästiger als je zuvor. Sein Plan, den er vor vielen Jahren auf
dem Hofe seines Vaters in Österreich ersonnen hatte, schien nun
endlich kurz vor der Verwirklichung zu stehen. Nun würde es nicht
mehr lange dauern, bis er seine Rolle als Priester endgültig ablegen
konnte. Dann würde er endlich von den restlichen Schulden des
Studienkredits erlöst sein, zur Bildungsschicht Wiens gehören, und
tun und lassen können, was er wollte. Er öffnete die Beichtstuhltür
einen Spalt, um das Ziffernblatt seiner alten Armbanduhr erkennen
zu können. Genervt, weil es schon so spät war, verließ er seine
provisorische Zufluchtstätte und ging zur Besprechung.

Der junge Mann saß mit leerem Blick vor dem Dekan, der durch
irgendwelche Akten für den Bischof blätterte. Er hatte gar nicht

bemerkt, dass man mit ihm sprach, als der Dekan ein zweites Mal, etwas lauter sagte: „Pater Peter!"

„Oh, entschuldigen Sie", beeilte er sich. „Ich habe gestern bis spät in die Nacht gearbeitet und bin ein wenig müde."

Der Priester arbeitete zwar nie bis spät in die Nacht, aber es schien immer eine gute Ausrede zu sein und es schadete außerdem nicht, vor einer dieser ewigen Besprechungen, zu denen man ihn zwang, ein bisschen Diensteifer vorzutäuschen.

„Ich habe gestern einen Anruf von der Zulassungsstelle erhalten", sagte der Dekan. „Der ausstehende Betrag Ihrer Ausbildungskosten ist eingegangen."
"Sehr schön."

Es war die letzte fehlende Summe von Pater Peters Studiengebühren aus der langen Zeit im Seminar hier in Wien. Jetzt war er auf dem Papier endlich ein frischgebackener Priester, von den Fußfesseln der Schuld befreit, die sein mehr oder weniger keusches Leben beeinträchtigt hatten.

„Meine Tante wollte etwas zur Kirchenrestauration beitragen. Haben Sie ihre Spende erhalten?", fragte Pater Peter.

„Ja, sie hat sie geschickt. Eine unglaublich großzügige Frau", sagte der Dekan.

Tante Anna war eine reiche, halb senile Dame, die in der Nähe des kleinen Hofes seines Vaters in Österreich wohnte und ihm das Geld für seine Ausbildung zur Verfügung gestellt hatte. Für den ehrgeizigen jungen Mann, der sein winziges Dorf verlassen und zur gesellschaftlichen Elite Wiens gehören wollte, stellte die Ausbildung eine Eintrittskarte dar. Die einzige Bedingung der wohlhabenden, alten Jungfer war, dass Peter einen geistlichen Beruf ergreifen sollte. Ansonsten müsse er die stattlichen Ausbildungskosten in voller Höhe zurückzahlen. Der Priester hatte vor, seine Zeit als Assistent in der Verwaltung der Erzbistums von Wien abzusitzen. Sein persönliches Fegefeuer, das er überstehen musste, um sich durch das Priesteramt zu mogeln, bis die alte, kränkliche Frau schließlich ins Gras biss und er dem Kirchendienst endlich entkommen können würde.

„Wann möchten Sie zur Silvesterfeier von Frau Mayer aufbrechen?", wollte Pater Peter wissen.

„In etwa einer Stunde", antwortete der Dekan.

In Peters Verantwortung stand auch die Spendenerhebung für Bauvorhaben zur Restaurierung einiger Kirchen. Dafür musste er die wohlhabenden Katholiken Wiens, zu denen auch Frau Mayer gehörte, aufsuchen, um vor Ort um finanzielle Unterstützung für den Aufbau zerfallender Kirchen zu bitten. Als die Assistentenstelle frei wurde, hatte sich der Priester sofort freiwillig gemeldet. Durch den Posten hatte er mit den reichsten Leuten in Wien zu tun und seine Pflichten befreiten ihn auf diese Weise von der Bürde, sich mit der ärmer werdenden Bevölkerung abzugeben, während Europas Wirtschaft durch den Krieg weiter den Bach hinunterging.

„Wenn Sie mich bis dahin nicht weiter benötigen, dann, äh, werde ich in mein Zimmer gehen und dort noch beten, bevor wir aufbrechen."
"Ist gut. Ich habe die Zahlen der letzten Spenden für die Renovierung. Der Bischof wird, denke ich, sehr zufrieden sein."
"Großartig."

Pater Peter verpasste nie eine Gelegenheit, bei seinen Vorgesetzten der Erzdiözese Gebete und Meditationen zu erwähnen. Peters religiöse Ambivalenz stand im großen Kontrast zur Arbeitswut des Dekans, ein ergebener Diener des Erzbistums, der immer wieder neue altruistische Projekte rund um Wien ersann. Ein weiteres Steckenpferd des Mannes war es, nimmermüde neue Möglichkeiten zu finden, wie er die ohnehin schon begrenzte Zeit von Pater Peter weiter beanspruchen und ihm damit auf die Nerven fallen konnte. Mit dem Krieg im vollen Gange schien der Dekan mit beispielloser Geschwindigkeit unzählige neue Projekte an Land zu ziehen. Die wenigen Freiheiten, die sich der Pater außerhalb seiner Amtspflicht herausnahm, wurden immer wieder eingeschränkt. Der Dekan war sein Gegner und obendrein ein Narr, weil er der katholischen Kirche seine ganze Zeit schenkte.

Nachdem er zur Tür herausgegangen war, zog Pater Peter erneut die kleine Flasche unter seinem Gewand hervor, nahm einen weiteren Schluck vom doppelgebrannten Schnaps und ging dann auf sein Zimmer. Die flache Metallflasche, ein Geschenk von Tante

Anna, war das letzte Andenken an seine ärmliche Jugend auf dem kleinen Bauernhof seines Vaters.

Tante Annas Zustand schien sich mit jedem Tag zu verschlechtern und endlich sah er ein schwaches Licht am Ende des Tunnels, wenn ihn nichts mehr in der Priesterschaft halten würde. Sein hinterlistiger Plan, die katholische Kirche zu benutzen, um trotz der bescheidenen Herkunft gesellschaftlich aufzusteigen, würde bald zum Sieg führen. Obwohl er es kaum abwarten konnte, nicht mehr Priester zu sein, sorgte sein lästiger Beruf doch durchaus für eine erträgliche Existenz, so lange er weiterhin mit Wiens Oberschicht verkehren konnte, die diese sinnlosen wohltätigen Zwecke unterstützte. Wenn Pater Peter gerade nicht dem Alkohol frönte, ging er gern zur Oper und genoss intellektuelle Gespräche bei Einladungen – Veranstaltungen, bei denen er reichen Katholiken das Geld aus der Tasche ziehen konnte. Lediglich durch seine Interaktion mit den oberen Zehntausend von Wien war sein geistlicher Beruf auszuhalten.

Jäh wurden seine Tagträume durch das Klopfen an der Tür unterbrochen.

„Können wir nun gehen?", fragt der Dekan, ohne die Tür zu öffnen.

„Ja, sofort."

Schnell trank er noch einmal aus der Flasche und ließ dann den Flachmann in die Schreibtischschublade wandern.

Als sie nebeneinander gingen, musste sich Pater Peter sehr konzentrieren, um nicht zu wanken und gegen den Dekan zu stoßen. Sie entfernten sich vom Donaukanal und steuerten auf das Haus von Frau Mayer zu. Dem jungen Priester kam erneut in den Sinn, wie schlau seine berufliche Entscheidung trotz allem gewesen war. Einige seiner Jugendfreunde waren in die Armee einberufen worden, während er feinen Rieslingwein trank und mit dem Blutvergießen nicht in Berührung kam.

„Freuen Sie sich auf die Einladung?", fragte der Dekan.

„Ja, schon. Wird sicher ganz nett."

Als disziplinierter Schwindler war Pater Peter recht gewandt darin, seinen Enthusiasmus über Veranstaltungen der hohen Gesellschaft herunterzuspielen, obwohl die Vorfreude sehr groß war. Durch das voranschreitende Kriegsgeschehen wurden diese Zusammenkünfte in Wien zwar seltener, aber noch fanden sie statt. Pater Peter durfte immer mitkommen, wenn der Dekan eine Einladung erhielt. Sicherlich freuten sich die spendablen Menschen, wenn er in seinem Priestergewand erschien und sie von ihren Schuldgefühlen befreite, die sie haben mussten, weil sie feierten, während andere auf dem Schlachtfeld ihr Leben einbüßten. Wenn selbst ein Priester am Silvesterabend vor einem weiteren Kriegsjahr Aprikosenkrapfen verschlang, dann erteilte er ihnen sozusagen allen die Absolution für das Luxusgelage.

Frau Mayers Butler – ein sehr alter Mann – nahm die Garderobe ab und hängte die Jacken in den Flurschrank, während die Gottesmänner zur Walzermusik von Strauß den Weg durch die festlich gekleideten Gäste bahnten. Beim Eintreten in den großen Saal, der für die Dauer von Faschingsbeginn bis zur Fastenzeit als Tanzsaal fungierte, gewann Pater Peter schnell etwas Abstand zum Dekan. Er drängte sich diskret an den tanzenden Paaren vorbei, bis er zur langen Tafel kam, auf der eine Reihe edler, bis zum Rand mit Champagner gefüllter Kristallgläser standen. Während der junge Priester hastig ein paar Gläser Champagner leerte, beobachtete er den Dekan am anderen Ende des Raumes, wie er in seiner wienerischen Art der ältlichen Gastgeberin Komplimente machte. Zweifelsohne würden sie ihr am Ende des Abends mehrere Tausend Schilling abgeluchst haben, für irgendwelche kirchlichen Zwecke, um die sich Pater Peter in den kalten Monaten kümmern musste.

Die Zeit verging schnell und der Priester hatte schon beträchtliche Mengen Alkohol konsumiert. Der Schaumwein dämpfte sein Hörvermögen, so dass er sich näher zum zehnköpfigen Orchester stellte, das für die wohlhabenden Kaufleute Wiens spielte. Das gesamte Spektrum an Verführung war allgegenwärtig. Er stellte sich strategisch günstig neben eine kleine Gruppe vornehm bekleideter Frauen, die ungefähr in seinem Alter waren. Plötzlich hörte die Musik auf zu spielen und das elektrische Licht wurde gelöscht. Die Zeiger der Uhr näherten sich dem neuen Jahr und im flackernden Kerzenlicht sah man die gespannten Gesichter der Leute, die in völliger Stille die letzten Sekunden abwarteten.

Mit glasigen Augen betrachtete der Pater eine Frau im Plisseekleid in seiner Nähe und musterte sie von Kopf bis Fuß.

Die Mitternachtsglocken läuteten.

„Frohes neues Jahr!", erschallte von überall.

Pater Peter leerte sein Glas in einem Zug und ließ dabei die Frau mit den hohen Wangenknochen nicht aus den Augen. Draußen knallten die Böller, mit denen die bösen Geister des alten Jahres vertrieben wurden. Sie ließen für kurze Zeit den nahenden Krieg vor den Toren Wiens pausieren.

Er stellte das Glas ab und fuhr dann den Rücken der jungen Frau entlang. Als sie sich erschrocken umdrehte, fasste er ihre Hand. In der Dunkelheit drückte er sich eng an sie heran und trotz ihres Widerstands zog er sie noch näher und küsste sie, außer sich vor Erregung, auf den Mund.

„Was? Um Gottes Willen!", rief die Frau verstört.

„Psst, schon gut. Nicht", sagte der Priester.

Die Lichter gingen an. Er sah ihren entsetzten Gesichtsausdruck, als ihr Blick auf das Kollar fiel, das seinen geistlichen Beruf preisgab. Ohne ein weiteres Wort entfernte sie sich von ihm und ging zu ihren Freunden. Selbst ein bisschen überrascht über sein ungebührliches Verhalten, eilte Pater Peter wieder zu den Gläsern.

Er schwappte den letzten Rest des lauwarmen Champagners herunter, während das Orchester zum Spiel ansetzte und die ursprüngliche ausgelassene Stimmung zurückbrachte. Als er das Kristallglas abstellte, blickte er in die Menge und in das Durcheinander der auf und ab wippenden Köpfe. Vom anderen Ende des Raumes starrte ihn Bischof Gabriel an. Schnell drehte sich Peter um und verbarg sich verschämt hinter einem Paar, das gerade von der Tanzfläche zurückkehrte.

Hatte der Bischof den Kuss gesehen? Hatte er gerade in dem Augenblick hergesehen, als die Lichter angingen und just den Moment der Versuchung enthüllten? Pater Peter zweifelte daran, dass dieser Mann, der einige Sprossen höher auf der Leiter der

Kirchenhierarchie saß, sich überhaupt darum scherte. Unter dem Einfluss des Champagners verließ diese kleine Abschweifung vom priesterlichen Benehmen schnell wieder sein Bewusstsein.

In der folgenden Woche, erschien Pater Peter, wie immer etwas spät, zu einer der endlosen, langweiligen Besprechungen mit dem Dekan, um den Fortschritt einer Kirchenrenovierung zu besprechen.

„Guten Morgen", sagte er.

„Bischof Gabriel möchte mit Ihnen sprechen.", gab der Dekan ohne Umschweife bekannt.

„Worum geht es denn?", wollte der Pater wissen.

„Das weiß ich nicht. Bitte überreichen Sie ihm das."

Der arbeitsame Dekan reichte ihm Unterlagen mit den Spendenzahlen der letzten Sammlung. Obwohl der Krieg die finanziellen Mittel von Wiens Oberschicht beanspruchte, schaffte es der emsige Dekan erfolgreich seine Spendenerhebungen weiterzuführen.

„Möchten Sie noch etwas mit mir besprechen?", fragte Pater Peter.

„Wir haben keine Zeit", antwortete er. „Sie sollen sofort zu ihm kommen. Er erwartet Sie."

Der junge Priester zog seinen Mantel wieder an und ging die Straße entlang zum Büro des Bischofs. Während er im Regen lief, kam ihm wieder das Fest bei Frau Mayer in den Sinn. Hatte sein Vorgesetzter doch den Vorfall mit der jungen Frau gesehen? Ohne der benebelnden Wirkung des Alkohols, war er sich über den Schweregrad seines Fehltritts durchaus bewusst. Noch niemals zuvor war er zum Gespräch mit dem Bischof gerufen worden, ohne, dass andere dabei gewesen wären. Warum sonst würde er ihn nun alleine sprechen wollen? Auf dem Weg zum Dienstzimmer des Bischofs hallten seine Schritte auf den marmornen Stufen. Das prachtvolle Gebäude schüchterte ihn jedes Mal von neuem ein, weil es den starken Kontrast zu seiner bescheidenen Herkunft als Sohn eines österreichischen Milchbauern deutlich machte.

Pater Peter öffnete die schwere, verzierte Holztür zum Büro. Der Bischof saß mit dem Rücken zur Tür und machte keine Anstalten, sich zu ihm zu umzudrehen. Er blickte weiter aus dem Fenster auf Wiens regennasse Straßen.

„Monsignore. Ich bin es, Pater Peter."

Das Schweigen machte Peter nervös. Allzu gerne hätte der junge Priester seine Schnapsflasche hervorgeholt und einen kräftigen Schluck daraus genommen, bevor sich der Bischof umdrehte. Vielleicht könnte er schnell wieder gehen und ein andermal wiederkommen? Aber dafür war es nun schon zu spät.

„Monsignore?"

Langsam drehte sich der hagere Mann um, erhob sich und ging auf Pater Peter zu. Er streckte ihm die Hand entgegen, damit Peter einen flüchtigen Kuss auf den Ring geben konnte, bevor er einige Schritte zurückwich.

„Wie läuft es mit den Spenden, mein Sohn?"

„Hier ist ein Bericht mit den neuesten Zahlen. Ich denke, Sie werden mit unseren Bemühungen zufrieden sein, Monsignore."

Wenn der Dekan nicht dabei war, neigte Pater Peter gerne zur Übertreibung, was sein Mitwirken am Fortschritt der Renovierungsprojekte betraf. Er legte den Monatsbericht auf den Schreibtisch, während er inbrünstig hoffte, dass seine Rolle bei der Spendeneintreibung vielleicht das Vergehen von letzter Woche entschuldigen könnte.

„Es sind harte Zeiten für unseren Berufsstand", sagte der Bischof, während er den Bericht überflog. „Der Krieg bringt Elend und Not für den kleinen Mann. Es ist ein Trauerspiel."

„Ja, da haben Sie recht, Monsignore."

Sein Beipflichten war unaufrichtig, weil er in seinem banalen Job in der Verwaltung des Erzbistums nicht wirklich mit dem Leid konfrontiert wurde. Während Deutschland die Gebiete, die es im Ersten Weltkrieg eingebüßt hatte, wieder zurückeroberte, blieb Pater Peter von den Grausamkeiten des Krieges um ihn herum gänzlich abgeschirmt. Ihn umgab die Schutzschicht der abgehobenen Kultiviertheit Wiens.

„Ich habe ein Anliegen an Sie."

„Ja, Monsignore. Gerne."

Pater Peter nahm auf dem alten Ledersessel vor dem Schreibtisch Platz. Was Bischof Gabriel „Anliegen" nannte, waren in Wirklichkeit Befehle, denen sich die Priester nicht widersetzen konnten, weil sie durch das Gehorsamkeitsgelübde seiner Zwangsherrschaft folgen mussten.

„Ich habe eine Nachricht aus einem kleinen deutschen Ort in Jugoslawien erhalten, der schon seit einiger Zeit keinen Priester mehr hat", erzählte der Bischof. „Ich schlage vor, dass Sie dort die Stelle des Gemeindepfarrers antreten."

Pater Peters Herz setzte bei diesen Worten einen Augenblick aus. Einen Priester von Wien in ein deutsches Dorf nach Jugoslawien zu versetzen war eine alte Gepflogenheit aus der Zeit, als dieser Teil Europas noch zum österreichischen Kaisertum gehörte.

Wenn er in Wien bleiben wollte, musste sich Pater Peter auf eine Auseinandersetzung einlassen.

„Warum gerade ich", fragte er, „und nicht jemand von dort?"

„Es ist immer schwierig, einen Priester für den Dienst in diesen ländlichen Gemeinden zu finden. Außerdem denke ich, es ist gut, wenn Sie Wien eine Zeit lang verlassen."

Jetzt saß er in der Tinte. Das einzige, was sein Leben als Geistlicher einigermaßen erträglich machte, war Wien und nun wurde es ihm weggenommen.

Sein ganzes Leben hatte er darauf ausgerichtet, aus seinem kleinen österreichischen Bauerndorf herauszukommen, und nun schickte man ihn zum entlegensten Winkel nach Jugoslawien. Die restliche Zeit als Priester, bis seine Geldgeberin endlich verstarb und ihn ein für allemal von seinen Schulden und damit von seinem Amt befreite, würde er wie in einem Gefängnis verbringen, abgeriegelt von allem, was die säkulare Welt Wiens zu bieten hatte.

„Meine Pflichten für die Renovierungsprojekte sind aber noch nicht erfüllt, Monsignore."

Es war ein letzter, verzweifelter Versuch den Bischof umzustimmen, damit er in Wien bleiben konnte und so klammerte er sich hoffnungsvoll an seine Aufgaben, die ihm vor wenigen Minuten noch völlig langweilig und uninteressant erschienen waren.

„Einige unserer Seminaristen werden im nächsten Monat in den Priesterstand erhoben. Einer von ihnen kann dann Ihre Obliegenheiten erfüllen."

Der Bischof kniff die Augen zusammen und beobachtete den jungen Priester bei seinem vergeblichen Versuch, sich herauszuwinden.

„Gibt es vielleicht eine andere Aufgabe in Wien, die Sie mir übertragen könnten, statt mich nach Jugoslawien zu schicken, Monsignore?", fragte Pater Peter verzweifelt.

„Nein!"

Das war der letzte Todesstoß seines autoritären Vorgesetzten. Sein Schicksal war besiegelt.

„Wann muss ich nach Jugoslawien aufbrechen?"

„Jemand aus dem Amt wird sich mit Ihnen in Verbindung setzen und die Einzelheiten klären. Wenn Sie zum Anfang des Sommers aufbrechen, verbleibt genügend Zeit für die Einarbeitung Ihres Nachfolgers, damit er Ihre derzeitigen Aufgaben entsprechend gut erfüllen kann."

„Aber…"

„Vielen Dank, Peter. Sie können jetzt gehen."

Ohne ein weiteres Wort erhob er sich, streckte Pater Peter für den Ringkuss die Hand entgegen und signalisierte auf diese Weise das Ende des Gesprächs. Als er die Marmortreppe hinabstieg, bereute Pater Peter sein Benehmen am Silvesterabend. Wie dumm war er gewesen! Der Bischof hatte die Geschichte mit dem Mädchen nicht erwähnt, aber sie war ohne Zweifel der Grund für die Versetzung. Ein bisschen weniger Champagner und der ganze Zwischenfall wäre vermutlich nie passiert…

Als er wieder im Büro des Dekans ankam, war Peter über sein bevorstehendes Schicksal völlig fassungslos.

„Sie werden nicht glauben, was geschehen ist."

„Was denn?"

Der Dekan legte den verzierten Füllfederhalter auf den Schreibblock und zog, auf die Antwort gespannt, die Augenbrauen hoch.

„Ich werde versetzt!"

„Aber warum?"

„Woher soll ich das wissen?", sagte er. „Beziehungsweise, ich denke, ich weiß schon warum."

Pater Peter beschloss, die religiöse Fassade, die er vor dem Dekan normalerweise wahrte, kurzzeitig fallenzulassen und ihm seine lässliche Sünde zu beichten. Er musste über den Vorfall reden und der Dekan war zufällig der erste, der ihm in die Quere kam.

„Aber Sie kennen ihn doch", sagte der Dekan. „Denken Sie nur an die Sache mit dem jungen Mann in Ihrem Seminar. Wie hieß er gleich noch einmal?"

„Thomas."

„Richtig."

Der Dekan sprach von einem Kommilitonen aus Pater Peters letztem Seminarjahr. Bischof Gabriel hatte den jungen Seminaristen nach einer angeblichen Affäre während des Seminars entlassen. Der junge Mann stand an einer Wegscheide und hatte sich schließlich dazu entschlossen, die Beziehung mit der Frau aufzugeben, um sich ganz und gar seiner religiösen Berufung zu verpflichten. Nichtsdestotrotz hatte ihn der Bischof hinausgeworfen und die Kirche hatte einen guten Priester verloren. Pater Peters Furcht vor Bischof Gabriel war seit diesem Ereignis gewachsen. Seitdem hatte er bei der Beichte vor anderen Priestern des Bistums nie wieder die Wahrheit gesagt.

„Und dann noch obendrein Jugoslawien. Wie gefährlich ist es dort wohl?", überlegte der Dekan.

„Daran habe ich noch nicht einmal gedacht", sagte Pater Peter.

Die Nachricht, dass er Wien verlassen musste, hatte ihn dermaßen in Beschlag genommen, dass ihm der Krieg und seine eigene Sicherheit noch gar nicht in den Sinn gekommen waren.

„Wahrscheinlich ist es nicht so schlimm. Die Deutschen halten schon seit einiger Zeit das Gebiet dort besetzt", sagte der Dekan.

„Ich kann es noch gar nicht fassen."

Pater Peter legte die schweißfeuchten Hände aufs Gesicht und schüttelte verzweifelt den Kopf.

„Vielleicht sollte ich aus dem Priesterstand austreten?"

Doch diese Möglichkeit würde zur Folge haben, dass er Tante Anna die gesamten Schulden für die Studiengebühr zurückzahlen musste. Er war überzeugt davon, dass sie trotz ihrer Gebrechlichkeit über seinen Austritt wütend wäre und das Geld zurückverlangen würde.

„Meinen Sie das etwa im Ernst?", fragte der Dekan entsetzt. „Sie müssten doch nur wenige Jahre dort bleiben!"

Pater Peter antwortete nicht sofort. Über die Jahre war er zu einem geduldigen Mann geworden. Nein, er würde ausharren, selbst wenn das bedeutete, eine zeitlang in Jugoslawien zu arbeiten, bis seine Wohltäterin endlich verstarb. Nicht einmal in dieser misslichen Lage wollte er seinen geheimen Plan preisgeben und selbst der mächtige Bischof konnte ihn von seinem Vorhaben, das er in seiner Jugend beim Kühemelken ersonnen hatte, abbringen.

„Nein, ich werde nicht austreten", sagte er. „Dann werde ich wohl nach Jugoslawien gehen."

Die Vorstellung, sein Leben in einer abgelegenen ländlichen Gemeinde mitten in Jugoslawien verbringen zu müssen, machte ihn zornig. Ein Todesurteil – wie die Abkommandierung eines deutschen Soldaten an die russische Front.

Vielleicht war die Versetzung Gottes Strafe dafür, dass er jahrelang den Priester gemimt und die Kirche nur als Stipendium für seine eigenen Interessen genutzt hatte. Es gab keine Worte, die seine rasende Wut auch nur annähernd beschreiben hätten können. Er wollte sich bei Bischof Gabriel rächen, bei der Katholischen Kirche und am besten sogar bei Gott selbst. Er stellte sich Gott vor, wie er von oben herabblickte und über ihn lachte. Aber Pater Peter würde nicht so leicht aufgeben. Er war fest entschlossen als Letzter zu lachen. Doch für das Erste war sein Leben in Wien, seiner über alles geliebten Stadt, zu Ende. Er war auf dem Weg nach Jugoslawien.

*Wien, Österreich*
*Juni 1942*

Ich platzierte den Koffer unter dem Restauranttisch so, dass er sicher zwischen meinen Beinen stand. Das tragbare Funkgerät und der sechs Volt Akkumulator waren sicher darin aufbewahrt. Mein Gepäckstück zu verlieren machte mir genauso viel Angst, wie den Mund zu öffnen, um mit den fremden Menschen hier in Wien zu reden. Die Vorstellung, meine einzige Kommunikationsmöglichkeit zu verlieren und dadurch auch die Verbindung zu dem unbekannten Empfänger am anderen Ende, lähmte mich schier.

„Was wollen Sie?", fragte die Kellnerin des überfüllten Cafés unhöflich.

Sie war mittleren Alters und hatte den dicken Unterarm bereits erwartungsvoll auf den Tisch neben den Block gelegt, um die die nächste Frühstücksbestellung aufzunehmen.

„Beeilen Sie sich bitte", bellte sie.

Für mich, als Banater Schwabe aus Ungarn, war es nicht leicht, den Wiener Dialekt zu verstehen. Mein Vater hatte in New York nicht viele Freunde aus Österreich gehabt und so war mir Wienerisch relativ fremd.

„Ähm, nichts. Danke."

Schnell schnappte ich meinen Koffer, zwängte mich aus der Sitzecke und lief panisch zur Tür. Jedes Mal, wenn ich in Wien mit jemanden sprach, hatte ich Angst als amerikanischer Spion entlarvt zu werden und war vor Furcht wie gelähmt. Wenn mich jemand zu lange anstarrte und mein rotes, verschrecktes Gesicht sah, stellte ich mir ein Schild auf meiner Stirn vor: „ICH BIN DEIN FEIND, LIEFERE MICH DEN BEHÖRDEN AUS."

Lieber wollte ich den Hunger noch eine Weile ignorieren. Auf dem Weg zum übervölkerten Westbahnhof konnte ich im dichten Verkehr gerade noch einer der roten Straßenbahnen ausweichen. Auf dem Bahnsteig suchte ich mir eine freie Bank, um auf den Zug nach Jugoslawien zu warten, während ich jeglichen Blickkontakt mit den Einheimischen vermied.

Ein freundlicher Junge, der in der Nähe meiner kalten Metallbank stand, hob im Spiel eine Zeitung vom Boden auf und gab sie mir. Immerhin konnte ich mit Kindern sprechen, ohne gleich in Panik zu geraten. Mir fehlte lediglich ein bisschen mehr Selbstvertrauen, um den Umgang mit den Österreichern zu pflegen.

Ich glättete die zerknüllte, klamme Lokalzeitung und las Nazipropaganda. Österreich war schon vollkommen in der Hand des deutschen Propagandaapparates. Die Nachrichten, die in kursivgeschriebenen Worten auf dem Papier standen, hatten mit denen aus dem alten RCA Radio meines Vaters kaum etwas gemein.

Ein kalter Luftzug blies durch die offenen Tore des Bahnhofs und ließ das feuchte Zeitungspapier flattern. Deutschland stand mit Amerika seit fast einem Jahr im Krieg, was mich offiziell zu einem Kriegsverbrecher machte, wenn man meine falsche Identität als Arbeiter auf dem Weg nach Jugoslawien aufdeckte. Beklommen las ich weiter die Zeitung. Ich wollte sie nicht weglegen, weil sonst womöglich ein Reisender aus Wiens intellektueller Gesellschaftsschicht ein Gespräch mit mir anfangen würde. Allein der Gedanke daran versetzte mich in Angst und Schrecken.

Auf dem Bahnsteig ertönte eine Lautsprecherdurchsage.

„Achtung bitte, der Zug nach Budapest fährt nun auf Gleis drei ein."

Schnell sprang ich von meiner Bank auf und klemmte den alten, abgenutzten Koffer fest unter den Arm, damit das Funkgerät unter dem doppelten Boden nicht herausfiel. Als ich zu dem pünktlich einfahrenden, pfeifenden Zug ging, fragte ich mich, was wohl die Menschen hier über den Krieg dachten. Nach außen hin schienen sie merkwürdigerweise von der Besetzung der Nazis nicht weiter betroffen zu sein. Ich hatte zwar von vereinzeltem Widerstand gegen die deutschen Truppen gehört, aber das generelle Momentum lag wohl bei den Achsenmächten, was zu relativer Stabilität in Österreich führte.

„Nach Budapest bitte einsteigen!", rief der Schaffner, während er eine Metalltreppe einhängte, damit die Reisenden einfacher in den Zug gelangen konnten. Ich ging hastig durch einige Abteile der zweiten Klasse zur Mitte des noch leeren Zuges und setzte mich auf einen freien Platz. Nur zögerlich trennte ich mich von meinem Koffer, um ihn auf das Gepäckgestell zu legen. Ob man mich an der Grenze von Ungarn oder Jugoslawien durchsuchen würde? Allzu gern hätte ich das gute Stück auf meinem Schoß behalten, aber ich wollte damit keine Aufmerksamkeit auf mich ziehen. Eigentlich musste ich mir keine Sorgen machen. Unter dem doppelten Boden war das Funkgerät sicher versteckt und die Wahrscheinlichkeit, dass an der Grenze jedes Gepäckstück einzeln durchsucht werden würde, war nur sehr gering.

Ich lehnte mich in meinem Sitz zurück und versuchte mich für die lange Reise zu entspannen. Ob wohl auch feindliche Personen meine wertvollen, verschlüsselten Nachrichten an die Alliierten abhören würden? Aus militärischer Sicht war Theresiafeld allerdings ein eher unbedeutendes, kleines Bauerndorf und das beruhigte mich wieder ein wenig. Kein deutscher Geheimdienst würde dort einen amerikanischen Spion vermuten.

Nach wenigen Minuten fuhr der Zug zur fahrplanmäßigen Zeit aus dem Bahnhof. Zum Glück war der Sitz neben mir frei geblieben. Der Gedanke an eine gezwungene Unterhaltung mit einem Sitznachbarn auf der Reise nach Jugoslawien war grauenvoll.

Doch plötzlich hörte man, wie sich jemand mit seinem Gepäck gegen die Armlehnen der Sitze stieß. Ein blonder Mann, ungefähr in meinem Alter, zwängte sich mit dicken Lederkoffern durch den engen Gang, ohne Rücksicht auf andere Passagiere zu nehmen.

„Ist dieser Platz hier schon besetzt?", fragte er.

Ich schüttelte den Kopf. Pingelig wischte der Fremde unsichtbare Staubpartikel von den handgefertigten Koffern und verstaute sie auf der Ablage. Dann setzte er sich neben mich. Während er Zeitung las, fiel mein Blick auf seine gepflegten Schuhe und die saubere Hose. Seine äußere Erscheinung war das Gegenteil von meiner Aufmachung, die mich als Arbeiter auf der Suche nach einer Anstellung in Theresiafeld tarnte.

Ich vermied den Blickkontakt mit ihm und wandte mich zum Fenster, wo man gerade den Stephansdom langsam in der Entfernung verschwinden sah. Jetzt war ich auf dem Weg in den Osten, den Adolf Hitler und seine Kriegsmaschine im Laufe der letzten Jahre besetzt hatte. Die Fahrt nach Belgrad würde noch ziemlich lange dauern. Mein Magen zog sich zu einem Knoten zusammen, weil der Fremde mit dem teuren Gepäck nun die ganze Zeit neben mir sitzen würde.

„Entschuldigung", murmelte ich, während ich die offene Zeitung des Mannes zu Seite stieß. Schnell verschloss ich die Toilettentür hinter mir, ließ mich auf die Knie fallen und übergab mich. Die starke Anspannung und das Schaukeln des Zuges waren für meinen Magen zu viel. Ich war ein einziges Nervenbündel und offensichtlich eignete ich mich nicht als Spion. Als ich vor der Toilettenschüssel kniete, musste ich unweigerlich an meine erste Reise denken, als ich damals als kleiner Junge zusammen mit meinem Vater auf dem Ozeandampfer nach Amerika zu unserem neuen Leben fuhr.

Hinter mir klopfte jemand an die Tür und betätigte die Klinke, damit ich schneller das winzige Klosett verließe.

„Moment noch!", rief ich.

Bevor ich wieder zu meinem Sitz zurückkehren konnte, musste ich mich erst einmal beruhigen. Aus der rechten Hosentasche holte ich die goldene Glücksmünzen, die mir mein Vater vor der Abreise geschenkt hatte. Ich rieb sie zwischen den Fingern, atmete tief ein und wischte mir dann mit dem alten, bestickten Taschentuch von meiner Mutter den Mund sauber.

„Entschuldigung."

Ich zwängte mich rasch an dem unruhig wartenden Fahrgast, der zur Toilette wollte, vorbei und kehrte an meinen Platz zurück.

Während der Zug unaufhaltsam gen Osten zur ungarischen Grenze fuhr, schaffte ich es, mich ein wenig zu entspannen. Ich hatte vor, meinen Mut zu sammeln, um wenigstens ein paar Worte mit dem jungen Mann zu wechseln.

„Hmm."

Hatte er etwas gesagt? Wollte er mit mir sprechen? Ich blickte zum ihm und sah den zynischen Ausdruck in seinem Gesicht über etwas in der Zeitung. Offensichtlich ärgerten ihn die verwässerten Worte der streng kontrollierten österreichischen Presse. Er stand dem Krieg wohl eher skeptisch gegenüber. Seine Reaktion auf den Zeitungsartikel beruhigte mich ein wenig. Vielleicht war er ein freigeistiger Österreicher? Wenn man mich als Spion entlarvte, würde sich der Fremde neben mir dann überhaupt darum scheren, dass ich ein Amerikaner war?

Ich fasst mir ein Herz und sagte:

„Es wird noch ein paar Stunden dauern, bis wir in Budapest sind."

Mein Magen beruhigte sich. Es war mein erster Versuch, freiwillig jemanden anzusprechen und es fühlte sich gut an, endlich das Eis zu brechen. Obwohl er mich gehört hatte, wandte er sich nicht zu mir. Widerstrebend hob er den Blick von der Zeitung und musterte mich in meiner schäbigen Arbeiterkleidung. Unbeeindruckt sah er auf seine Armbanduhr, um meine Feststellung zu bestätigen und widmete sich ohne ein weiteres Wort wieder seiner Zeitung. Für den Fremden hatte wohl ein Bauer wie ich nur wenig interessantes Gesprächsmaterial zu bieten. Dennoch war ich mit meinem mutigen Versuch zufrieden und konzentrierte mich auf die österreichische Landschaft vor meinem Fenster.

Als der Zug an der Grenze hielt, wagte ich erneut, meinen Sitznachbarn zur Unterhaltung anzuregen.

„Ich glaube, wir sind jetzt an der österreichischen Grenze."

Wieder keine Antwort. Er stand auf, um einen der riesigen Lederkoffern von der Ablage herunterzuholen. Als er seinen Mantel auszog und ihn in den Koffer legte, kam zu meinem Erstaunen ein weißer Kragen zum Vorschein, der ihn als Geistlichen zu erkennen gab. Er warf mir einen kurzen Blick zu, um meine Reaktion auf sein Priesteramt zu sehen. Meine lästigen Konversationsversuche erweckten wahrscheinlich den Eindruck von Weltfremdheit und geographischer Unkenntnis, weil ich immer das sagte, was ohnehin offensichtlich war und sogar erwähnte, dass der Zug an der österreichischen Grenze hielt.

„Wie lange, glauben Sie, werden wir hier anhalten?", fragte ich.

„Keine Ahnung."

Ganz offensichtlich gingen dem Priester meine blöden Fragen auf die Nerven.

„Den Pass bitte!"

Wir reichten dem Grenzbeamten, der vom hinteren Ende des Zuges zu uns vorgedrungen war, unsere Ausweise. Ich hatte bei der Ankunft in Europa mit meinem Reisepass keine Probleme gehabt und war zuversichtlich, dass ich auch die Kontrolle des übermüdeten Grenzbeamten bestehen würde.

„Was ist Ihr Reiseziel, Herr Pfarrer?", fragte er.

„Theresiafeld in Jugoslawien", antwortete der Priester.

Ich konnte kaum glauben, was ich hörte.

„Und Ihres, Hans Müller?"

„Auch Theresiafeld", sagte ich.

Bisher hatte mich noch niemand bei meinem Decknamen genannt, und es war ungewohnt, darauf zu reagieren. Zu Hause nannten mich alle außer meinem Vater „John". Als man auf der Farm meine Entsendung vorbereitete, hatte man sich entschlossen, meinen echten Namen zu verdeutschen, weil er sehr einprägsam war. Bevor wir nach Amerika auswanderten, hießen wir Müller. Aber auf der Einreisebehörde auf Ellis Island, schrieb der Immigrationsbeamte unseren Familiennamen falsch als „Miller" und mein Vater machte sich nicht die Mühe, ihn korrigieren zu lassen. Mein Nachname blieb „Miller", bis ich Agent wurde und die Behörden ihn ironischerweise wieder zu „Müller" machten.

Der Grenzbeamte warf unsere Pässe auf den Schoß und ging zum nächsten Passagier. Innerhalb kürzester Zeit war die Kontrolle beendet und der Zug fuhr über die Grenze nach Ungarn.

„Sie reisen also nach Theresiafeld, Herr Pfarrer?", fragte ich den Priester.

„Ja, das ist richtig."

„Ich auch!"

"Das habe ich soeben gehört."

Offensichtlich war der Mann nicht so darüber erfreut, dass wir ein gemeinsames Reiseziel hatten, wie ich. Ich dagegen war irgendwie erleichtert, dass ich in dem kleinen Dorf nicht der einzige Neuling sein würde.

„Fahren Sie zum ersten Mal nach Jugoslawien?", fragte ich.

„Ja."

„Wo kommen Sie eigentlich her?"

„Österreich."

„Ich komme aus einem kleinen Bauerndorf in Ungarn."

„Na wunderbar", antwortete der Priester ironisch.

Da ich nun mehr Selbstvertrauen gewonnen hatte, langweilte ich den Mann mit meiner erfundenen Lebensgeschichte. Es wäre mein echter Lebenslauf gewesen, wenn mein Vater wieder in unser Dorf nach Ungarn zurückgekehrt wäre, wie er es ursprünglich vorgehabt hatte. Ganz offensichtlich war der Priester von meiner Tarnung, die ich wochenlang im Spionagetraining auf der Farm einstudiert hatte, nicht sehr beeindruckt.

„Glauben Sie, Sie werden Wien vermissen?", wollte ich wissen.

Er senkte den Blick und zog eine kleine Metallflasche aus seiner schwarzen Anzugjacke hervor.

„Ja, da bin ich mir sicher."

Ich beobachtete ihn, wie er einen großen Schluck aus dem glänzenden Behälter nahm. Warum hatte er das Priesteramt zu seinem Beruf gemacht? Er machte nicht wirklich den Eindruck eines sehr religiösen Mannes. Gottes Werk zu verrichten schien eher eine Arbeit zum Lebensunterhalt zu sein, als wirklich seine Berufung.

Wir verließen den Budapester Bahnhof und von meinem Fenster aus sah ich, wie das Mondlicht ab und an von den Wellen der dunklen Donau widergespiegelt wurde. Es waren die letzten Blicke auf den Fluss. Der Zug ratterte weiter Richtung Südosten durch Ungarn und ich dämmerte ein. Im Halbschlaf sah ich meine ersten Vorfahren vor mir, wie sie in einem Kahn die Donau hinunterfuhren. Sie hatten keine ehrgeizigen Ziele wie ich als Jurist. Diese ersten deutschen Kolonisten wollten einfach nur vor der horrenden Steuererhebung ihres Heimatlandes flüchten und günstiges Ackerland erwerben. Meine Mission könnte nun das bäuerliche Leben, das die deutschen Pioniere vor mehr als zweihundert Jahren schufen, gefährden...

Die Intervalle zwischen den dumpfen Stößen durch die Bahnschwellen wurden größer als der Zug abbremste und ich kehrte im voll besetzten Zugabteil wieder zur Realität zurück. Mein Weggefährte schlief in zusammengekauerter Haltung, die leere Metallflasche baumelte von seiner Hand. Als der Zug langsamer wurde, bewegte er sich und erwachte schwerfällig. Der Mond, dessen Licht sich in den glasigen Augen des Geistlichen widerspiegelte, leuchtete durch das Fenster herein und machte sichtbar, dass der Priester betrunken war. Mit seinem übermäßigen Alkoholkonsum schien er eine Leere füllen zu wollen und einen Schmerz zu bekämpfen, den sein religiöser Glaube nicht beseitigen konnte. Irgendwie tat er mir leid.

Wir fuhren in den Bahnhof ein. Als ich aus dem Fenster blickte, fiel ich fast vom Sitz.

„Sind das Wehrmachtsoldaten?"

„Ja."

Beim Anblick der deutschen Soldaten, die in ordentlicher Uniform auf dem gegenüberliegenden Bahnsteig warteten, schlug mein Herz schneller. Seit meiner Ankunft in Europa, sah ich nun zum ersten Mal so viele deutsche Truppen. Sie jagten mir Angst ein.

„Wo fahren sie denn hin?", fragte ich.

„Wahrscheinlich haben Sie Fronturlaub und fahren nach Deutschland zurück", antwortete der Priester.

Dies war mein erster Versuch, Informationen einzuholen. Ausgerechnet von einem

Geistlichen. Am liebsten hätte ich sofort mein Funkgerät benutzt, obwohl solche Hinweise für die Europaabteilung sicherlich recht nutzlos waren. Schon fuhr unser Zug weiter und durch das trüben Fenster blickte ich den Wehrmachtssoldaten solange nach, bis sie aus meinem Sichtfeld verschwunden waren.

Stundenlang fuhren wir durch die kargen Ebenen Jugoslawiens. Mein alkoholisierter Reisepartner schlief bald wieder ein. Die restliche Wegstrecke war unerträglich langweilig, weil niemand zur Verfügung stand, mit dem ich meine Tarnung hätte proben können.

„Herr Pfarrer, wird sind da."

Ich stieß ihn mehrmals leicht an, aber er rührte sich kaum.

„Wir sind in Belgrad. Aufwachen."

"Ja, ja, schon gut."

Ich wollte ihn nicht verärgern, aber gleichzeitig wollte ich auch nicht, dass mein einziger Kontakt in Theresiafeld den Ausstieg verpassen würde. Er zog die großen Lederkoffer herunter und taumelte zum Ausgang.

Ich wusste zwar, dass das Bauerndorf Theresiafeld ungefähr zwanzig Kilometer nördlich von Belgrad lag, aber ich hatte keine Ahnung, wie man dorthin kam. In der Hoffnung, dass mein priesterlicher Reisebegleiter das Problem für sich gelöst hatte, folgte ich ihm aus sicherer Entfernung. Er stolperte durch den Bahnhof von Belgrad und zog sein teures Gepäck hinter sich nach, als er davonwankte. Ein gepflegter Mann in sauberer Arbeitskleidung sprach ihn an und nahm zwei seiner Koffer entgegen. Während sie redeten ging ich zu den beiden hinüber.

„Herr Pfarrer. Entschuldigen Sie bitte. Wissen Sie vielleicht, wie man nach Theresiafeld kommt?"

Wahrscheinlich wusste er es nicht, aber hoffentlich würde mir der andere Mann zur Hilfe kommen. Sichtlich ungehalten über meine Gegenwart reagierte der Priester nicht. Er blickte nur seinen Gesprächspartner an, damit ihm dieser jegliche Interaktion mit mir ersparte.

„Sie können mit uns fahren. Ich nehme Sie gerne nach Theresiafeld mit", antwortete der Mann auf Deutsch.

Sein Dialekt war dem meines Vaters sehr ähnlich und ich war erleichtert, dass ich mich nicht mehr anstrengen musste, um etwas zu verstehen. Ich nickte. Er nahm auch das restliche Gepäck des Priesters und wir verließen den Bahnhof. Draußen umfing uns die kalte Nachtluft. Der Mann sprach wieder mit dem Priester und ich war wirklich überrascht, wie ähnlich sein Deutsch meinem eigenen war. Das würde mir den Start in Theresiafeld erleichtern, weil ich vielleicht doch nicht so viel Aufmerksamkeit auf mich zog. Der kleine Koffer, in dem ich auch das Funkgerät versteckt hielt, war mein einziges Gepäckstück, aber er wurde mir allmählich zu schwer. Endlich erreichten wir den einspännigen Wagen des Mannes.

„Springen Sie auf", sagte er.

Ich schob meinen Koffer auf die Ladefläche des Karren, auf dem noch das Stroh der letzten Weizenernte lag, und hüpfte hinauf.

„Bitte vorsichtig damit!", rief der Priester dem Mann zu, der die dicken Lederkoffer unachtsam auf den Wagen warf. Ohne zu fragen setzte sich der rücksichtslose Kirchenmann vorne auf den Kutschersitz und ich begnügte mich mit meinem Platz auf der Ladefläche.

„Vielen Dank, dass Sie mich nach Theresiafeld mitnehmen", sagte ich.

„Keine Ursache."

Auf der letzten, holprigen Wegstrecke meiner Reise dachte ich darüber nach, wo ich wohnen und wie mein Leben, neben der Informationsbeschaffung, werden würde.

„Geht es Ihnen gut da hinten?", fragte der Wagenlenker.

„Ja, alles bestens."

Während wir auf der unebenen Schotterstraße entlangfuhren, drehte sich der Priester kein einziges Mal um, weil er an meinem Wohlergehen kein Interesse zeigte.

„Haben Sie Verwandte in Theresiafeld, Pater Peter?", fragte der Mann.

„Nein, keine."

Ich hatte den jungen Priester auf der gesamten Fahrt von Wien nicht nach seinem Namen gefragt. Obwohl ich ihm egal war, beruhigte es mich, wenigstens eine Person in der deutschen Gemeinschaft zu kennen. Der Wagen rollte an abgeernteten Feldern und recht abwechslungsreicher Landschaft vorbei. Weißgetünchte Häuser säumten auf beiden Seiten unseren Weg und schützten uns vor dem Wind. Sie standen in gerader Reihe, wie einst die Janitscharen des Sultans, als die weiten Ebenen des Banats noch zum Osmanischen Reich gehörten.

Ab heute würde es meine Aufgabe sein, durch das gemeinsame Leben mit den Banater Schwaben aus Theresiafeld, Informationen für die amerikanische Seite des Krieges einzuholen.

„Moment, bitte!", rief ich.

Aufgeschreckt durch das Klopfen an der Tür, versuchte ich schnell das Funkgerät unter dem doppelten Boden im Koffer zu verstecken.

„Ich muss Ihnen etwas sagen, Herr Müller."

Es war mein Hauswirt, ein unruhiger, hektischer Mann, in dessen Gasthaus ich schon seit einigen Wochen wohnte.

„Ich bin sofort bei Ihnen!"

Ich klappte den Deckel zu und versteckte den Koffer hinter den dunklen Bettpfosten, die bis zur Zimmerdecke reichten. Dann ließ ich ihn in mein Zimmer, das nicht nur zum Schlafen diente, sondern auch mein provisorisches Spionagehauptquartier in Theresiafeld darstellte.

„Es gibt gute Neuigkeiten, Herr Müller."

Der deutsche Hausherr war der stolze Besitzer der Gaststätte des Ortes und mir gegenüber sehr zuvorkommend, wahrscheinlich weil ich die Miete pünktlich zahlte.

„Ja, welche denn?", fragte ich.

„Ich habe es arrangiert, dass Sie heute Abend mitspielen dürfen."

„Sehr schön. Um wie viel Uhr geht es los?

„Kommen Sie gegen zweiundzwanzig Uhr zur Schenke herunter."

Ich hatte ihm etwas Geld zugesteckt, damit er mich der Kartenrunde vorstellte, die fast jeden Samstag in der Wirtsstube spielte. Eine relativ kleine Gruppe gut gekleideter Herren traf sich heimlich im verrauchten Hinterzimmer, um eine Theresiafelder Art des Pokers mit hohem Geldeinsatz zu spielen. Die Teilnehmer des berüchtigten Kartenspiels waren einflussreiche Kaufleute aus der Ortschaft. Ich hoffte, dass sie nach ein paar hochprozentigen

Schnäpsen die eine oder andere wertvolle Information für die Alliierten durchsickern lassen würden.

„Erzählen Sie aber bloß niemandem, dass ich meine Gäste anstifte, bei diesem Spiel mitzumachen."

„Machen Sie sich darüber keine Sorgen."

Er war ein frommer Mann, der praktisch dachte. Von der tratschenden Dorfbevölkerung wollte er anscheinend als ehrlicher Hauswirt angesehen werden und nicht publik machen, dass er das Pokerspiel in seinem Hause zuließ. Wahrscheinlich wusste niemand, dass er für die Organisation und die Bereitstellung des Schnapses Geld kassierte und das vermutlich in solch ausreichender Menge, dass er diese Ausnahme moralisch vertreten konnte.

Seit meiner Ankunft in Theresiafeld war ich noch nicht auf verwertbare Informationen gestoßen, die für die Alliierten von Nutzen gewesen wären. In den ersten Wochen hatte ich mich vor lauter Furcht in meinem verkrochen und war nur gelegentlich für einen schnellen Happen in die Wirtsstube hinuntergegangen. Allmählich aber hatte ich mich mit meiner Agentenrolle angefreundet und begann langsam das Gespräch mit den Leuten verschiedener Nationalitäten zu suchen. Es waren Serben, Deutsche und Kroaten, die auf der Durchreise im Gasthaus Halt machten. Die ortsansässige Bevölkerung Theresiafelds hingegen, bestand fast ausschließlich aus Deutschstämmigen, was die Kommunikation erleichterte, da ich kein einziges Wort Serbokroatisch konnte.

„Dann also bis später", verabschiedete ich den Wirt.

„Ja Herr Müller, bis heute Abend."

Ich drückte ihm ein paar Dinare in die Hand und nachdem er hinausgegangen war, sperrte ich die Tür wieder ab. Auch diesmal hatte ich vergessen, ihn nach seinem Beinamen zu fragen. Fast hätte ich ihn zurückgerufen, aber ich musste wieder an mein Funkgerät. Die Banater Schwaben hatten die lästige Angewohnheit, jedem einen zusätzlichen Rufnamen zu verpassen, was das Einprägen erschwerten.

Nach einem kurzen Nickerchen, schlüpfte ich in meine neuen Schuhe von einem Schuster aus dem Ort und ging hinunter ins Wirtshaus. Die Schuhe und die neuerworbene Kleidung ließen mich im Dorf weniger verdächtig aussehen und machten es leichter, mich unter das Volk zu mischen.

„Sind sie schon da?", fragte ich.

„Ja, gehen Sie hinter!"

Der Wirt, der gerade Bier zapfte, das durch gekühlte Rohre aus dem Keller kam, musste fast schreien, um den Lärm der vielen Gäste an diesem Samstagabend zu übertönen. Auf dem Weg in das kleine Hinterzimmer, sah ich, wie einer der Männer aus dem Ort gerade ein Kind aus Spaß an seiner Pfeife ziehen ließ.

Aus Gesprächen mit anderen Theresiafeldern, war ich über einige der Kartenspieler gut informiert und überzeugt davon, dass ich durch sie an wertvolle Informationen für die Europaabteilung herankommen könnten. Ich grüßte einige der angeheiterten Stammgäste, die ich vom Sehen kannte. Selbst im betrunkenen Zustand konnten sie heraushören, dass ich einen ungarisch-deutschen Akzent hatte, und es war offenkundig, dass ich nicht von hier stammte. Vorher war ich in Sorge gewesen, dass ich mich verraten würde, sobald ich meinen Mund öffnete, aber den meisten Leute schien es gleichgültig zu sein, woher ich kam, Hauptsache ich war auch deutschstämmig wie sie.

Weitere Kartenspieler bahnten sich den Weg zu dem halbprivaten Raum am anderen Ende der Gaststätte. Nachdem ich mich endlich von meinen betrunkenen Bekannten lösen konnte, die ich im Laufe der letzten Woche hier kennengelernt hatte, ging auch ich zum Hinterzimmer.

Ich schob den grauen Vorhang zur Seite, der den lauten Gastraum abtrennte und ging hinein. Nur eine einzige, elektrische Lampe leuchtete über dem geschreinerten Tisch und erst als ich nähertrat, konnten mich die anderen Spieler sehen.

„Guten Abend. Ich möchte an dem Spiel teilnehmen", sagte ich.

„Dann sind Sie also mein Spielpartner heute Abend?", fragte einer der Männer, der aus einer dunklen Ecke des winzigen, rauchigen Raumes zu mir herüberhinkte.

„Ja, das nehme ich an", sagte ich.

„Johann Reichinger."

Der gehbehinderte Mann reichte mir zum Gruß die Hand, wobei seine wulstigen Finger kräftig zudrückten. Dann setzte er sich gegenüber von mir an den Tisch, um das typische Banater Kartenspiel, das sich „Fuchser" nannte, zu beginnen. Mein Vater hatte es mir bereits als Kind beigebracht. Mit meinen Freunden von der Uni hatte ich es immer mit einem amerikanischen Kartendeck von zweiundfünfzig Karten gespielt, aber wahrscheinlich war es nicht sehr schwierig, mich auf den ungarischen Satz mit weniger Spielkarten umzustellen. Man spielte jeweils in Paaren und der Wirt hatte erreicht, dass ich heute Abend der Partner von Johann Reichinger war, einer der wohlhabensten Landbesitzer in Theresiafeld. Ich wusste nicht viel über den hinkenden Bauern, nur, dass ihm fast das meiste Land in Theresiafeld gehörte, was in dieser bäuerlichen Gegend der Maßstab für Reichtum war. Mein Mitspieler besaß anscheinend zwanzigfach mehr Grund und Boden, als mein Vater damals.

„Das ist Fetter Matz, mit dem ich schon seit hundert Jahren befreundet bin", sagte Reichinger.

„Hallo Matz."

„Und das ist…"

„Ich heiße Valmer."

Der Mann ließ seinen Zigarettenstummel auf die Holzdielen fallen und kam mir ungemütlich nahe, als ob er mir vom Gesicht ablesen wollte, um etwas über mich herauszufinden, bevor das Spiel begann.

Ich zündete mir eine filterlose Zigarette an. Weil so viele Männer im Dorf starke Raucher waren, hatte ich mir ebenfalls diese Gewohnheit zugelegt. Im Vergleich zu meiner Kindheit im ungarischen Dorf meines Vaters, hatten sich die Lebensbedingungen der Banater Schwaben deutlich verbessert. Trotz Krankheiten, Diskrimination und Krieg schien es dieser deutschen Bauerngemeinschaft deutlich besser zu gehen, als derjenigen damals, die wir verlassen hatten. Elektrizität hatte die alten Kerosinlampen verdrängt. Statt der alten Pferdepflüge aus Metall verwendeten die meisten Bauern nun moderne Traktoren, die gerade auf die nächste Erntezeit im Herbst warteten. Ich hatte keinen Zweifel darüber, dass sich die Lebensqualität für den Durchschnittsbauern in Theresiafeld seit meinen Kindheitstagen verbessert hatte, doch das war nur ein mikroskopisch kleiner Ausschnitt der Kriegsregion Europas.

„Jetzt spiel schon die Karten aus, Valmer", forderte Reichinger auf.

Von der anderen Seite des Tisches hatte Valmer, der ein abgebrühter Spieler war, seine stumpfen Blicke auf mich gerichtet. Er ließ mich auch nicht aus den Augen, als er geschickt die ungarischen Spielkarten austeilte, obwohl ihm an einer Hand zwei Finger fehlten. Gerüchten zufolge hatte er vor einigen Jahren mit einem anderen Mann aus dem Ort um große Flächen Ackerland gespielt und war dadurch fast zu seinem gesamten Landbesitz gekommen.

„Sie können doch Fuchser spielen, oder, Magyar?"

Valmer schob die bunt gemusterten Karten mit dem Gesicht nach unten zu den anderen drei Spielern.

„Ja, natürlich."

Die Männer konzentrierten sich, als sie die Karten vom Tisch aufnahmen.

„Und Sie werden auch nicht wie ein typischer Magyar die Beherrschung verlieren, wenn ich Ihnen heute Abend das Geld abknöpfe?", neckte mich Valmer.

Während ich mein Blatt betrachtete, grinste ich zurück. Der Kartengeber mit der entstellten Hand hatte sofort meinen ungarisch-deutschen Akzent herausgehört und nannte mich im Scherz einen heißblütigen Ungar. Die Volkdeutschen von hier legten ein gewisses Elitedenken an den Tag, wenn sie sich mit anderen Banater Schwaben verglichen. Jetzt aber, da Jugoslawien von den Deutschen besetzt worden war, wurde aus der freundlichen Rivalität zwischen den deutschstämmigen Gruppen fast schon Feindseligkeit. Die abwertenden Bezeichnungen, bei denen fortan ein nationalistischer Unterton mitschwang, hatten mittlerweile ihren Weg auch bis in diesen Gasthauswinkel gefunden.

Als die letzte Karte meines Blattes zu mir hinübergeschoben wurde, musste ich fast über die Ironie der Situation lachen. Der

Name des Kartenspiels war dem meines Codenamens, für die Übermittlung verschlüsselter Nachrichten recht ähnlich. Ich signierte meine Funknachrichten aus Theresiafeld mit „Der Fuchs".

„Wie geht es eigentlich deinem Sohn, Matz?", erkundigte sich Reichinger, der seine Karten dabei nicht aus den Augen ließ.

„Ganz gut. In ein paar Wochen wird er nach Hause kommen, weil der Lagerkommandant eine auf Deutsch verfasste Karte von mir gesehen hat."

„Wieso, was ist mit ihm geschehen?", wagte ich zu fragen.

„Mein Sohn war in der jugoslawischen Kavallerie, als die Deutschen einmarschierten. Er wurde von ihnen gefangen genommen und nach Deutschland gebracht."

„Die Familie von Matz ist nicht gerade berühmt dafür, zur richtigen Zeit am richtigen Ort zu sein", bemerkte Reichinger, als er eine Eichelkarte auf den Haufen in die Mitte warf. Mein Spielpartner war offensichtlich kein sensibler Mann, der einfühlsam mit den Problemen anderer umging, nicht einmal, wenn sie so ernst waren wie die seines Freundes, dessen Sohn in Deutschland in Kriegsgefangenschaft war.

„Wie sollen die Deutschen denn Europa erobern, wenn sie sogar so dumm sind und ihre eigenen Landsleute gefangen nehmen?", gab Matz zu bedenken.

Auf dem Kartenhaufen sammelten sich nun viele Karten mit Eicheln und Schellen und die Unterhaltung, die sich ausschließlich um den Krieg drehte, wurde immer interessanter. Dies war endlich genau eine der Begebenheiten, die sich meine Vorgesetzten in Amerika im Spionagetraining vorgestellt hatten.

„Was ist aber, wenn das Blatt sich wendet und die Deutschen verlieren?", fuhr Fetter Matz fort. „Ein Freund von mir, der in der deutschen Armee dient, behauptet, dass seine Einheit auf einen kroatischen Rebellen namens Tito gestoßen ist."

Ich hörte gespannt zu, während ich weiter auf Valmers Hand mit den drei Fingern starrte, die an den Karten festzukleben zu schien. Hoffentlich würde er sich auch in das Gespräch einbringen. Denn von meinen Kontakten im Gasthaus wusste ich, dass er Weinhandel betrieb, wodurch er mit vielen Leuten im Banat in Kontakt kam und Neuigkeiten über den Krieg erfuhr, von denen man in Theresiafeld keine Ahnung hatte.

„Niemand weiß, ob es diesen Tito wirklich gibt", beschwichtigte Reichinger. „Ich habe auch schon gehört, dass er womöglich umgebracht wurde. Vielleicht lassen diese serbischen Terroristengruppen seinen Namen weiterleben, weil sie dadurch leichter Unterstützung für ihr Anliegen bekommen."

„Und was ist mit diesem serbischen Nationalisten Mihajlović? Ich dachte seine Tschetniks seien die wahren terroristischen Feinde des deutschen Militärs", bemerkte Valmer.

„Einige Serben, mit denen ich geschäftlich zu tun habe, erzählten Gerüchte, dass Mihajlović Absprachen mit den Deutschen trifft", sagte Reichinger.

„Und woher wollen sie das wissen?", fragte Valmer.

„Wann hast du denn das letzte Mal etwas im Radio darüber gehört, dass die Tschetniks gegen die deutschen Truppen kämpfen", erwiderte Reichinger.

Schnell blickte ich wieder auf meine schlechten Karten mit dem doppeldeutschen Blatt, als Valmer zu mir herüberstarrte.

„Diese Tschetniks und Partisanen sind vollkommen unorganisiert. Ich habe sogar gehört, dass sie sich gegenseitig bekämpfen", behauptete Reichinger. „Egal ob Mihajlović oder Tito, jedenfalls wird keiner dieser Rebellen es schaffen, als echte Militärmacht gegen unsere eigenen deutschen Truppen dazustehen."

„Unser Militärexperte hat gesprochen", kommentierte Fetter Matz. „Reichinger hat wegen seines kranken Rückens nicht im Ersten Weltkrieg gedient und jetzt erteilt er uns Lektionen."

„Als die Militärfront im letzten Krieg durch Theresiafeld zog, mussten wir unser Dorf vorübergehend verlassen", erzählte Valmer. „Als der Krieg beendet war, sind wir alle wieder heimgekehrt. Diesmal wird es wahrscheinlich ähnlich sein, wenn es für die Deutschen schlecht läuft."

Während der anregenden Unterhaltung warfen die Spieler im nebligen Licht weiter ihre Karten auf den Tisch. Der Stoß in der Mitte wuchs.

„Da liegst du aber falsch, Valmer!", entgegnete Reichinger. „Es wird nicht wieder so sein, wie letztes Mal! Die Deutschen werden ihre Herrschaft über Jugoslawien nicht verlieren!"

Zur Beruhigung meiner Nerven trank ich von meiner Weinschorle, während ich die hitzige Debatte gespannt verfolgte. Reichinger war sich seiner Sache sehr sicher und tat seine Meinung kund. Der rauchigen Dunst des Hinterzimmers wurde dichter und dichter und es war schon spät in der Nacht. Ich hatte Mühe, meine geröteten Augen offenzuhalten und mich auf alle Informationen zu konzentrieren.

„Ich habe dieses negative Gerede satt!", rief Reichinger und schlug mit der Faust auf den Tisch. Erschrocken fuhr ich hoch und sah Valmers fein säuberlich geordneten Geldstapel auf den Boden segeln.

„Mir ist es egal, ob die Amerikaner beim Krieg mit dabei sind oder nicht! Du hörst doch von den Siegen im Radio."

„Lasst uns darauf anstoßen!" Ich hob mein Glas und gab vor, etwas angetrunken zu sein.

Die doppeldeutschen Karten wurden einige weitere Dutzend Male gemischt und das Spiel fand immer noch kein Ende. Jetzt, da ich mein Ziel erreicht hatte und zu interessanten Informationen über den Krieg gelangt war, spielte ich gewagter und hoffte, auf diese Weise aus der Runde aussteigen zu können.

„Unser Neuer hier am Tisch hat heute Abend noch nicht sehr viel gesagt. Wer wird denn Ihrer Meinung nach den Krieg gewinnen, Magyar?"

Diese aufdringliche Frage kam von Valmer. Ich saß wie versteinert da und starrte auf die große Menge jugoslawischer Dinare in der Mitte.

„Weiß ich nicht", sagte ich.

„Dann raten Sie doch. Das ist wie bei diesem Fuchserspiel. Sie müssen sich über Ihren Gegner eine Meinung bilden, bevor Sie ihn vernichten oder den Einsatz erhöhen."

Seine Frage klang gefährlich und mir wurde unwohl. Am liebsten wäre ich vom Tisch aufgestanden und auf mein Zimmer gegangen, aber erst musste ich Valmer eine Antwort geben. Ich wartete noch einen Moment, in der Hoffnung, dass der gerissene Spieler auch noch jemand anderen fragen würde und ich somit aus dem Schneider wäre. Das Schweigen hielt an. Von meinen zahllosen Unterrichtseinheiten auf der Farm in Washington wusste ich, dass meine Antwort nicht zu viel Aufmerksamkeit erregen, aber auch nicht zu naiv oder patriotisch sein durfte.

„Wer immer auch gewinnen mag, so wird man doch in ganz Europa weiterhin Brot brauchen und die Banater Schwaben werden es backen."

Ich musste mich sehr zusammennehmen, damit man mir die Nervosität nicht anmerkte. Schnell nahm ich einen großen Schluck aus meinem fast leeren Weinschorleglas.

„Gute Antwort, Magyar."

Valmer grinste mich an, während er eine Wilhelm-Tell-Karte auf meinen Dinarstapel in der Mitte des Tisches legte. Das war für Reichinger und mich der Todesstoß in diesem Fuchserspiel.

„Das war es, meine Freunde. Ich habe an diesem Abend genügend Geld verloren."

Ich musste schnell weg von hier. Die Angst, aufzufliegen hatte meine Knie wacklig werden lassen.

„Kommen Sie jederzeit wieder, Magyar. Ihr Geld ist hier immer gerne gesehen."

„Klar."

Valmer blätterte mit seinen drei Fingern durch den Geldstapel und zählte flüsternd den Gewinn.

„Was machen Sie eigentlich hier in Theresiafeld?", fragte er noch beiläufig.

„Die Stelle, die ich in Aussicht hatte, hat sich leider zerschlagen. Nun suche ich nach Arbeit, vor allem nach dem heutigen Abend."

Einen kurzen Moment dachte ich schon, er würde weiterbohren und mich nach dieser erfundenen Stelle ausfragen. Unter dem Einfluss der Weinschorle war ich nicht mehr ganz bei klarer Verfassung und hätte Schwierigkeiten gehabt, weiterhin meine Tarnung aufrecht zu halten.

„Am kommenden Samstag geben meine Frau und ich ein kleines Fest nach der Messe", sagte Reichinger. „Eine Art Willkommensfeier für unseren neuen Priester hier in Theresiafeld. Kommen Sie doch auch! Vielleicht können wir auch etwas für Sie finden, um das Geld zurückzubekommen, dass ich heute wegen Ihnen verloren habe."

„Danke. Gern."

Damit Valmer mir keine weiteren unangenehmen Fragen stellte, verließ ich schnell den verrauchten Raum und ging an den letzten Gästen vorbei, nach oben auf mein Zimmer. Als ich endlich im Bett lag, war ich vor Furcht, als Spion entlarvt zu werden, immer noch zittrig.

Mein Kopf sank schwer ins Daunenkissen. Die Eindrücke der letzten Wochen in Theresiafeld gingen mir durch den Kopf. Die Banater Schwaben waren dem Krieg gegenüber doch anders eingestellt, als ich es erwartet hatte. Manche, wie mein Spielpartner Reichinger, brachten den Deutschen unerschütterliches Vertrauen entgegen und glaubten fromm alles, was sie über deren Feldzugsiege im Radio hörten. Die meisten Theresiafelder aber interessierten sich hauptsächlich für den Preis ihrer Ernteerzeugnisse und hofften, dass ihre Familien und Freunde von den Folgen des Krieges weitestgehend verschont blieben und dass sie ihre ethnische Identität bewahren konnten, die durch die serbische Mehrheit bedroht war.

Am nächsten Tag, nachdem ich den halben Morgen gebraucht hatte, um nüchtern zu werden, stahl ich mich zum Versteck meines Funkgeräts und schickte eine verschlüsselte Nachricht.

DER FUCHS EMPFIEHLT NICHT MEHR DIE TSCHETNIKS UNTER MIHAJLOVIC ZU UNTERSTÜTZEN, SONDERN

FORTAN JOSIP BROZ TITO UND SEINE
KOMMUNISTISCHEN PARTISANEN.

Dies war die erste wertvolle Nachricht, die ich seit meiner
Ankunft in Theresiafeld schickte. Es war gut, dass ich in diesem
Krieg Amerika wenigstens auf meine bescheidene Weise helfen
konnte.

## *Jugoslawisches Banat*
## *Juli 1942*

„Entschuldigen Sie bitte!", sagte ich zu der älteren Frau mit gekrümmten Rücken, die unter ihrem schwarzen Kopftuch verborgen aus der Barockkirche am Marktplatz von Theresiafeld kam. Sie blickte auf den unebenen Schotterboden und ihre ausgetretenen Schuhe. Sie hörte mich nicht. Die Sonntagsmesse war schon seit mehr als einer Stunde vorüber, aber viele Frauen verließen die Kirche erst jetzt, weil sie noch für ihre Angehörigen in der deutschen Armee gebetet hatten.

„Entschuldigung."

„Ja, bitte?", ihre brüchige Stimme klang unter dem schwarzen Tuch, das ihr faltiges Gesicht verhüllte, hervor.

„Ich suche Reichingers Gut", sagte ich.

Sie zeigte mit verkrümmter Hand, die vom Weizenbündeln voller Schwielen war, auf die großen Feldern hinter den weißen Häuserreihen des Ortes.

Auf dem Kiesweg durch die Viehwiesen, auf denen die ortsansässigen Bauern im Sommer ihre Kühe hielten, schlitterte ich in meinen Stiefeln auf den kleinen Steinchen. Hie und da wuchsen schon ein paar grüne Grasbüschel, die meine schwarze Hose streiften. Sie waren die ersten Frühjahrsboten in Jugoslawien, die den Beginn der kommenden Pflanzzeit ankündigten.

Nach ungefähr einer Stunde konnte ich endlich Reichingers Hof vor einigen flachen Sandhügeln sehen, die sich nur leicht von der sonst ebenen Landschaft des Dorfes abhoben. In der Ferne sah ich auch die Staubwolke eines Wagens von anderen Gästen, der gerade am weißen Zaun entlangfuhr, bevor er in der Einfahrt verschwand. Ich folgte dem Weg, bis auch ich das große, schwere Eisentor erreichte, das Reichingers weitläufige Ländereien von seinem Anwesen trennte.

„Kommen Sie herein. Kommen Sie."

Eine Frau mittleren Alters öffnete die quietschende Eingangstür des Haupthauses und zeigte mir den Weg in ein sehr gepflegtes Besucherzimmer, aus dem das vielstimmige Geplauder der deutschsprachigen Gäste aus der Ortschaft schallte. Wegen ihrer dunklen Hautfarbe und der tiefschwarzen Augen sah die Frau, die mich soeben hereingelassen hatte, ganz anders aus, als die weißhäutigen Gäste des Privatempfangs.

„Wie lautet ihr Name, bitte?"

„Hans Müller. Johann Reichinger hat mich eingeladen." Sie ging voraus, Richtung Flur, von wo die vertraute Baritonstimme Reichingers zu hören war. Die Angestellte gehörte zu den Sinti und Roma. Seit meinen Kindheitstagen in Ungarn hatte ich keine Menschen aus dieser Volksgruppe mehr gesehen. Obwohl ich gar nichts über die Frau wusste, hatte ich einen negativen ersten Eindruck von ihr. Wahrscheinlich war es ein Vorurteil, das ich von meinem Vater übernommen hatte, der diese ethnische Gruppe aus seiner Zeit in Ungarn zutiefst verachtete. Ich musste daran denken, dass mein Vater einmal einen Sinto oder Rom als Erntehelfer für schwere körperliche Arbeit, wie das Weizenbündeln, eingestellt hatte, aber nachdem er ihn auf frischer Tat beim Stehlen unseres Geschirrs erwischte, hatte er den dunkeläugigen Dieb wieder entlassen.

„Hans!"

Über den Köpfen der Gäste hinweg, winkte mich Reichinger mit einer Hand zu sich in die Küche.

„Hans, kommen Sie zu uns herüber!"

Er stand an einem langen Tisch, auf dem Leberwurst und Brot vorbereitet war, und unterhielt sich lautstark mit den anderen Banater Schwaben.

„Herr Reichinger. Vielen Dank für die Einladung."

„Passen Sie auf, dass uns meine Frau nicht erwischt. Eigentlich dürfen wir noch nichts essen." Nervös spähte er in beide Richtungen, um sich zu vergewissern, dass ihn seine Frau nicht ertappte und ließ schnell ein Häppchen in seinem riesigen Mund verschwinden.

"Sind das alles Ihre Ländereien?", fragte ich ihn.

Er nickte.

Von der Größe seines eigenen Landbesitzes nicht sonderlich beeindruckt, aß er weiter das Leberwursthäppchen.

„Und was machen Sie so, Hans?"

Ich hatte nicht zugehört, weil ich gerade die tristen Gesichter auf den gerahmten Familienfotos an der Wand betrachtet hatte.

„Wie bitte?", fragte ich nach.

„Na ja, Sie wissen schon, was haben Sie gelernt, was machen Sie beruflich?"

„Ich habe bisher als Erntehelfer auf einigen großen Betrieben in Ungarn gearbeitet."

Der Gutsherr, mit dem ich vor einer Woche erst Karten gespielt hatte, war sichtlich enttäuscht von meiner Antwort. Für ärmere Banater Schwaben ohne eigenem Land war es üblich, während der Erntezeit auf anderen Höfen zu arbeiten. Da ich eine falsche Identität als Arbeiter aus Ungarn angenommen hatte, war das für den Mann mit der schiefen Wirbelsäule eine glaubwürdige Geschichte. Wahrscheinlich hätte er es besser gefunden, wenn ich einen höheren gesellschaftlichen Rang gehabt hätte, aber dafür war es nun zu spät. Man hatte für mich in Washington diese Tarnung erfunden und ich durfte nichts daran ändern.

„Ist das Ihre Familie?"

Reichinger drehte sich um und richtete seine stahlblauen Augen auf das Bild, auf das ich zeigte.

„Das bin ich als Kind mit meinem Vater und meiner Mutter."

Es war eine Schwarz-Weiß-Fotografie, die Reichinger als kleinen Jungen neben einem ernst aussehenden Mann mit dickem Schnauzbart zeigte.

„Sind Ihre Eltern heute auch hier?", fragte ich.

„Sie sind beide schon tot", sagte Reichinger. „Mein Vater starb an Tuberkulose als ich achtzehn war."

„Das tut mir leid. Meine Mutter ist auch an dieser Krankheit gestorben."

„Na ja, wer weiß, vielleicht ist es auch besser, dass er jetzt tot ist. Wir haben uns nie wirklich verstanden."

Die Vorstellung, dass wir beide ein ähnliches Schicksal durch den Verlust eines Elternteils erlitten hatten, war komisch. Reichinger hatte allerdings durch den Tod des Vaters schon in ziemlich jungen Jahren ein Vermögen geerbt, für das er aber kaum Dankbarkeit zeigte. Wahrscheinlich gab der reiche Bauer diese großzügigen Einladungen, weil er Anerkennung brauchte, die ihm sein Vater seinerzeit nie gezollt hatte.

„Ich möchte Ihnen gerne etwas zeigen", sagte Reichinger.

„Was denn?", fragte ich neugierig.

„Es wird nur ungefähr eine Stunde in Anspruch nehmen. Wenn wir zurückkommen, wird meine Frau Ihnen endlich erlauben, etwas zu essen."

Er schob mich durch die Menge der Gäste und an einigen Sinti und Roma vorbei, die für ihn arbeiteten. In einer Ecke sah ich den Priester aus Wien, mit dem ich im Zug gefahren war. Valmer, der ausgefuchste Pokerspieler mit den fehlenden Fingern, stellte gerade sein Hohner-Akkordeon ab, um dem Ehrengast des Abends Wein nachzuschenken.

„Gefällt es Ihnen, dass Sie so weit weg von den anderen Theresiafeldern wohnen?", fragte ich Reichinger, als wir hinausgingen.

„Darüber habe ich bisher noch nicht nachgedacht. Mein Vater hatte das Haus nach einigen guten Ernten bauen lassen. Vielleicht wollte er nicht in der Nähe der anderen aus dem Ort wohnen."

Während wir uns unterhielten und über die sandigen Felder liefen, merkte ich dem hinkenden Mann neben mir deutlich an, dass der Tod seines Vaters eine Narbe hinterlassen hatte. Je weiter wir uns von dem eingezäunten Anwesen entfernten, umso mehr fielen mir Ähnlichkeiten zwischen Reichingers Land und dem meines entfernten Vetters in North Dakota auf. Genau wie auf der Farm meines Cousins, auf der ich einen Sommer lang vor dem Beginn des Studiums gearbeitet hatte, grenzte das Haupthaus von Reichingers Gut direkt an seine Weiden und Ackerflächen. In Theresiafeld war das eher ungewöhnlich, denn die meisten Leute aus dem Dorf folgten dem europäischen Landwirtschaftsmodel, demzufolge sie mitten im Dorf wohnten und mit dem Wagen zu ihren Feldern fuhren.

„Dort oben auf dem Hügel, Hans, da möchte ich Ihnen etwas zeigen."

Reichinger schob mich voran, damit ich vor ihm hinaufstieg, während er selbst lieber hinterdrein ging. Wahrscheinlich wollte er, aus Angst, dass ich mich über sein schwerfälliges Hinken auf dem unebenen Boden lustig machte, nicht vor mir gehen.

„Hier ist es!"

Von oben konnte man auf die andere Seite des Abhangs auf ein riesiges Sumpfgebiet blicken, das sich bis zum Horizont erstreckte.

„Die Reichingers haben in Theresiafeld schon immer Landwirtschaft betrieben, schon seit Anfang 1700, als die Türken vertrieben wurden", erzählte Reichinger.

Er beugte sich vor und legte die Hände auf die Knie, um nach dem anstrengenden Aufstieg besser Luft zu bekommen. Wir blickten auf das grüne, faulige Morastland vor uns.

„Meine Vorfahren fingen klein an, mit nur fünfzehn Hektar Land, aber nach und nach erwarben sie mehr. Mein Urgroßvater kaufte das Land, auf dem wir stehen, von den Serben und bekam als ungewöhnliche Beigabe das Sumpfgebiet dazu."

„Das ist aber wirklich ein sehr großes Sumpfgebiet, Herr Reichinger."

Von unserem Aussichtsort konnte man deutlich sehen, dass die ringsum gelegenen Hügel den Abfluss des Wassers aus dem Areal verhinderten, was sonst brauchbares Ackerland hätte sein können. Abgesehen von dem stinkenden grünen Sumpf war der Blick von oben fantastisch.

In der Ferne sah man Theresiafeld und den Kirchturm, der zwischen den weißen Häusern hervorragte. Hier und dort standen Akazien und bildeten einen schönen Kontrast zu dem sonst flachen, sandigen Boden. Auf ihm wurde Weizen angebaut, das Rückgrat der Deutschen in Theresiafeld, das ihnen ihre landwirtschaftliche Existenz sicherte.

„Mein Vater wollte diesen Sumpf trockenlegen und das Gebiet landwirtschaftlich nutzen, aber er konnte nicht genügend Geld auftreiben, es wirklich zu tun."

Ich starrte auf den riesigen, grünen See und überlegte, was ein derartiges Entwässerungsprojekt wohl kosten würde.

„Ich werde vollenden, was mein Vater zu Lebzeiten nicht geschafft hat. Ich werde mein Land von diesem Schlamm befreien und brauchbare Ackerflächen daraus machen."

„Ist das nicht zu riskant? Ein derartiges Projekt zu wagen, während Krieg herrscht?"

„Dieser verdammte Krieg wird eines Tages vorüber sein und dann wird mein Leben hier genauso sein wie vorher und das der anderen Theresiafelder auch."

Reichinger blickte stur auf den grünen Feind und man spürte, dass er trotz seiner Behinderung ein harter Kämpfer war. Wenn er das Gebiet trockenlegte, vergrößerte er sein Nutzland erheblich und dadurch steigerte er, so schien er zu glauben, sein Ansehen.

„Und wie möchten Sie das Wasser ableiten?", wollte ich wissen.

„Ich will einen mehrere Kilometer langen Graben bis zum Fluss ausheben lassen. So kann das Wasser abfließen und das Land wird trockengelegt, damit man dort etwas anbauen kann."

„Ich kann mir gar nicht vorstellen, wie viel Arbeit das sein wird!"

„Und genau deshalb werden Sie mir helfen, Hans."

Ich wandte meinen Blick von dem grünen Schlick und blickten den reichen Bauern an, der wegen seines schiefen Körpers Mühe hatte, auf dem unebenen Untergrund sein Gleichgewicht zu halten.

„Wie bitte?"

„Sie haben mich schon richtig verstanden. Sie suchen doch Arbeit."

„Nun, ja, das stimmt. Ich suche Arbeit."

Ich konnte Reichinger wohl kaum erzählen, dass ich ja schon eine Stelle als Agent für das OSS, den Militärnachrichtendienst, hatte. Doch auf solche Knochenarbeit war ich nicht sonderlich erpicht, und ich wollte mir den Rücken nicht kaputt machen, bloß weil ein reicher Bauer einen Graben brauchte, um seinem verstorbenen Vater etwas zu beweisen.

„Wir haben uns also geeinigt", meinte Reichinger, „Sie werden für mich arbeiten."

Als wir wieder hinabstiegen, dachte ich über Reichingers Arbeitsangebot nach. Allmählich wurde es mir in dem Gasthaus langweilig und irgendwann würde es auch verdächtig aussehen, wenn ein einfacher Arbeiter wie ich ständig beim Kartenspiel hohe Einsätze verspielte, ohne ein Einkommen zu haben. Außerdem würde der Kanalbau gut zu meiner Tarnung passen und ich hätte dadurch mehr mit Reichinger zu tun, der sich sehr gerne über den Krieg unterhielt.

Eine Woche später packte ich mein Kofferfunkgerät sowie meine dürftigen Habseligkeiten, die ich mir in den letzten Wochen zugelegt hatte, und zog in eines der Nebengebäude auf Reichingers Gut. Ich war jetzt also ein junger Jurist aus New York, der niedere Hilfsarbeiten verrichtete und einen Graben schaufelte. In dem Angestelltenhäuschen, in dem ich fortan wohnte, standen solide geschreinerte Stockbetten für die Saisonarbeiter, die zu Beginn der Pflanzzeit zu Reichinger kamen. Diese Arbeiter ohne festen Wohnsitz, die auf den Ebenen des Banats zu Hause waren, blieben hier, bis die großen Dreschmaschinen die Spreu vom letzten Weizenkorn getrennt hatten.

Nachdem ich meine sieben Sachen in das gepflegte Häuschen gebracht hatte, schob ich den alten Koffer unter mein Bett in der Nähe des Fensters, von dem man auf die kargen, sandigen Felder sah, und legte mich für ein kurzes Mittagsschläfchen hin.

Noch im Schlaf hörte ich etwas. Klick. Klick. Ich riss meine Augen auf und sah einen Mann der Sinti und Roma, der das rostige Schloss des Koffers öffnete, und dabei fast mein verstecktes Funkgerät entdeckt hätte.

„He, weg da!", rief ich.

„Entschuldigung", stammelte der aufgeschreckte Dieb mit den dunklen Augen in gebrochenem Deutsch und flüchtete. Sofort machte ich die Kofferschnallen zu und ging hinaus, um einen besseren Ort für den Sender zu finden. Die Langfinger, die sich auf Reichingers Anwesen herumtrieben, könnten von einer Sekunde auf die nächste alles zerstören, was ich mir mühsam aufgebaut hatte, um Teil der Ortsgemeinschaft zu werden.

Sicherlich hätte Reichinger lieber keinen dieser schmutzigen Kerlen angestellt, aber ihre Gegenwart war in Theresiafeld ein notwendiges Übel. Die Bauern brauchten die Sinti und Roma, und sofern der Lohn stimmte, verrichteten sie auch jene Saisonarbeiten, die andere scheuten.

Es wurde bereits dunkel, als ich mich vom Gelände schlich. Das Kofferfunkgerät hatte ich in einen alten Kissenbezug gesteckt und nun stolperte ich, auf der Suche nach einem strategisch günstigen Versteck für meine Ausrüstung, über das Ackerland. Nahe des Ortsrandes von Theresiafeld, sah ich ein paar eng beieinander stehende Akazien, unweit der katholischen Kirche. Ich lief schnell und ließ mich dort auf den Boden fallen. Vorsichtig blickte ich um mich, ob mich womöglich ein neugieriger Theresiafelder beobachtet hatte und wissen wollte, was ich tat.

„Genau der richtige Ort!", dachte ich, als ich vorsichtig den Brennnesseln auswich, die in der Mitte der Akaziengruppe wuchsen. Mir fiel ein, wie ich damals als Kind in Ungarn in Brennnesseln gespielt hatte und danach stundenlang juckende und schmerzhafte Quaddeln von der Säure hatte. Hier war die perfekte Stelle, um die Funkausrüstung zu verstecken, mit deren Hilfe ich mit einer mysteriösen, unbekannten Person, die meine Nachrichten empfing, kommunizierte. Ich fing an mit den bloßen Händen in der trockenen, verkrusteten Erde zu graben. Das Versteck lag nur ein paar Gehminuten von Reichingers Anwesen und war von allen Seiten durch die Bäume geschützt, weshalb es sich hervorragend für meine Funknachrichten eignete, die ich über die weiten Ebenen des Banats an meinen namenlosen Empfänger schickte.

Meine Finger wurden schwarz von der Erde, während ich darin grub. Je tiefer das Loch wurde, umso schwarzer war die Erde, nährstoffreich aus der Zeit, als die Pannonische Tiefebene noch mit Wasser gefüllt war, lange bevor die Deutschen kamen, um den fruchtbaren Boden zu nutzen. Ich nahm den Funksender heraus, inspizierte ihn kurz und wickelte ihn wieder in den Kissenbezug, den ich aus dem Gasthaus entwendet hatte. Schnell bedeckte ich das Gerät mit Erde und entfernte mich wieder von meinem neuen Funkort. Ich erinnerte mich an das, was ich im Agententraining auf der Farm gelernt hatte, weshalb ich auf anderem Wege zurückging, als ich gekommen war, um meine Spuren zu verbergen.

Während ich die schwarze Erde von der Hose klopfte, dachte ich darüber nach, wie weit ich in den wenigen Wochen hier in Theresiafeld gekommen war. Ich war nun beinahe völlig integriert in das kleine deutsche Dorf und meine Tarnung als Arbeiter war glaubwürdiger als je zuvor. Der Plan meiner amerikanischen Regierung, mich vor Ort in das jugoslawische Banat zu schicken, um Amerika im Krieg weiterzuhelfen, war aufgegangen.

„Schieb weiter!", rief ich.

„Ich versuche ja, aber es bewegt sich nicht!"

Der Sinto setzte seine Schaufel an den Baumstumpf, während ich das Pferd zum Ziehen antrieb.

„Schieb!"

Langsam lösten sich die Wurzeln des abgesägten Baumes. Als wir es geschafft hatten, ruhten wir uns einen Moment von der harten Arbeit aus. Auf dem langen Weg vom Fluss, wo wir begonnen hatten, bis zum endgültigen Ziel am Sumpfrand, mussten für den Bau des Kanals noch unendlich viele weitere Bäumen entwurzelt und schwere Steine entfernt werden.

„Gib mir auch etwas davon."

Ich wischte mir mit einem Stofftaschentuch den Schweiß von der Stirn und ließ mich neben den Arbeitern, die gerade Wein aus einer grünen Glasflasche tranken, nieder.

„Noch eine Runde mit der Flasche, Hans. Komm, noch eine Runde."

Ich nahm einen Schluck aus der Flasche und reichte sie dem einzig anderen Deutschen, einem ziemlich unintelligenten Burschen, dessen Spielsucht ihm sein Land gekostet hatte, weshalb er nun für reiche Landbesitzer wie Reichinger hart arbeiten musste. Banater Schwaben, die in Theresiafeld wohnten und weder eigenes Land besaßen noch einen Handwerksberuf erlernt hatten, mussten Jobangebote wie diese annehmen. Besitzlose Männer ohne Qualifikation gehörten im Banat sozusagen zur niedersten Schicht des landwirtschaftlichen Kastensystems und mussten Schwerstarbeit verrichten. In diesem Fall für einen reichen Bauern, der davon träumte, einen Kanal zur Dränage eines Sumpfes zu bauen, um sein Ackerland zu vergrößern.

Reichingers Gehöft war nun schon seit neun Monaten mein Zuhause und langsam hatte ich mich an die körperliche Arbeit gewöhnt. Lediglich aus dem einfachen Grund, dass ich ein Deutscher war, hatte mich Johann Reichinger zum Vorarbeiter dieser ethnisch bunten Arbeitstruppe ernannt. Der Kanal nahm langsam Form an und näherte sich dem Sumpfgebiet, das immer noch einige Kilometer entfernt lag. Ich war mit der Qualität meiner Arbeit sehr zufrieden. Irgendwann würde der Krieg vorüber sein, aber der Kanal blieb bestehen, als Denkmal an meine Zeit im Banat. Auch wenn der Kanalbau nichts mit meiner Spionagemission in Theresiafeld zu tun hatte, wollte ich doch für meine Arbeit von der Mannschaft und meinem Vorgesetzten geschätzt werden. Warum das so war, wusste ich selbst nicht genau.

„Also, los", sagte ich, „machen wir weiter."

In der Ferne sah ich Reichinger kommen. Die Hufe seines Lieblingsrosses wirbelten Staub auf, als er zu uns ritt. Er hatte geradezu telepathische Fähigkeiten, immer genau dann zu kommen, wenn wir eine Pause einlegten. Ich schnappte mir die Eisenschaufel, die gegen den überdachten Wagen lehnte und signalisierte damit meiner Truppe, dass es Zeit war, uns wieder ans Werk zu machen.

„Ich habe ausgerechnet, wie weit ihr in den letzten Wochen gekommen seid und ich glaube nicht, dass wir rechtzeitig fertig werden", sagte Reichinger.

Mein gestresster Chef war der Meinung, dass wir zeitlich im Rückstand lagen. Reichingers Traktor war vom deutschen Militär für die Kriegsaktivitäten konfisziert worden. Daher mussten seine Weizenfelder nun von Hand geerntet und die Männer meines Trupps für die Ernte im Herbst vom Kanalbau abgezogen werden. In allen Ortschaften des Banats war es ähnlich. Durch die Beschlagnahmung von landwirtschaftlichem Zuggerät hatten die Bauern fast ihre Belastungsgrenze erreicht.

„Wir brauchen mehr Pferde, um die großen Steine und Bäume aus dem Weg zu schaffen", teilte ich ihm mit.

„Sagt jemand, der dafür nicht zahlen muss…", raunte Reichinger. „Seid ihr etwa nach rechts abgedriftet? Ich glaube, wir entfernen uns von unserem Ziel."

Er wendete sein Pferd und blickte von dort, wo wir gerade arbeiteten zum Sumpfgebiet. Reichinger stieg nie von seinem Reittier ab, wenn er an seine Arbeiter Befehle erteilte. Auf seinem schwarzen, kräftigen Ross wirkte er, als ob er keine körperliche Behinderung hätte und genau dieses Bild wollte er seinen Arbeitern vermitteln.

„Ich glaube nicht, dass wir vom Kurs abweichen. Es sieht sehr gerade aus", meinte ich.

„Doch, ihr müsst wieder weiter rechts graben", sagte Reichinger.

„Ja, Sir."

Reichinger rief noch eine letzte Anweisung, und trottete dann zurück, an dem halbfertigen Kanal entlang. Je näher wir der Erntesaison kamen, umso feindseliger wurde der einstmals kameradschaftliche Reichinger, weil seine Besessenheit mit dem Kanalprojekt zunahm. Es schien fast so, als ob sich der ursprüngliche Beweggrund, nämlich sein Ackerland zu vergrößern, gewandelt hatte und nun das einzige Ziel war, den fauligen, trüben Morast dort zu vernichten. Er war für Reichinger ein Feind, der beseitigt werden musste und der Graben war das einzige Mittel dafür.

„Was macht ihr denn? Weiter rechts!"

Er galoppierte wieder zurück zur Mannschaft und zeigte vage in die Richtung, wo die dunkelhäutigen Männer weiter graben sollten. Stur wie er war, glaubte er, besser zu wissen, wie sie zum Sumpfgebiet kämen. Jede neue Anweisung von Reichinger führte dazu, dass sich die Stimmung der Mannschaft verschlechterte und der Hass auf ihren besessenen Chef wuchs. Reichinger riss mit der rechten Hand am Zügel, um sein Ross zu mir zu lenken.

„Gehen Sie am Samstag in die Stadt und kaufen ein Pferd", wies er mich an. „Wir müssen schneller vorankommen, wenn wir rechtzeitig zum Sumpf vordringen wollen."

„Und wo kann ich…"

„Machen Sie einfach!"

Ohne noch etwas zu sagen, ritt Reichinger davon. Während der letzten Monate hatte sich meine Beziehung zu ihm verändert. Nun war ich nur noch einer seiner vielen von ihm abhängigen Arbeiter der Kanalbaumannschaft. Wie jeder andere, der für den gestressten Tyrannen arbeitete, wurde auch ich mit allgemeiner Respektlosigkeit behandelt. Obwohl ich langsam den deformierten Mann zu hassen begann, fühlte ich mich dennoch geschmeichelt, dass er mich mit der Beschaffung eines Arbeitspferdes beauftragt hatte. Es bewies, dass er mir vertraute und bestärkte mich im Glauben, dass meine Spionagetätigkeit gut getarnt war.

Bis kurz vor Einbruch der Dämmerung schaufelte ich mit den anderen Arbeitern weiter und versetzte riesige Gesteinsbrocken, die im Boden festsaßen. Als wir im Wagen langsam über den sandigen Boden zu Reichingers Anwesen fuhren, schaute ich in die verschwitzten Gesichter meiner Männer, die unter dem Verdeck des Wagens saßen. Die Truppe war wie ein Mikrokosmos der verschiedenen ethnischen Gruppen des Banats: Serben, Kroaten, Sinti, Roma und Deutsche, die Seite an Seite an diesem Entwässerungsprojekt arbeiteten. Es war erstaunlich, wie gut diese Menschen verschiedenster ethnischer Herkunft zusammen arbeiteten. Ein Leben in Armut verbündete und meine Mannschaft war eine starke Einheit, obwohl die gleichen Gruppen außerhalb von Theresiafeld nun zu Kriegszeiten einander mit nationalistischem Eifer hassten.

„Weiß vielleicht einer von euch, wo ich ein Pferd kaufen kann?", fragte ich, während wir wegen des unebenen Bodens durchgerüttelt wurden. Sie saßen auf Holzbänken, die an den Seiten des Wagens angebracht waren.

„Hat irgendwer einen Vorschlag?"

Ich blickte den einzigen Banater Schwaben unter meinen Männern an, in der Hoffnung, er könne mir eine Antwort geben. Allerdings hatte dieser es sich zur Gewohnheit gemacht, in der Nachmittagspause zu viel Wein zu trinken. Die Tatsache, dass wir beide Deutsche waren, führte mich, was seine geschätzte Meinung betraf, immer in die Irre.

„Keine Ahnung", murmelte er.

Seine Antworten waren jedes Mal nutzlos. Vielleicht war er aus Neid, weil er nicht zum Vorarbeiter ernannt wurde, so wenig hilfsbereit.

Kurz bevor wir das schwarze Eisentor des Anwesens erreichten, sagte einer der Sinti und Roma in gebrochenem Deutsch: „Ich weiß, wo du ein Pferd kaufen kannst."

„Wo denn?"

Ich traute ihm nicht, aber da ich sonst nichts darüber wusste, hörte ich mir zumindest an, was er zu sagen hatte.

„Auf dem Markt morgen sind Leute, die Messer verkaufen. Sie können helfen."

„Sind sie, ähm, von deinem Volk?"

Er sagte nichts, aber er nickte. Obwohl wir Deutschen sie immer als Zigeuner bezeichneten, verwendete ich das Wort möglichst nicht, wenn ich direkt mit jemanden von dem umherfahrenden Volk sprach, das in Theresiafeld von Hof zu Hof zog und nach Gelegenheitsarbeiten suchte. Ich hatte den Eindruck, dass jedes Mal, wenn ein Deutscher aus dem Ort über einen Zigeuner sprach, Verachtung mit im Spiel war. Allein die Bezeichnung „Zigeuner", würde meinen Mannschaftskollegen wahrscheinlich beleidigen.

„Könntest du mich morgen nicht einfach begleiten?"

Es schien mir eine gute Idee, ihn zum Pferdekauf mitzunehmen. Wahrscheinlich kannte er die umherziehenden Händler, so dass ich einen guten Preis erzielen könnte.

„Nein", antwortete der Zigeuner.

„Aber warum denn nicht?"

„Das verstehst du nicht. Ich gehöre zu einer anderen Gruppe."

Wir waren angekommen und ich hatte keine Zeit mehr darüber nachzudenken, was seine Antwort bedeuten mochte. Ich kletterte aus dem Wagen und folgte meinen Männern zur Essensausgabe, wo wir unsere tägliche warme Mahlzeit bekamen. Die Saisonarbeiter waren schließlich das Rückgrat für Reichingers Betrieb und ihnen Essen zu geben, gehörte in Theresiafeld zu den guten Sitten.

Der wöchentliche Lohn wurde ausgezahlt, während ich noch das letzte Stückchen selbstgebackenen Brotes in die dicke Gulaschsoße auf meinem Teller tauchte. Einige der Männer verließen schon den Hof und verschwanden hinter der weißen Mauer von Reichingers Gebäude, in der Dunkelheit der weiten Ebenen. Es war das übliche Wochenendritual der meisten dieser Herumtreiber, denn sie blieben nie sehr lange auf dem Gut. Seit ich einen von ihnen erwischt hatte, wie er sich mit meinem Koffer zu schaffen machte, hegte ich den Zigeunern gegenüber generelles Misstrauen. Immer wieder mal kam einer von ihnen nicht zur Arbeit, was zur Verzögerung des Projektes führte. Es erstaunte mich, dass Reichinger keinen von ihnen entließ. Sein überwältigender Ehrgeiz, das Projekt bis zur Erntesaison fertigzustellen, war zu groß. Die unbekümmerte Lebenseinstellung der Zigeuner widersprach meiner reglementierten Erziehung. Dennoch wollte ich mehr über diese mysteriösen Menschen, die wie Nomaden durch die deutschen Orte rund um Jugoslawien zogen, erfahren.

Am nächsten Morgen holte ich eines von Reichingers Pferden aus dem Stall und ritt in die Richtung, aus der man in der Ferne Theresiafelds Kirchturmspitze sah. In der flachen Weite war sie wie ein Leuchtfeuer zur Orientierung. Am Dorfplatz angekommen, schlenderte ich langsam die Straße entlang, auf der nun der Wochenmarkt abgehalten wurde. Es gab Eier, Gemüse und andere Waren zu kaufen. Auf der Suche nach dem Zigeuner, der Pferde verkaufte, ging ich durch die Reihen der behelfsmäßig errichteten Marktstände an ausrufenden und feilschenden Händlern vorbei.

„Hans! Hans, hierher!", ertönte eine Stimme aus der Menge.

An einer Marktbude hielt mir eine Frau ein genähtes Kissen vor das Gesicht, damit ich es ihr abkaufte, aber ich ignorierte sie und hielt Ausschau nach demjenigen, der mich gerufen hatte. „Hans!"

Es war Reichingers alter Freund Fetter Matz, einer der Kartenspieler, den ich aus meiner Zeit im Gasthaus kannte. Ich winkte ihm zu, während ich mich auf dem kleinen Marktplatz durch das Gewimmel drängte. Er stand zwischen Kauflustigen, die am Samstagsmarkt nach günstigen Angeboten suchten, und unterhielt sich mit unserem neuen Priester.

„Ich muss gehen. Vielleicht kann er Ihnen helfen", hörte ich Pater Peter sagen, als ich zu ihnen kam.

Ohne mich zu begrüßen ging der Priester. Er hatte von Fetter Matz, der einen Stand mit Fleischereiwaren hatte, Blutwürsten geschenkt bekommen. Ich war enttäuscht darüber, dass der Priester nicht länger bleiben und sich mit mir unterhalten wollte. Trotz dieser Entmutigung hoffte ich immer noch, dass sich irgendwann einmal eine Freundschaft mit dem anderen Neuankömmling ergeben würde.

„Hans, ich wollte Sie um einen Gefallen bitten", sagte Fetter Matz.

„Ja, was denn?"

„Kennen Sie jemanden in der deutschen Armee?"

Über diese Frage erschrak ich und mich übermannte eine Panikwelle, wie zu meiner Anfangszeit in Theresiafeld. Wie angewurzelt stand ich da, während ich ihm beim Entwirren eines Schweinedarms für seine Würste zusah.

„Warum glauben Sie, ich könnte jemanden in Deutschland kennen?"

„Pater Peter hat mir erzählt, dass Sie mit ihm im gleichen Zug von Österreich gekommen sind."

„Nein, tut mir leid. Ich kenne niemanden."

Ich sah mich weiter in der Menge nach dem Pferdezigeuner um und hoffte, weiteren unangenehmen Fragen von Fetter Matz an mich, den so gut getarnten Spion, zu entkommen.

„Warum brauchen Sie eigentlich Kontakt zu jemanden aus der deutschen Armee?"

„Ich hatte Ihnen doch erzählt, dass mein Sohn seit der deutschen Invasion in Jugoslawien in Gefangenschaft ist."

„Ja, aber…"

„Jetzt, da er frei ist, hat die deutsche Armee eine neue Division der Volksdeutschen aufgestellt und wahrscheinlich wird er einberufen. Ich hoffe, dass er in die Wehrmacht kommt und versuche, dass er um den Dienst in der neuen SS Prinz Eugen herumkommt."

Fetter Matzes Sohn war wirklich vom Pech verfolgt. Er war ein sogenannter Volksdeutscher, der in der jugoslawischen Armee dienen musste und dann wurde er von den Reichsdeutschen in Kriegsgefangenschaft genommen. Jetzt wurde er von der Deutschen Armee eingezogen, die vorher versucht hatte, ihn zu töten. Die Banater Schwaben von hier wurden von einer Seite des Schlachtfeldes auf die andere gezogen und mussten nun in der ehemals freiwilligen SS Prinz Eugen dienen.

„Warum soll er lieber nicht in die SS kommen?", fragte ich.

„Ich glaube, er hat in der Wehrmacht bessere Überlebenschancen. In Deutschland am Schreibtisch zu sitzen und Funksprüche zu dechiffrieren ist sicher besser, als an der russischen Front zu sein."

Von seinem Wurststand aus erzählte der Schweinezüchter weiter und lieferte mir brauchbare Informationen über die Verluste der Deutschen im letzten Winter an der russischen Front. Sie brauchten nun frisches Kanonenfutter, um die toten Volksdeutschen der Freiwilligen- Division zu ersetzen. Dass nun Volksdeutsche aus dem Banat in die Prinz Eugen Division zwangseingezogen wurden, zeigte deutlich eine Schwäche der deutschen Militärmaschine. Der Kampfapparat, der mit Leichtigkeit und ohne Widerstand in Jugoslawien eingefallen war, hatte nun Schwierigkeiten, neue Soldaten zu finden.

Ich blickte zu seinem Sohn, der in der Nähe stand und gerade dabei war, mit einer Frau frische Eier gegen zwei Würste einzutauschen. Für Volksdeutsche war es sehr schwierig, in die Wehrmacht zu kommen, wo sonst nur Soldaten dienten, die in Deutschland geboren waren.

„Wie werden Sie ihn aus Jugoslawien herausbekommen?"

„Bestechung, was sonst!"

Während er sprach schlackerten seine schlaffen Wangen. Der gut situierte Schweinebauer erzählte von seinem ausgeklügelten Plan, wie er den Sohn aus Jugoslawien herausschmuggeln und in die angebliche Sicherheit der Wehrmacht bekommen wollte. Trotz der idealistischen Radioberichte über deutsche Militärmachtserfolge, hatten die meisten Banater Schwaben in Theresiafeld nicht sehr hohe

Erwartungen. Sie hofften nur, dass ihre Familien unbeschadet blieben und sie den Krieg einfach aussitzen konnten. Viele Menschen der alten Generation wussten aus eigener Erfahrung noch vom Blutvergießen des Ersten Weltkrieges und wollten ihren Kindern das gleiche Leid ersparen.

„Ich muss gehen, Matz. Ich sehe Sie sicher bald wieder zum Kartenspielen. Ich arbeite ja jetzt für Reichinger und deshalb habe ich auch Geld, das ich verspielen kann."

Ich ging weiter über den Markt und konnte einen Zigeuner sehen, der mit einem Wetzstein Messer schliff. Zwischen den hellen Gesichtern der Theresiafelder stachen seine blauschwarzen Haare und sein dunkles Gesicht regelrecht hervor.

„Man hat mir gesagt, dass Sie Pferde verkaufen", sprach ich ihn an.

Er hörte mit dem Schleifen auf und warf das Messer auf einen Stapel verzierter Teller auf seinem Verkaufstisch. Die Zigeuner, die nach Theresiafeld kamen, und nicht klauten, waren bekannt für ihr Geschick bei der Herstellung von Messern und Werkzeugen für die handwerklich versierten Banater Schwaben.

„Wir haben keine Pferde."

„Sehen Sie, ich habe Geld", sagte ich, während ich einen Stapel Dinar aus meiner Tasche zog. „Sagen Sie mir, wo ich ein Pferd kaufen kann."

Der Mann hatte sehr viele Falten. Er beugte sich näher zu mir und beäugte mich von Kopf bis Fuß. In seinem Mund waren dunkle Löcher an den Stellen, wo einmal Zähne saßen. Seine Kleidung stank schlimmer als ein Schweinestall. Ich musste mich beherrschen, dass ich nicht würgte, damit der Zahnlose mir nicht seine Hilfe versagte.

„Wer schickt Sie?"

„Einer von Ihnen, der auf Reichingers Farm arbeitet."

Die Zigeuner sahen sich an, als ob der Name ihnen etwas sagte. Mir war es egal, was sie über meinen Arbeitgeber dachten. Es bestand kein Zweifel daran, dass Reichinger auch unter dieser

Gemeinschaft, die als Tagelöhner durch Theresiafeld streifte, als gemeiner Boss verschrien war.

„Kommen Sie heute Abend um neun zur Kirche. Ich gehe mit Ihnen zu jemanden, der Pferde verkauft."

Er hatte mir beim Reden versehentlich ins Gesicht gespuckt.

„Ja, ich komme."

Danach ritt ich wieder zurück. Das Wenige, das ich aus der Spionageausbildung wusste, sagte mir, dass dieser zahnlückige Landstreicher noch einen anderen Grund hatte, mir zu helfen. Doch wegen der Konfiszierung des Traktors brauchten wir unbedingt ein Pferd für das Kanalprojekt. Ohne ein zusätzliches Arbeitstier würden wir wahrscheinlich nicht rechtzeitig fertig werden, was meine ohnehin schon wackelige Beziehung zu Reichinger in Gefahr bringen würde. Seine Kontakte zu einflussreichen Leuten rund um Theresiafeld halfen mir, Informationen für die Alliierten zu sammeln. Ich wollte diese Beziehung nicht aufs Spiel setzen, bloß weil ich nicht in der Lage war, ein Pferd zu besorgen.

Das Treffen mit dem Zigeuner war riskant, aber nachdem ich den ganzen Nachmittag darüber nachgedacht hatte, fasste ich einen Entschluss. Ich würde mich mit dem Mann treffen und versuchen, ein Pferd zu ergattern und, so hoffte ich, meine Beziehung zu Reichinger festigen.

*Jugoslawisches Banat*
*April 1943*

Ich konnte kaum die Hufe meines Pferdes erkennen, als ich in der Dunkelheit fortritt.

In Theresiafeld angekommen, lenkte ich das Tier auf der unbefestigte Hauptstraße durch das Dorf, bis ich die Kirche erreichte, wo ich den Zigeuner treffen sollte. In einem der Häuser entlang des Weges saß eine alte Frau am Fenster. Sie hielt einen Rosenkranz in den Händen und bete wahrscheinlich für ein Ende des Tötens, das auf dem ganzen europäischen Kontinent Einzug gefunden hatte und sich wie ein Feuer auf einem trockenen Weizenfeld ausbreitete.

„Sie sind zu spät!", sagte der Zigeuner, während ich vor der Kirchentreppe anhielt. Er saß ebenfalls auf einem Pferd und wartete auf mich.

„Jetzt bin ich ja da. Wir können losreiten."

Ich deutete ihm mit einer Geste an, dass er vor mir reiten sollte. Wir machten uns auf den Weg und nachdem wir am abseits gelegenen Friedhof vorbeigekommen waren, ritten wir noch fast eine Stunde lang im Mondlicht schweigend hinter einander her. Plötzlich aber sah man den Schein eines Feuers und wir näherten uns einem Halbkreis aus überdachten Zigeunerwagen.

„Warten Sie hier", wies er mich an.

Ich wartete nervös, während er den Wallach den Hügel zum Lager hinauflenkte. Die Zigeuner der Gruppe wurden unruhig, als sie das Pferd hörten. Ein kleiner Junge spielte Geige am Lagerfeuer. Der Klang der Violine mischte sich mit dem sanften Klirren der Pfannen und Kessel, die seitlich an den Planen der Wagendächer befestigt waren.

Während mein Begleiter in einem der Wagen verschwand, der dem fahrenden Volk wohl auch als eine Art mobiles Gasthaus diente, stieg ich ab und band mein Pferd an einem morschen Baumstamm fest. Was für Menschen waren diese umherziehenden

Leute? Warum reisten sie? In Ungarn hatte ich während meiner Kindheit viele Geschichten über sie gehört. Einer Legende zufolge, waren sie Nachfahren von Kain aus der Bibel. Sie wurde dafür bestraft, dass Abel im Garten Eden getötet worden war und deshalb mussten sie ohne eigenes Zuhause durch das Land streifen.

Das Treffen im bunten Wagen dauerte sehr lange. Ich wartete nervös und hoffte, dass bald die bemalte Tür mit den eigenartige Symbole aufgehen würde. Eigentlich war es nicht verwunderlich, dass die Leute in Theresiafeld auf dieses Volk nicht so gut zu sprechen waren, denn ihre Lebensart war völlig anders. Ich kannte wirklich niemanden im Dorf, der für Zigeuner ein gutes Wort übrig hatte.

Schließlich winkte mich mein Begleiter zu sich. Die Zigeuner am Lagerfeuer hatten ihre Augen auf mich gerichtete, als ich das ansteigende Gelände hinaufging. Ich hatte Angst. Sie hatten einen ähnlich dunklen Teint, wie die Zigeuner aus Theresiafeld, aber mit ihren schwarzen, randlosen Hüte und der zerlumpten Kleidung sahen sie recht verwahrlost aus. Ungebändigt und wild, wie das Banat vor der Ankunft der Bauern aus Deutschland, die im frühen achtzehnten Jahrhundert als Kolonisten gekommen waren.

Ich tat so, als ob ich etwas Schmutz von meinem Hosenbein klopfte, aber in Wirklichkeit vergewisserte ich mich, dass mein Messer noch sicher versteckt in meinem Stiefel war, falls mich einer dieser Strauchdiebe angriff.

„Sie sind also derjenige, der ein Pferd kaufen möchte?", fragte eine Zigeunerin auf überraschend gutem Deutsch. Ich nickte.

„Kommen Sie mit."

Ihre guten Deutschkenntnisse gaben mir ein falsches Gefühl von Sicherheit. Sie hatte exotisch blaue Augen und musterte mich abschätzig. Ihre kräftigen, straffen Beine, die durch einen Riss des zerschlissenen Kleides zum Vorschein kamen, waren äußerst attraktiv. Ich konnte kaum meinen Blick abwenden, als wir zu den Pferden gingen, die mit einem dicken Strick zwischen zwei Wagen angebunden waren.

„Suchen Sie sich eines aus und nennen Sie mir Ihren Preis", forderte sie mich auf.

Ihre abrupte Art fand ich sehr unhöflich, aber ich folgte der Anweisung und betrachtete die Pferde genauer.

„Wo kommen sie denn her?", erkundigte ich mich.

Ich ging zum ersten Pferd und streichelte ihm über das rechte Vorderbein.

„Eine Pferdezucht in Paratz, Rumänien."

Ich nickte und tat so, als ob mir der Pferdehof im rumänischen Banat wegen seiner hervorragenden Qualität ein Begriff war. Die Banater Schwaben züchteten kaum noch Pferde, seit die Tiere nicht mehr für das Militär genutzt wurden. Jetzt aber, da die landwirtschaftlichen Geräte der Bauern für den Krieg beschlagnahmt wurden, hatten Pferde als Ersatz für Traktoren ein nostalgisches Comeback. Die Zigeuner waren schnell, wenn sich während des Krieges eine neue Gelegenheit ergab. Die nomadenhaft lebende Gruppe stieg schnell wieder in den Pferdehandel ein und nutzte die Misslage reicher Bauern, zu denen auch Reichinger gehörte, aus.

„Bringen Sie diese hier näher zum Licht des Feuers", sagte ich, nachdem ich ein paar kräftig wirkende Pferde herausgesucht hatte. Die Pferdeverkäuferin rief in der mysteriösen Sprache ihres Volkes einem Jungen etwas zu. Der Junge, dessen dunkle, zerzauste Haare fast bis zum Boden reichten, führte die Tiere näher an das Feuer.

Ich legte die Hand an die Brust von einem der Wallache, um nach dem gleichmäßigen, langsamen Atmen eines gesunden, jungen Pferdes zu fühlen. Doch bei seinen Nüstern roch ich etwas, das ich aber nicht gleich einordnen konnte. Ich schloss meine Augen und konzentrierte mich auf den aufdringlichen Geruch, der aus der Schnauze des Pferdes kam. Ich kannte ihn aus dem Keller meines Vaters in New York, wenn er mal wieder Seife hergestellt hatte. Obwohl wir uns natürlich Seife hätten leisten können, kaufte sie mein sparsamer Vater nie, weil schließlich auch seine selbst gemachten, riesigen Seifenstücke ihren Zweck erfüllten.

„Welches möchten Sie denn jetzt?", fragte sie ungeduldig.

„Einen Augenblick noch, bitte!", antwortete ich.

Zuerst dachte ich, der penetrante Geruch kam vom Waschen der Tiere. Doch nach genauerem Betrachten sah ich ein längliches

Stückchen Seife in einem der Nasenlöcher stecken, was das Pferd zwang, ruhig zu atmen. Unerfahrene Käufer, wie ich einer war, wurden getäuscht, weil sie glaubten, ein viel jüngeres und gesünderes Tier zu kaufen, als es tatsächlich der Fall war.

„Welches jetzt?", wollte sie wissen.

Sie verlor langsam die Geduld, aber ich musste über die Schläue ihres kleinen Tricks schmunzeln. In der Ferne hörte man eine Glocke läuten, was die Pferde aufschrecken ließ und meine Inspektion unterbrach.

„Ich werde wohl dieses hier nehmen", sagte ich.

Ich suchte mir eines aus, das am wenigsten nach Seife roch. Nach einigem Feilschen einigten wir uns auf einen Preis und das Geschäft mit der ungeduldigen Frau war beendet.

„Wie heißt das Tier?", fragte ich sie.

„Es ist jetzt Ihr Pferd."

Durch meine freundliche Frage wollte ich jetzt, da wir das Geschäftliche nun hinter uns gelassen hatten, mit ihr ins Plaudern kommen.

„Ich glaube, ich werde ihn Mercy nennen", verkündete ich.

Damals, als ich erfahren hatte, zur Informationsbeschaffung nach Theresiafeld zu kommen, hatte ich viel über die Geschichte des Banats gelesen. Claudius Florimund Mercy war während des österreichischen Kaisertums kommandierender General der Provinz Banat gewesen. Er hatte etliche Kanalbauprojekte organisiert, durch die nutzbares Ackerland für die deutschen Kolonisten geschaffen worden war. Da der Rappen für Reichingers Kanalprojekt vorgesehen war, fand ich den Namen passend.

„Kommen Sie mit zu meinem Pferd, da werde ich bezahlen."

Ich hatte Reichingers Geld für den Pferdekauf unter dem Ledersattel versteckt, weil ich es lieber nicht mit in das Zigeunerlager nehmen wollte, aus Angst, einer dieser Strolche könnte es stehlen.

„Ist der Hengst für Sie selber, *Gadjo*, oder für den Bauern, für den Sie arbeiten?"

Das Pferd folgte mir nur mit Widerstand, während ich es über die Böschung hinunterführte. Die Zigeunerin hatte *Gadjo* zu mir gesagt. Ich hatte mich an den Ausdruck gewöhnt, weil mich auch schon andere Zigeuner von Reichingers Gut so genannt hatten. Wahrscheinlich war es eine generelle Bezeichnung für alle, die nicht zum fahrenden Volk gehörten.

„Für meinen Chef", antwortete ich.

„Reichinger muss es ja ziemlich gut gehen, wenn er sich ein weiteres Pferd leisten kann", fuhr sie fort.

„Wir graben einen Kanal, und einige Maschinen sind vom deutschen Militär konfisziert worden. Darum braucht er noch ein Arbeitstier", erklärte ich.

Ich zog die jugoslawischen Dinare unter dem Sattel hervor. Woher kannte sie Reichingers Namen? Hatte ich ihn dem zahnlosen Zigeuner, der mich zu ihrem Lager gebracht hatte, gegenüber erwähnt? Seit ich mich in meiner Rolle als amerikanischer Spion im Banat etwas sicherer fühlte, bemerkte ich mehr als zuvor. Zum Beispiel, wenn ein Name fiel und dadurch klar wurde, dass die Frau etwas über denjenigen erfahren wollte. Ich überreichte ihr den Stapel Geldscheine. Warum interessierte sie sich für Reichinger? Allerdings traute ich mich nicht, weiter nachzubohren, aus Angst vor ihren Kameraden am Lagerfeuer.

„Wie geht es Renate?"

Sie kannte sogar Reichingers einzige Tochter. Offensichtlich hatte sie mit der wohlhabenden deutschen Familie Kontakt gehabt. Das interessierte mich.

„Ich arbeite erst seit Kurzem für die Familie. Renate kenne ich nur flüchtig."

Ich blickte in ihre außergewöhnlich blauen Augen, als wir nicht weit vom Wagenkreis entfernt standen. Immer noch hörte man die Teller und Töpfe, die von der Wagenplane baumelten und gegeneinander schlugen. Ich hatte nichts dagegen, dass sie mich ausfragte, weil ich selber immer neugieriger wurde.

„Woher kennen Sie Reichingers Familie?", fragte ich sie schließlich.

Sie sah mich lange an, bevor sie antwortete. Ihre Haare und ihre Haut waren heller als die der anderen Zigeuner, die nun zu singen begonnen hatten.

„Sie sind nicht aus Theresiafeld, nicht wahr?", vermutete sie.

„Ich kam in Ungarn zur Welt. Reichinger hat mir auf seinem Gut Arbeit gegeben und ich habe sie gerne angenommen."

„Reichinger ist nicht der Mann, der er vorgibt zu sein."

„Das habe ich auch schon bemerkt. Sein Verhalten hat sich geändert, als ich bei ihm zu arbeiten anfing. Nicht jeder von uns wurde als reicher Großgrundbesitzer geboren."

Ich wollte eine Vertrauensbasis schaffen, damit sie sich beim Gespräch mit mir wohl fühlte. Durch den Eindruck, dass Reichinger und ich kein gutes Verhältnis hatten, würde sie vielleicht freimütiger werden und über Reichinger aus dem Nähkästchen plaudern.

„Meine Mutter hat vor vielen Jahren für ihn gearbeitet", erklärte sie.

Sie starrte vor sich auf den Boden, während sie sprach.

„Dann haben Sie also auch auf seinem Hof gewohnt", bemerkte ich.

„Reichinger hat sie fortgeschickt."

„Warum?"

Sie entspannte sich ein wenig.

„Das weiß ich nicht genau. Als er wieder heiratete…"

„Dann ist das jetzt seine zweite Ehefrau?", unterbrach ich sie mitten im Satz, weil ich so überrascht darüber war. Er hatte nie erwähnt, dass Frau Reichinger seine zweite Gattin war.

„Richtig. Nachdem er noch Mal geheiratet hatte, meinten die beiden, dass sie meine Mutter nicht mehr bräuchten und wir mussten unsere Sachen packen und abhauen."
Offensichtlich war sie darüber immer noch wütend.

„Es tut mir leid, dass Ihre Mutter ihre Anstellung verloren hat."

Die hübsche Zigeunerin nahm die Zügel des Pferdes, weil es unruhig wurde.

„Was ist mit seiner ersten Frau geschehen?" "Sie wurde krank und ist gestorben. Fieber, das wahrscheinlich vom Sumpf bei seinem Haus kam."

Reichingers Besessenheit mit dem Kanalbauprojekt wurde nun erklärlich. Die Krankheit, die Reichingers erste Frau umgebracht hatte, fand im nahen Sumpfgebiet ihren Nährboden. Mit ihr kam Gevatter Tod, der viele der ersten deutschen Siedler zu früh ins Grab gebracht hatte. Wenn der Kanal fertig und das Sumpfgebiet trockengelegt wäre, dann würde auch der unbarmherzige Feind, der seine erste Frau auf dem Gewissen hatte, ausgemerzt sein.

„Warum haben Sie Theresiafeld verlassen?"

„Wir waren arm und wussten nicht wohin. Wir hatten kaum etwas zu essen und dann wurde meine Mutter krank. Kurz darauf ist sie gestorben und da es in Theresiafeld keine Familie gab, die mich anstellen wollte, bin ich gegangen."

„Meine Mutter ist auch gestorben, als ich noch klein war. Ich weiß, wie das ist", sagte ich.

Ich hoffte, sie würde sich mehr für mich interessieren, wenn sie erfuhr, dass ich ebenso ohne Mutter aufgewachsen war. Sie wandte ihre stahlblauen Augen von mir ab und blickte in die Richtung, aus der die Musik vom Lagerfeuer zu uns herüber schallte. Man merkte, dass sie über ihre schwierige Kindheit sehr verbittert war.

„Haben Sie ihre ganze Familie verloren, *Gadjo*? Alles, was Sie besessen haben und jeden, der Ihnen etwas bedeutet hat?"

Sie wurde richtig wütend. Ihre Situation konnte ich gut nachempfinden, denn kurz nachdem meine Mutter gestorben war, bin ich schließlich nach Amerika ausgewandert und hatte das einzige Zuhause, das ich je gekannt hatte, zurücklassen müssen. Ich verspürte plötzlich das Bedürfnis, ihr mein Geheimnis über meine Spionagetätigkeit anzuvertrauen.

„Wegen Reichinger habe ich alles verloren. Sie haben uns vom Hof vertrieben wie räudige Hunde. Ich wünsche ihm die Pest an den Hals, verstehen Sie?"

Ich wartete einen Moment, bis sie sich wieder beruhigt hatte. Ihr Wutausbruch hatte die Aufmerksamkeit der anderen Zigeuner erregt.

Am Hang in der Ferne sah ich eine kleine alte Frau, die uns neugierig beobachtete. Sie rief etwas in ihrer geheimnisvollen Sprache herüber, aber meine Gesprächspartnerin machte eine beschwichtigende Geste.

„Ich arbeite nur für Reichinger", sagte ich, „und es tut mir leid, dass er Sie im Stich gelassen hat."

Ich griff in die lederne Satteltasche und zog eine Flasche Wein, der aus Theresiafeld stammte und ein Geschenk von Valmer gewesen war, heraus. Wenn er mir nicht gerade beim Kartenspielen Geld aus der Tasche zog, war er Weinhändler, ein *Kupetz*, der sich mit Weinen auskannte und an die Gasthäuser im Banat verkaufte. Eigentlich wollte ich die Flasche selber behalten, aber ich hoffte, das Geschenk könnte der Anfang einer Freundschaft mit ihr sein, die der Informationsbeschaffung dienlich wäre. Sie lächelte, als ich ihr die grüne Flasche in die Hand drückte.

„Zigeuner trinken keinen Wein, sondern Bier."

Im Scherz tat ich so, als ob ich ihr die Flasche wieder abnehmen wollte, doch sie gab sie nicht mehr her. Meine Großzügigkeit wurde von manchen ihrer Kameraden als Flirtversuch interpretiert. Sie hörten auf zu singen und gingen zu der alten Frau mit den vielen Falten, die nun langsam auf uns zu kam. Die Alte war offensichtlich nicht sehr gut auf Banater Schwaben zu sprechen, die ins Lager kamen und mit einer ihrer Frauen sprachen.

„Wann kommen Sie das nächste Mal wieder nach Theresiafeld?", erkundigte ich mich.

Warum ich mich für Sie interessierte, war schwierig zu sagen. Nicht nur als Spion wollte ich wissen, wann Sie wieder durch diesen Teil des Banats reiste. Die ungewöhnlich aussehende Zigeunerin faszinierte mich und ich wollte mich weiter mit ihr unterhalten, aber jetzt fürchtete ich um meine Sicherheit.

„Meine *Vitsa* kommt meistens im Oktober nach der Weinernte wieder zurück nach Theresiafeld", antwortete sie verwundert. Ich nahm die Zügel meines neu erworbenen Pferdes und führte es von den angsteinflößenden Vagabunden weg, die schon den Hang herabkamen.

„Sie müssen gehen. Diese alte Frau dort macht sich Sorgen wegen *prikaza*."

Sie rief noch einmal etwas in ihrer Sprache, um die Bande zu besänftigen.

„Was heißt das?", fragte ich.

„Es ist Romani, unsere Sprache und bedeutet Unglück, wenn ich noch länger mit Ihnen spreche."

So wie sie es sagte, schien sie selber den Aberglauben nicht für bare Münze zu nehmen. Ich nahm die Zügel meines neuen Arbeitspferdes, gab meinem eigenen Ross einen leichten Tritt in die Flanken und ritt davon.

Auf dem Heimweg ging mir die Begegnung mit diesem Volk nicht aus dem Kopf. Ich wusste nicht warum, aber ich befürchtete, dass sich mit der Kriegsfront auch ihre Handelsrouten ändern könnten. Dann würde ich vergeblich darauf hoffen, sie in unserem kleinen Dorf am südlichen Rand des Banats bald wiederzusehen.

Meine müden Pferde durften langsamer laufen, als ich Theresiafeld erreichte. Ich wollte der Frau so gerne erzählen, wer ich wirklich war und was ich in Jugoslawien tat. Seit meiner Ankunft in Theresiafeld war ich zum ersten Mal entspannt genug, solchen Gedanken freien Lauf zu lassen.

Unsere Lebenswege hatten einen ähnlichen Anfang: Wir kamen beide aus einem kleinen, ländlichen Dorf im Banat. Doch als wir aufwuchsen, trennten sich unsere Wege und unser Leben entwickelte sich in völlig gegensätzlicher Richtung. Die Zigeunerin und ich mussten uns an fremde Umgebungen gewöhnen. Ich als Amerikaner, der eine fremde Sprache lernen musste und eine Ausbildung absolvierte, und sie als fahrende Händlerin, die hier und dort Waren verkaufte und sich der Kultur ihres unsteten Volkes anpassen musste. Jetzt stießen wir wieder aufeinander, wegen des Krieges in Europa. Sie und ich hatten mehr gemeinsam, als sie es sich vorstellen konnte. Wir beide waren Feinde in dieser Gemeinschaft der Banater Schwaben in Theresiafeld – ich aus Pflicht für ein Land, das gegen das deutsche Militär kämpfte und sie aus persönlichem Hass, weil ihre Familie zerstört worden war.

Als ich an einem dunklen Weizenfeld zu Reichingers Gut ritt, wurde ich wehmütig. Womöglich würde ich dieser Frau niemals wieder begegnen...

## Jugoslawisches Banat
### Juli 1943

„Ist es das letzte?", fragte ich.

„Ja."

Einer der Zigeuner aus meiner Mannschaft grub das letzte Loch in den steinigen Hügel und steckte einen Dynamitstab hinein. Ich legte den Auslöser auf den Boden und wir gingen zu den anderen hinüber, die sich in sicherer Entfernung hinter dem Wagen duckten und auf die Explosion warteten.

„Wer möchte?"

Ich blickte in die verschwitzten Gesichter meiner Männer, die zusammengekauert warteten und wedelte ein Streichholz durch die Luft, um einen Freiwilligen für die Zündung zu finden.

„Vielleicht sollte Reichinger das machen", meinte einer von ihnen.

„Schau ihn dir an", sagte ein anderer, „er hat Angst, herzukommen."

Johann Reichinger verbrachte nun viel Zeit in Sichtweite und beobachtete von seinem Pferd aus, wie wir uns mit jeder Schaufelfüllung seinem Ziel näherten. Wenn der Hügel vor uns erst einmal beseitigt war, dann war der zum Sumpf nicht mehr weit.

„Jetzt mach schon. Zünde es endlich."

Einer der Zigeuner entzündete das Streichholz an der schmutzigen Fußsohle seines alten Stiefels und hielt es an die Zündschnur. Wir drückten uns gegen den Wagen, während die Flamme langsam an der Schnur auf dem sandigen Boden zum Dynamit entlangwanderte.

*Peng!*

Die Explosion ließ den Boden erschüttern. Durch das Beben waren sogar die Kirchenglocken in Theresiafeld zu hören, die in Bewegung geraten waren.

„Unten bleiben! Noch nicht aufstehen!"

Immer noch prasselten Erde und Steine auf uns. Mit einem Blick auf meinen kraftlosen Wallach, Mercy, den ich im vorigen Jahr von der Zigeunerin gekauft hatte, vergewisserte ich mich, dass das nutzlose Tier durch die Sprengung keinen Schaden davongetragen hatte. Lediglich sein schwarzes Fell war staubig. Die Vitalität des Pferdes, und somit auch seine Arbeitskraft, ließ mit jedem Monat des Kanalbaus nach. Die Zigeuner hatten mich über das Ohr gelegt und mir vorgetäuscht, ich würde einen kraftvollen, jungen Hengst kaufen. Doch jetzt konnte der Gaul nur noch zum Ziehen des Wagens genutzt werden.

„Kannst du irgendetwas sehen?"

„Ich bin mir nicht sicher", antwortete ich, während ich den Kopf hob und versuchte, trotz Staub und Rauch etwas zu erkennen. Hoffentlich hatte das Dynamit den Hügel aus dem Weg geräumt, und damit auch unser Problem beseitigt.

„Schaut!", rief einer der Männer und tatsächlich war nun dort ein riesiger Krater im quer verlaufenden Hügel. Langsam ging ich hinüber.

Jetzt gab es keinen Zweifel mehr. Man sah das grüne Morastland, wo vorher der Hügel das Weitergraben unmöglich gemacht hatte.

„Und, wie sieht es aus?", rief Reichinger, der nun angaloppiert kam.

„Ich glaube, wir waren erfolgreich!", rief ich zurück.

Immer noch hoch zu Ross starrte Reichinger auf das Loch, das nun den Blick auf seinen grünen Feind freigab.

„Weiter an die Arbeit, wir haben noch ein paar Stunden bis zur Dunkelheit."

In Reichingers blassem Gesicht waren dunkle Augenringe, die deutlich zeigten, wie sehr ihn der Kanalbau finanziell und emotional belastete. Das Budget war schon mehr als ausgeschöpft und der Graben musste bis spätestens Anfang August fertig sein. Meine Mannschaft würde dann für die zeitaufwendige Weizenernte ohne Maschinen benötigt werden.

„Irgendwann nächste Woche sollten wir den Sumpf endlich erreicht haben", ließ ich ihn wissen.

Ohne ein weiteres Wort ritt Reichinger fort und verschwand bald hinter den gelben, fast erntereifen Weizenfeldern. Das Korn würde dazu beitragen, den kriegsgebeutelten europäischen Kontinent über den nächsten Winter zu bringen.

Wir schaufelten das Geröll, das vom Hügel an dieser Stelle übriggeblieben war. Es erstaunte mich immer wieder, dass Reichinger dieses umfangreiche Vorhaben nicht längst abgebrochen hatte. Obwohl die jungen Männer aufgrund des Krieges das Dorf verlassen mussten und die Bauern weder Geld noch Maschinen hatten, machten wir weiter. Dieser besessene Großgrundbesitzer war zuversichtlich, dass sein Leben und die Landwirtschaft nach beendetem Krieg genauso weitergeführt werden würden, wie bisher. Trotz des sich verbreitenden Kommunismus, der weit bis Osteuropa vorgedrungen war, blieb sein Vertrauen auf Deutschland unerschütterlich.


Durch das Loch im Hügel kamen Mückenschwärme und drangsalierten uns während der mühsamen Arbeit, bis uns endlich der Feierabend erlöste. Seit einigen Monaten war mir die Arbeit langsam überdrüssig geworden und ich freute mich nun auf das Ende. Da ich von Reichinger auch nicht mehr so viele nützliche Informationen bekam wie früher, hatte ich schon mit dem Gedanken gespielt, zu kündigen. Dann aber hatte ich meine Meinung doch wieder geändert. Warum wusste ich selbst nicht genau, aber immerhin wollte ich noch bei der Fertigstellung des Kanals dabei sein.

Mittlerweile plagten mich Schuldgefühle, die wie der Weizen auf den Feldern mit jedem Tag größer wurden. Ich war ein Verräter, der das Vertrauen der Menschen aus dem Dorf missbrauchte. Zwar würden meine verschlüsselten Nachrichten nichts preisgeben, aber ich fürchtete, dass mich mein Handeln allmählich aus der Bahn warf. Im Laufe der Zeit hatte ich in der Dorfgemeinschaft meinen Platz gefunden und es fiel mir immer schwerer, mich auf mein ursprüngliches Ziel zu konzentrieren. Wenn der Krieg zu Ende war, hätte ich wenigstens etwas für das Theresiafeld getan und würde zumindest ein Teil des Schadens, den ich durch meine Funkbotschaften angerichtet hatte, wieder gutmachen.

Mercy trottete mit der Fuhre erschöpfter Arbeiter durch das schmiedeeiserne Tor. Drinnen sah ich die Tochter von Reichinger, die am Brunnen in der Nähe der weißen Mauern lehnte. Noch am Tor sprang ich vom rollenden Wagen und ging zu ihr hinüber.

„Hallo Renate. Wie geht's?", fragte ich beiläufig und zog einen Holzheimer mit kaltem Brunnenwasser nach oben, um mir das verschwitzte Gesicht und die Hände zu waschen. Manchmal sah ich sie auch abends vom Fenster von meiner Pritsche aus, wie sie sich über den gemauerten Rand des Brunnen lehnte und lange in den dunklen Abgrund starrte.

„Hallo, sag doch etwas!"

Mein vormals flüchtiges Interesse an Renate war durch die Fragen der Zigeunerin, die mir das Pferd verkauft hatte, gestiegen. Immer noch blickte sie in den tiefen Brunnen. Sie schien im dunklen Schlund nach einer Antwort auf ihre Probleme zu suchen, in dem sich unter der fruchtbaren Erde das Wasser sammelte.

„Was willst du denn wissen?", sagte sie endlich.

„Es siehst aus, als ob du ein Problem hättest. Vielleicht kann ich dir helfen."

Ich lehnte mich vor und schüttete diesmal das Wasser aus dem Eimer über Kopf und Rücken, um den festgetrockneten Schmutz wegzuwaschen.

„Ach, ich weiß nicht so recht", sagte sie zögerlich.

„Komm, du kannst es mir ruhig erzählen."

Durch die Brunnenwände verstärkt, hörte man, wie eine Träne auf die Wasseroberfläche unten traf. Immer noch hielt Renate den Kopf über den Brunnenrand gebeugt.

„Es ist mein Vater…", murmelte Renate.

„Ja, er kann manchmal recht anstrengend sein."

„Ich hasse ihn!"

„So schlimm ist er aber doch auch nicht. Bald ist Kirchweih und er wird es sicher wieder gutmachen. Vielleicht kauft er dir ein neues Kleid?"

Nach der Weinernte feierte man, wie es in den meisten deutschen Dörfern des Banats Tradition war, auch in Theresiafeld Kirchweih, das wichtigste Fest des Jahres. In Ungarn, während meiner Kindheit, gingen die unverheirateten Männer und Frauen mit der Kirchweihprozession die Hauptstraßen entlang. Für uns war das immer eine sehr fröhliche Zeit gewesen. Renates Traurigkeit fand ich seltsam, da sie überdies bisher von den Kriegswirren der Gegend verschont geblieben war.

Als Tochter des reichsten Bauern in Theresiafeld war sie recht verwöhnt. Andere Frauen im Dorf beneideten sie um ihr Reitergewand und die modernen Kleider. Es fehlte ihr an nichts, nicht einmal jetzt, obwohl wegen des Krieges mittlerweile allgemeine Knappheit herrschte.

„Du verstehst nicht", meinte Renate, „das ist vielleicht meine letzte Kirchweihprozession."

Schon längst war Renate nicht mehr das jüngste Mädchen, das an der Prozession der Paare teilnahm. Mit ihrer Antwort auf meine Frage gab sie mir indirekt zu verstehen, dass sie bald heiraten würde. Sie war zwar erst siebzehn, aber die Töchter der reichen Bauern heirateten jung.

„Wer ist denn dein Kirchweihpartner?"

Der Junge, mit dem sie in der Prozession lief, würde ihr Verlobter sein. Sie weinte weiter und es war offensichtlich, dass Renate diese Ehe nicht eingehen wollte.

„Mein Vater zwingt mich, den Sohn von Fetter Matz zu heiraten."

„Ich dachte, er sei in Deutschland. Wollte sein Vater ihn nicht zur Wehrmacht schicken?"

„Sein Vater hat es nie geschafft, ihn dorthin zu bringen. Er ist während Kirchweih auf Heimaturlaub."

„Und wo ist er jetzt gerade?", fragte ich.

„Irgendwo in Russland. Ich glaube südlich von Moskau in der Nähe von Kursk."

„Wir bräuchten ihn hier, damit er in der Heimatschutztruppe unser Dorf sichert."

Man hatte eine neue Heimatschutzeinheit gebildet, um das Dorf vor Angriffen der kommunistischen Partisanen zu schützen, über die andere Deutschstämmige in Jugoslawien berichtet hatten. Trotz der Bemühungen seines reichen Vaters, war der Sohn von Fetter Matz vom Heimatschutz abgezogen und in den aktiven Militärdienst der SS Prinz Eugen gesandt worden.

Das kühle Brunnenwasser hatte mich erfrischt. Es war für mich zur Routine geworden, Renate auszufragen und Informationen über den Krieg einzuholen. Durch ihren Kontakt zu anderen jungen Frauen in Theresiafeld, die Briefe von jungen Männern in der SS erhielten, war Renate immer auf dem Laufenden. Ihre Informationen waren mittlerweile nützlicher als die ihres Vaters. Während sich Reichinger mit seiner Besessenheit mit dem Kanalbau von der Außenwelt zurückzog, hatte Renate seinen Platz eingenommen und war nun meine wichtigste Nachrichtenquelle geworden.

„Der Sohn von Fetter Matz ist doch ein guter Mann. Ich glaube, ihr werdet ein gutes Paar abgeben."

„Hast du mir nicht zugehört? Ich will auf der Kirchweih nicht seine Partnerin sein!"

Sie rupfte die verwelkten Blumen vom letzten Jahr vom Rand eines schwarzen Kirchweihhutes und warf sie gedankenverloren über den Brunnenrand. Sie sah ihnen nach, bis sie alle auf der Wasseroberfläche schwammen. Es war ihre Aufgabe, den Hut mit frischen Blumen zu schmücken, den sie anschließend ihrem Prozessionspartner zum Kirchweihfest überreichen würde.

„Denk doch mal an die Probleme anderer Leute. Viele junge Männer aus Theresiafeld befinden sich gerade in Lebensgefahr wegen des Krieges", sagte ich.

Ihre blassen Arme waren schlaff, weil sie sie noch nie für harte körperliche Arbeit auf dem Feld eingesetzt hatte. Sie erzitterten leicht, als sie die letzte welke Blume vom Hut pflückte.

Die Probleme der anspruchsvollen Tochter des sturen Landbesitzers erschienen mir recht geringfügig. Sie musste der Tradition folgen und Fetter Matzes Sohn heiraten, weil er auch zur reichen Oberschicht in Theresiafeld gehörte. Ich versuchte, das Gespräch wieder auf andere Themen zu lenken, um zu erfahren, was sie sonst noch von den Burschen unserer örtlichen Heimatschutzdivision, die hier auf Patrouille waren, erfahren hatte. Wie es schien, hatten sie nichts über terroristische Angriffe von Titos Partisanen berichtet.

Mein Enthusiasmus, den Alliierten im Krieg zu helfen, hatte im Laufe der Zeit abgenommen. Es verdross mich, Deutschstämmige wie Renate als Informationsquelle zu benutzen. Sie hatte mit dem Krieg nichts zu tun. Jeden Tag wurde es schwieriger, in diesem kleinen Dorf als Spion mit falscher Identität zu leben.

„Vielleicht siehst du alles anders, wenn er von der Front zurückkommt.“
"Und warum?“

„Der Krieg verändert die Menschen. Vielleicht auch ihn.“

Mir kamen die Fehler, die Renate an ihrem zugewiesenen Kirchweihpartner fand, lediglich wie eine Widerspiegelung ihrer eigenen Unzulänglichkeit vor. Sie mochte den Sohn von Fetter Matz nicht, weil er ein reiches, verwöhntes Kind war, genau wie sie selbst. Vielleicht würde das der Krieg ändern und das Leben an seiner Seite wäre gar nicht so schlimm, wie sie dachte.

Nachdem die letzten Wassertropfen auf meinem Rücken getrocknet waren und ich von dem empfindlichen Mädchen genügend erfahren hatte, ließ ich sie mit ihrem Jammer am Brunnen zurück. Während ich zu meiner Behausung ging, beobachtete ich die Wächter, wie sie ihre Gewehre überprüften und sich vor dem Eingangstor versammelten. Reiche Bauern wie Reichinger hatten Wächter angestellt, damit niemand ihre Ernteerzeugnisse stahl. Die Wachmänner machten sich für ihre Posten auf den riesigen Ackerflächen bereit. Der goldene Weizen war bald reif und Reichinger, der knapp bei Kasse war, brauchte jedes einzelne Korn.

Aus einem Fenster von meinem Bett sah ich immer noch Renate im Mondlicht. Ich spielte mit der Glücksmünze meines Vaters und hoffte, dass meine Zeit als Spion bald ein Ende finden würde.

Nach einigen weiteren Wochen, bloß wenige Tage vor Erntebeginn, hatte es mein erschöpftes Team schließlich geschafft. Wir durften nur bis zum Rande des Morasts graben, damit Reichinger vor den anderen vermögenden Großbauern ein glorioses Spektakel für den Durchbruch veranstalten konnte. Viele Bauern im Dorf sorgten sich wegen des Krieges um ihre Zukunft, doch Reichinger war felsenfest davon überzeugt, dass Deutschland siegen würde. Mit der Feier für die kleine Gruppe der Theresiafelder Elite, wollte er seinen verdrossenen Mitstreitern zeigen, dass die Zukunft positiv war und es nicht zu befürchten gab.

„Der große Tag ist gekommen, meine lieben Freunde!", verkündete Reichinger. „Heute ist es endlich so weit!"

Er schwang sich auf seinen Lieblingsrappen und war voller Aufregung, weil sein ehrgeiziges Projekt endlich zum Abschluss kommen würde. Schnell leerte ich meine Tasse mit starkem Kaffee und sprang auf den Wagen auf, der hinter Johann Reichinger zu dessen grünen Feind fuhr. Hoch zu Ross rauchte er nervös. Der Kanalbau hatte ihn physisch und finanziell erschöpft, aber nun hatte er sein Ziel fast erreicht.

In den Morgenstunden hatten meine Männer die letzten paar Meter des Kanals ausgehoben, der sich nun mehrere Kilometer lang stolz durch die sandige Ebene bis zu einem kleinen Fluss schlängelte. Jetzt trafen die Theresiafelder Gäste ein, mit großen weißen Taschentüchern über Mund und Nase gebunden, um sich gegen den üblen Geruch zu schützen. Sie durften den letzten Schaufelhieben beiwohnen.

„Jetzt übernehme ich, Hans."

Mit untypischer Behändigkeit und spontaner Begeisterung für körperliche Arbeit, riss mir Reichinger die Schaufel aus der Hand und schippte die letzten Erdbrocken aus dem Weg, die das Wasser noch davon abhielten, durch den Kanal zu fließen. In den letzten Monaten hatten sich viele deutschstämmige Bauern im Dorf über meinen Arbeitgeber lustig gemacht. Ein Projekt mit solchen

Ausmaßen zerrte an Kraft und Ressourcen. Heute aber würde Reichinger, der schnaufend schaufelte, zuletzt lachen.

„Endlich wird der Kanal wohl doch noch fertig."

Ich sah mich um und blickte ins Gesicht des berüchtigten Kartenspielers Valmer. Der Weinhandel des Kupetz hatte in der letzten Zeit, während er auf die neue Weinernte wartete, nachgelassen. Geschäfte in der Nähe seines Heimatortes hatten ihm öfter die Gelegenheit gegeben, Reichinger zu besuchen und jedes Mal richtete er es ein, auf einen Plausch auch zu mir ins Arbeiterhäuschen zu kommen.

„Und was sind nun Ihre Pläne, Magyar, da das Projekt nun abgeschlossen ist?"

Immer stellte er mir diese offenen Fragen und kam unbehaglich nahe an mein Gesicht heran, als ob er meine Gedanken lesen wollte.

„Das weiß ich noch nicht."

„Gefällt es Ihnen hier in Theresiafeld?"

„Natürlich."

„Wie lange sind Sie jetzt da? Über ein Jahr, nicht wahr?"

„Mhm."

„Wie schade, dass Ihr Glück beim Kartenspiel nicht genauso groß ist, wie Ihr Glück nicht eingezogen zu werden. Sonst würde das Land hier Ihnen gehören."

Ich lächelte zustimmend, drehte mich aber anschließend weg, um Valmers unangenehme Bemerkung nicht kommentieren zu müssen. Eigentlich hatte ich das perfekte Alter, um in den Militärdienst eingezogen zu werden, aber bisher hatte mich noch niemand gefragt, warum das nicht der Fall war. Wenn sich diese Frage innerhalb der tratschenden Dorfgemeinschaft herumsprechen würde, könnte das meine Tarnung gefährden.

„Jetzt! Hier kommt es!"

Das erste trübe Wasser begann über Reichingers polierte Stiefel zu laufen, während er auf seiner Schaufel gestützt versuchte, den krummen Körper im Gleichgewicht zu halten. Er sprang aus dem Graben, als das grüne Wasser durch die enge Mündung in den Kanal floss. Valmer entkorkte eine Flasche Wein und reichte sie herum. Applaus und Gejubel ertönte von allen Seiten und verkündete den Beginn der Trockenlegung.

„Kommt mit!", forderte Reichinger seine Gäste auf.

Er hinkte am Kanalrand entlang und folgte dem Wasser, das den noch trockenen, rissigen Graben entlangkroch. Immer wieder musste einer der Arbeiter hineinhüpfen und einen Erdbrocken, der den Abfluss behinderte, herausschaufeln. Sonst aber rann der grüne Bach wie vorgesehen.

„Wir haben es geschafft!"

Unter Beifall und Freudenrufen verfolgten die Zuschauer das schlickige Wasser auf dem Weg zum kleinen Nebenfluss, der am südlichen Rand des Banats in die Donau floss, wo der grüne Schlamm für immer verschwinden würde. Unser Kanalprojekt war wie eine Reise in die Vergangenheit des Banats, als deutsche Kolonisten Kanäle anlegten, um das Land für die Landwirtschaft nutzbar zu machen, und dadurch Dörfern wie Theresiafeld zu Wachstum und Reichtum verholfen.

„Es läuft ab! Es funktioniert!

Anerkennend klopfte ich einem meiner Zigeunerleute auf die Schulter.

„Gratulation!", beglückwünschte ich meinen Arbeitgeber und reichte ihm die Hand. Wir waren zwar keine Freunde, aber immerhin waren wir beide gleichermaßen von dem befriedigenden Gefühl erfüllt, etwas erfolgreich gemeistert zu haben. Obwohl eigentlich die besitzlosen Männer meines Trupps die schwere Arbeit verrichtet hatten, gratulierte ich Reichinger zu seinem Mut für das riesige Projekt. Auch ohne die genauen Zahlen zu kennen, hatte es offensichtlich enorme Kosten verursacht.

Der Feind war endgültig besiegt. In seinem Triumph stand der körperlich beeinträchtigte Reichinger kerzengerade, die Anspannung war aus seinem Gesicht verschwunden. Jetzt nahm er Rache an der Seuche, die aus dem Sumpf gekommen war und seiner ersten Frau das Leben gekostet hatte. Mit dem Kanal hatte Reichinger auch einen zweiten Sieg gegenüber seinem Vater errungen. Ihm war gelungen, was sein Vater zu Lebzeiten nicht hatte bewältigen können. Mit seiner großartigen Leistung, die Natur zu bezwingen, befreite sich Reichinger von dem Ärger, der an seinem Selbstbewusstsein genagt hatte, während das abfließende Wasser gleichsam seine Seele reinigte.

In der nächsten oder spätestens übernächsten Saison, würde das Land nutzbar sein und eine reiche Ernte einbringen, um den Hunger der kriegsgeplagten Europäer zu stillen. Ich beobachtete die Theresiafelder, die sich mit Reichinger freuten und Wein tranken. Die enge Gemeinschaft der Banater Schwaben konnte für einen kurzen Moment den Krieg vergessen und auch die Folgen, die er für ihr Leben im Banat haben würde.

## Jugoslawisches Banat
## September 1943

Meine Schritte hallten in der alten Barockkirche wider, als ich langsam den Mittelgang entlangging. Dann rutschte ich in eine Sitzreihe in der Mitte und kniete auf der unbequemen Holzbank nieder. Während ich vorgab, zu beten, hörte man plötzlich in der Sakristei neben dem Altar ein Stuhl umkippen. Ein Ministrantenjunge öffnete die Holztür des Nebenraums, um nachzusehen. Etwas verstört blickte er zurück in den Kirchenraum zu den Gläubigen, die auf den Gottesdienst warteten. Ich stand auf und kletterte ungelenk zwischen den Holzbänken heraus. Dabei stieg ich aus Versehen meiner Sitznachbarin auf das schwarze Plisseekleid, das Frauen traditionell zur Kirchweih trugen. Ich lief zur Sakristei, um die Ursache des lauten Geräuschs herauszufinden.

„Pater Peter!"

Der Priester lag reglos auf dem harten Boden. Ich versuchte ihn an der Schulter hochzuzerren.

„Wachen Sie auf, Pater Peter!"

Mit Mühe schaffte ich es, ihn auf einen Stuhl zu setzen. Ein anderer Messdiener, der gerade das Kirchengewand anzog, schaute verstohlen vom benachbarten Ankleidezimmer herein, aber tat so, als ob er nichts bemerkt hätte.

„Wer sind Sie?", stammelte der Priester.

Er rieb sich das Gesicht und starrte mich ausdruckslos an. Seine Wangen und die Nase waren vom Raki gerötet, den er vor Beginn der Kirchweihmesse getrunken hatte. Ich nahm seine kalte Hand und versuchte ihm aufzuhelfen. Es war erst acht Uhr morgens, aber sein Atem stank bereits nach Pflaumenschnaps.

Die Leute in Theresiafeld äußerten sich zwar nicht öffentlich über das Trinkverhalten ihres Priesters, aber untereinander wurde darüber getratscht. Die Banater Schwaben erinnerten sich noch an die Zeit, als es keinen festen Pfarrer in Theresiafeld gab. Wahrscheinlich hatten sie Angst, auch diesen wieder zu verlieren, wenn sie sich über den übermäßigen Alkoholkonsum bei seinen Vorgesetzten beschweren würden. Die Theresiafelder tolerierten das ungebührliche Verhalten des Priesters, weil sie weiterhin ein Oberhaupt für ihre Gemeinde haben wollten.

„Sie müssen sich zusammenreißen. Die Messe soll gleich beginnen."

Die letzten Monate waren sehr schwer gewesen und die Gemeindemitglieder hatten ein Recht darauf, wenigstens eine anständige Kirchweihmesse mit dem Wiener Priester zu feiern. Viele Bauern, zu denen auch Reichinger gehöre, waren erschöpft. Es gab zu wenig Arbeitskräfte und weil das Gerät beschlagnahmt wurde, war die körperlicher Arbeit, vor allem während der Ernte, noch schwerer geworden. Je mehr ich mich dem Rhythmus von Theresiafeld anpasste, um so mehr empfand ich auch für seine Bewohner. Ein betrunkener Pfarrer, der die Messe nicht abhalten konnte, würde die Ortsgemeinschaft erschüttern und das wollte ich verhindern.

„Sie müssen wieder klar werden", sagte ich. „Die Kirchweihmesse soll doch bald anfangen."

„Is' mir egal."

Die verwaschenen Worte waren unpassend für jemanden, dessen Berufung die Priesterschaft war. Am Altar zündete einer der Ministranten gerade die Kerzen an und sah entsetzt herüber, weil er den zynischen Kommentar gehört hatte. Pater Peter hatte bei mir ohnehin keinen guten Eindruck hinterlassen, aber als er so wankend vor mir stand, sank er noch mehr in meiner Achtung.

„Los, Sie müssen wieder nüchtern werden."

Ich packte ihn am Oberarm und zog ihn in seine kleine Wohnstätte, die an die Kirche anschloss.

„Aaaaaah!"

Eine beleibte Frau, die sich ein Taschentuch auf das Gesicht hielt, um ihre Tränen zu verbergen, rannte zur Hintertür hinaus. Es war die Haushälterin, die bei dem Priester wohnte und ihm auch in der Kirche half. Sie musste von dem Alkoholproblem schon eine ganze Weile gewusst haben, aber ihn kurz vor einer der wichtigsten Messen im Jahr betrunken zu sehen, war selbst für sie zu viel.

Am Küchentisch ließ ich ihn auf einen Stuhl plumpsen und nahm die Kaffeekanne. Ich suchte in der Küche nach Streichhölzern, öffnete Schubladen und Schranktüren, um etwas Kaffee warmzumachen.

„Um Gottes Willen!", entfuhr es mir.

Ich hatte ein paar Teller zur Seite geschoben und schaute direkt auf die größere Version von meinem Kofferfunkgerät. Was machte dieser Priester mit einem Kurzwellenradio? Aus Sicherheitsgründen hätte das OSS mir nichts über andere Agenten im restlichen Banat mitgeteilt, aber sicherlich doch über einen anderen in Theresiafeld. Dass sie es einfach versäumt hatten, mich zu informieren, war eher unwahrscheinlich. Kurz stand ich wie versteinert da, aber dann wandte ich mich schnell um und vergewisserte mich, dass der Priester nichts bemerkt hatte. Verglichen mit unserer ersten Begegnung am Bahnhof in Wien sah er nun älter aus, zermürbter. Er hatte den Kopf auf den Küchentisch gelegt und war vom nächtlichen Alkoholexzess immer noch im Delirium.

Ich konnte kaum meine zittrigen Hände unter Kontrolle bringen, um mit dem Streichholz den Ofen anzumachen. Vielleicht wusste er nicht, dass es noch einen anderen Spion in Theresiafeld gab. Schließlich wohnte ich bei Reichinger, relativ weit von der Kirche entfernt. Außerdem war dieser Mann die meiste Zeit betrunken. Wie könnte er so scharfsinnig sein und herausfinden, dass ich für die amerikanische Regierung arbeitete? Vielleicht war die Trunkenheit aber auch nur ein Schauspiel und jeden Tag kam er der Spur näher und würde bald wissen, wer diese geheime Person war, die von Theresiafeld aus verschlüsselte Nachrichten funkte?

„Trinken Sie das, Herr Pfarrer."

Misstrauisch beobachtete ich ihn, während er den aufgewärmten Kaffee schlürfte. Für unbehaglich lange Zeit saßen wir einfach nur schweigend da.

„Wissen Sie, Hans, ich habe mein ganzes Leben damit zugebracht, endlich diesem kleinen Bauernnest in Österreich zu entfliehen, bloß um jetzt in Theresiafeld zu sein, das genauso schlimm ist."

Seit ich den Sender gefunden hatte, glaubte ich ihm kein einziges Wort mehr. Während er langsam nüchtern wurde, dachte ich über seine ausgeklügelte Tarnung nach, als Priester, der in diesem kleinen Bauerndorf sein Dasein fristen musste. An der Wand lehnte aufgeklappt sein teurer, von Meisterhand gefertigter Koffer, und machte seine Finte noch glaubhafter, als jemand, der gar nicht in Theresiafeld sein wollte.

„So dürfen Sie nicht reden. Es ist ja kein Todesurteil. Vielleicht können Sie eines Tages nach Wien zurückkehren."

Ich wollte nicht, dass er mir etwas anmerkte. Allerdings machte ich nur nach außen einen ruhigen Eindruck. Innerlich war ich von Panik erfasst, weil ich jetzt wusste, dass ein deutscher Agent in Theresiafeld herumschlich und nach mir suchte.

„Ich wollte doch zu Wiens Oberschicht gehören und jetzt bin ich hier gelandet, umgeben von Weizen und Maisfeldern."

„Sie müssen sich für die Messe fertigmachen", sagte ich. „Ich sehe Sie dann vorne."

Durch die Entdeckung des deutschen Funkgeräts, fühlte ich mich plötzlich in meiner Rolle als armer Arbeiter aus Ungarn unsicher. Hatte ich im Laufe des vergangenen Jahres irgendwelche Fehler gemacht, dass er mir auf die Schliche käme? Wieder hatte ich genauso viel Angst, wie in den ersten Wochen nach meiner Ankunft. Mein Reisegefährte aus Wien war wie ich auch im Geheimdienst tätig…

Als ich die Sakristei verließ, hörte ich ihn beim Überstreifen seines Priestergewands schwer ächzen. Leise ging ich den Gang entlang, an den vielen brennenden Votivkerzen vorbei, die unter der Statue irgendeines Heiligen standen. Sie waren von den Angehörigen für ihre Lieben auf dem Schlachtfeld angezündet worden und fast vollständig heruntergebrannt. Ich zwängte mich auf der hintersten Bank zu den anderen Männer in Tracht dazu.

Die jungen Kirchweihpaare kamen herein und schritten den Mittelgang entlang. Der Sohn von Fetter Matz und seine zögerliche Partnerin Renate führten die Prozession an, bis sich die Paare schließlich auf den vorderen Bänken niederließen. Ich konnte mich kaum konzentrieren, weil mir mögliche Folterszenen durch den Kopf schossen, die mir drohten, wenn mich dieser Spion aus Wien entlarvte.

Als sich das letzte Paar gesetzt hatte, begann der Priester lallend die Messe in lateinischer Sprache. Während der Andacht kamen mir immer wieder mögliche Fehler in den Sinn, die ich in den letzten Monaten eventuell gemacht hatte und die meine falsche Identität verraten könnten. Vielleicht versteckte sich der „Fuchs", wie ich mich in meinen Funkbotschaften nannte, nicht tief genug in den Weizenfelder und ich war im Laufe der Zeit nachlässig geworden.

„Passen Sie gut auf, Magyar. Vielleicht ist das die letzte Kirchweih hier in Theresiafeld."

Nervös drehte ich mich um und sah als erstes die altbekannte Hand mit den drei Fingern an der Rückenlehne hinter mir. Ich versuchte ein Lächeln für Valmer.

Während des gesamten Gottesdienstes schaffte ich es nicht, mich zu entspannen. Je mehr ich mich im Dorf eingelebt hatte, um so sicherer war ich geworden. Ich versuchte mich an Gespräche mit anderen Dorfbewohnern zu erinnern, in denen ich von angeblichen Briefen eines entfernten Cousins in North Dakota erzählt und dadurch Aufmerksamkeit auf mich und mein Wissen über Amerika gezogen hatte. Ich war unachtsam gewesen, weil viele andere Leute im Dorf auch von Freunden oder Verwandten in Amerika berichtet hatten. Es könnte mich mein Leben kosten, wenn dieser Wiener Priester mich deshalb als Spion entlarven würde.

„Positiv denken!", dachte ich mir und holte tief Luft, während ich auf dem Holzbänkchen kniete.

Vom größten Fest im Jahr bekam ich kaum etwas mit. Nur ab und an schaffte ich es, mich auf die Geschehnisse in der Kirche zu konzentrieren. Vorne am Altar standen Renate und ihr Partner. Gemeinsam hielten sie verkrampft einen Rosmarinstrauß mit bunten Bändern in den Händen, den Pater Peter gerade segnete. Ich beobachtete das Trio, während es das Ritual vollzog. Immer noch ziemlich angetrunken sprenkelte der Priester Weihwasser auf die Zweige. Die Tropfen blieben an den Nadeln hängen. Wahrscheinlich interessierte sich der Pfarrer in Wirklichkeit nur dafür, welches der anwesenden Gemeindemitglieder der amerikanische Spion war. Während Renate, die verwöhnte Tochter aus reichem Haus, sich nur dafür interessierte, wie sie der Hochzeit mit einem Mann, den sie nicht liebte, entkommen könnte. Der Sohn von Fetter Matz, der Dritte im Bunde, tat schicksalsergeben wie im geheißen, mit starrem, verbissenen Gesicht. Mit seinen Gedanken schien er noch in Russland zu sein, wo er an der Front in der SS Prinz Eugen Division kämpfte. Irgendwie passten die drei zu diesen verworrenen Kriegszeiten.

Als die Messe zu Ende war, zogen die Paare aus der Kirche aus und setzten draußen ihren Umzug auf der unbefestigten Straße fort. Ich blieb bis zum Schluss sitzen, bis alle Burschen in schwarzen Westen und Mädchen in feierlicher Tracht an mir vorbeimarschiert waren. Eine Blaskapelle folgte der Prozession.

„Nun, Magyar, werde ich mich endgültig verabschieden", sagte Valmer.

Schließlich stand auch ich auf und folgte mit ihm der Festgemeinde hinaus auf die Straße, wo es wegen der Menschenmenge einen Rückstau gab.

„Was meinen Sie damit?"

„Mein lieber Freund, ich werde endgültig von hier fortgehen."

Überrascht sah ich den gewitzten Kartenspieler an. Der Kupetz war wegen seines Weinhandels ohnehin viel unterwegs, aber dass er Theresiafeld nun für immer verlassen wollte, war ungewöhnlich für jemanden von hier.

„Machen Sie Scherze?"

„Nein. Ich habe meine Weine und mein Land verkauft. Wollte nur noch wenigstens das Kirchweihfest miterleben, bevor ich abreise."

Wir gingen zu einer kleinen Gruppe, die sich vor einem improvisierten Stand versammelt hatte, an dem junger Wein verkauft wurde.

„Sie glauben also, dass Deutschland Jugoslawien verlieren wird?", wollte ich wissen.

„Vor zwei Jahren hätte ich das noch nicht geglaubt. Aber jetzt…“

„Reichinger denkt sicher, Sie hätten den Verstand verloren.“

„Und was ist mit Ihnen? Halten Sie mich auch für verrückt?“ Wie es seine lästige Art war, kam stand er mir wieder sehr nahe. Seine Bartstoppeln waren kaum eine Handbreit von meinem Gesicht entfernt, während er auf meine Antwort wartete. Er hatte gegen Deutschland gewettet. Er ließ sich nicht von der Manie des deutschen Nationalismus mitreißen wie es bei so vielen anderen Bauern im Ort der Fall war. Valmer machte es nichts aus, als Freigeist von den anderen isoliert zu sein und das beeindruckte mich. In einer Zeit, in der so viele Theresiafelder die kollektive Gesinnung der deutschen Kompromisslosigkeit angenommen hatten, stach Valmer aus der uniformen Masse der festlich in schwarz gekleideten Männer heraus. Das Ackerland, das Valmer vor vielen Jahren beim Kartenspiel gewonnen hatte, wie auch seinen Weinvorrat, hatte er zu Geld gemacht. Jetzt, in Erwartung schwerer Zeiten, verließ er das Banat für immer.

„Ich denke, die Deutschen werden sich behaupten“, sagte ich.

Etwas gegen die Deutschen zu sagen war nun, da ich wusste, dass Pater Peter in Theresiafeld nach einem amerikanischen Spion suchte, undenkbar.

„Glaube Sie das ruhig, Magyar. Ja, glauben Sie das nur.“

Valmer lachte laut auf und mit seinem offenen Mund sah er dabei aus, als ob er mich verschlingen wollte.

„Viel Glück.“

Er klopfte mir auf die Schulter, während die Blechbläser zum Spielen ansetzten. Dann rückte er den schwarzen Hut tiefer ins Gesicht und ging zu seinem Gespann. Immer noch lag darauf etwas Stroh von der Weizenernte vor ein paar Wochen. Bisher war Theresiafeld von der direkten Gewalt des Krieges verschont geblieben, aber für Valmer schien das Ende nahe zu sein. Er kletterte auf den Wagen, blickte sich ein letztes Mal um und versuchte das Bild, das Theresiafeld ihm in seinen Feierlichkeiten bot, in seinem Langzeitgedächtnis abzuspeichern. Dann zog er am Zügel und verließ nun endgültig seine geliebte Heimat.

An diesem Nachmittag blieb ich während des Festes meist für mich, immer noch von meiner morgendlichen Begegnung mit Pater Peter aufgewühlt. Die zehnköpfige Band spielte munter für die Paare auf dem Tanzboden im Freien auf. Während ich zusah, trank ich mehrere Gläser Weinschorle. Die schwarzen Westen der Männer und die bunten Kleider der Frauen wippten im Takt zur Polkamusik. Während meiner gesamten Zeit in Theresiafeld hatte ich die Tanzschritte nicht gelernt. Wahrscheinlich, weil mich keine der Frauen aus dem Ort sonderlich interessierte. Aber das war jetzt nicht mehr von Bedeutung. Ich war ein Einzelgänger, denn ich war schließlich ein Spion.

Ich wählte eine strategisch günstige Sitzposition an einem der Tische, die um die Tanzfläche herum standen, um die Unterhaltung der Männer aus dem Heimatschutz mitzuhören. Die Männer dienten als Wachtposten in den umliegenden Dörfern und waren auf Alarmbereitschaft, denn es war über Titos Rebellentruppen berichtet worden, die in Jugoslawien unerbittlich gegen die Deutschen in den besetzten Gebiete kämpften. In meinen ersten Tagen hatte ich über Tito als potentielle Gefahr für das deutsche Militär in Jugoslawien berichtet. Nun fragte ich mich, ob meine Funksprüche dazu beigetragen hatten, dass diese ruchlosen Rebellen so mächtig geworden waren. Mein Vater war damals hauptsächlich wegen des Kommunismus aus Ungarn geflohen. Ich hasste mich dafür, dass ich ins Banat zurückgekehrt war und die Kommunisten unterstützt hatte. Was ich über Titos Angriffe auf andere deutsche Dörfer erfuhr, widerte mich an. Ich stand auf und entfernte mich von den Tischen, weil ich mich über den Verrat schämte. Auf dem Kirchweihwest blieb ich allerdings noch ein paar Stunden, um meine Stimmung durch einige weitere Gläser Weinschorle zu verbessern, was mir aber nicht gelang.

Weil ich zu viel Alkohol getrunken hatte, wollte ich an diesem Abend den Funk ausfallen lassen, aber dann änderte ich meine Meinung. In den letzten Monaten war ich nachlässig geworden. Wenn ich verschlüsselte Informationen über Titos Widerstand schickte, könnte ich trotz meiner schludrigen Arbeit als Spion vielleicht wieder Pluspunkte sammeln. Ich brauchte mehrere Anläufe, um das Versteck hinter den Akazien zu finden. Schließlich aber zog ich das Gerät aus der sandigen Erde und nahm es aus dem Kissenbezug.

„Aufstehen! Schön langsam!"

Ich spürte die kalte Klinge eines Messers am Hals. Vor Schreck war ich wie gelähmt, doch mein erster Gedanke war, davonzurennen. Langsam führte ich meine Hand zum Stiefel, wo ich das Messer versteckt hielt. Aber mehrere harte Schläge trafen mich im Gesicht, machten mich orientierungslos und vereitelten den Versuch, meine Verteidigungswaffe zu zücken. Halb bewusstlos fiel ich zu Boden. Das Messer wurde herausgezogen, meine Hände auf den Rücken gezerrt und mit einem Strick zusammengebunden.

„Ich will wissen, wer du bist, und was du machst!"

Ich wurde gegen eine der Akazien gedrückt und jetzt erst konnte ich das Gesicht meiner Widersacherin sehen. Ich versuchte, meine Hände zu befreien, aber der Knoten war zu fest. Immer noch hielt sie mir das Messer an den Hals und ich war wehrlos. Ich erkannte sie sofort wieder. Es war die Zigeunerin mit den blauen Augen, die mir vor mehr als einem Jahr den alten Hengst verkauft hatte.

„Ich arbeite für das deutsche Militär und wurde hier als Agent zur Informationsbeschaffung eingesetzt", sagte ich.

Meine Mission war hiermit vorüber. Durch meine Lüge hoffte ich, dass ihre Angst vor den Deutschen geschürt würde, die auf Zigeuner wie sie herabsahen. In Theresiafeld waren schließlich immer noch die Deutschen an der Macht. Vielleicht wäre sie eingeschüchtert und würde wegrennen? Man hatte mich erwischt und mein oberste Ziel war nun – so hatte man es mir im Training auf der Farm beigebracht – mich zu befreien und zu flüchten.

„Wir glauben, dass es in Theresiafeld Leute gibt, die Tito Informationen zuspielen. Darum bin ich hier."

Sie drückte die Klinge fester gegen meinen Hals und trotz ihres dunkleren Teints verfärbten sich ihre Wangen rot.

„Es ist sehr dumm von dir, mich anzulügen, *Gadjo*", sagte sie. „Ich könnte dich gegen ein nettes Sümmchen dem deutschen Militär ausliefern und wir werden schon sehen, ob deine Geschichte ihren Untersuchungsmethoden standhalten wird."

Ganz offensichtlich glaubte sie mir nicht. Vielleicht wusste sie mehr über Titos Vorhaben als ich ahnte. Ich hatte gehört, dass viele Zigeuner für die Kommunisten arbeiteten und vielleicht war sie eine von ihnen.

„Nein, warten Sie."

Ich glaubte nicht, dass sie vorhatte, mich auf der Stelle umzubringen. Als Zigeunerin würde sie sehr wahrscheinlich den lukrativsten Weg wählen und mich an die deutschen Behörden ausliefern. Schon sah ich mich von deutschen Vernehmungsoffizieren gefoltert, die auf schmerzhafteste Weise jede einzelne Botschaft des letzten Jahres von mir herauslockten.

„Also gut. Ich bin Amerikaner und arbeite für die Alliierten. Diesmal stimmt es wirklich!"

Vielleicht war es Verzweiflung, oder es lag am Alkohol, dass ich die Wahrheit sagte. Wenn sie mich an die Deutschen auslieferte, würde sowieso alles herauskommen. Ich musste die Frau, die von den Deutschen in Stich gelassen wurde und deswegen schlecht auf sie zu sprechen war, überreden, mich freizulassen.

„Americano?", fragte sie.

Ich hatte Mühe, Englisch zu reden, da ich es seit mehr als ein Jahr nicht mehr gesprochen hatte. Doch ich merkte, wie der Druck der Klinge nachgab. Lügen waren zwecklos, nur mit der Wahrheit hatte ich noch eine Chance, den Kommunisten zu entkommen.

Während sie mich mit ihren stahlblauen Augen ansah, spuckte ich alles über meine wahre Identität und Herkunft aus, was es zu erzählen gab. Irgendwie war es eine Erleichterung, ihr mein wahres Ich anzuvertrauen. Ohne mich aus den Augen zu lassen, nahm sie das Messer fort und scharrte, während sie mir zuhörte, damit im sandigen Boden. Ich hoffte auf ihr Mitgefühl, denn sie hasste die Banater Schwaben, vor allem Reichinger, weil er sie vertrieben hatte. Die Tatsache, dass ich eigentlich gegen ihn arbeitete, sollte sie versöhnen.

„Nenn' mir einen guten Grund, warum ich dich nicht ausliefern sollte, *Gadjo*."

Sie kam näher an mich heran.

„Sie können mein Geld haben. Oder noch besser, wenn Sie mich an die Amerikaner übergeben, dann verspreche ich Ihnen eine größere Summe."

Damit hoffte ich, ihr Interesse für schnellen Profit zu wecken.

„Weiß Renate oder sonst jemand, was du hier machst?" "Nein. Und übrigens, Renate hat gerade ganz andere Sorgen."

„Was meinst du damit?"

Ich konnte kaum glauben, dass sie sich sogar in solch einer Situation für Reichingers Tochter interessierte. Sie hatte mich als Spion auf frischer Tat ertappt und trotzdem wollte sie mehr über die verzogene Tochter meines Arbeitgebers wissen.

„Ihr Vater will sie gegen ihren Willen mit einem Mann verheiraten, den sie nicht liebt."

Sie starrte auf den Boden und knirschte mit den Zähnen. Es war deutlich, wie schrecklich sie es fand, dass Johann Reichinger das Leben einer weiteren Frau zerstörte.

Die Zigeunerin ließ ihre Hand in meine Westentasche gleiten und zog eine Rolle Dinarscheine, die ich für das Kirchweihfest mitgenommen hatte, heraus. Sie steckte sie durch einen Schlitz in ihrem langen Rock ein. Mit einer einzigen flinken Bewegung trennte sie hinter meinem Rücken das einschneidende Seil an meinen Handgelenken durch. Ich war wieder frei.

„Wie heißen Sie?", wagte ich zu fragen.

Bei unserem ersten Treffen im Zigeunerlager, vor mehr als einem Jahr, hatte ich nie ihren Namen erfahren. Jetzt machte ich keine Anstalten mehr, wegzurennen und ich wartete geduldig auf ihre Antwort.

„Ich heiße Nadia."

Dann steckte sie das Messer in den selbstgefertigten Gürtel, verließ den Ring aus Bäumen und verschwand in der Dunkelheit.

An einem der Stämme gestützt versuchte ich aufzustehen, aber meine Knie waren weich wie Butter und gaben nach. Warum hatte sie mich gehen lassen? Sie war schließlich nicht dumm. Sie hatte mir zwar alles Geld abgeknüpft, doch sie hätte noch mehr herausholen können, denn sie wusste nun, dass ich vom amerikanischen Militär gezahlt wurde.

Sie hatte mich gehen lassen. Die gerissene Zigeunerin handelte wie jemand, der einem Hund einen Knochen zuwirft, nachdem er vorher eine Ratte getötet hatte. Nach kurzer Zeit hatte ich mich soweit gesammelt, dass ich den schmutzigen Kissenbezug mit dem Koffergerät schnappen und zu Reichingers Anwesen laufen konnte. Dies war der Paradefall einer aufgedeckten falschen Identität. Wenn ich jetzt meine Mission nicht abbrach, würden meine Trainer auf der Farm nur noch verständnislos den Kopf schütteln.

Ich rannte über das stoppelige Weizenfeld und dachte über meine zweite Begegnung mit dieser sonderbaren Frau nach. Jetzt, da sie mich freigelassen hatte, fand ich sie noch faszinierender als nach dem ersten Mal im Zigeunerlager. Sie hatte mich beim Verkauf des alten Hengstes über das Ohr gehauen, ein Jahr später ausgeraubt, doch trotzdem wollte ich mehr über sie wissen.

Weil der Krieg immer näherkam, wurden die Informationen, die ich den Leuten aus Theresiafeld entlocken konnte, interessanter. Meine Radiobotschaften hatten an Relevanz gewonnen, aber man hatte mich entlarvt. Wenn ich Theresiafeld jetzt verließ, würde ich diese Zigeunerin niemals wiedersehen. Wenn ich blieb, würde mein Leben als Spion in ihrer Hand liegen. Was wäre, wenn sie ihre Meinung änderte und mich doch auslieferte? Sie war eine Opportunistin, und es war nicht abwegig, dass sie Informationen gegen Geld tauschen würde. Ich lief weiter und mir wurde klar, dass ich mich nun entscheiden musste ob ich ging oder im Banat blieb.

*Partisanenbataillon, Außenposten des Führungsstabs,*
*Im Süden des jugoslawischen Banats*
*Oktober 1944*

Die kommunistischen Soldaten schleppten ihre Verwundeten zu den an der Schotterstraße behelfsmäßig aufgestellten Zelten, für eine kurze Ruhepause vom Gewaltmarsch. Die ethnische Herkunft eines jeden Soldaten blieb unter den grünen Kappen mit rotem Stern verborgen, das Kennzeichen der jugoslawischen Partisanen. Wie Geier, die Leichen zerpickten, holten sich die Partisanen von den toten deutschen Soldaten auf dem Schlachtfeld alles, was zu gebrauchen war.

Mit den beschlagnahmten deutschen MG 42 Maschinengewehren und der Munition war im Laufe der Monate aus den Untergrundkämpfern eine professionelle Militärmacht geworden. Die faschistische Ideologie, die man den Menschen im Banat während der deutschen Besatzung eingehämmert hatte, wurde nun von der kommunistischen Gegenbewegung wie von einem Krebsgeschwür überwuchert.

Die bunte Truppe an Serben, Kroaten und anderer Nationalitäten, die sich hier neues Militärgerät aneignete, unterdrückte während des Krieges ihre sonstige Loyalität gegenüber des eigenen Volkes und schloss sich der kollektiven Gesinnung kommunistischer Ideologie an. Die Freiheitskämpfer waren fest entschlossen, die deutsche Besatzungsmacht aus Jugoslawien zu vertreiben und so wurden sie zur Streitmacht der KPJ, der Kommunistischen Partei Jugoslawiens.

„Wie viele Tschetniks haben wir aufgenommen?", wollte der Partisanenführer wissen.

„Ungefähr fünfzig. Jetzt sind wir wieder bei dreihundert Mann", sagte der Soldat.

Am Anfang war die Widerstandsbewegung gegen die deutsche Besatzungsmacht nicht erfolgreich gewesen, doch jetzt hatten die Partisanen im jugoslawischen Banat die Oberhand gewonnen. Vanko, der Bataillonskommandeur, hatte im letzten Jahr erleben müssen, wie seine Truppe nicht gegen die Deutschen ankam und viele Männer verlor. Den Tschetniksoldaten, angeführt von General Mihajlović, wurde von Partisanenführer Josip Broz Tito Amnestie gewährt. Wenn sie die Seite wechselten und sich den Partisanen anschlossen, wurde ihnen ihre Treulosigkeit, mit dem deutschen Militär kollaboriert zu haben, verziehen. Die toten Soldaten wurden durch diese serbischen nationalistischen Fanatiker ersetzt. Für den erst kürzlich ernannten Bataillonskommandeur war das ein neuer Motivationsschub. Die Brutalität der ehemaligen Tschetniksoldaten war unübertroffen und würde für den letzten Vorstoß, mit dem die deutsche Militärmacht aus Jugoslawien vertrieben werden sollte, vonnöten sein.

Vanko sah schon seit einigen Jahren Menschen sterben und stand nun mehr denn je hinter der kommunistischen Ideologie. Der Funke dieser Gesinnung war auf ihn übergesprungen, kurz nachdem eine Mörsergranate der deutschen Artillerie das strohbedeckte Dach seiner Familie getroffen hatte. Granatsplitter zerlöcherten den Bauch seiner Mutter, die erst nach mehreren Tagen qualvoller Schmerzen verstarb. Vanko hatte Glück gehabt, weil er sich gerade auf der anderen Seite des Hauses aufgehalten hatte und überstand den Angriff unbeschadet. Das war der Wendepunkt gewesen, der ihn dazu brachte, sich Tito und der frischgebackenen Widerstandsbewegung gegen die Deutschen anzuschließen. Anfangs war er ein recht unerfahrener Untergrundkämpfer, doch mit jedem Angriff auf die Deutschen, lernte er neue Militärtaktiken dazu. Allein durch die Tatsache, dass er im Kampf nicht umkam, wurde er von einem Dienstgrad zum nächsten befördert, bis er schließlich der Kommandeur seines eigenen Bataillons wurde.

Als unehelicher Sohn eines serbischen Kaufmanns war Vanko als kleiner Junge durch die Dörfer gereist. Er hatte jede Arbeit angenommen, die er finden konnte, damit er und seine Mutter zu Essen hatten. In seiner Freizeit hatte er sich selbst das Lesen beigebracht. Er beneidete die Menschen der deutschen Dörfer in Serbien, mit ihren modernen Annehmlichkeiten, wie Innentoiletten und motorgetriebenen Landwirtschaftsgeräten. Dieser beiläufige Neid eines Kindes wurde zu unbändiger Wut als der Krieg in Jugoslawien grausame Ausmaße annahm. Der Kommunismus, dem Vanko fortan fanatisch anhing, würde die wirtschaftliche

Ungerechtigkeiten, die es im Banat gab, ausgleichen und es in eine Utopie für die Armen und Benachteiligten verwandeln. Für Vanko waren es die deutschen Truppen, die in den serbischen Dörfern wüteten und der Gleichheit aller Einwohner im Weg standen. Unter dem Zeichen des Roten Sterns mussten diese Verbrechen um ein Zehnfaches bestraft werden.

„Stell dich nicht so an, Genosse!", befahl Vanko, als ein Sanitäter eine chirurgische Nadel in den Hals eines Partisanensoldaten stach. Blut quoll hervor, während der Arzt versuchte, die Wunde zu nähen, die von einer deutschen Granate stammte.

„Aushalten!", rief Vanko wieder.

Die Schmerzensschreie des jungen Serben übertönten das Flattern der Zeltwand im Wind und verhallten in den Ebenen des Banats. Der Raki, ein Branntwein aus Pflaumen, war ausgegangen und so mussten der Arzt operieren, ohne ein Mittel, um die Schmerzen des Mannes zu betäuben. Dies war nur eines von vielen Beispielen für den Versorgungsengpass, den Vankos kommunistische Freiheitskämpfer während ihres Kampfes gegen die deutsche Besatzungsmacht in Jugoslawien ertragen mussten.

„Kann er transportiert werden?", fragte Vanko

„Vielleicht morgen", meinte der Arzt.

„Ich möchte ihn sobald wie möglich wieder auf den Beinen haben. Wir hatten Erfolg, Kameraden, sie suchen schon das Weite!"

Vanko schien vom Leid des verwundeten Mannes, der auf der Operationspritsche vor Schmerzen ohnmächtig geworden war, gänzlich unbeeindruckt zu sein. Seine Angriffe auf die deutsche Militärmacht waren anfänglich ohne Erfolg gewesen und er hatte viele seiner schlecht ausgerüsteten Kameraden bei den nächtlichen Angriffen sterben sehen müssen. Mit jedem Vorstoß gegen die Deutschen war der Kommunistenführer unempfindlicher gegenüber Leid geworden. Da sie nun immer mehr Siege verbuchen konnten, mussten sie sich weniger häufig in die Berge zurückziehen, wo sie sich früher versammelt hatten, um den nächsten Angriff zu planen. Die Lage hatte sich zu Gunsten der Partisanen gewandelt. Es war ein gutes Gefühl, dem deutschen Militär in Jugoslawien gegenüber die Oberhand zu haben.

„Tito hat Belgrad eingenommen!", rief der Funker.

Die Bedienung des B2 Funkgeräts, das sie von der britischen Aufklärung bekommen hatten, fiel dem Partisanenkämpfer, je weiter sie in den Norden vordrangen, immer leichter. Die Fallschirmabwürfe der ‚Langstrecken-Wüstengruppe', einer britischen Spezialeinheit die Long Range Desert Group genannt wurde, hatten ihr Ziel nicht verfehlt. Den Krieg der Alliierten weiter in den Norden zu bringen, um den kommunistischen Partisanen zu helfen, hatte geholfen, das deutsche Militär zu vertreiben.

„Wir haben Belgrad eingenommen!"

Andere Partisanen riefen die Neuigkeit nun auch und verbreiteten in allen Rängen die Nachricht von Titos Wiedereinnahme der serbischen Hauptstadt. Es wurde mit Gewehren in die Luft geschossen. Zwei serbische Soldaten in Vankos Nähe tanzten mit den Armen auf der Schulter des anderen.

In dieser Feierstimmung dachte Vanko an seine militärische Karriere der letzten Jahre zurück. Zunächst hatte er sich nicht ganz wohl dabei gefühlt, sich jemanden anzuschließen, der kein Serbe war, aber allmählich hatte Vanko zu dem kroatischen Kommunistenführer Josip Broz Tito immer mehr Vertrauen gewonnen. Dieser Anführer der Partisanenbewegung besaß das außerordentliche Talent, seine Männer zur Disziplin zu zwingen, sogar in den dunklen Tagen, in denen sie noch in die Bergen flüchten mussten, um den Angriffen der Deutschen zu entkommen. Vanko hatte großen Respekt vor Titos starken philosophischen Glauben an die kommunistische Bewegung.

„Wir brauchen neue Anweisungen", sagte Vanko. „Wir brauchen eine Funkanweisung für unser nächstes Ziel, damit wir wissen, wo sie uns benötigen."

Auffordernd sah er den Funker an. Der junge Mann legte das Morsealphabet auf den Deckel der Ersatzteilkiste und klopfte eine Nachricht. „Weiter Richtung Norden vorstoßen und auf neue Befehle warten", sagte der Funker.

„Unsere Vorräte sind fast erschöpft. Werden sie uns eine Sendung abwerfen?"

Der Funker setzte wieder den Kopfhörer auf.

„Sieht so aus, als ob wir auf uns selbst gestellt wären."

Es war nichts Neues für Vanko, sich Vorräte aus den Nachbarortschaften zu beschaffen. Er fand es in Ordnung, das Eigentum von Zivilisten für die Zwecke der Partisanen in Besitz zu nehmen. Wenn die Kommunisten in Jugoslawien erst einmal an der Macht wären, dann würde ohnehin alles dem Volk gehören.

„Komm mit", befahl Vanko.

Der junge Funker folgte Vanko in ein grünes Leinwandzelt. Der Kommandeur rollte eine riesige Karte auf einem kleinen Tisch aus. Russland und die Partisaneneinheiten hatten Belgrad eingenommen und so konnte nun der Vorstoß Richtung Norden erfolgen. Vanko suchte einen günstig gelegenen Ort in der Nähe des Lagers, um seine Männer mit Nahrungsmitteln und Kleidungsstücken während ihres Kampfes gegen die Deutschen zu versorgen.

Mit schmutzigem Finger fuhr Vanko über die Karte und deutete auf einige winzige Dörfer nördlich von ihnen.

„Wie weit sind diese Dörfer von uns entfernt?", wollte er wissen.

Der knabenhafte Funker versuchte eifrig die Entfernung per Augenmaß einzuschätzen.

„Ich würde sagen ungefähr vierzig Kilometer von hier", meinte er.

„Wir packen und brechen in einer Stunde auf", befahl Vanko.

„Das ist aber ein Tagesmarsch. Unsere Männer sind am Ende ihrer Kräfte Ich glaube, die Verwundeten werden das nicht schaffen."

„Das müssen sie aber. Wir werden uns in einem dieser Dörfer holen, was wir brauchen", antwortete Vanko.

Er wandte sich von dem Tisch ab und blickte über das baumlose, flache, kahle Land gen Norden. Die verletzten, ausgehungerten Männer würden noch einen weiteren Tag marschieren müssen, aber er kannte kein Mitleid. Was allein zählte, war, den Krieg gegen die Deutschen zu gewinnen.

„Wir ziehen weiter, Männer!"

Vankos Befehle waren endgültig und die notdürftig geflickten Zelte und die beschlagnahmte Ausrüstung der kommunistischen Kämpfer wurden ohne Widerspruch zusammengepackt. Die informelle Macht, die Vanko über seine Partisanen hatte, bedeutete, dass niemand seine Entscheidungen in Frage stellte, egal wie brutal seine Befehle auch sein mochten.

Innerhalb einer halben Stunde waren die Verletzten auf Tragen gelegt, das Lager aufgelöst und die letzten Spuren vom Wind verblasen, als das Bataillon seinen Marsch Richtung Norden antrat.

Die Partisanen marschierten, während immer wieder Schüsse fielen und in der Ferne Granatfeuer zu hören war. Die Militärfront kam Jugoslawien näher.

Vanko hörte verzweifelte Stimmen hinter sich. Einige der Verwundeten blieben immer weiter zurück.

„Los, Beeilung", rief Vanko.

Er stoppte den Marsch und wartete, damit die Kameraden aufholen konnte.

„Tragt sie. Es sind nur noch ein paar Stunden!", befahl er streng.

Die Partisanen, die ihre Verletzungen im letzten Kampf vor wenigen Tagen erlitten hatten, humpelten über die feuchte, unebene Erde zu den zerschlissenen Tragen, auf denen sie für die restliche Strecke getragen werden würden.

Immer wieder wurde der Boden durch die Artilleriegeschosse erschüttert. Das Dröhnen ging durch Mark und Bein und die Männer rückten näher an den Bataillonskommandeur heran. Bei dem Angriff auf ein deutsches Tanklager vor einigen Tagen waren viele seiner Männer getötet worden. Nach dem Kampf war Vanko, selber gänzlich unverletzt, umgeben von zerfetzten Körperteilen der Partisanen. Wenn nun deutsches Feuer zu hören war, wollten die Männer in seiner Nähe stehen, weil das vielleicht Glück brachte.

Der Marsch wurde fortgesetzt. Vankos Stellvertreter erspähte in der Ferne abgeerntete Weizenfelder, die die Nähe einer Ortschaft ankündigten.

„Dort ist es!", rief er.

Es war ein großes Stoppelfeld. Vanko trieb seine verletzten Männer an, bis ein Kirchturm zwischen dunklen Gewitterwolken zu sehen war.

Der junge Mann auf der Trage, der nur wenige Stunden zuvor operiert worden war, stieß plötzlich einen gellenden Schrei aus und wurde von einem Krampf erfasst.

„Wir brauchen den Arzt hier", rief jemand.

Die Soldaten stellten die Trage ab, während der Arzt versuchte am verletzten Hals des Mannes einen Puls zu ertasten.

„Er ist tot, *Komandir*."

Der junge Kommunist war den Strapazen eines Marsches so bald nach der Operation nicht gewachsen gewesen und war soeben gestorben.

„Lasst ihn hier", wies Vanko an. Selbst nach dem Tod des Soldaten zeigte er keinerlei Anzeichen von Reue. Nach Vankos Auffassung war der junge Mann für eine ehrenvolle Sache gestorben. Er würde, wenn nötig, auch noch weitere Menschen in den Tod schicken.

Die Menschen eines freien Jugoslawiens würden von den Opfern profitieren. Aller Schmerz und jegliches Leid lohnte sich für diese zukünftige Freiheit.

„Geh an dein Funkgerät und versuche herauszufinden, ob es in dem Dorf irgendwelche Antikommunisten gibt, die wir zuerst beseitigen müssen", sagte Vanko.

Der Funker setzte seine schwarze Stahlkiste, auf der die Farbe bereits abbröckelte, nieder und schloss das Kabel an Empfänger und Sender.

„Es gibt etwas, *Komandir*", sagte der Funker.

„Was denn?"

„Einen Kriegsverbrecher. Jemand, der für die deutschen Behörden arbeitet."

„Hol Informationen über ihn ein, damit wir ihn uns schnappen, wenn wir schon mal hier sind."

Es gehörte zu Vankos Strategie, alle Feinde der Partisanenbewegung in dem Territorium, das er eroberte, auszumerzen, und Zuspieler des deutschen Militärs waren die ersten, die sich seinem Schießkommando stellen mussten.

Vanko starrte auf die Schotterstraße, die zum Dorf führte. Seine Blicke folgten der Mauer des Gebäudes, das von dunklen Wolken umgeben war, bis zur Turmspitze, auf der sich ein Kreuz befand. Der spitze Kirchturmgiebel und die modernen Dächer der Häuser deuteten darauf hin, dass es sich hier höchstwahrscheinlich um ein deutsches Dorf handelte. Mit jedem serbischen Soldaten, der unter seiner Führung während der Angriffe starb, wuchs auch Vankos Hass auf alle Deutschen. Einmal hatte er einen deutschen Zivilisten mit einer Axt zweigeteilt, weil dieser ihm kein Korn für Vankos hungernde Einheit geben wollte. Je mehr die Gewalt im Banat ausuferte und grausame Ausmaße annahm, um so weniger waren Deutsche Teil seiner sozialistischen Vision von Gleichheit für alle ethnischen Gruppen in einem neuen Jugoslawien. Bei dem Gedanken an die vielen verlorenen Kameraden spannte Vanko seine Kiefermuskeln an, wobei seine braun verfärbten Zähne zwischen den schmalen Lippen zum Vorschein kamen. Die Tausende von Partisanen, die im Krieg gegen das deutsche Militär umkamen, machten den Tod von Volksdeutschen aus dem Banat eher unbedeutend. Der Tod der Partisanen musste nun vergolten werden.

„Wie lauten Ihre Befehle, *Komandir?*"

Die Gewitterwolken über ihm wurden immer unheilvoller, während der Bataillonskommandeur regungslos dastand und gedankenverloren der Straße nachblickte.

„Wie heißt dieses Dorf?", wollte Vanko wissen.

Sein Funker zog eine zerknitterte Karte aus einer Lederhülle, breitete sie über den Knien aus und blickte auf die kleinen Punkte nördlich von Belgrad. Ungeduldig sah Vanko auf seinen Untergebenen und wartete auf dessen Antwort.

„Theresiafeld, *Komandir*."

Vankos Kiefermuskeln spannten sich noch mehr an. Im Gegensatz zu anderen Orten, die nach dem Ersten Weltkrieg einen serbischen Namen bekommen hatten, war Theresiafeld von der Umbenennung verschont geblieben und hatte immer noch die deutsche Bezeichnung aus den Tagen, als das Banat noch zum Österreichischen Kaisertum gehörte. Schon allein der Klang des germanischen Namen widerte den fanatischen Kommunistenführer an.

„Sieh es dir gut aus der Ferne an, Kamerad", sagte Vanko zu seinem Assistenten. „Die deutsche Vorherrschaft wird dort bald ein Ende finden, denn die sorglose trallala Zeit der Theresiafelder ist nun vorbei!"

## Jugoslawisches Banat
## Oktober 1944

„Sehen Sie nur, mein Freund", sagte Johann Reichinger. „Wie schön!"

Wir standen am trockengelegten Feld, wo einmal der faulige, stinkende Sumpf gewesen war. Es lag nun mehr als ein Jahr zurück, dass der Kanal fertig gebaut wurde und ich hatte mich entschlossen, eine weitere Saison bei meinem Arbeitgeber zu bleiben, um bei der Weizenernte zu helfen.

„Dieses Land wird sich in den nächsten Jahren bewähren", sagte ich.

„Ja, das wird es."

Seit der grüne Feind, der seine erste Frau auf dem Gewissen hatte, vom Land abgeflossen war, schien Reichinger wieder entspannter zu sein. Ich bewunderte den Mann, der mit seinem verwachsenen Rücken kein leichtes Schicksal hatte, für seine Gelassenheit in dieser chaotischen Kriegszeit.

„Ich liebe den Ausblick von hier oben."

„Ja, der ist toll."

Reichinger hatte es sich zur Gewohnheit gemacht, kurz vor Sonnenuntergang auf den Hügel zu reiten, um das neue Ackerland seiner ohnehin schon großen Ländereien zu bewundern. Die Sonne war fast verschwunden, in der Ferne, auf der anderen Seite, sah man hinter den Weidefeldern den Kirchturm zwischen Theresiafelds weißen Häusern hervorragen.

„Was sind denn nun Ihre Pläne?", fragte Reichinger. „Nehmen Sie Ihre Dinare und Ihren Getreideanteil oder bleiben Sie bis zur nächsten Saison?"

„Ich weiß es noch nicht", erwiderte ich.

Es war üblich, dass Reichingers Arbeiter entlassen wurden, wenn seine riesigen Dreschmaschinen ein letztes Mal den schwarzen Qualm ausstießen, den der Herbstwind verblies. Die Saisonarbeiter bekamen genügend Getreide für Brot, das ihnen reichen würde, bis Reichinger sie im Frühling wieder anstellte. Im Gegensatz zu den anderen wollte er, dass ich bei ihm blieb und ihm mit den üblichen Wartungsarbeiten half, die auf einem großen Landwirtschaftsbetrieb anfielen. Ich glaube, er mochte meine Gesellschaft, weil er tatsächlich das zusätzliche Geld ausgeben wollte, um mich selbst während der Wintermonate zu beschäftigen.

„Gehen Sie morgen zum Gottesdienst?", fragte Reichinger.

„Wahrscheinlich nicht."

„Geben Sie mir Bescheid, falls Sie Ihre Meinung ändern, dann können wir gemeinsam reiten."

Reichinger ging jeden Sonntag zur Messe. Ich war nur selten gewillt ins Dorf zu Pater Peters Gottesdiensten zu reiten. Ich war überzeugt, der Priester sei ein Spion und ihn predigen zu hören schien mir absurd.

Reichinger nahm die Zügel seines Hengstes und humpelte neben seinem Pferd zum Rand des Hügels, um von dort das trockengelegte Feld besser sehen zu können. Bevor der Kanal fertig war, hatte man Reichinger selten zu Fuß gehen gesehen. Er hatte seine Befehle lieber vom Pferd aus erteilt, um den hinkenden Gang zu verbergen und um seinen Angestellten keinen Anlass zum Gespött zu bieten. Nun aber, da der Kanal fertig war, schien seine Unsicherheit aufgrund der Behinderung wie der grüne Sumpf verschwunden zu sein.

„Ich reite jetzt wieder zurück", sagte ich und ließ Reichinger allein auf dem Hügel stehen, damit er weiter sein Glücksgefühl auskosten konnte, während ich meinem gebrechlichen Rappen Mercy die Sporen gab und langsam zum Gut zurücktrabte. Dabei dachte ich darüber nach, wie sehr ich mich in den letzten paar Jahren verändert hatte. Meine Ansichten, was das Leben im Allgemeinen und den Krieg im Besonderen betraf, hatten sich geändert. Ich hatte mich daran gewöhnt, zu dieser deutschen Minderheit des Banats zu gehören und in ihre Gemeinschaft integriert zu sein. Je mehr ich an ihrem Leben teilnahm, umso weniger wichtig wurde mir meine Rolle als Spion. Die Anzahl der verschlüsselten Nachrichten, die ich per Funk übermittelte, schwand wie das Wasser nach einem starken

Regenguss aus dem ehemaligen Sumpf durch den Kanal. Es war sogar das eine oder andere Mal vorgekommen, dass ich wichtige Informationen nicht weitergegeben hatte, weil ich befürchtete, dass sie den Söhnen von befreundeten Familien schaden könnten. Zwar wollte ich auch nicht, dass mein Heimatland den Krieg verlor, aber ich wollte durchaus auch, dass das Leben in Theresiafeld so blieb, wie es seit den letzten zweihundert Jahren war.

Da nun die Hauptarbeit der Weizenernte erledigt war, hatte ich Zeit meine Gedanken zu Nadia, der Zigeunerin, wandern zu lassen. Meine Mission hatte ich doch nicht aufgegeben, obwohl diese Frau wusste, dass ich für die Alliierten arbeitete. Ich setzte auf ihren Hass auf die Deutschen, besonders auf Reichinger, und dass dieser ausreichen würde, mich nicht dem deutschen Militär gegen eine Provision auszuliefern. Insgeheim hoffte ich, dass sie mit ihrer herumziehenden Gruppe noch ein letztes Mal durch Theresiafeld reisen würde, bevor der Krieg zu Ende war, und dass ich noch einmal die Gelegenheit hätte, irgendeine Form der Beziehung mit ihr einzugehen. Ich fantasierte sogar, dass sie ihr nomadenhaftes Leben für mich aufgab und mit mir nach Amerika ging, wo eine Hochzeit mit einer Zigeunerin gesellschaftlich nicht so verpönt war wie hier.

Am nächsten Morgen wollte ich mich nicht aus meinem gemütlichen Bett erheben. Ich versuchte, genügend Motivation zu finden, um aufzustehen, mein Kofferfunkgerät auszugraben und eine Nachricht zu funken.

„Also los", sagte ich mir, aber dann blieb ich noch eine Stunde im Bett liegen und spielte mit der goldenen Glücksmünze meines Vaters. Im Stillen wiederholte ich den Verschlüsselungscode, den ich damals auf der Farm gelernt hatte. Er war mir nicht mehr so selbstverständlich wie früher, weil ich das Funkgerät nur noch sporadisch benutzte.

„Also, komm schon", versuchte ich ein zweites Mal, während ich mit der Faust gegen den Holzpfosten schlug. Schließlich setzte ich mich langsam auf und kletterte aus dem Bett. An diesem Sonntag durfte sich Mercy ausruhen und ich lief zu Fuß zu dem versteckten Gerät, wodurch ich die unvermeidliche Qual weiter hinauszögern konnte, eine Nachricht zu funken, die meinen Freunden in Theresiafeld schaden könnte. In den letzten Wochen hatte ich meine

Pflicht sehr oft ausfallen lassen. Mir war klar, wenn ich nicht endlich irgendeine, wenn auch nutzlose, Information an die Europaabteilung schickte, dann würde man mich von Theresiafeld zurückholen.

Ich lief über das niedergetrampelte Gras, das an den Spitzen schon ein wenig vertrocknet war und den bevorstehenden Herbst ankündigte. Mir kam der Gedanke, ich könnte ja ganz mit den verschlüsselten Nachrichten aufhören und einfach nur als Hans Müller weiterleben. Es würde mir nicht viel ausmachen, von meinen Landsleuten als Verräter angesehen zu werden. Doch die Vorstellung, meinen Vater niemals wiederzusehen, war so schmerzhaft, dass es sowieso unmöglich war, alle Brücken nach Amerika abzureißen. Also verwarf ich diese Idee wieder.


Da! Dort hinten! Schnell ließ ich mich zu Boden fallen. Mein Herz begann zu rasen. Schnell versteckte ich mich hinter einem Felsbrocken auf der Wiese. Die grüne Mütze und der Munitionsgürtel sagten mir, dass es sich hier nicht um jemanden aus dem Ort handelte. Ein Partisanenkämpfer! Er rückte das geschulterte Maschinengewehr zurecht, während er in die Richtung meines Verstecks ging. Ich hob vorsichtig den Kopf und sah, dass der Kommunist tatsächlich immer näher kam.

Im Radio hörte man immer noch von den glorreichen Siegen der Deutschen an der Ostfront, aber in Wirklichkeit verlor Jugoslawien nun durch die Widerstandsbewegung der Partisanen. Der Mann vor mir war einer von Titos kommunistischen Rebellen, wahrscheinlich ein Serbe. Die Partisanen waren also nun auch in Theresiafeld, einem Territorium, das ich bis gestern noch vom deutschen Militär besetzt geglaubt hatte. Ich traute kaum meinen Augen. Die Deutschen mussten in Jugoslawien immer mehr Boden unter den Füßen verlieren. Während ich auf der Erde lag versuchte ich, die Panik zu unterdrücken und mich an Inhalte meiner Ausbildung auf der Farm zurückzuerinnern.

Ich musste ruhig bleiben. Mein erster Gedanke war, aufzustehen und mich dem Partisanenkämpfer zu stellen, doch diese Idee verwarf ich sofort wieder. Der Kommunist und ich waren praktisch auf der gleichen Seite des Krieges, aber der amerikanische Geheimdienst hatte die Kommunisten wahrscheinlich deshalb nicht über US-

Agenten in Jugoslawien aufgeklärt, weil er ihnen nicht traute. Die Geschichten, die ich von den deutschstämmigen Soldaten während ihres Heimaturlaubes zu hören bekam, jagten mir Angst ein. Die Partisanen waren zu allen Gräueltaten gegenüber Zivilisten bereit. Außerdem bezweifelte ich, dass mir der Widerstandskämpfer glauben würde, wenn ich ihm die Wahrheit über mein Agentendasein verriet.

Ich versuchte, wegzurobben, bevor er über mich stolpern würde. Es begann zu regnen und die Erde wurde feucht. Sobald die Kappe des Mannes aus meinem Blickfeld verschwunden war, sprang ich auf und rannte nach Theresiafeld. Die meisten Leute aus dem Dorfes waren gerade in der Kirche zum Gottesdienst. Ich musste sie über die Ankunft der kommunistischen Partisanen warnen.

Als ich dort ankam, war ich völlig außer Atem. Vorsichtig schlich ich an einer Hausmauer entlang bis zu einer Akazie am Rande der unbefestigten Dorfstraße, hinter dem ich mich verstecken konnte. Vor der Kirche standen mehrere bewaffnete Männer in grüner Uniform. Ich war zu spät gekommen! Die deutschen Familien kamen mit erhobenen Händen im Gänsemarsch aus dem Gebäude.

„Nach rechts."

„Weiter."

„Nach rechts."

Die verängstigten Theresiafelder stiegen die Stufen der Kirche hinunter, während die Kämpfer die Männer von ihren Frauen und Kindern trennten. Wie Tiere wurden die Männer in das nebenliegende Schulgebäude gestoßen.

„Papa, geh' nicht!", schrie Renate.

„Nein!"

Reichingers Hand, mit der er seine Tochter hielt, wurde weggeschlagen. Renate schrie auf als die Partisanen meinen Arbeitgeber an der Schulter packten und ihn brutal von seiner Familie wegrissen. Frauen und Kinder wurden zusammengepfercht. Ich wollte etwas tun, aber es waren zu viele serbische Männer und ich war der einzige, der übriggeblieben war. Es kam mir wie eine Ewigkeit vor, als ich hinter der Akazie stand und alles mit ansehen musste. Die Frauen und Kinder wurden mit Gewalt zu den Häusern zurückgebracht, während der letzte der deutschen Männer in der Schule verschwand. Dann kamen die Männer unter vorgehaltenen Maschinengewehren wieder hintereinander herausmarschiert und mussten die Straße entlang zu den Feldern laufen.

„Los, weiter!", bellte einer der Rebellen.

„Schneller!"

Ich lief heimlich der Gruppe hinterher. Dabei schlich ich in einem Graben, der parallel zu der Straße verlief, und rief mir alles, was ich im Training auf der Farm gelernt hatte, ins Gedächtnis zurück. Da mir der Graben Sicherheit verlieh, folgte ich ihnen weiter, einige Kilometer weit. Von jedem einzelnen der deutschen Männer wusste ich noch, wann und wie ich ihn damals kennengelernt hatte, beim Kartenspielen, in der Metzgerei, beim Kirchweihfest….

„*Stani!*"

Offensichtlich der Anführer dieser Kampftruppe, der eine dicke grüne Jacke trug, erteilte einen Befehl auf serbisch. Die Banater Schwaben wurden zu einer Senke im offenen Feld getrieben. Kurze Zeit später kam ein großer Lastkraftwagen, der bis obenhin mit weiteren Kämpfern und Vorräten beladen war.

„Jeder nimmt eine!"

„Los!"

Die Theresiafelder mussten an den Wagen herantreten, um sich eine Schaufel zu holen. Von meinem Versteck aus beobachtete ich, wie sich die Oberkörper der Männer auf und ab bewegten, während sie Erde wegschaufelten. Sie verschwanden immer tiefer in der Grube.

Meine Anspannung stieg noch mehr, als die Männer ihre Sonntagskleidung ausziehen mussten und sie in das frisch ausgehobene Loch warfen. Nackt stellten sie sich in einer Reihe auf, parallel zum Graben. Reichingers schiefer Rücken war zu seinem Nebenmann geneigt, dem jungen Wiener Priester. Die Tatsache, dass er ein Geistlicher war, schien diese Kommunisten wenig zu kümmern. Er musste die nackte Demütigung ebenso erleiden, wie die anderen Deutschen. Ich erschauderte, als ich sah, wie sich Reichinger bekreuzigte, bevor er schließlich auch seine Franzosenstiefel auf den Kleiderhaufen warf. Die Partisanenkämpfer überprüften ihre Maschinengewehre. Dann stellten sie sich in einer Reihe vor den entkleideten Theresiafeldern auf.

*Rat!-tat!-tat!-tat!-tat!-tat!-tat!-tat!-tat!-tat!-tat!-tat!-tat!-tat!-tat!-tat!*

Unweigerlich krallte ich mich in der nassen, sandigen Erde fest, als die Kugeln aus den Maschinengewehren schossen. Meine Ohren dröhnten. Die Männer fielen in sich zusammen und purzelten in den Graben. Einige der Rebellen kontrollierten, wie viel Munition sie noch übrig hatten, und stellten sich dann an den Rand der Grube.

*Rat!-tat!-tat!-tat!-tat!-tat!-tat!-tat!-tat!-tat!-tat!-tat!-tat!-tat!-tat!-tat!*

Von meinem Versteck in der Senke aus sah ich Blut aus dem Loch hochspritzen. Durch die zweite Runde versicherten sich diese Unmenschen, dass ihre Opfer auch wirklich tot waren.

Nachdem sich der letzte Pulverdampf im Regen aufgelöst hatte, folgte eine unheimliche Stille. Ich schlotterte am ganzen Leib. Innerhalb kürzester Zeit wurde die Kleidung der Männer auf dem Laster verladen und weggebracht. Ich lehnte mich zurück und versuchte das Zittern unter Kontrolle zu bringen.

Die Partisanen, diese Schlachter, schaufelten nasse Erde auf die blutigen Leichen und marschierten dann den gleichen Weg, den sie gekommen waren, wieder zurück nach Theresiafeld.

Vorsichtig hob ich den Kopf und spähte auf das Massengrab. Da die Leichen mit einer Schicht Erde bedeckt waren, gab es keine Anzeichen mehr dafür, dass hier vor nur wenigen Momenten eine Massenhinrichtung durch ein Erschießungskommando stattgefunden hatte. Wahrscheinlich würde man das Grab niemals entdecken, wenn ich nicht den genauen Ort zeigte.

„Mörder!", flüsterte ich, mein Gesicht gegen die feuchte Erde gedrückt, immer noch zitternd vor Angst. „Darauf hatte man mich nicht vorbereitet!"

Ich hatte Titos Anhänger mit meinen Funknachrichten über das vergangene Jahr hinweg indirekt unterstützt und das war nun meine Entlohnung: die Hinrichtung meiner Freunde aus Theresiafeld. Die sogenannten Freiheitskämpfer, meine Verbündeten im Krieg, hatten mich betrogen. Ich war voll Scham, Reue und Ekel, dass ich mit diesen Partisanenmördern sozusagen unter einer Decke steckte. Das letzte bisschen Loyalität gegenüber den Bündnispartner dieses Krieges starb zusammen mit den ethnischen Deutschen, die nun im Graben lagen. Fast alle meiner Bekannten waren vor meinen Augen durch das Maschinengewehrfeuer exekutiert worden. Reichinger, Pater Peter, alle waren tot und ich konnte nichts mehr daran ändern.

„Beruhige dich", sagte ich mir. „Du musst dich jetzt zusammenreißen."

Das leichte Tröpfeln wurde nun zu einem stärkeren Niederschlag. Die verkrustete Erde auf meiner Kleidung weichte auf, als ich aufbrach, um zurückzugehen. Die Todsünde, an diesem Morgen nicht zur Kirche zu gehen, hatte sich als lebensrettend erwiesen und ich durfte einen weiteren Tag am Leben bleiben.

„Ich muss die anderen warnen!"

Ich lief die nasse Straße entlang und der Abstand zwischen mir und der Grube mit den blutüberströmten Leichen wurde größer. Ich dachte an Renate und ihre Mutter. Ich musste ihnen erzählen, was geschehen war und sie aus Theresiafeld fortbringen.

Meine Knie waren weich und ich konnte das Zittern kaum unterdrücken. Ich war der einzige in Theresiafeld, der von dem Massaker wusste. Es regnete jetzt in Strömen, was es schwierig machte, auf dem durchweichten Untergrund zu laufen. Ich musste zu Reichingers Gut und Renate warnen!

Vor Reichingers Anwesen wartete ich, bis es ganz dunkel war. Alles stand voll Pfützen, wo vor wenigen Wochen noch der goldenen Weizen gewachsen war. Lastwagen parkten vor dem Haus. Partisanen mit rotem Stern liefen herum und holten sich alles, was nicht niet- und nagelfest war. Dann fuhren die großen Fahrzeuge der Rebellen, mit Diebesgut beladen, durch den Nebel fort.

Jetzt oder nie! Ich musste hinein, um Renate zu erzählen, was mit ihrem Vater geschehen war und um sie zu überreden, mit mir aus

Theresiafeld zu verschwinden. Sie war ein verwöhntes, reiches Mädchen und nicht gewappnet für die Dinge, die nun in dem von Partisanen besetzten Theresiafeld geschahen. Wahrscheinlich trieb mich mein Schuldgefühl, denn ich hatte ich sie und ihren Vater für Informationen benutzt, die letztlich doch nur diesen Kommunisten zugute gekommen waren. Ich war moralisch verpflichtet, Renate auf irgendeine Weise zu helfen und musste mich deshalb ins Getrampels meiner angeblich Verbündeten im Krieg wagen.

Ich schlich die Außenmauer entlang, zog mich schließlich hoch und fiel auf der anderen Seite auf den matschigen Boden. Man hörte leise gesprochenes Serbisch und immer wieder Schreie, während ich mich, so still wie möglich, an der dunklen Mauer entlangstahl, damit man mich nicht entdeckte. Es waren viele Stimmen. Die Soldaten, die zurückgeblieben waren, liefen unbekümmert herum und nutzten Reichingers geplündertes Anwesen als Schlafquartier für die Nacht. Hinter dem Arbeiterhaus hielt ich inne und hoffte auf eine Idee, wie ich vorgehen könnte, während es vom Dach herunterprasselte und die Regentropfen mir über das Gesicht in den Nacken rannen. In der Ausbildung auf der Farm hatte man mir nicht viele Kampftechniken beigebracht. Wenn mich einer dieser durchtriebenen Partisanenmörder erwischte, würde ich mich wahrscheinlich nicht wehren können und müsste mich ergeben.

*Klirr. Klirr!*

Glas zerbrach auf dem Dach des Arbeiterhäuschens, irgendetwas rollte von der Schräge herunter und fiel zu Boden. Eine brennende Fackel lag vor mir auf der nassen Erde.

„Sie werden alles niederbrennen", flüsterte ich.

Ich wich zurück, um die Flammen des Hausdaches besser sehen zu können. Valmers Weinflaschen flogen durch die Luft und zerbarsten auf den Schindeln. Der Alkohol fachte das Feuer noch mehr an. Als betrunkenes Lachen vom Eingang des Hauses zu hören war, nutzte ich die Ablenkung und versteckte mich schnell hinter dem Haupthaus. Dabei krabbelte ich auf allen Vieren. Ich schnitt ich mir die Hände an den Glasscherben auf, die von den Flaschen aus dem geplünderten Weinkeller stammten. Von der ehemaligen Ordnung und Sauberkeit auf Reichingers Gut war nichts mehr zu sehen. Stattdessen herrschte das Chaos der kommunistischen Plünderer.

Beim Haupthaus angekommen, stützte ich mich hoch und spähte durch Reichingers Schlafzimmerfenster. Überall wo man hinsah, war Durcheinander, die Möbel standen kreuz und quer und lagen auf dem Kopf. Dann blickte ich zum Bett mit den hohen Holzbeinen in einer Ecke des Zimmers.

„Um Gottes Willen!"

Gänsefedern von zerrissenen Kissen und Deckbetten segelten durch die Luft. Mittendrin lag Reichingers Frau, nackt, reglos und blutüberströmt. Der Raum war dunkel. Trotzdem konnte man den tiefen, blutenden Schnitt an ihrem Hals erkennen. Ihre leblosen Augen waren zur Zimmerdecke gerichtet. Sie war ein weiteres Opfer der berauschten Partisanen. Vergewaltigt und abgeschlachtet. Zitternd ließ ich mich zu Boden gleiten und krabbelte weg, fort von dieser Gräueltat. Es war zwecklos, nach anderen Überlebenden zu suchen. Ich musste mich jetzt um meine eigene Sicherheit kümmern und versuchen, aus Theresiafeld fortzukommen.

Auch in der Ferne sah man Feuer. Einige Partisanen hatten sich um ein Lagerfeuer versammelt und sangen, mit Schnapsflaschen und Wein in den Händen, serbische Volkslieder. Ich stand bei Reichingers Stallungen, so dass die betrunkenen Rebellen mich nicht sehen konnten. Wahrscheinlich gab es außer diesen Kämpfern keine Überlebenden mehr auf dem geplünderten Gut und ich würde mich nun relativ´frei bewegen können. Bevor ich Theresiafeld endgültig verließ, wollte ich eines von Reichingers Pferden holen, damit ich nicht zu Fuß auf der Flucht wäre. Außer der Goldmünze in meinem Stiefel, waren meine persönlichen Sachen und mein Geld nun Schutt und Asche. Mit einem Pferd aber hätte ich wenigstens ein Transportmittel, das mich aus dem Dorf fortbringen würde.

Mit bloßen Händen begann ich an der Seitenwand des Pferdestalls zu graben. Es war ein Glück, dass er das einzige Gebäude auf Reichingers Gut ohne betonierten Untergrund war. So konnte ich mich durch die entstandene Lücke zwischen Außenmauer und Boden zwängen und ins Stallinnere gelangen.

Wenn ich den Partisanen zuvorkäme und eines von Reichingers preisgekrönten Reittieren ergatterte, würde ich es vielleicht schaffen, in den Westen zu fliehen und mich vor den Kommunisten in Sicherheit zu bringen. Jetzt war ich nicht länger amerikanischer Spion, sondern nur noch ein Banater Schwabe, der versuchte, dem Massaker dieser Mörder, die Theresiafeld besetzt hatten, zu entkommen.

„Nein! Weg von mir!", hörte ich eine bekannte Stimme schreien. Ich schlüpfte unter einer Tür in eine Pferdebox hinein. Dort lag Reichingers Lieblingshengst, grausam getötet durch mehrere Schüsse. Ich kletterte über ihn und versteckte mich hinter der schwarzen Tierleiche auf blutbedecktem Stroh.

„Renate!", entfuhr es mir leise.

Sie schrie. Ich richtete mich auf und blickte über die Holzwand, um sie zu finden. Sie war auf der anderen Seite des riesigen Stalls und versuchte, dem betrunkenen Rebellen, der ihre dünnen Armen gegen den Boden drückte, zu entkommen.

Im Gegensatz zu ihrer Mutter und ihrem Vater, war Renate noch am Leben, aber wurde von einem dieser Kommunistenungeheuer geschlagen und vergewaltigt. Die Gewalttat brachte auch die Erinnerung an das Massaker zurück. Ich sah die leblosen, starren Gesichter meiner Freunde vor mir, wie sie im Graben lagen und zu verrotten begannen. Die harte Arbeit der Theresiafelder in all den Jahren, der Verzicht, den sie eingegangen waren, um ihr Dorf aufzubauen - alles ging nun in Flammen auf. Mein Blick fiel auf die rostige Sichel an der Stallwand. Das alte Erntewerkzeug war für die letzte Ernte wieder zum Leben erweckt worden, als Reichingers Maschinen durch das deutsche Militär konfisziert worden waren. Schnell schlich ich zur Wand, holte die Sichel und kroch mit meiner Waffe so leise wie ich konnte zu dem Partisan.

Doch dabei trat ich aus Versehen auf Eierschalen, die in dem Schutt auf dem Boden verstreut lagen. Der halbnackte Soldat hörte das Geräusch und wandte sich um. Als letztes sah ich den erschrockenen Blick, als die Sichel seine Brust traf. Ich war erleichtert, als das Leben aus dem jungen Kommunisten wich und den Vergewaltigungsakt beendete. Ein Hochgefühl, wie ich es noch nie zuvor erlebt hatte, überkam mich.

Seit ich Zeuge des Blutbads an diesem Nachmittag geworden war, hatte mich eine unbändige Wut übermannt und ich wollte Vergeltung. Ich musste den Tod meiner Freunde rächen! Früher war ich kein gewalttätiger Mensch gewesen, aber durch die jüngsten Geschehnisse, die zu dem brutalen Mord des Kommunisten geführt hatten, kannte ich mich selbst nicht mehr. Meine Ausbilder auf der Farm waren bei dem Versuch, meinen Killerinstinkt zu wecken, gescheitert und hatten es aufgegeben, mich zu einem Todesschützen machen zu wollen. Jetzt hatte ich selbst geschafft, wozu meine Ausbilder nicht in der Lage gewesen waren. Das Blut floss aus der klaffenden Wunde des Partisanen, rann von der Sichel herunter und floss auf den Boden des Pferdestalls.

„Renate!", rief ich. „Wir müssen von hier verschwinden."

„Hilfe! Weg von mir!"

In der Dunkelheit erkannte sie mich nicht. Ich rollte den toten Angreifer von ihr herunter und zog sie weg von ihm. Sie zitterte am ganzen Leib.

„Hör doch. Du musst mit mir verschwinden, weg aus Theresiafeld. Das ist unsere letzte Chance zu überleben."

„Fass mich nicht an!"

Das geschundene Mädchen rannte aus dem Stall ihres Vaters, durch das schmiedeeiserne Tor, hinaus auf die dunklen Weidefelder. Ich bedeckte den toten Rebellen mit etwas Heu, damit die blutige Leiche nicht gleich von seinen besoffenen Kameraden entdeckt werden würde.

Die serbischen Männer, die noch um das Feuer herum standen, würden irgendwann nach ihm suchen würden, weil sie Renate sicherlich hatten fortlaufen sehen.

Es kam ein Wind auf, der die Glocke, mit der man die Arbeiter zum Essen rief, läuten ließ. Die Klänge machten eines der Pferde scheu, so dass es mit den Hufen gegen die Holzabsperrung seiner Box schlug.

„Mercy!"

Der alte Gaul, den ich einmal von Nadia gekauft hatte, war immer noch am Leben. Ganz im Gegensatz zu den anderen teuren

Reitpferden, die von den Partisanen umgebracht wurden, war Mercy dem Gemetzel entkommen. Die besoffenen Rebellen hatten sich ein Spaß daraus gemacht, die edlen Araberhengste des reichen deutschen Bauern einfach abzuknallen.

Ich warf den Sattel über den Rücken des Pferdes und sprang auf. Durch die Glocke aufgeschreckt, war mein Pferd so schnell wie noch nie zuvor. Ich ritt durch die Pforten des Anwesens. Die überraschten Partisanen riefen mir laut hinterher. Das letzte, was die betrunkenen Rebellen sahen, war Mercys zottiger Schweif, der im Galopp hin und her schwang, wie der schwarze Zopf einer Zigeunerin. Der Regen wurde stärker, als ich durch die nassen, matschigen Felder in die Dunkelheit ritt.

Unterwegs lenkte ich den Hengst in eine andere Richtung, zum neuen Kanal und hoffte, dadurch meine Verfolger abzuhängen. Ich musste ihn erreichen, bevor mein altes, müdes Pferd seinen kurzen Anflug von Elan verlor. Noch setzte Mercy brav die Hufen in den Schlamm.

Dann sah ich den alten Brunnen und den Umriss einer Frau, die sich über den Rand beugte. Es war Renate, die unter Schock stand und wie sonst auch in den schwierigen Zeiten ihres Lebens zu ihrer Zufluchtstätte gerannt war.

Ich zog die Zügel und hielt an. Die Panik stand ihr ins Gesicht geschrieben.

„Renate!", rief ich. „Spring schnell auf. Die Partisanen kommen. Schnell! Wir haben keine Zeit!"

Ich reichte ihr meine von den Glasscherben blutende Hand, damit sie aufspringen konnte. Bis vor kurzem war Renates Leben noch von der brutalen Realität des Krieges verschont gewesen. Sie starrte in die Ferne, zu ihrem Elternhaus, das in Flammen stand. Ihr Leben in Theresiafeld als verwöhnte, wohlbehütete Tochter eines reichen Bauern war nun endgültig vorbei.

„Wir werden sonst umkommen. Spring auf!"

Sie schüttelte heftig den Kopf, wandte sich von mir ab und stierte wieder in den Brunnen, in der Hoffnung, es gäbe eine Möglichkeit, der Grausamkeit, die sie umgab, zu entkommen. Ich konnte nicht länger warten. Also ritt ich schließlich weiter, Richtung Kanal, weil die Partisanen mit leuchtenden Laternen uns schon dicht auf den Fersen waren.

Dabei drehte ich mich noch ein letztes Mal nach ihr um. Renate war immer noch über den Brunnenrand gebeugt. Das einstmals wohlbehütete Mädchen blickte in den dunklen Abgrund, ihrem einzigen Ausweg, auf der Suche nach einer Erklärung für das Grauen. Als die Rebellen sie fast erreicht hatten, sammelte sie das letzte bisschen Mut und ließ sich über die Steinmauer in die Tiefe fallen. Die Brutalität hatte das einstmals naive, behütete Mädchen zerstört. Sie hatte den Kampf aufgegeben und war in den Tod gesprungen.

Einige der Männer rannten am Brunnen vorbei und folgten mir weiter. Der Regen wurde noch heftiger. Vor mir lag Reichingers Kanal. Hinter mir hörte ich Schüsse. Ich gab dem alten Mercy die Sporen und trieb ihn an.

„Oh nein!"

Der entkräftigte Hengst stolperte über einen Stein im Matsch. Er fiel und ich wurde durch die Luft geschleudert.

Als ich aufschlug war ich erst orientierungslos. Wenn ich überleben wollte, musste ich mich jetzt zusammenreißen. Schon wieder Schüsse. Trotz des harten Sturzes krabbelte ich ohne langes Zögern über die durchweichte Erde. Der Himmel war hier über dem ehemaligen Sumpfgebiet noch dunkler als sonst und schützte mich vor den suchenden Partisanen. Ich kroch zwischen vereinzelten Grasbüscheln vorbei und versuchte ruhig zu bleiben.

„Er ist weiter hinten!"

Die serbischen Rufe kamen näher. Ich war erschöpft und hatte mich beim Sturz verletzt, aber ich kroch weiter, um den Abstand zwischen mir und den kommunistischen Rebellen zu vergrößern. Durch den strömenden Regen war es noch schwieriger, mich auf dem freien Feld zu orientieren. Ich wusste nicht, in welche Richtung ich weiterkriechen sollte. Der Untergrund war rutschig, weil sich durch die Unebenheiten tiefe Wasserlachen gebildet hatten. Ich fühlte mich wie ein gehetztes Tier und zitterte vor Angst, dass mich die nahenden Kommunisten erwischen könnten. Außerdem war ich völlig durchnässt und konnte mich vor Kälte kaum noch rühren. In welche Richtung musste ich weiter? Ich konnte nicht mehr, aber für eine Pause war eigentlich keine Zeit. Nur kurz ruhte ich mich aus. Ich legte das Gesicht auf den nassen, matschigen Boden, und fühlte mich wie gelähmt. Meine Tränen vermischten sich mit dem Regenwasser. Immer wieder hörte ich, wie Maschinengewehre ins Gras um mich herum schossen und ich machte mich darauf gefasst, dass ich nun sterben würde.

Doch plötzlich bekam ich einen Energieschub. Ich gab mir einen Ruck und kroch weiter. Ich robbte durch den Schlamm, bis ich inmitten des Regens und der serbischen Rufe Wasserrauschen hörte.

Das Rauschen war meine Orientierungshilfe. Also bewegte ich mich weiter dorthin, bis ich den Kanal erreichte, den ich letztes Jahr mit meiner Mannschaft gebaut hatte. Ich ließ mich ins kalte Wasser gleiten. Der Kanal war zu dem Zweck gebaut worden, das Ackerland des toten Großbauern zu vergrößern, doch nun sollte er meine Rettung vor den Rebellen sein. Wegen der Regenflut war aus dem kleinen Bächlein ein gewaltiger Strom geworden, der mich, kraftlos wie ich war, von Reichingers Ländereien fortbrachte.

Ich konnte mich kaum über Wasser halten. Zum Glück fand ich einen treibenden Ast, an dem ich mich klammern konnte. Im Fluss treibend schwamm ich den Partisanen davon. Ich war zwar körperlich und seelisch am Ende meiner Kräfte, aber immerhin war ich noch am Leben. Am Leben, inmitten eines Meeres der Verwüstung, in dieser kleinen deutschen Gemeinschaft, die im jugoslawischen Banat gefangen war.

## *Jugoslawisches Banat*
## *Oktober 1944*

Feuchte Erdbrocken rieselten auf Pater Peters Gesicht. Es donnerte. Wegen des Gewichts der Erde konnte er sich kaum rühren. Seine Finger berührten etwas Kaltes. Es war die Haut eines anderen, der neben ihm in der Grube lag. Mit kleinen Bewegungen schaffte er es, seinen Kopf einigermaßen freizubekommen und zu heben. Endlich waren auch die Erdklumpen vom Gesicht so weit heruntergefallen, dass er die Augen öffnen konnte.

Er schob leblose Arme und Beine, die seinen nackten Körper berührten, zur Seite. Dann versuchte er zu fokussieren und sah Sterne, da sich gerade eine Gewitterwolke so langsam über ihm auflöste, als wäre es Zigarettenrauch. In dem kalten, blutdurchtränkten Graben versuchte der junge Priester sich ins Gedächtnis zu rufen, was geschehen war. Jetzt erinnerte er sich wieder an die grausame Hinrichtung durch das Erschießungskommando. Er war verwirrt - lebte er noch oder war er tot? War er in der Hölle? Schließlich war er zu Lebzeiten kein vorbildlicher Priester gewesen und deshalb musste er in der Hölle landen.

Die Durchblutung kehrte allmählich in seine Gliedmaßen zurück und er konnte jetzt langsam die Arme bewegen und sich freischaufeln. Vielleicht war er doch nicht tot? Es schienen Stunden vergangen zu sein, seit Pater Peter von seinem Grab aus die Serben gehört hatte.

Er wollte sich weiter bewegen, aufstehen, doch hatte er Angst, dass sich noch ein Partisanenkämpfer in der Nähe befand.

Aber wie konnte es sein, dass er noch lebte? Die Partisanen hatten sie in einer Reihe aufstellen lassen und die nackten Männer mit Kugeln durchlöchert. Pater Peter schloss für einen Moment wieder die Augen. Es kostete ihn große Mühe auch seine Beine aus der eingeklemmten Position zu befreien. Er überwand seine Angst, schaffte es schließlich, sich aufzurichten und kletterte aus dem Grab. Er spürte die kalte nasse Luft auf dem bloßen Körper. Der Regen prasselte auf seinen Rücken, während die schmierige Erde weiter durch die Spalten zwischen den Körperteilen der Leichen sickerte. Sie lagen da, wie eine schwarze Patchworkdecke mit hellen roten und braunen Flecken – das Blut und die Haut der leblosen Körper.

„Lebt noch irgendwer?", fragte Pater Peter.

Er blickte auf die Erde, die die Leichen bedeckte, in der Hoffnung, irgendwo ein Lebenszeichen zu entdecken. Doch auch bei noch so genauem Hinsehen rührte sich nichts. Er war der einzige. In dem Grab der Banater Schwaben, die von den kommunistischen Partisanen brutal exekutiert worden waren, war Pater Peter der einzig Überlebende.

Er legte sich auf den Rücken und öffnete den Mund so weit er konnte. Die kalte Herbstluft strömte in seine Lunge, die nun nicht mehr von Leichen und Erdbrocken gequetscht war. Er war also doch nicht in der Hölle, sondern er lebte und lag auf freiem Feld, einige Kilometer von Theresiafeld entfernt, das in den letzten zwei Jahren zu seinem Zuhause geworden war. Durch Gottes Wunder war er noch am Leben.

Pater Peter fuhr mit nassen, schmutzigen Händen über seinen nackten Körper. Dabei verschmierte er das Blut auf der Haut. Zuerst dachte er, es sei sein eigenes Blut, doch er fand bei sich, trotz genauerer Untersuchung, keine Schusswunde. Es war wohl das Blut der anderen Dorfbewohner, denn kein einziger Schuss des Maschinengewehrfeuers hatte ihn getroffen!

Noch ein letztes Mal blickte er über den Grabenrand und streckte seine Arme darüber, wo er noch vor wenigen Augenblicken selbst reglos gelegen hatte.

Erst jetzt konnte er wieder richtig scharf sehen. Er betrachtete den Toten, der noch vor wenigen Stunden neben ihm gestanden hatte, bevor die Schüsse gefallen waren. Er kannte den Mann mit dem schiefen Rücken von den Sonntagsgottesdiensten und von der Willkommensfeier, die dieser bei der Ankunft des Priesters in Theresiafeld veranstaltet hatte. Sonst hatte er wenig Kontakt zu dem reichen Bauern gehabt. Pater Peter wischte die Erde auf dem Leichnam zur Seite. Jetzt sah er die Schusswunde, die dem Mann die Brust durchbohrt hatte und legte seine Hand darauf.

Der Mann war nach der ersten Schussrunde auf ihn gefallen. Pater Peter hatte gemerkt, dass er noch lebte, als die Leiche des deformierten Bauern ihn im Graben schier zerdrückte. Reichinger musste ihn vor der zweiten Schussrunde wie ein Schild geschützt haben. Pater Peter vermutete, dass die krumme Wirbelsäule des Mannes eine Kugel von ihm abgehalten hatte. Die Patrone war stecken geblieben und hatte somit den Priester nicht auch noch getroffen. Eine komische Begebenheit des Schicksals: die Rückendeformation des Mannes hatte Pater Peter das Leben gerettet und ermöglichte ihm einen weiteren Tag auf dieser Erde. Wenn einer der anderen Männer auf ihm gelegen hätte, wäre er sicher getötet worden.

Der Priester schöpfte Wasser aus einer Pfütze und wusch sich damit Blut und Dreck aus dem Gesicht. Abgesehen von einigen Prellungen und oberflächlichen Wunden, hatte er den grausamen Nachmittag relativ unbeschadet überstanden. Es war wirklich ein Wunder!

Pater Peter nahm sich so gut er konnte zusammen. Dann lief er, in sicherer Entfernung von der Straße, über das Feld nach Theresiafeld. Er hoffte, dass er auf diese Weise eine weitere Begegnung mit den Partisanen vermeiden könnte, die sich über eine zweite Gelegenheit freuen würden, ihn umzubringen.

Erst nachdem er fast eine Stunde gelaufen war, übermannte ihn jäh der Schock. Er lehnte sich an einen umgefallenen Baum, den ein Blitz gespalten hatte. Er setzte sich auf den Stamm der Akazie und verbarg das Gesicht in den Händen. Warum hatte Gott ihn verschont? Bessere Männer lagen nun tot im Graben und ausgerechnet er war mit dem Leben davon gekommen.

Ihn überkam ein Schamgefühl, weil er als einziger dem Wüten der Partisanen entwischt war. Er war sich auf einmal seiner Sterblichkeit bewusst und der Endlichkeit des Lebens. Bis zu diesem Tag war das Leben des Priesters eine Verschwendung wertvoller Zeit gewesen. Er hatte seinen religiösen Beruf auf egoistische Weise ausgenutzt, nur um seine Stellung im Leben zu verbessern. Die Nahtoderfahrung dieses Nachmittags hatte etwas in ihm verändert.

„Gott, was bin ich für ein Mensch?", rief er aus. „Bitte vergib mir. Ich flehe dich an!"

Er betete laut. Aus seinen blutunterlaufenen Augen flossen Tränen und tropften in eine Pfütze. Es war das erste Mal seit langem, vielleicht sogar das erste Mal überhaupt, dass er betete.

Plötzlich hörte er Schritte. Schnell ging er hinter dem Baum in Deckung und legte sich auf den Boden. Wahrscheinlich suchten die Partisanen die Gegend nach weiteren Opfern ab. Die Schritte wurden lauter und er drückte sich fest gegen den Baumstamm, damit der Soldat ihn nicht sehen konnte.

Der Oktoberwind ließ die kleinen toten Zweige auf dem Ast vor ihm rascheln. Die Schritte kamen immer näher. Gleich würde ihn der Angreifer entdecken!

Doch dann löste sich Pater Peters Anspannung. Er sah einen weinenden kleinen Jungen, der ziellos auf dem kahlen, nassen Feld herumlief.

„Mein Sohn.“

Erschrocken hörte der Junge auf zu weinen.

„Ganz ruhig, mein Sohn. Ich bin es nur, Pater Peter.“

„Pater Peter?“, fragte der Junge ungläubig.

„Ja, ich bin hier.“

Der Junge ging zu dem Baum und der Priester trat aus seinem Versteck hervor.

„AAAAAAAAAAH!“

Vor Angst schrie der Junge laut auf. Der Pfarrer war vollkommen nackt und immer noch mit Erde und Blut beschmiert. Sein Anblick war schrecklich. Pater Peter berührte den Jungen an der Schulter und zog ihn näher, damit er sein Gesicht sehen konnte. Es war einer der Ministrantenjungen aus der Gemeinde. Der Junge wiederum erkannte trotz des Schmutzes auch den Priester und beruhigte sich.

„Herr Pfarrer, Sie müssen mir helfen“, sagte er. „Ich muss meinen Vater finden. Die Partisanen kamen zu uns und meine Mutter sagte, ich solle wegrennen.“

Seine Sonntagskleidung war zerrissen und die Socken waren wegen der spitzen Steine voll Blut. Offensichtlich hatte er keine Zeit mehr gehabt, seine Schuhe anzuziehen, als die Partisanen kamen.

„Wann hast du deinen Vater zuletzt gesehen?" fragte Pater Peter.

„Heute morgen. Die Partisanen haben ihn an der Kirche mitgenommen."

„Ganz ruhig. Ich weiß wo er ist."

Der Priester wollte ihm nicht erzählen, dass sein Vater durch das Erschießungskommando der Partisanen umgekommen war. Der Knabe war verschont geblieben, weil er noch so jung war und sie hatten ihn mit seiner Mutter nach Hause geschickt. Er war also nicht wie die anderen männlichen Theresiafelder auf das Feld geschleppt worden, um sich sein eigenes Grab für die Exekution zu schaufeln. Wäre er nur ein paar Jahre älter gewesen, dann läge er jetzt mit seinem Vater zusammen tot im Graben.

„Herr Pfarrer, was machen wir jetzt?"

Sie hatten beide große Angst. Doch mit einem Mal fühlte der Priester eine innere Stärke wie er sie noch nie zuvor verspürt hatte. Früher hatte er nur an sich selbst gedacht, doch jetzt war sein einziger Gedanke, dass er dem Jungen helfen musste. Der Junge blickte ihn verzweifelt an: „Was sollen wir jetzt bloß machen?"

Sonst war die Antwort auf solche Fragen von einem der älteren männlichen Oberhaupte der Gemeinschaft gekommen, die alle tot in der Grube lagen. Nun musste Pater Peter die Führung übernehmen. Er schwieg einen Moment, sah dann den Jungen an und berührte dessen eiskalte Wange.

„Wir verlassen Theresiafeld noch heute Abend", sagte er. „Renne ins Dorf zurück und sage allen, dass wir fliehen werden."

„Aber wir brauchen Essen und Pferdewagen....", murmelte der Junge.

„Darum musst du dich nicht kümmern."

„Ja, Pater."

Der Ministrant rannte los, um in Theresiafeld die Nachricht zu verbreiten.

Die Militärfront war schneller gen Westen gerückt, als Pater Peter es zunächst gedacht hatte. Wenn sie es bis nach Österreich schafften, würden sie den Kommunisten und dem Deutschenhass, der schon so vielen Theresiafeldern am heutigen Tag das Leben gekostet hatte, entkommen.

Er betete. Statt auswendig gelernter Verse aus dem Seminar in Wien benutzte er erstmals eigene Worte. Die Suche nach den richtigen Worten beruhigte ihn irgendwie. Es war möglicherweise überhaupt das erste Mal in seinem Leben, dass er sich wie ein richtiger Priester fühlte.

Nach diesem andächtigen Moment machte auch er sich auf den Weg nach Theresiafeld, zur Kirche, wo er noch ein paar persönliche Dinge holen wollte. Er fror und fühlte sich schwach, aber er schleppte sich voran, bis er schließlich das Dorf erreichte. Er blieb am Rand der Straße. Vor ihm lag die Barockkirche mit ihrem hohen weißen Kirchturm, der alle Häuser des Dorfes überragte. In den letzten zwei Jahren hatte er das Gebäude von Tag zu Tag mehr gehasst. Die Kirche war wie ein Gefängnis gewesen, das ihn davon abhielt, in sein geliebtes Wien zurückzukehren. Pater Peter versteckte sich am Straßenrand, nackt und zitternd, hinter dem Gedenkstein, der für die im ersten Weltkrieg gefallenen Theresiafelder errichtet worden war. Es war niemand zu sehen. Schnell überquerte er die Straße und steckte seinen Kopf durch das Fenster seines Privatgemachs, das an die Kirche angrenzte. Er schob es hoch und schlüpfte so leise er konnte ins Innere. Der dunkle Raum war das Schlafzimmer seiner Haushälterin gewesen, die vor einem Jahr gegangen war, weil sie seine Trinkgewohnheiten und Launenhaftigkeit nicht mehr ertragen hatte.

Er eilte in die winzige Küche. Dort schruppte er am Waschbecken eilig den Dreck von seinem Körper mit Kernseife. Er war erleichtert, als seine Haut nicht mehr mit Erde und Blut verkrustet war. Zwar widerstrebte ihn der Geruch der Seife, aber angesichts der brutalen Ereignisse des Tages, war der aufdringliche Geruch das kleinste Übel.

Der junge Priester zog hastig ein paar alte Kleidungsstücke an und Schuhe, die er sonst zur Arbeit in seinem winzigen Pfarrgärtchen getragen hatte. Dann holte er einen seiner großen

Lederkoffer, den er damals aus Wien mitgebracht hatte. Damit ging er in die Kirche hinüber. Er spähte erst vorsichtig hinein, ob zwischen den Holzbänken irgendwelche Eindringlingen waren. Es war unheimlich still, als er am Altar vorbei in die angrenzende Sakristei ging. Pater Peter öffnete den leeren Koffer und legte den goldenen Abendmahlkelch sowie anderes Kircheneigentum hinein. Er dachte, dass diese Dinge nützlich sein könnten, um sie auf der Flucht nach Österreich gegen Nahrung oder Kleidung einzutauschen.

„Kontrolliert das Gebäude, Kameraden!"

Er erstarrte vor Schreck. Die Partisanenkämpfer kamen in die Kirche. Wenn sie ihn sahen, würden sie ihn dieses Mal ganz gewiss umbringen. Während die Serben schon die Hauptkirche durchstöberten, ließ er noch ein letztes Stück goldenen Kirchenschmucks in seinen Koffer sinken. Dann ging er zur Tür und spähte hinaus.

„Um Gottes Willen", flüsterte er.

Er sah, wie die Partisanen durch den Gang liefen, und das angrenzende Schlafzimmer und die Küche durchwühlten. Er hatte sein Kofferfunkgerät in einem der Küchenschränke. Wenn sie es entdeckten, würden sie ihn foltern, um Informationen aus ihm herauszuquetschen. Er hätte gerne sein Funkgerät geholt. Vielleicht wäre es ihm nützlich gewesen, um über das Vorhaben der Partisanen informiert zu bleiben oder um es vielleicht auf der Flucht zu verkaufen, wenn er die restlichen Überlebenden des Dorfes aus Jugoslawien fortbrachte. Aber dafür war es jetzt zu spät. Wenn er am Leben bleiben wollte, musst er jetzt irgendwie aus der Kirche herauskommen.

Er versuchte ein Fenster der Sakristei zu öffnen. Er schob es hoch, aber es verklemmte sich und ließ sich nicht mehr bewegen.

„Verflucht noch mal!"

Trotz allen Kraftaufwands blieb es blockiert, weil es selten geöffnet worden war.

Jetzt wurden die serbischen Stimmen lauter.

„Drüben auf der anderen Seite."

„Ja, da waren wir noch nicht."

Die Schritte kamen näher zur Sakristei. Das störrische Fenster war nur halb geöffnet, aber das musste nun ausreichen, wenn er den plündernden Kommunisten entfliehen wollte. Er zwängte sich durch das Fenster nach außen, griff dann nochmals hinein und zerrte den großen Lederkoffer am Griff, um ihn auch noch durch die winzige Öffnung zu ziehen.

„Komm schon!"

Er brauchte unbedingt den Koffer mit dem Gold und anderen Wertsachen. Außerdem war das teure Gepäckstück ein Geschenk seiner Sponsorin, Tante Anne, gewesen und er war fest entschlossen, es nicht zurückzulassen. Der junge Priester hörte, wie die Tür der Sakristei geöffnet wurde. Er zerrte ein letztes Mal an dem Koffer.

Als die Partisanen eintraten, plumpste der Koffer zurück auf den Boden der Sakristei und Pater Peter lag auf dem nassen Boden des Friedhofs.

Auf diesem Kirchhof waren alle Verstorbenen aus Theresiafeld begraben, außer denjenigen, die in die deutsche Armee eingezogen worden waren und nun in irgendeinem Loch an der Ostfront lagen.

Im Schatten der Mauer schlich er weg vom geöffneten Fenster. Er hörte die plündernden Partisanensoldaten, die drinnen den wertvollen Inhalt des Koffers durchstöberten. Dann verließ er die Außenmauer der Sakristei und versteckte sich hinter dem Denkmal an der Schotterstraße. Er wagte einen kurzen Blick auf die winzige Barockkirche mit dem weißen Turm. Aus unerfindlichen Gründen würde er diese Kirche doch vermissen. Zu gerne hätte er noch eine Gelegenheit gehabt, ein letztes Mal in ihr Gottesdienst zu feiern.

Der Pfarrer fragte sich, wie es wohl um die Zukunft des Dorfes stand, da nun so viele tot oder auf der Flucht vor den niedermetzelnden Kommunisten waren, die die Macht über Jugoslawien an sich gerissen hatten. Er überlegte, wie er unbemerkt fliehen konnte. Bald würde er wie der Weizen von den Feldern und wie das beschlagnahmte Erntegerät aus diesem Dorf verschwunden sein – unversehrt, ohne der geringsten Schussverletzung. Die Zukunft Theresiafelds war in der anti-deutschen Umgebung, die in Jugoslawien aufkochte, ungewiss. Noch vor wenigen Wochen hätte es den jungen Priester glücklich gestimmt, das winzige Dorf zu verlassen, doch jetzt war er traurig darüber. Der Hauch des Todes, der ihn an diesem Tag gestreift hatte, hatte sein Leben verändert. Er war nicht mehr wütend auf Gott, der ihn nach Theresiafeld geschickt hatte, sondern dankbar, dass er das Massaker der Partisanen überlebt hatte.

Die Straße stand voller Wasserlachen. Immer noch kniete er hinter dem Gedenkstein. Von dort aus konnte er niemanden sehen. Schnell rannte Pater Peter auf die andere Straßenseite. Er verließ Theresiafeld, nur mit der alten Kleidung, die er trug, ohne Geld oder Nahrungsmittel. Die goldenen Kelche und der wertvolle Kirchenschmuck in seinem teuren Lederkoffer würden den raubenden Partisanen zum Opfer fallen.

„Wahrscheinlich ist es gut, hin und wieder Ballast abzuwerfen", sagte er sich. Er wich einem tiefhängenden Ast einer Akazie aus, die an der unbefestigten Straße stand, und lief zur Weide, wo er die anderen Theresiafelder treffen wollte.

### Jugoslawisches Banat
### Oktober 1944

An den Steinen am Uferrand krallte ich mich fest und zog mich aus dem eiskalten Wasser heraus. Ich war völlig erschöpft und schlotterte vor Kälte wie Reichingers behelfsmäßige Erntemaschine, die aus alten, nicht beschlagnahmten Ersatzteilen zusammengebaut war. Wäre ich noch länger im kalten Wasser geblieben, wäre ich sicher erfroren. Kraftlos brach ich unter einem der Bäume am Flussufer zusammen. Ich war erleichtert, dass ich dem Wüten der Partisanen entkommen war. Das Wasser im Dränagekanal, den ich vor über einem Jahr für Reichinger angelegt hatte, hatte mich in einen Zufluss der Donau gebracht. So war ich unversehrt aus Theresiafeld herausgetrieben worden.

Zitternd schaufelte ich Laub auf mich, um mich irgendwie vor dem kühlen Oktoberwind zu schützen. Obwohl ich großen Hunger hatte, musste ich noch dringender schlafen, während meine Kleider unter dem Blätterbett trockneten.

Seit die Partisanen Theresiafeld verwüstet hatten, hasste ich mich regelrecht dafür, dass ich die Deutschen des Dorfes verraten und für Informationen benutzt hatte. Ich wollte so schnell wie möglich Jugoslawien verlassen und vergessen, dass ich dem Krieg als Spion gedient hatte. Ich hoffte sehr, auf amerikanische Soldaten zu treffen, die mich für immer aus dem Banat fortschaffen könnten. Allerdings hatten mir heimkehrende Soldaten aus Theresiafeld nie erzählt, dass sie auf Amerikaner gestoßen wären, zumindest nicht in Jugoslawien. Ich könnte es auch riskieren, mich den Russen auszuliefern, die die deutsche Armee nach Westen vertrieben, doch vor den Kommunisten hatte ich Angst. Schließlich wussten sie nicht, dass Amerika verdeckte Spione nach Jugoslawien gesandt hatte.

Der Wind fuhr durch mein Blätterbett und übertönte das Donnern der Minen in der Ferne. Endlich schlief ich ein. Für eine kleine Weile vergaß ich das Chaos in Jugoslawien und konnte meinem geschundenen Gemüt eine kurze Pause gönnen.

Während die Sonne meine tropfnasse Kleidung in feuchte Lappen verwandelte, hatte ich mein Schlafbedürfnis soweit gestillt, dass mich nun wieder ein gewaltiger Hunger überkam. Ich fegte die Blätter von mir und suchte zwischen den vereinzelt stehenden Bäume nach etwas Essbarem. Aber ich fand nichts, weder Nüsse noch Pilze. Als mich das Bedürfnis nach Essen übermannte, zupfte ich verzweifelt ein Blatt von einem herunterhängenden Ast und stopfte es in den Mund. Auf dem schmalen Pfad zwischen den Bäumen fühlte ich mich unwohl. Der Weg schien mir gefährlich zu sein, da ihn auch die Russen oder Partisanen benutzen würden. Allerdings führte er wahrscheinlich zu einer der umliegenden Ortschaften, wo ich um Essen betteln konnte. Ohne Kompass oder Karte versuchte ich mich anhand des Sonnenstandes über den Baumspitzen zu orientieren, damit ich nicht aus Versehen wieder nach Theresiafeld zurücklief.

Obwohl es auch verlockend gewesen wäre zurückzugehen, um mein Funkgerät zu holen, war das Risiko zu groß. Ich hatte mich damit abgefunden, dass ich nun alleine war, ohne die Hilfe der Alliierten auf der anderen Seite des Funkempfangs, die einen verlorenen Amerikaner in Sicherheit hätten leiten können. Ich spürte die Goldmünze meines Vaters in meinem feuchten Stiefel, als ich auf dem Pfad weiterlief. Bei jedem Tritt drückte mein Fuß auf die Münze, was mir in der Einsamkeit ohne die anderen Dorfbewohner ein seltsam tröstliches Gefühl gab.

„Ich muss mich zusammenreißen", erinnerte ich mich selbst.

Auf dem gewundenen Pfad entfernte ich mich immer weiter vom Fluss, Richtung Norden. Ich bereute es, dass ich vorher nie wirklich die Gegend außerhalb Theresiafelds, mit ihren Ebenen und Flüssen, erkundschaftet hatte. Jetzt musste ich für meine mangelnde Neugierde büßen, weil ich mich in der Wildnis nur schlecht zurechtfand.

Plötzlich sah ich am Himmel eine Rauchwolke, die wie ein kleiner, weißer Ballon über mir schwebte. Mein erster Impuls war, umzukehren, aber mein Hunger war doch größer. Vielleicht wurde über dem Feuer gekocht? Der Gedanke, dass ich von den Feuermachern Essen erbetteln könnte, spornte mich an. Von den

Bäumen verdeckt, schlich ich leise in die Richtung des Feuers. Nun hörte ich auch Stimmen.

„Wie lange dauert es noch, bis wir zurück sind?", fragte jemand.

Sie sprachen Deutsch! Ich lief schneller.

„Ich kenne diese Gegend. Mein Vater hat mich einmal einen Sommer hierher geschickt, zu einer kroatischen Familie, um die Sprache zu lernen", antwortete ein anderer.

Noch konnte ich von meinem Versteck hinter den Bäumen nicht ihre Gesichter sehen. Doch der vertraute Klang der deutschen Sprache, als die Gruppe am Lagerfeuer plauderte, war beruhigend. Vielleicht würden sie einem anderen, der zumindest laut Papier die gleiche ethnische Herkunft hatte, eher etwas von ihrem Essen abgeben?

„Hallo!", rief ich laut.

Lieber gab ich mich gleich zu erkennen, bevor ich näherkam. Ich hörte das Klicken eines Drehkopfverschlusses einer Waffe.

„Darf ich näher kommen?"

Die Blätter raschelten, als sie erschrocken aufsprangen. Je länger der Krieg dauerte, umso angespannter waren alle, besonders, wenn sich ein Fremder wie ich einem Lagerfeuer näherte.

„Wer ist da?" riefen sie. „Hände hoch und langsam vortreten!"

Ich folgte ihrem Befehl, nahm meine Hände hinter den Kopf und ging langsam zum Lagerfeuer. Als ich auf die Lichtung trat, sah ich drei junge Männer in geflickten deutschen Militäruniformen. Langsam drehte ich mich einmal im Kreis, damit die kindlich aussehenden Soldaten sehen konnte, dass ich unbewaffnet war. Sie waren ungefähr Anfang zwanzig, ein paar Jahre jünger als ich und man sah ihren Gesichtern an, dass sie noch nervöser waren als ich.

„Ich habe seit zwei Tagen nichts gegessen", sagte ich. „Ich möchte nur etwas zu essen."
Ich hoffte, dass ich durch meinen Banater Dialekt und meine äußere Erscheinung gewisse Vertrautheit erweckte und tatsächlich senkten sie ihre Gewehre ein wenig. Mein Hemd mit Kragen und die löchrige schwarze Hose trugen außerdem dazu bei, dass sie mich als Banater Schwabe erkannten. Ich hockte mich zu ihnen ans Feuer, als

endlich auch der letzte ängstliche deutsche Armeeangehörige das Gewehr herunternahm.

„Wo kommst du her?"

Der Soldat neben mir sprach als erster. Er bot mir eine Zigarette aus einer zusammengedrückten Packung an.

„Aus Theresiafeld", antwortete ich.

Ich nahm mir eine und lehnte mich nach vorne zum Feuer, um sie anzuzünden. Seine beige Uniform war zerfetzt. Sie hatte schon bessere Tage gesehen, als die Deutschen noch Nordafrika besetzt hielten.

„Und du?", wollte ich wissen.

„Mein Freund und ich kommen aus Liebling", sagte er. „Leo hier ist unser einziger Siebenbürger Sachse."

„Danke für die Zigarette."

Im Feuer lagen Konservendosen zum Aufwärmen. Ich blickte zu dem Sachsen, der mir gegenüber saß. Seine Uniform wirkte lächerlich, fast so, als ob er nur Soldatsein spielte und eigentlich noch zur Schule ging. Der Siebenbürger Sachse war ein Deutschstämmiger, dessen Vorfahren wahrscheinlich schon nach Transsilvanien gekommen waren, bevor das Banat zum Kaisertum Österreich gehörte. Wie die meisten anderen aus dem Banat, war auch er in die SS Prinz Eugen Division eingezogen worden, obwohl seine Familie wahrscheinlich seit dem zwölften Jahrhundert keinen deutschen Boden mehr betreten hatte.

„Wie alt bist du?", fragte ich.

„Neunzehn", antwortete er. „Ich wurde gleich nachdem ich meine letzte Abiturprüfung am Gymnasium in Hermannstadt geschrieben hatte eingezogen,."

Sein Heimatort hatte eigentlich den rumänischen Namen Sibiu und hieß offiziell nicht mehr Hermannstadt. Wenn allerdings Deutsche unter sich waren, benutzten sie für die Städte und Dörfer noch die alten deutschen Namen, die aus der Zeit stammten, als das Banat noch Teil des Kaisertums Österreich war.

„Das ist ziemlich jung!"

„Wir werden als Kanonenfutter für die deutsche Armee verwendet", erwiderte er.

Dabei verzog der Soldat den Mund zu einem zynischen Lächeln. Weil er nicht sehr groß war und noch recht knabenhafte Züge hatte, wirkte er in seiner braunen, geflickten Uniform wie ein kleiner Junge. Seine zerschlissene Kleidung zeigte nur allzu deutlich, wie misslich die Lage für das deutsche Militär bereits war und welche Schwierigkeiten es hatte, seine Männer mit dem Notwendigsten zu versorgen.

„Habt ihr Heimaturlaub?"

Sie warteten unbehaglich lange, bevor sie meine Frage beantworteten.

„Ja, wir haben von unserer Einheit Urlaub gewährt bekommen."

„Ich hoffe, ihr wollt nicht in eure Dörfer zurückkehren."

„Warum?"
"In Theresiafeld verstecken sich alle oder sind auf der Flucht vor den Russen und den Partisanen."

„Wenn wir nicht in unsere Dörfer zurückkehren können, wo sollen wir denn dann hin?" fragte der Sachse.

Entweder war der junge Soldat sehr naiv oder er leugnete vor sich selber, wie ernst die Lage wirklich war. Ich sah zu ihm hinüber. Er schien ahnungslos und noch nicht vom Krieg gezeichnet zu sein wie viele andere Soldaten, wenn sie von der Ostfront zurückkamen. Vielleicht lag das an seinen Augen. Er hatte noch nicht den gehetzten, starren Blick wie ebenjene. Ein Blick, wie ihn auch der Sohn von Fetter Matz hatte, als er aus Russland zur Kirchweih kam.

„Kommt lieber mit mir Richtung Westen", sagte ich. „Es ist zu gefährlich, nach Rumänien zurückzukehren."

„Das Banat ist mittlerweile wie ein Akkordeon", sagte der Soldat. „Die Russen drücken auf der einen Seite auf unsere Truppen, die sich aus dem Westen zurückziehen und die Amerikaner auf der anderen."

„Wo sind die Amerikaner?"

Ich riskierte, dass ich mich mit dieser Frage verriet, aber ich musste in die Richtung weitergehen, aus der die amerikanische Armee kam.

„Ich habe gehört, dass sie durch Deutschland vordringen", sagte der Soldat.

„Wenn sie euch schnappen, würdet ihr dann nicht lieber in die Hände der Amerikaner geraten?", gab ich zu bedenken.

Allein nach dem zu urteilen, was ich an Brutalität in Theresiafeld erlebt hatte, ging ich davon aus, dass die Amerikaner die deutschen Soldaten weniger schlecht behandelten, als es die Kommunisten in Jugoslawien taten.

Über das Lagerfeuer hinweg warfen sie sich Blicke zu, aber sagten nichts. Offensichtlich verschwiegen sie etwas. Schließlich brach der junge Sachse das Schweigen und deutete mit einem Nicken auf den Soldaten in der zerfetzten Uniform, der mir gegenüber saß. Es war eine Geste, die andeutete, dass man mir das dunkle Geheimnis anvertrauen konnten, das sie unter der kaputten Uniform mit sich herumschleppten.

„Wir haben einen Plan", sagte der Soldat.

„Welchen denn?"

Er rückte näher an mich heran, damit niemand, falls jemand hinter einem Baum lauerte, die Worte des Verrates hören konnte.

„Der Krieg wird bald vorüber sein. Deutschland hat verloren. Jeder weiß das. Wir werden es aussitzen, bis es soweit ist und uns in unseren Dörfern verstecken."

„Habt ihr keine Angst, dass euch die deutsche Militärpolizei erwischen könnte? Sie werden euch erschießen, wenn sie euch schnappen."

„Deshalb bleiben wir fern von den Hauptstraßen."

Endlich holte ich die blubbernde Konservendose aus dem Feuer, um meinen enormen Hunger zu stillen und dachte dabei an das Risiko, das die Burschen eingingen, wenn sie nach Rumänien zurückkehrten. Wenn man sie an einem der Checkpoints ohne gültige Papiere aufhielt, würde man sie erschießen, weil sie Deserteure waren.

„Wie war es euch denn gelungen, von eurer Einheit zu flüchten?"

„Wir waren in isolierter Position nicht weit von Niš, südlich von Belgrad, stationiert. Unsere Division sollte die russischen Truppen abwehren, während die Wehrmacht sich durch Griechenland zurückzog. Unser Kommandeur war wohl so alt wie mein Großvater. Er wurde von einer Granate in Stücke zerfetzt und so konnten wir unseren Posten verlassen und fliehen nun nach Hause."

Da man jetzt dringend Soldatennachschub benötigte, waren die einstmals strengen Eintrittskriterien der Prinz Eugen Division genauso geschwunden wie die deutschen Siege auf dem Schlachtfeld. Was der junge Soldat von seinem toten Kommandeur berichtete, war weit entfernt von dem Idealbild eines großen Mannes mit blauen Augen, der als Volksdeutscher freiwillig in deutscher Uniform diente.

„Ich verurteile euch nicht dafür, dass ihr desertiert, aber ihr seid auf dem Weg in die falsche Richtung. Die Lage dort ist sehr ernst."

„Ich glaube das nicht."

Während der Soldat seine Geschichte erzählte, wurde deutlich, dass er sich nicht eingestand, wie ernst die Lage im Banat war. Ich wollte ihn davon überzeugen, dass sein Plan schlecht war, aber er glaubte mir nicht.

„Diese Partisanen üben Rache an den Deutschen und ermorden sie. Wahrscheinlich rollen gerade, während wir sprechen, die Fluchtwagen eurer Familien aus dem rumänischen Banat. Warum kommt ihr nicht mit mir nach Österreich?"

„Spinnst du? Meine Familie würde ihr Zuhause niemals verlassen", sagte der Sachse. „Bald ist der Krieg vorbei und das Leben wird so weiter gehen wie zuvor."

Er krempelte die Ärmel seines Uniformhemds hoch und drückte sich die brennende Zigarette in den Oberarm, um eine kleine Tätowierung wegzubrennen. Das Zeichen, das alle neuen SS Soldaten erhielten, gab seine Blutgruppe an, falls nach einer Verwundung eine Transfusion nötig wurde. Ich hatte Gerüchte gehört, denen zufolge jeder mit einer Blutgruppentätowierung von den Partisanen als Kriegsverbrecher angesehen und hingerichtet wurde. Lieber hielt man den brennenden Schmerz aus und entfernte das Zeichen.

Ich wollte die jungen Männer nicht verärgern, indem ich ihre Entscheidung, in ihre Heimatdörfer im rumänischen Banat zurückzukehren, weiter in Frage stellte. Viele andere Menschen in Theresiafeld hatten die Meinung der Soldaten, dass nach dem Krieg alles so weitergehen würde wie bisher, geteilt. Zu ihnen hatte auch Reichinger gehört.

Während ich immer noch aus der geschenkten Konserve löffelte, überlegte ich, wie diese jungen Männer wohl im neuen, von den Kommunisten regierten Banat, zurecht kommen würden. Würden sie weiter Landwirtschaft betreiben können wie ihre Väter und Vorväter? Wie sehr würden sie als Angehörige einer ethnischen Minderheit diskriminiert werden, weil sie den Kommunisten Widerstand geleistet und die deutsche Armee während der Invasion unterstützt hatten?

„In welche Richtung geht ihr?", erkundigte ich mich.

„Wir gehen zum Fluss, zur Temesch", antwortete einer von ihnen. „Er ist nicht weit von hier." Plötzlich kam mir eine Idee. Ich könnte im Schutz der Dunkelheit dem Fluss in nördlicher Richtung folgen, der mich langsam aus dem Kommunistengebiet herausführen würde.

„Habt ihr etwas dagegen, wenn ich mich euch für eine Weile anschließe?", fragte ich.

Ich hatte weder Waffen noch Essen und so schien es eine gute Strategie zu sein, mich ihnen anzuhängen, weil sie außerdem die Gegend besser kannten als ich.

„Meinetwegen", antwortete der Soldat.

Nachdem wir das Lager aufgelöst hatten, machten die jungen Männer und ich uns auf den Weg nach Osten. Wir vermieden die großen Straßen, um jegliche Begegnung mit der deutschen Armee an den Kontrollpunkten zu vermeiden. Nach der schweren, körperlichen Arbeit bei Reichinger, war ich relativ gut in Form, weshalb mir die zehn Kilometer Fußmarsch keine Probleme bereiteten. Am frühen Abend erreichten wir das Ufer der Temesch.

„Lasst uns hier das Lager aufschlagen", sagte einer von ihnen. „Das Gras ist hier sehr hoch und gibt uns Deckung."

Wir legten uns im hohen, braunen Gras nieder und das Rauschen des Flusses machte uns schnell schläfrig. Da die Soldaten immer noch vorhatten, in ihre Dörfer nach Rumänien zurückzukehren, würden sich am nächsten Morgen unsere Wege trennen.

Plötzlich erwachte ich jäh. Ein kalter Gewehrlauf schlug mir gegen den Kopf.

„Aufstehen!", bellte eine Stimme.

„Aaah!"

„Los. Aufstehen!"

Als ich die Augen öffnete, sah ich einen großen, bärtigen Mann, der gegen das Licht der aufgehenden Sonne stand. Er war mit einem Maschinengewehr bewaffnet und hatte ein raues, faltiges Gesicht, was darauf schließen ließ, dass er wesentlich älter war als die jungen Soldaten der SS Prinz Eugen.

„Aufstehen", rief er noch einmal.

Die Burschen und ich standen schnell auf. Andere, mit Maschinengewehren ausgerüstete Männer, umzingelten uns. Ich wollte fortrennen, aber angesichts der vielen bewaffneten Kommunisten wurde mir klar, dass es zwecklos war. Zwischen den russischen Uniformen sah ich auch grüne Jacken der Partisanen, die ich von meiner brutalen Begegnung mit Titos sogenannten „Freiheitskämpfern" in Theresiafeld kannte. Einige von ihnen sagten etwas auf Serbisch, als sie verächtlich die zerschlissenen Uniformen meiner Reisegesellen musterten. Der Hass stand in ihren Augen, als wir mit erhobenen Händen vor ihnen standen. Die Serben hatten im Kampf gegen die deutsche Besatzungsmacht viele Tote einbüßen müssen und ich fürchtete einen Racheakt, weil ich auf der falschen Seite des Krieges erwischt wurde.

Die kommunistische Widerstandsbewegung in Jugoslawien dauerte schon einige Zeit an und das bestialische Morden hatte einen grausamen Höhepunkt erreicht. Ein brutales Vergehen gegen die Serben seitens des deutschen Militärs wurde von den Partisanen um ein Zehnfaches an anderen Deutschen vergolten. Dass ich den

Kommunisten in Theresiafeld um ein Haar entkommen war, schien nun der reinste Hohn zu sein.

Ich marschierte durch das hohe Gras als Gefangener derjenigen, die in diesem Krieg streng genommen meine Verbündeten waren. Mit großer Wahrscheinlichkeit würde ich so enden wie meine Freunde in Theresiafeld, erschossen auf freiem Feld entlang des Flusses, ohne Grabstein, der anzeigte, wo ich unter der Erde lag.

„Der Krieg ist jetzt für dich vorbei, *Schwabo*."

Der Partisan mit Bart sprach in gebrochenem Deutsch und verpasste mir mit dem Kolbenende des Gewehres einen Hieb in die Nieren, so dass ich auf die Knie fiel.

„Für dich ist der Krieg vorbei!"

## Jugoslawisches Banat
### Oktober 1944

Die kleine, dunkelhäutige Gestalt betrat den serbischen Gasthof und suchte sich ein Plätzchen in einer schwach beleuchteten, einsamen Ecke. Er lehnte sich gegen einen Holzpfeiler und sah durch dicken Zigarettendunst hinweg den Partisanenkämpfern und Russen zu, die in Feierlaune waren und Lieder sangen. Da er aussah wie einer der Sinti und Roma oder wie jemand mit mongolischer Herkunft, passte er sehr gut in das Gemisch der verschiedenen Völker hinein, die sich hier als Kommunisten zusammengefunden hatten. Tatsächlich war es leichter, im chaotischen Jugoslawien unterzutauchen, als der britische Geheimagent es sich vor Beginn seiner Mission vorgestellt hatte. Seit die Deutschen auf dem Rückzug waren, verlieh ihm die Euphorie des Sieges der Kommunisten und ihre Trinkgelage zusätzlichen Schutz während seines neuesten Auftrags im Banat.

Seine falsche Identität als Zigeuner und landwirtschaftlicher Hilfsarbeiter war seinen eigenen bescheidenen Anfängen nicht unähnlich. Er stammte aus dem Volk der Limbu aus Nepal und kam aus einer armen Familie. Sein tibetanisch-mongolisches Volk lebte nicht nach dem hinduistischen Kastensystem, was ihm die gesellschaftliche Freiheit gab, seine berufliche Karriere selbst zu wählen. Er wollte zur Meritokratie gehören und diente deshalb als Gurkha in der Britisch Indischen Armee. Durch harte Arbeit und Disziplin war er aufgestiegen und zum Subedar ernannt worden und unterstand als Offizier eines Gouverneurs nur den britischen Offizieren des Gurkharegiments. Die Tatsache, dass er sehr intelligent und seine Akte vorbildlich war, sorgte dafür, dass er für Spezialeinsätzen des Britischen Geheimdienstes MI6 herangezogen wurde.

Seine derzeitige Aufgabe im Banat war, einen amerikanischen Geheimdienstagenten, zu dem es keinen Kontakt mehr gab, aus dem Banat herauszuholen oder seinen Tod zu bestätigen. Seine Vorgesetzten wollten jetzt, da die Kommunisten in Osteuropa an der

Macht waren, keine Spuren ihres Spionagenetzwerkes zurücklassen. Nun mussten auch die letzten Reste davon beseitigt werden, damit die kommunistischen Alliierten der Amerikaner für immer im Dunklen darüber blieben.

Er griff in seine abgetragene Jacke und fuhr verstohlen mit dem Daumen über die kleine, scharfe Einkerbung unter dem Griff seines gekrümmten Messers. Es beruhigte ihn irgendwie, das Khukuri, das alle Gurkhasoldaten bei sich trugen, vor Beginn einer neuen Mission zu berühren.

Dann mischte er sich unter die vielen Soldaten und zeigte jedem, der einen roten Stern trug, das Foto eines Mannes, in der Hoffnung, dass ihn jemand erkennen würde. Der Gurkha hatte schon anderweitig Informationen eingeholt und wusste, dass einige der anwesenden Partisanen am letzten bekannten Aufenthaltsort jenes amerikanischen OSS Agenten gewesen waren.

Da ohnehin überall Flüchtlinge unterwegs waren, war es nichts Ungewöhnliches, dass wieder jemand mithilfe eines Schwarzweißfotos nach verloren gegangenen Angehörigen suchte. Ein Partisan auf einen Mann, der bei einem anderen Holzpfeiler, der einen Gummireifen als Fundament hatte, saß.

„Wer ist das?", erkundigte sich der Gurkha.

Er sah zu dem Mann hinüber, der am Schanktisch lehnte. Vor ihm standen sehr viele leere Schnapsgläschen.

„Das ist der Bataillonskommandeur", antwortete der Partisan. „Er heißt Vanko."

„Sind unter seinem Befehl irgendwelche Soldaten durch Theresiafeld marschiert?", wollte der Gurkha wissen. „Der Mann auf dem Foto kommt aus diesem Ort."

„Ich bin der Politkommissar und erst seit kurzem in diesem Bataillon", sagte der Partisan. „Aber wir können ihn fragen."

„Sieg, Kameraden! Sieg über den Tod!", brüllte der Kommandeur. Der Gurkha schreckte zurück, als der serbische Anführer direkt vor seinem Gesicht losschrie. Seine Baritonstimme erfüllte den Raum vom schmutzigen Boden bis zu dem strohgedeckten Dach des serbischen Gasthofes.

„Der alte Mann hat es geschafft."

Vanko klopfte dem Gurkha auf den Rücken und erhob sein Slibowitzglas auf den Kommunistenführer Josip Broz Tito, weil dieser die deutsche Besatzung aus Jugoslawien vertrieben hatte. Mit einem einzigen Schluck leerte Vanko das Gläschen mit dem klaren Pflaumenschnaps. Wahrscheinlich, so vermutete der Gurkha, verdrängte er auf diese Weise, wie viele Menschenleben er in den vergangenen Jahren auf dem Gewissen hatte. Irgendwo wurde im überfüllten Wirtshaus nun ein Zigeunerlied auf einer Geige gespielt. Der kleinwüchsige Mann mit der dunklen Hautfarbe versuchte sich mit dem betrunkenen Kommunistenführer zu unterhalten, aber dieser war zu sehr abgelenkt. Der Bataillonskommandeur hatte sich wie seine Kameraden umgedreht, um die Zigeunerin zu sehen, die gerade zu tanzen begonnen hatte.

„Die ist aber hübsch", bemerkte Vanko.

„Manche von uns scheinen da anderer Meinung zu sein", antwortete der Politkommissar, der neben ihm stand.

Er flüsterte etwas in Vankos Ohr, während die Russen und Partisanen laut Beifall klatschten. Dass man etwas von ihm wollte, schien ihm nicht zu gefallen, denn er reckte den Kopf, um der Frau mit den blauen Augen zuzusehen, die elegant ihren Körper zu den Klängen des Geigenspiels verbog.

„Wer denn?" fragte Vanko.

„Dieser Mann hier", antwortete der Politkommissar.

Vanko sah jetzt wieder den kleinen Mann vor ihm an, der für die leicht bekleidete Frau, die eine Art Schlangentanz aufführte, anscheinend nur wenig übrig hatte.

„Ich werde dieses Zigeunervolk nie verstehen", sagte Vanko.

„Ich weiß, was Sie meinen", pflichtete der Kommissar ihm bei.

Der Bataillonskommandeur leerte wieder ein Schnapsglas. Für den Gurkha war es offensichtlich, wie sehr der Kommunistenanführer vom Krieg abgehärtet war. Mit den schmutzigen Stiefeln und der kaputten, blutbefleckten Jacke hatte man den Eindruck, dass er unendlich viel Leid ertragen konnte. Die langen, schweren Kämpfe gegen die deutsche Besatzung in

Jugoslawien waren nun vorbei. Die Kommunisten hatten die deutsche Wehrmacht vertrieben und nun würde die Planwirtschaft bestimmen, was auf dem fruchtbaren Boden im Banat angebaut wurde.

„Er möchte wissen, ob Sie jemanden auf einem Foto erkennen", sagte der Politkommissar.

Die anderen Soldaten klatschten und sangen nun noch lauter mit, so dass sich der Politoffizier noch näher zu Vanko stellte und versuchte, die Aufmerksamkeit des desinteressierten Kommandeurs für den Gurkha zu gewinnen.

„Zeig mal her", sagte Vanko schließlich.

Der Politkommissar machte eine winkende Handbewegung, damit der Gurkha ihm das Foto zeigte. Vanko riss es ihm aus der Hand und machte damit nur allzu deutlich klar, dass er keine Lust hatte, während des erregenden Zigeunertanzes gestört zu werden.

„Kenne ich nicht."

Nach einem kurzen Blick auf das Foto, machte er wieder seinen Hals lang, um trotz der vielen Menschen vor ihm die Zigeunerin zu sehen.

„Er ist aus Theresiafeld. Sind Sie sicher?", fragte der Politkommissar.

Der Gurkha bemerkte, dass der Name des deutschen Dorfes Vanko zu irritieren schien. Er machte ein verärgertes Gesicht, als er den Namen hörte. Dann blickte er ein zweites Mal auf das Bild und gab es anschließend dem Fremden zurück

„Hier, noch einen!"

Geräuschvoll setzte Vanko das geleerte Schnapsglas auf die Theke und bestellte mehr Slibowitz auf serbisch. Als der Wirt mit der weiteren Runde Schnaps kam, stieß Vanko den Gurkha zur Seite. Dem Elitesoldaten war klar, dass es Zeitverschwendung wäre, mehr Informationen aus diesem Partisanenführer herausholen zu wollen und ging.

„He, Moment!", rief der Kommissar.

Er signalisierte dem Gurkha, zu warten. Der junge Kommunist, dessen knabenhaftes, faltenfreies Gesicht sich gut für ein Propagandaposter des neuen Arbeiterstaates Jugoslawien geeignet hätte, ging zu ihm und hielt ihn an der Schulter fest.

„Lassen Sie mich auch noch mal das Bild ansehen."

Während der Politoffizier das Bild betrachtete, beobachtete der Gurkha den Gesichtsausdruck seines Gegenübers. Vielleicht konnte er ihm ansehen, ob der andere etwas wusste, aber nicht damit herausrückte.

„Ich glaube", meinte der Offizier, „Vankos Bataillon ist durch Theresiafeld gezogen, um sich dort Vorräte zu beschaffen. Wenn der Mann tatsächlich aus Theresiafeld kommt, dann ist er wahrscheinlich, wie die anderen deutschen Zivilisten auch, geflüchtet, als die Front vorbeizog."

„Gerüchten zufolge sollen viele Zivilisten getötet worden sein", bemerkte der Gurkha.

„Warum würden sie so etwas tun?", fragte der Politkommissar. „Diese deutschen Dörfer im Banat werden Teil unserer Bruderschaft im neuen sozialistischen Staat. Wir brauchen ihre landwirtschaftlichen Kenntnisse für die Kolchose."

Der unerfahrene Kommissar war von seiner naiven Vision einer kommunistischen Utopie begeistert. Im Gegensatz zu den Partisanensoldaten, die gegen die deutsche Wehrmacht gekämpft hatten, hatte ihn seine politische Rolle vom blutigen Geschehen um ihn herum isoliert. Die grausamen Taten der Partisanen gegenüber Zivilisten interessierten ihn anscheinend nicht sonderlich. Die Verletzung der Menschenrechte war nur ein kleiner Umweg zum höheren sozialistischen Ziel, bei dem es galt, aus Jugoslawien einen neuen Arbeiterstaat zu machen. Wegen seiner Unwissenheit über die Geschehnisse in Theresiafeld würde der Politoffizier dem Gurkha bei seiner Suche nicht weiterhelfen können.

„Sind denn immer noch Deutsche in Theresiafeld?", erkundigte sich der Gurkha trotzdem weiter.

„Vielleicht", meinte der Kommissar. „Aber viele der unverheirateten Frauen ohne Kinder wurden aus diesen Dörfern eingesammelt und in Zügen zu Arbeitslagern in Russland gebracht."

„Vielen Dank für Ihre Zeit", sagte der Gurkha.

Der Unmut des Gurkhas wuchs, je weiter der Abend voranschritt. Nachdem er noch weitere Zeit herumgefragt hatte, verließ er die betrunkenen und grölenden Kommunistenkämpfer und stieg die Stufen zu seinem Zimmer hinauf. Die Suche nach dem Mann auf dem Foto würde bis morgen warten müssen.

„Rom", rief jemand leise.

Er hatte gerade seine Zimmertür erreicht. Langsam drehte er sich um und sah einen zahnlosen Zigeuner in einer halbgeöffneten Tür stehen.

„Rom?", flüsterte der Zigeuner wieder.

Der britische Geheimagent kannte das Wort, weil er Sanskrit beherrschte, die Sprache der Nepalesen und die aller Gurkhasoldaten.

„Ja, ich bin ein Rom", antwortete der Gurkha.

Das Wort bedeutete „Bruder" oder „Mann". Nur ein Zigeuner konnte ein Rom sein. Andere Menschen waren es nicht würdig, ein Rom zu sein, weshalb man ihnen nicht ganz trauen konnte. Die beiden dunkelhäutigen Männer standen sich gegenüber und der eine erkannte den anderen aufgrund der äußerlichen Ähnlichkeit als Volksbruder.

„Komm her, Rom."

Der Fremde winkte den Gurkha in sein Zimmer.

„Was willst du?"

Der Zigeuner legte seine Geige auf den Tisch und deutete dem anderen, sich zu setzen. Der Gurkha schob die Kostüme auf dem Stuhl zur Seite und bemühte sich, den Mann zu verstehen, der beim Sprechen eigenartig durch seine Zahnlücken zischte.

„Wir haben gehört, dass du nach jemanden suchst."

„Das ist richtig."
"Vielleicht können wir helfen."

Er musste gesehen haben, wie der Gurkha im serbischen Gasthof herumgefragt hatte. Keiner der Partisanen hatte den Mann auf dem Foto vom Streifzug durch Theresiafeld erkannt.

Diese Zigeunertruppe musste einen Blick auf das Foto erhascht haben und den Mann von irgendwoher kennen.

„Ich zahle für alle Informationen, die mir helfen, ihn zu finden", sagte der Elitesoldat.

Er wollte diesen Vagabunden nicht zu viel verraten, denn er wusste, wie geldgierig Zigeuner waren und setzte auf ihren praktischen Verstand.

„Wie viel ist er dir wert?", fragte eine Frau hinter ihm. Der Gurkha wandte sich um. Die Stimme kam aus einer mit Strick und Decke improvisierten Umkleidekabine für die Tänzer und Musikanten. Nun kam sie zwischen den Decken zum Vorschein. Sie trat in das schwache Licht der alten, rostigen Gaslaterne, die an der Wand hing. Es war die Zigeunerin mit den blauen Augen, die vorher getanzt hatte.

„Lass mich das Foto sehen", forderte sie ihn auf.

Sie band sich den langen bunten Schal, der um ihre Hüfte geschlungen war, fest und nahm das Foto aus seiner Hand. Während sie es betrachtete, verriet ihr Gesichtsausdruck nichts darüber, ob sie den Mann auf dem Bild kannte oder nicht.

„Du hast immer noch nicht meine Frage beantwortet", sagte die Zigeunerin. „Wie viel ist er dir wert?"

„Nenne deinen Preis."

Die Frau schwieg, während sie weiter auf das Schwarzweißfoto blickte.

„Von welchem Stamm kommst du?", fragte sie.

„Wie bitte?"

Der Gurkha kniff die Augen zusammen, während er versuchte, das Romani der exotisch aussehenden Frau zu verstehen.

„Von welchem Stamm kommst du?"

Er antwortete nicht sofort. Dann sagte er: „Sinti."

Der britische Undercover Agent beobachtete sie. Ihre blauen Augen wurden bei dieser Antwort größer. Da er in Nepal geboren war, verstand er ein bisschen Romani, weil diese Sprache und Sanskrit gemeinsame Wurzeln hatten.

„Das ist der Stamm meiner Kindheit", sagte die Zigeunerin. „Ich gehöre jetzt zu den Lovara und ziehe mit ihnen durch das Banat."

Der Gurkha fürchtete einen Bruch in seiner falschen Identität. Der Versuch, diese umherziehenden Musikanten als Freunde zu gewinnen, indem er eine gleiche Herkunft vorgab, war eindeutig ein Fehler. Er war kein Sinto und es würde schwierig werden, diese Rolle aufrechtzuerhalten und sich nicht zu verraten.

„Setz dich und trink ein Bier mit mir", sagte sie.

Die Zigeunerin nahm ein Metallgefäß vom Tisch und reichte es ihm.

„Ich bin eine Lovarazigeunerin. Normalerweise sind unsere Stämme untereinander nicht befreundet, aber in Europa gibt es gerade schon genügend Menschen, die sich bekämpfen. Eine Fehde unter Roma können wir im Moment nicht gebrauchen."

Der Gurkha trank einen Schluck Bier und fühlte sich unwohl. Er war schließlich nicht dumm und wusste, dass sie ihn lediglich beruhigen wollte, um weitere Informationen aus ihm herauszuholen.

„Ich kenne den Mann auf dem Foto. Er hat für einen reichen Bauern in Theresiafeld gearbeitet", sagte sie.

Er war überrascht, dass sie bestätigte, was er von der falschen Identität des Amerikaners wusste. Er nahm noch einen Schluck und überlegte einen Moment, wie er fortfahren sollte.

„Wie ich bereits gesagt habe, zahle ich gerne für jegliche Information, die mir weiterhilft, den Mann zu finden", sagte der Gurkha.

„Nehmen wir mal an, ich wüsste, wo sich dieser Mann aufhält", sagte Nadia. „Zahlst du mir dann, sagen wir, hundert Dinar, wenn ich es dir sage?"

Der Geheimagent zog ein Bündel Geldscheine aus der Tasche und zählte sie auf den Tisch. Jeglicher Ausdruck verschwand aus ihrem Gesicht. So viele Geldscheine für so eine geringfügige Information brachten sie anscheinend aus der Fassung. Während er auf ihre Antwort wartete, merkte er, dass sie sich gerade einen neuen Plan ausdachte.

„Ich will dir erklären, warum ich dich hergerufen habe", sagte sie. „Ich bin auf der Suche nach einer Frau, die mir viel bedeutet und ich habe sie bisher leider noch nicht gefunden. Ich glaube, der Mann auf dem Foto könnte wissen, was mit ihr geschehen ist."

„Wer ist diese Frau, die du suchst?", wollte der Gurkha wissen.

„Sie ist die Tochter eines reichen Landbesitzers in Theresiafeld. Der Mann, den du suchst, hat auf dem Gut ihrer Familie gearbeitet."

„Wenn ich mehr über diese Frau herausfinde, dann sage ich es dir, als Teil unseres Geschäfts."

Der Gurkha wollte die Zigeunerin nur ungern anlügen und ihr etwas Falsches sagen, denn sie kannte die Dörfer gut und ihre Kontakte im Banat ließen sie in diesem Spiel am längeren Hebel sitzen.

„Hast du einen Hinweis auf den Aufenthaltsort des Mannes?", erkundigte sich der Gurkha.

„Ich habe weitreichende Kontakte im Banat. Mit ausreichend Geld kann ich ihn für dich finden."

„Anscheinend kannst du mir doch nicht weiterhelfen. Danke für deine Zeit."

Er rollte die Dinarscheine wieder zusammen und stand auf. Von Natur aus war er ein Einzelgänger und hatte kein Interesse daran, mehr mit dieser Frau zu tun zu haben, als nötig.

Die Tür des Umkleidezimmers schlug zu und die Zigeunerin versperrte ihm den Weg.

„Du kleiner Lügner! Du bist kein Sinto! Ich müsste dich eigentlich sofort an die Partisanen ausliefern."

Ihre blauen Augen verdunkelten sich, als sie den kleinen Mann auf den Stuhl zurückschubste.

„Ich kenne ihn. Er heißt Hans Müller und ist ein Spion, der für die Amerikaner arbeitet!"

Der Gurkha erschrak nicht einmal. Vielmehr wog er seine Antwort sorgfältig ab, bevor er etwas über ihre Drohung sagte, derzufolge sie ihn an die unten feiernden Partisanen übergeben wollte. Er konnte kaum glauben, dass diese Zigeunerin von der Geheimmission in Theresiafeld wusste.

„Seit wann kennst ihn?"

„Seit ungefähr einem Jahr", antwortete sie. „Er hat mich bezahlt, damit ich ihm hin und wieder einige Informationen beschaffte."

Obwohl dies durchaus möglich war, wusste er nichts darüber, dass der Amerikaner zur Informationsbeschaffung Subagenten benutzt hatte. Er traute ihr nicht und nahm an, dass sie log, um noch vertrauenswürdiger zu erscheinen. Wahrscheinlich hoffte sie, dass er durch diese Lüge eher bereit war, ihr bei der Suche nach der Bauerntochter zu helfen.

„Warum hast du ihm dabei geholfen?", fragte der Gurkha.

„Vor vielen Jahren wurden meine Mutter und ich vom Gut eines reichen Landbesitzers vertrieben. Es ist der gleiche, der den Mann auf dem Foto angestellt hat. Ich hasse diesen Bauern. Die Vorstellung, dass ich bezahlt werde, um den Kriegsverbündeten dieses reichen Deutschen aus Theresiafeld zu schaden, erschien es mir damals die Sache wert zu sein."

Durch seine amerikanischen Kontakte im Office of Strategic Services wusste der Gurkha, dass die Funkverbindung zu Agent John Miller vor einigen Monaten abgebrochen war. Nach dem zu urteilen, was er über den Mann wusste, war dieser im Laufe der Zeit als Spion immer unzuverlässiger geworden. Es war also durchaus denkbar, dass der amerikanische Agent in Theresiafeld vergessen hatte, von dem Einsatz der Zigeunerin zur Informationsbeschaffung zu berichten. Sicherlich hätte der Amerikaner die Mission abgebrochen, wenn er angenommen hätte, dass ihn die Frau hinterging.

„Hör zu, wir trauen uns gegenseitig nicht über den Weg. So viel steht fest", sagte sie. „Wenn ich dein Geld nehme, dann kann ich diese Person ausfindig machen. Aber ich tue das nur, weil ich glaube, dass er mir hilft, die Tochter des reichen Bauern zu finden."

„Wofür brauche ich dich dann?", fragte der Gurkha. „Ich kann auch ohne deine Hilfe andere Leute bestechen."

„Ich kenne sehr viele *Marime*. Das sind unreine Zigeuner, die sesshaft geworden sind und nicht länger herumreisen. Viele von ihnen haben sich den Partisanen angeschlossen, als die Deutschen in Jugoslawien eingefallen sind. Du bist kein Rom. Dir würden sie nicht trauen, mir schon."

Sie hatte recht. Es würde einfacher sein, ihre Kontakte zu nutzen, als jedem einzelnen Hinweis nachzugehen, um diesen amerikanischen Spion, der irgendwo in Jugoslawien stecken musste, ausfindig zu machen.

„Du willst mir also helfen, den Amerikaner zu finden, nur damit du etwas über diese Frau erfährst, nach der du suchst?"

„Ja."

Der Gurkha war ein unabhängiger Agent, der dem Militär angehörte und auf einem Einsatz für den MI6 war. Die Vorstellung, mit jemanden zusammenzuarbeiten, war selbst bei dieser attraktiven, listenreichen Frau, nicht sehr reizvoll.

„Und woher willst du wissen, dass er noch lebt?", fragt der Gurkha.

„Ich habe gehört, dass ein Tschetnik Elitekommando viele männliche Zivilisten in Theresiafeld erschossen hat. Darunter war auch der reiche Bauer, für den der Amerikaner gearbeitet hat. Aber der Mann, nach dem du suchst, war nicht dabei."

„Und was ist mit dieser Tochter? Woher weißt du, dass sie noch lebt?"

„Ein Rom aus Theresiafeld hat mir berichtet, dass ihre Mutter vergewaltigt und umgebracht wurde, als die Partisanen nach Theresiafeld kamen und den Gutshof belagerten. Die Tochter wurde nicht gefunden. Sie muss weggerannt sein."

„Du willst sie scheinbar wirklich unbedingt wiederfinden."

„Ja, unbedingt."

„Wie heißt du?", fragte der Gurkha

„Nadia."

„Ich erwarte, dass unsere Unterhaltung den Raum nicht verlässt, Nadia."

Der Gurkha sagte etwas auf Sanskrit. Seine eigene indoarische Sprache aus Nepal verwendete immer noch viele Worte aus der alten

Sprache. Es war die Ursprache der Zigeuner, bevor die Stämme Indien verließen und nach Europa wanderten.

Nadia, deren Romani dem Sanskrit sehr ähnlich war, verstand einiges von dem, was er sagte. Sie diskutierten verschiedene Strategien, wie sie den verloren gegangenen Spion, der irgendwo in der Weite des Banats war, aufspüren konnten.

Nach der dunklen Hautfarbe und den blau-schwarzen Haaren zu urteilen, hätten Nadia und der Gurkha gleiche Vorfahren haben können, aber sie stammten von unterschiedlichen Völkern ab und waren auch sonst sehr verschieden. Nadia war eine gewitzte Zigeunerin, die durch die Dörfer des Banats zog und Waren an die ortsansässigen Bauern verkaufte. Der Gurkha dagegen war ein ausgebildeter Elitesoldat der Britisch Indischen Armee und stand nun im Dienste des MI6, um einen amerikanischen Spion zu befreien, bevor die Kommunisten ihn erwischten.

Als Geste, die ihr Bündnis besiegeln sollte, bot der Gurkha Nadia eine Zigarette an und hielt ihr dafür die Schachtel hin. Sie nahm sich das ganze Päckchen und ließ es schnell in eine Tasche zwischen ihren Röcken gleiten.

„Wenn wir ihn finden, bekomme ich dann meine Zigaretten zurück?", fragte der Kleinwüchsige.

„Ein Rom würde niemals einen anderen Rom betrügen", entgegnete sie.

„Aber ich bin ja kein Rom."

„Genau, und deshalb wirst du deine Zigaretten nicht zurückbekommen."

Das war also der Beginn des Abkommens zwischen der Zigeunerin und dem Gurkhasoldaten. Es stand auf wackligem Fundament. Doch mit Nadias Kontakten und den finanziellen Mitteln des Gurkhas hatten die beiden die Möglichkeit, den vermissten Spion zu finden.

### *Nakovo Arbeitslager*
### *Jugoslawisches Banat, nahe der rumänischen Grenze*
### *Dezember 1944*

Es war nun schon einige Monate her, seit man mich mit den jungen deutschen Soldaten der SS Prinz Eugen Division festgenommen und von ihnen getrennt hatte. Die Deserteure waren in ein Gefängnis in einer ehemaligen Milchfabrik in Kikinda gesteckt worden. Da man mich mit ihnen zusammen erwischt hatte, gehörte ich in ihren Augen eindeutig zu den Achsenmächten und war für sie deshalb ein Anhänger der faschistischen Ideologie. Aufgrund dieses Stigmas, mit dem ich behaftet war, hatte man mich nach Nakovo ins Arbeitslager gebracht. Dort mussten Volksdeutsche und andere Nicht-Slaven, die eine Gefahr für den Kommunismus darstellten, Zwangsarbeit verrichten. Titos großer Zentralplan war, Land aus Privatbesitz zu konfiszieren und die ethnischen Deutschen in ganz Jugoslawien in Arbeitslager zu stecken.

„Komm, beeil dich", trieb mich mein Leidensgenosse aus Theresiafeld an. Er war jetzt auch ein Gefangener wie ich. Als der Krieg begonnen hatte, war der Bauernjunge, den ich aus Theresiafeld kannte, für die deutsche Armee noch zu jung gewesen. Später hatte man ihn nach Nakovo gebracht. Im gemeinsamen Kampf ums Überleben, geplagt von Hunger und Krankheiten, rotteten sich die deutschen Häftlinge im Lager zusammen wie Bandenmitglieder in den Straßen New Yorks. Obwohl gleiche Werte und Banater Traditionen sie früher miteinander verbunden hatten, hielten sie jetzt nur noch zu den Menschen aus dem gleichen Heimatdorf.

„Jetzt mach schon!", rief er wieder.

„Ja, ja, ich komme ja schon", antwortete ich.

Ich stopfte noch schnell den letzten Rest meines Maisbrotes in den Mund und folgte dann den anderen Gefangenen zur Vorderseite des Lagers. Die eine Tasse Kaffee und das winzige Stückchen Brot würden meine einzige Mahlzeit bleiben, wenn ich heute keine Arbeit bei einem der serbischen Bauern bekäme.

„Die anderen ergattern sich sonst vorne einen besseren Platz", sorgte er sich.

„Ich bin direkt hinter dir!"

Die serbischen Bauern, auf der Suche nach billigen Arbeitskräften, kamen stets kurz nach Sonnenaufgang zum Lager. Für diese Sklaventreiber war es ein gutes Geschäft: Sie mussten den Gefangenen nur zu essen geben, und konnten mit den Zwangsarbeitern ihre Lohnkosten so gering wie nur möglich halten.

„Drängle dich vor!", forderte er mich auf.

„Ja, ich versuche es".

Ich zwängte mich, so gut es ging, an den anderen halbverhungerten Inhaftierten vorbei, für einen Platz in der ersten Reihe. Vor uns standen serbische Bauern, die die Gefangenen wie Tiere musterten, um sie für den Arbeitseinsatz auszuwählen. Abgemagert wie ich war, streckte ich meine Brust heraus und hoffte dadurch den Eindruck zu erwecken, dass ich schwere körperliche Arbeit verrichten konnte.

„Sie wählen uns schon wieder nicht aus", sagte mein Gefährte.

„Oh nein..."

Gerade wurde der letzte Banater Schwabe aus der Menge geholt, der durch die Reihe der Partisanenwärter das Nakovo Arbeitslager verlassen durfte. Als der letzte Bauer einem Wärter die Papiere zeigte, mit denen er nachwies, dem Staat den Obolus für einen deutschen Arbeitssklaven gezahlt zu haben, verließ ich entmutigt den Platz. Die wenigen Männer, die Glück hatten und ausgewählt worden waren, bekamen wenigstens an diesem Tag vom zeitweiligen Arbeitgeber als Gegenleistung für die Knochenarbeit etwas zu essen, während wir anderen weiter hungern mussten.

Weil ich so schwach war, kostete es mich große Anstrengung zu gehen. Ich legte eine Hand auf meine Stirn, um die Höhe des Fiebers einzuschätzen. Über Nacht war es wieder gestiegen. Noch ein paar weitere Tage ohne Nahrung und ich würde zu schwach zum Arbeiten sein. Vielleicht war es aber besser so. Ein schneller Tod durch

Krankheit war wahrscheinlich annehmbarer als langsames Siechtum durch Verhungern.

„Aus dem Weg!"

„Oh, Entschuldigung", sagte ich.

Wie im Delirium durch das Fieber, kam ich auf dem Kiesweg fast unter die Räder eines Wagens. Bevor die Kommunisten Nakovo zum Lager umfunktioniert hatten, war es einmal ein lebhafter deutscher Ort gewesen. Jetzt aber fuhr ein Holzwagen an mir vorbei, von dem menschliche Gliedmaßen herunterbaumelten. Aus den einst hübschen, in Reihe stehenden Häuschen, die nun überfüllte Lagerbaracken waren, sammelten Gefangene die Toten ein. Täglich wurden auf diesen Wagen mehr als sechs Leichen verladen. Die unmenschlichen Bedingungen in dem Arbeitslager hatten schreckliche Ausmaße erreicht.

Ein paar Frauen warfen den leblosen Körper eines nackten Jungen auf die Ladefläche. Er war für den Militärdienst in der deutschen Armee zu jung gewesen, aber offensichtlich alt genug, um ins Arbeitslager fortgeschleppt zu werden. Er hatte das Pech gehabt, als ethnischer Deutscher unter kommunistischer Führung der Serben geboren zu sein. Nun hatte eine rätselhafte Seuche, die im Lager wütete, dem Knaben das Leben genommen und so wie es aussah, würde sie auch mich bald dahinraffen.

„Hans, schau mal." Mein Gefährte aus Theresiafeld zeigte auf das freie Feld.

„Was denn?", fragte ich.

Geschwächt von Hunger und Fieber, reagierte ich oft nicht mehr so schnell, wenn jemand meinen Decknamen, den man mir auf der Farm gegeben hatte, verwendete. Von Woche zu Woche, seit ich in Nakovo war, nahm die Verwirrung über meine wahre Identität zu. Mal war ich John Miller, der OSS Geheimagent, mal Hans Müller, der Erntehelfer aus Theresiafeld, und der Wechsel zwischen beiden wurde durch die Krankheit und dem drohenden Hungertod immer schwieriger.

„Dort."

Das Fieber vernebelte meine Sicht und ich musste die Augen zusammenkneifen, um zu erkennen, was mein Kamerad in der Ferne sah.

„Ist es ein Partisan?"

„Nein, er ist anders gekleidet."

Ich ließ meine Blicke jenseits des Zauns hinter den Häftlingsbaracken wandern und versuchte den Mann scharf zu sehen, der gerade über die Wiese kam. Er war nicht groß gewachsen und jetzt konnte ich ihn deutlicher erkennen. Er trug eine dunkle Kapuze tief ins Gesicht gezogen und lief in unsere Richtung. Es war wohl kein Zufall, dass der Fremde gerade zu dem Zeitpunkt kam, an dem die Partisanenkämpfer durch den vorbeifahrenden Wagen abgelenkt waren. Das täglich wiederkehrende Ritual des Leichenabladens in einer Senke in der Nähe des Lagers war eine willkommene Abwechslung für die Wärter.

„Was hat er denn dabei?"

Der Mann, der jetzt hinter den Baracken entlanglief, trug eine große Stofftasche mit sich.

„Er hat Brot dabei, Hans! Schnell!"

Ausgehungert stürzten wir zu dem Fremden, der begonnen hatte, kleine Brotlaibe in die Menge der Gefangenen zu werfen. Während das Brot durch die Luft flog, rissen die Inhaftierten verzweifelt die Arme in die Höhe und versuchten ein Backstück zu fangen. Als der Wagen mit den toten Banater Schwaben vorbeigefahren war, bemerkten einige Wächter den Auflauf hinter den Gebäuden.

„Der Kerl ist verrückt", raunte ich. „Sie werden ihn umbringen!"

„Wir müssen auch etwas von dem Brot abkriegen, bevor ihn die Wärter schnappen", meinte mein Freund.

Es gab eine Rangelei unter den abgemagerten Häftlingen, die den Mann umzingelten und festhielten, während immer mehr Inhaftierte herbeieilten. Sie zerrten an ihm und hofften, auch etwas zu erwischen, bevor die Tasche des großzügigen Fremden leer war. Während sie wie hungrige Wölfe um das Brot kämpften und einander zur Seite stießen, kam ein beleibter Wärter in grüner Uniform über das ehemalige Fußballfeld zu uns herübergelaufen. Er war unrasiert und offensichtlich wütend. Ich hatte zwar auch unbändigen Hunger, aber ich war gleichzeitig so vom Fieber geschwächt, dass ich mit den anderen nicht mithalten konnte oder wollte. Der Wunsch zu sterben und das Leid zu beenden war größer als das Verlangen nach etwas Essbarem, das ich von dem kleinen Mann in der Kapuze hätte bekommen können.

„Was zum Teufel soll das?", schrie der dicke Partisan.

Wie Küchenschaben stoben die Häftlinge auseinander, als er näherkam. Auch ich entfernte mich schnell und hatte den Versuch, etwas von dem Brot abzubekommen, gänzlich aufgegeben.

Doch dann warf mir der Fremde einen eigenartig mitleidigen Blick zu und schien sich nicht weiter darum zu scheren, dass der Wärter kam. Der kleine Mann hatte ein Holzkreuz um den Hals hängen, das beim Verteilen des Brotes hin und her schwang, bis der Stoffsack leer war. Der Wärter schob wutentbrannt den Unterkiefer vor, als er den Fremden mit den dunklen Augen fast erreicht hatte. Dieser aber nahm im Zeichen der Nächstenliebe ein letztes Brötchen aus seiner Manteltasche und warf es über die Köpfe der anderen. Es drehte sich in der Luft und flog direkt auf mich zu. Der kleine Laib landete vor meinen abgetragenen Stiefeln. Schnell hob ich ihn vom schmutzigen Boden auf und steckte ihn in meine Tasche.

*Bum!* Der Gewehrkolben des Partisanen traf den selbstlosen Fremden im Gesicht. Mit dem Gebäck sicher in meiner Hosentasche, trat ich neugierig näher und sah, wie der kleinwüchsige Mann bewegungslos im trockenen Gras lag. Der heftige Schlag war die Belohnung dafür, dass er auch noch einem letzten Gefangenen etwas zu essen gegeben hatte.

„Was wollen Sie hier?", schrie ihn der Wärter an.

„Ich bin ein Zeuge Jehovas, Kamerad", keuchte der Fremde. "Ich möchte den Inhaftierten nur etwas Brot schenken."

Wegen der blutigen Lippe und der geschwollenen Wange war sein gebrochenes Serbisch nur schwer zu verstehen.

„Wenn Sie das noch mal machen, dann töte ich Sie"

Der Fremde lag weiter reglos im Gras. Blut tropfte an ihm herunter. Einige andere Partisanenkämpfer sahen die Auseinandersetzung und kamen herbei.

„Geben Sie niemals wieder den Häftlingen etwas zu essen! Haben Sie mich verstanden?", sagte einer von ihnen. „Verschwinden Sie von hier!"

Der Zeuge Jehovas erhielt noch einen brutalen Tritt in den Unterleib, bevor er endlich aufstand und über das Feld vom Arbeitslager weghumpelte. Gegen die Barackenwand gelehnt, beobachtete ich ihn und konnte kaum glauben, mit welcher Würde der Mann die Schläge der Partisanen erduldet hatte. Im Lager hatte ich schon öfters gesehen, wie Gefangene geschlagen wurden, die auch nach weniger heftigen Hieben laut schrien und weinten. Der Gläubige, der jetzt hinter den Bäumen in Richtung rumänischer Grenze verschwand, hatte keinen Ton von sich gegeben.

„Zurück, alle zurück!", befahl der stämmige Wärter. „Zurück habe ich gesagt!"

Der Partisanenkämpfer richtete sein Maschinengewehr auf die Gefangenen, die sich schleunigst in die Baracken zurückzogen. Die wenigen Glücklichen, die ein Brot erwischt hatten, stopften das hart erkämpfte Essen in sich hinein, um den alltäglichen, nie enden wollenden Hunger wenigstens für kurze Zeit zu bändigen.

Als ich ging, steckte ich eine Hand in die Tasche meiner zerschlissenen Hose und ritzte mit dem Zeigefinger ein Kreuz in den Laib. Ich betete leise für den Zeugen Jehovas, dessen Güte unseren grenzenlosen Hunger ein wenig stillte. Zu meiner Zeit in Theresiafeld war ich kein sehr frommer Mensch gewesen, aber in den letzten Monaten, war meine Religiosität mit der Anzahl der toten Banater Schwaben, die auf den Wagen geladen wurden, gewachsen. Der Mut des kleinwüchsigen Fremden, der sein eigenes Leben auf das Spiel setzte, um anderen zu helfen, hatte meinen Glauben an die Kraft der Nächstenliebe bestärkt. Das Brot in meiner Tasche erleichterte vorübergehend meine depressive Stimmung und hob trotz des Fiebers für kurze Zeit meine Laune.

Wie so oft am Ende des Tages, ging ich auch an diesem Abend zur Vorderseite des Lagers, vorbei an dem großen Gebäude, das früher einmal dem Handel gedient hatte, als Nakovo noch ein Ort mit reger, landwirtschaftlicher Betriebsamkeit war. Nun befand sich dort das Büro des Lagerkommandeurs. Ich spähte durch ein Fenster auf das karge Mobiliar des Raumes. In der Ecke auf einem Tisch stand das Funkgerät. Schon öfter hatte ich mir vorgestellt, einzubrechen und eine Nachricht über meine Festnahme zu schicken, damit die amerikanische Regierung meine Freilassung bewirkte. Das Gerät mit Sender und Empfänger sah so ähnlich aus wie mein Kofferfunkgerät, das ich für meine verschlüsselten Botschaften aus dem Versteck inmitten des Akazienkreises gefunkt hatte. Mit ein wenig Herumprobieren würde ich es wahrscheinlich bedienen und eine Nachricht übermitteln können. Nur ein kurzer Satz, der meiner Kontaktperson am anderen Ende mitteilte, dass der Fuchs im Nakovo Arbeitslager gefangen war.

Gestärkt durch die Begegnung mit dem mutigen Zeugen Jehovas, brach ich, während ich zu meiner Behausung zurückging, ein Stückchen Brot ab. Etwas Nahrhaftes in meinem Mund zu spüren, gab mir Auftrieb. Ich wollte das ganze Brot nicht auf einmal essen, sondern es mir für die nächsten Tage einteilen. In der Baracke legte ich mich, vom Fieber geschwächt, auf den harten Holzboden und schmiedete einen Plan. Ich musste versuchen, in das Büro des Lagerkommandeurs zu kommen. Auch meine Leidensgenossen kauerten in zerfetzter Kleidung und in Decken gehüllt am Boden. Mit steigender Anzahl der Toten gab es in der einstmals überfüllten Baracke zunehmend mehr Platz. Unseren Nachtschlaf störten kleine Kriechtierchen voller Bakterien und Krankheitserregern, die uns über Gesicht und Hände krabbelten. Das Fieber zog jegliche Energie aus meinem Körper, aber ich war fest entschlossen, genügend Kraft aufzubringen, um noch vor Sonnenaufgang in das Büro einzubrechen. Vor Hunger konnte ich kaum klar denken und es fiel mir schwer, mich auf mein Vorhaben zu konzentrieren. Nach einigen qualvollen Stunden mit Schüttelfrost schlief ich endlich ein.

„Ahh!"

Ich schreckte von einem Fiebertraum hoch. Verwirrt blickte ich mich um und erinnerte mich schließlich, dass ich nach wie mit den vielen anderen kranken und hungernden Deutschstämmigen in der Baracke lag. Ein Insekt krabbelte über mein verschwitztes Gesicht. Ich wischte es weg und beobachtete, wie es unter einer Holzbohle verschwand. Wenn ich wirklich aus dem Lager ausbrechen wollte, musste ich stärker sein als das Fieber und meinen Plan in die Tat umsetzen. Ich ging im Kopf noch einmal den Verschlüsselungscode durch, den ich damals auf der Farm gelernt hatte. Dann kletterte ich über meine unruhig schlafenden Mitgefangenen und schlüpfte durch die Tür hinaus.

An den Mauern der Baracken schlich ich die schmalen, dunklen Straßen entlang, zum Hauptquartier des Kommandeurs. Zwischen den Häusern verlieh mir die dunkle Wolkendecke am Himmel zusätzlichen Schutz vor den Wächtern, die die Lagerstraßen patrouillierten. Ich hatte große Hoffnung, dass am anderen Ende jemand meine verschlüsselte Nachricht verstehen und alles in Bewegung setzen würde, um mit den kommunistischen Alliierten meine Freilassung zu verhandeln. Die schreckliche Strafe, wenn man mich erwischte, wollte ich mir lieber nicht ausmalen. Ich war verzweifelt! Doch wenn ich nicht bald herauskam, dann war mir der Tod durch Krankheit oder Verhungern gewiss. Ich brauchte unbedingt das Funkgerät, es war meine allerletzte Hoffnung.

Direkt unter dem Fenster des Büros legte ich mich auf den Boden. Ich hielt Ausschau in beide Richtungen. Kein Partisan in Sicht! Im Moment war ich in der Dunkelheit der Nacht allein. Jetzt versuchte ich das Fenster aufzustemmen. Das sperrige Funkgerät stand immer noch auf dem Tisch. Ich drückte gegen das Fenster, aber es gab nicht nach. Es war wohl von innen verriegelt.

Wieder ging ich in Deckung und suchte auf dem kargen Boden nach etwas Brauchbarem, womit ich die Scheibe einschlagen konnte. Man hatte hier die alten Büsche vor den Häuserreihen entfernt, so dass ich gut nach einem Stein suchen konnte. Schließlich entdeckte ich einen und schlug ihn gegen die Scheibe. Es klirrte und hallte von den Außenmauern wider, aber das Glas blieb unversehrt. Nervös wegen des lauten Geräusches kauerte ich erneut unter dem Fenster, bevor ich einen zweiten Versuch wagte.

Mit aller Gewalt schlug ich noch einmal mit dem Stein gegen die Scheibe. Sie zerschmetterte. Die Scherben fielen innen auf den Holzboden.

Ich griff durch die Öffnung, doch an den scharfen Kanten verletzte ich mir dabei die Hand an der gleichen Stelle, wo ich mich damals an den kaputten Weinflaschen auf Reichingers Hof geschnitten hatte, bevor ich aus Theresiafeld geflohen war. Dann fand ich den Griff, öffnete das Fenster und kletterte hinein.

Das Büro war nicht sehr ordentlich. In Theresiafeld waren solchen Räume immer makellos aufgeräumt gewesen, ganz im Gegensatz zum gegenwärtigen Zustand in diesem Gebäude.

Mit blutigen Händen tastete ich die Drehknöpfe des Funkgeräts ab. Anscheinend handelte es sich um einen Kurzwellensender, mit dem man, wie bei meinem Kofferfunkgerät, Nachrichten mit großer Reichweite übermitteln konnte. Ich betätigte die Morsetaste und übte die verschlüsselte Nachricht über meinen Aufenthaltsort. Wenn ich noch vor Tagesanbruch wieder sicher in meiner Baracke sein wollte, musste ich mich beeilen.

„Wer hat eigentlich nach uns Dienst?", fragte draußen plötzlich jemand auf serbisch.

„Keine Ahnung", antwortete ein anderer. „Hey, Moment mal, lass mich etwas nachsehen."

Die Männer hatten ihre Unterhaltung unterbrochen und gingen zum kaputten Fenster. Andere Stimmen von patrouillierenden Wächtern waren zu hören, die nun auch zum Hauptquartier des Kommandeurs kamen. Es war immer noch dunkel draußen. Vielleicht würde der Partisan der zerbrochenen Scheibe keine Bedeutung beimessen und sie lediglich dem allgemein heruntergekommenen Zustand des Lager zuschreiben. Ich drückte mich eng an die Wand neben dem Fenster und hoffte, dass die Wärter mich nicht sehen würden.

„Warte!", sagte der erste Wärter wieder.

Er kam so nah, dass ich sogar seinen schlechten Atem riechen konnte. Dann entfernte er sich, scheinbar unbeeindruckt von der Entdeckung, und ich entspannte mich ein wenig.

Plötzlich aber hörte ich einen Schlüsselbund rasseln. Es erinnerte mich an die kleinen Glöckchen, die während der Faschingszeit in Theresiafeld an das Pferdegeschirr befestigt wurden. Jemand machte sich an der Tür zu schaffen und versuchte, den richtigen Schlüssel für das Schloss zu finden. Das ließ mir keine andere Wahl. Ich musste das Risiko eingehen, von einem anderen Partisan erwischt zu werden, der möglicherweise draußen wartete. Ich hastete zum Fenster. Jetzt war der Wärter kurz davor, die Tür zu öffnen. Leise schlüpfte ich durch die Öffnung und rannte, so schnell ich konnte, in die Richtung der Baracken.

„Halt! Stehen bleiben!", rief jemand auf Serbisch.

Kurz vor der Baracke schlitterte ich bei einer Kurve auf den kleinen Steinchen der Straße und kam zu stehen. Ein dicker Partisan hatte sein italienisches Gewehr auf mich gerichtet und starrte mich an. Einen kurzen Moment lang schien er nicht zu wissen, was er jetzt mit mir tun sollte, aber er besann sich schnell. Ich nahm die Hände hoch und hoffte inbrünstig, dass er nicht schießen würde.

„Schwabo!", sagte der Partisan. „Nieder auf den Boden!"

Ich verschränkte die Arme hinter dem Kopf und ließ mich auf die Knie fallen. Der Partisan rief seine Kameraden, die jetzt auch herkamen. Der beleibte Wärter mit der Waffe war als besonders gnadenlos berüchtigt. Wegen wesentlich kleinerer Vergehen waren schon viele Häftlinge von ihm zusammengeschlagen worden. Gerüchten zufolge war sein Sohn im Krieg gegen die Deutschen umgekommen. Er machte seiner Wut und Verzweiflung darüber Luft, indem er im Lager hilflose Menschen quälte.

Als er mit dem Gewehrkolben auf mich einprügelte, schrie ich auf und versuchte, das Gesicht vor den Hieben zu schützen. Im Gegensatz zu den deutschen Soldaten, mit denen ich zusammen am Fluss gefangen genommen worden war, galt für Zivilisten wie mich nicht der Schutz des Genfer Abkommens. Die Partisanen konnten mit mir so grausam umgehen, wie sie nur wollten. Nach weiteren Tritten gegen meinen Kopf, hoben mich der übergewichtige Wärter und einer seiner Kameraden auf und zerrten mich über die Straße. Durch die Schläge war ich vollkommen orientierungslos. Sie stießen mich in ein verlassenes Gebäude, bei dem die Eingangstür fehlte.

„Hier rein, Schwabo!", brüllte der Partisan.

Sie öffneten die Hintertür des Gebäudes und schubsten mich mithilfe weiterer Kolbenhiebe hinein.

„Nein!", schrie ich, als ich die Stufen hinunterstürzte und am Fuß der Treppe in fast knietiefes Wasser fiel. Oben, am Treppeneingang, wurde die Tür zugeschlagen und dann war es im überschwemmten

Keller stockdunkel Es war nicht leicht, wieder auf die Beine zu kommen, aber schließlich schaffte ich es und watete durch das eiskalte Wasser.

Über Nakovo ging die Sonne auf. Durch ein Loch in der Wolkendecke fiel ein schwacher Sonnenstrahl, der durch einen Spalt in der Holzdecke mein dunkles Verlies erreichte. Ich stellte mich so hin, dass er mir ins Gesicht schien. Überall hatte ich Prellungen und durch die Kopfverletzung hatte ich Schwierigkeiten, das Gleichgewicht zu halten und nicht wieder ins Wasser zu fallen. Der dünne Lichtstrahl spendete mir im kalten Wasser ein wenig Trost und half mir, in der dunklen Isolationshaft bei Bewusstsein zu bleiben.

Während mir die Tränen über das Gesicht liefen, fuhr ich mit immer noch blutender Hand in die Tasche und entdeckte das feuchte Brot von dem mildtätigen Fremden. Ich hatte es ganz vergessen. Ursprünglich hatte ich vorgehabt, es als Belohnung nach gelungener Funknachricht zu essen, aber das war schließlich ganz und gar schiefgegangen. Nun stand ich nicht mehr nur am Rande des Abgrunds, sondern saß mittendrin!

„Lieber Gott, bitte lass mich sterben!", betete ich.

Jeglicher Wille, noch weiter für dieses Leben zu kämpfen, war verschwunden. Ich nahm das Gebäckstück und öffnete unter Schmerzen den Mund. Wenigstens würde ich den unerträglichen Hunger noch etwas besänftigen, bevor ich in diesem eiskalten Gefängnis starb. Immer noch fiel der Lichtstrahl zwischen den Holzbohlen herein. Ich nahm ein Bissen von dem Brot und hatte kaum genügend Kraft zu kauen.

Jetzt wollte ich es mir nicht mehr einteilen, denn sonst würde ich das grenzenlose Leiden und den bevorstehenden Tod nur noch weiter hinauszögern.

Beim zweiten Bissen spürte ich etwas im Mund. Zuerst dachte ich, es sei ein Wurm oder Käfer, der sich in mein Brot gefressen hatte und mir auch diese letzte Mahlzeit meines jungen Lebens verleiden würde. Ich spuckte es in meine blutige Hand. Aber es war gar kein Wurm! Es war ein kleiner, zusammengefalteter Zettel.

Im fahlen Licht faltete ich ihn auseinander. Ich sah zwar, dass etwas darauf stand, aber in der Dunkelheit konnte ich es kaum lesen. Außerdem war mein rechtes Auge durch die Prügel stark angeschwollen und ich konnte damit gar nichts sehen. Ich rückte noch weiter zum Licht. Mit dem linken Auge gelang es mir schließlich, die Botschaft zu entziffern. Ungläubig las ich die englischen Worte: DER FUCHS HAT EINEN FREUND!

*Vor dem Nakovo Arbeitslager*

*Jugoslawisches Banat nahe der rumänischen Grenze*

*Dezember 1944*

Nadia und der Gurkha des britischen Geheimdienstes hielten sich hinter ein paar Kiefern in Deckung. Zigeuner, die nicht mehr herumzogen und nun zu den jugoslawischen Partisanen gehörten, hatten ihnen Freundschaftsdienste erwiesen oder nach Erhalt von Bestechungsgeldern geholfen, den Aufenthaltsort des Amerikaners herauszufinden.

Versteckt hielten sie über das flache Weideland vor der ehemaligen Ortschaft Nakovo Ausschau. Nadia sah, was sich alles verändert hatte, seit dem das früher deutsche Dorf den Kommunisten als Internierungslager diente. Sie war mit den Lovarazigeunern vor Ausbruch des Krieges oft nach Nakovo gekommen, wo sie den Bauern vor Ort Pferde verkauft und Messer geschliffen hatten. Die weißen Häuschen waren nun Gefangenenbaracken und waren stark heruntergekommen, weil sie sich unter der Planwirtschaft der Kommunisten nicht länger in Privatbesitz befanden. Der Ort war alles andere als lebendig. Tausende von unterernährten Gefangenen waren zusammengepfercht, bewacht von gefühlskalten Wärtern. Kein Zaun umgab das Lager, sondern Partisanen mit Maschinengewehren, die eine Flucht über die rumänische Grenze zu verhindern wussten.

„Näher können wir vorerst nicht heran", sagte Nadia.

„Wie lange dauert es denn noch?", erkundigte sich der Gurkha.

„Entspann dich. Sie werden gleich kommen", beruhigte ihn Nadia.

Sie hielten sich weiter hinter den Bäumen versteckt und warteten auf die Gruppe handverlesener Lovarazigeuner, die zur Ablenkung auf der anderen Lagerseite Musik und Tanz darbieten sollten. Der kleine Mann berührte durch die Jacke sein Khukuri, um sich für die bevorstehende Mission zu wappnen. Es war ein riskantes Unternehmen, die wilde Vagabundentruppe zur Ablenkung zu nutzen, während er den amerikanischen Spion aus dem Lager herausholen würde. Der Gurkha konnte niemanden völlig vertrauen. Schließlich arbeitete er sonst immer allein und war bei seinen MI6 Einsätzen ganz auf sich gestellt.

„Worauf habe ich mich nur eingelassen", murmelte er kopfschüttelnd, wobei das Gras, in dem er lag, seine Wangen streifte. Wenn der britische Geheimdienst erfuhr, dass er Zigeuner zu Hilfe nahm, könnte man ihn degradieren und er würde seinen Rang eines Subedars und damit auch seinen Ruf als Elitesoldat verlieren.

„Bist du sicher, dass der Kommandeur jetzt am Wochenende nicht da ist?"

„Ja, bin ich", erwiderte Nadia. „Der *Marime*, den ich in Kikinda mit Zigaretten bestochen habe, würde niemals einen anderen Rom anlügen."

Zu den sesshaft gewordenen *Marime* gehörte auch der Partisan, von dem sie sich vor einigen Tagen die Information erkauft hatte. Jener Wärter hatte ihr gesagt, dass sich der Kommandeur an diesem Abend nicht im Lager aufhalte und sich dadurch eine Möglichkeit ergebe, den amerikanischen Spion zu befreien.

In Wirklichkeit stimmte es gar nicht, dass man sich auf die Information des Zigeuners aus Kikinda verlassen konnte. Aus Nadias Sicht war ein Zigeuner, der nicht mehr herumreiste, unrein und deshalb nicht wirklich vertrauenswürdig.

„Hörst du schon etwas?", fragte der Gurkha.

„Ja, jetzt haben sie angefangen", antwortete Nadia.

Die Geigen der Zigeuner erklangen, begleitet vom Grölen der betrunkenen Soldaten, die lauthals das alte serbische Volkslied mitsangen. Das Ablenkungsmanöver hatte begonnen! Nicht mehr lange und der Gurkha konnte ungesehen ins Lager eindringen, um den Amerikaner herauszuholen.

„Es gehen noch mehr hinüber."

„Ja, sieht so aus."

Im matten Licht einer einzelnen Glühbirne in der Nähe des Lagereingangs sah man einige Männer in grüner Partisanenuniform, die zur Darbietung der Lovara hinübergingen.

„Ein *Raatze* kann Sliwowitz aus kilometerweiter Entfernung riechen", bemerkte Nadia.

Wenn ein Zigeuner einen Serben mit *Raatze* bezeichnete, dann war es nie wohlwollend gemeint.

„Sliwowitz. In Jugoslawien trinkt wohl jedermann dieses Zeug", stellte der Gurkha fest.

„Ich nicht", entgegnete die Zigeunerin. „Lovara bevorzugen Bier."

Sie beobachteten die Partisanen, wie sie eine Flasche mit dem klaren Pflaumenschnaps herumreichten. Nadias Adoptivvolk machte die Kommunisten betrunken, damit der Gurkha bei der Befreiung des Amerikaners hoffentlich unbemerkt blieb.

Die Zigeunerin mit den blauen Augen hielt Wache, falls einer der Wärter in der Nähe ihres Verstecks herumlief. Das Trinkgelage war jetzt im vollen Gange. Nun würden es nur noch wenige Augenblicke sein, bevor ihre Freunde das Zeichen gaben.

„Hätten wir ihm bloß schon früher die Nachricht zukommen lassen", meinte der Gurkha. „Dann hätten wir ihn herausbekommen, bevor man ihn wegsperrte."

Der Kleinwüchsige fuhr sich über die blaue Schwellung im Gesicht, die man wegen seiner dunklen Hautfarbe kaum sah. Sich als Zeuge Jehovas auszugeben und Brot an die hungernden Banater Schwaben zu verteilen, war zwar eine gute Idee gewesen, doch waren sie einen Tag zu spät gekommen.

„Wir hätten auch einfach die fünfzig Dinar an den Staat zahlen können. Dann hätten wir ihn schon", warf Nadia ein.

„Erinner mich bloß nicht daran. Ich kann es auch kaum glauben, dass wir das hier machen."

Bevor der amerikanische Spion in dem verlassenen Gebäude eingesperrt worden war, hätten sie ihn einfach als Tagesarbeiter mieten können. Jetzt aber saß er in dem Verlies und die Rettungsaktion war um einiges komplizierter.

„Das ist das Zeichen, Gurkha!"

Nachdem sie fast zwei Stunden lang hinter den Kiefern gewartet hatten, hörte man zwischen dem Singen und Klatschen endlich den Käuzchenruf. Es war das Signal, dass die Mission nun beginnen konnte. Nadia vertraute ihren Lovara, dass sie das Zeichen erst dann gaben, wenn es sicher war.

„Und deine Leute bringen uns auch wirklich fort von hier, wenn ich ihn habe?", vergewisserte er sich. „Der Wächter in Kikinda meinte, Hans sei in einem sehr schlechten Zustand. Ich werde genug damit zu tun haben, ihn zu tragen."

Der zu klein geratene Elitesoldat hatte von Frauen im Allgemeinen keine sehr hohe Meinung und zweifelte deshalb auch daran, dass sich Nadia gegenüber den Kommunisten verteidigen konnte, wenn es zu einem Angriff käme.

„Hol einfach nur den *Gadjo* heraus", meinte Nadia. „Ich kümmere mich um den Rest und gebe dir Deckung."

Nadias blaue Augen verdunkelten sich, als sich der Gurkha bereitmachte, über das freie Feld zu kriechen. Die gerissene Zigeunerin fand den winzigen Mann arrogant, weil er glaubte, er könne diese Partisanenkämpfer besser ausmanövrieren als sie.

Sie packte einen Büschel seiner rabenschwarzen Haare.

„Mach dir bloß keine falschen Vorstellungen, Gurkha. Ich zumindest werde mich an meinen Teil der Abmachung halten!"

Unweigerlich verzog sich sein Mund zu einem schiefen Grinsen. Das Misstrauen, das er dieser Frau gegenüber hegte, schwand ein wenig, als er die innere Stärke ihrer Worte hörte. Dann blickte er nach links und rechts und begann über das trockene Gras zur ersten Häuserreihe der Baracken zu robben.

Dort angekommen drückte er sich in einen tiefen Sprung in der Außenmauer eines Gebäudes am Lagerrand. Er sah sich um und hielt nach patrouillierenden Wächtern Ausschau.

Aber außer des betrunkenen Gelächters und der Zigeunermusik von der anderen Seite war nichts zu hören. Er schlich an der Außenmauer entlang. Der Aufbau des Lagers war ihm bekannt, denn er hatte sich den Plan in den letzten Wochen genauestens eingeprägt. Von Nadias Informanten wusste er, wo sie den Mann eingesperrt hielten wie ein Tier. Mit dem Plan im Kopf wusste er, wohin er gehen musste. Er hüpfte über ein umgeknicktes Schild und kam schließlich zu dem Gebäude, wo der amerikanische Spion saß.

„Dort ist es", flüsterte er leise.

Wieder schlich er an der Mauer entlang, bis er endlich den Gebäudeeingang ohne Tür fand.

Drinnen suchte er das Gebäude methodisch ab. Es diente den Partisanen als Gefängnis für aufsässige Häftlinge, zu denen auch der gesuchte Mann gehörte. Aus einem Beutel am Gürtel zog der Gurkha eine große, schwere Taschenlampe und leuchtete das Innere des Hauses ab. Wahrscheinlich war hier früher eine Metzgerei gewesen. Auf der anderen Seite des Raumes stand eine Theke, von der Decke baumelten Metallhaken, doch der geräucherte Schinken und die Würste fehlten, die es einstmals in Nakovo zu kaufen gab.

„Wo bist du bloß, Amerikaner?", murmelte der Gurkha.

Der Lichtkegel der Taschenlampe wanderte langsam die Wand entlang, auf der Suche nach irgendeinem Hinweis auf den Spion. Vielleicht war es doch das falsche Gebäude? Plötzlich hielt er mit dem Lichtstrahl auf der Wand gegenüber inne. Dort, hinter einer der Theken, war eine Tür. Er entdeckte die frisch eingelassenen, glänzenden Metallhalterungen in der Wand, die zur Verriegelung der Tür einen alten Holzbalken hielten.

„Hier muss es sein!"

Er ging um die Theke herum und presste ein Ohr gegen das kalte Holz der Tür. Es war nichts zu hören. Wieder suchte er mit der Lampe die Wand ab und speicherte alles, was er sah in seinem fotografischen Gedächtnis. Schließlich hob er den Riegel und entfernte ihn.

Er stemmte sich mit ganzer Kraft gegen die Tür, aber sie ließ sich nicht öffnen. Schnell gab der Geheimagent seinen Versuch wieder auf. Er ging in die Hocke, suchte in seiner Werkzeugtasche nach etwas Geeigneten, mit dem er das Schloss der Tür knacken konnte. Schließlich fand er einen dünnen Metallstab, den er in das Schlüsselloch steckte und machte sich am Schloss zu schaffen. Immer wieder wandte er sich zum Eingang um, und hoffte, dass kein Wärter gerade die Straße vor der verlassenen Metzgerei entlanglief.

Der Elitesoldat konnte selbst die kompliziertesten Schlösser knacken. Nur wenige Augenblicke später gab der einfache Schlossmechanismus nach und er konnte die Tür ohne Weiteres öffnen.

Er leuchtete die Kellertreppe hinab. Der Boden unten schien sich zu bewegen. Er stieg hinunter und setzte vorsichtig einen Fuß in das faulige, trübe Wasser, um die Tiefe zu messen. Fast verlor er dabei den Halt, denn das Wasser reichte ihm bis über die Knie.

In der hinteren Ecke des Raumes fiel der Strahl auf Kopf und Schultern eines Mannes, der gegen die Kellerwand gelehnt anscheinend bewusstlos zusammengesunken war. Seine Augen blieben geschlossen, selbst als die Lampe direkt in das abgemagerte Gesicht leuchtete. Der Gurkha watete durch das Wasser zu ihm, und sah nach, ob es sich um den Gesuchten handelte. Es war tatsächlich der Amerikaner, aber er sah ganz anders aus, als auf der Schwarzweißfotografie, hohlwangig und ausgezehrt.

„Wachen Sie auf!", zischte der MI6 Agent, während er ihm ein paar Klapse auf die bläulichen Wangen gab. Der Gefangene bestand nur noch aus Haut und Knochen und rührte sich nicht. Der Gurkha legte die Hand an den Hals des Mannes und spürte tatsächlich noch einen schwachen Puls.

„Kommen Sie schon. Wachen Sie auf!" Jetzt schlug er ihm etwas fester ins Gesicht.

„Nein....", stöhnte der Amerikaner und fing an zu blinzeln. „Sie können mich ruhig umbringen, Partisan. Ich möchte sterben."

„Tun Sie genau das, was ich dir sage, Amerikaner, und dann werden wir beide am Leben bleiben."

Unter enormer Kraftanstrengung zog der Gurkha ihn an seiner nassen, schwarzen Jacke hoch und versuchte, ihn gegen die feuchte Kellerwand zu lehnen und zum Stehen zu bringen.

„Wer sind Sie?", stammelte der Häftling, dessen Bewusstsein zurückkam.

„Ich bin ein Freund vom Fuchs."

Der Gurkha legte den Arm um die schmale Hüfte des Amerikaners und zog den bewegungsunfähigen Mann durch das kalte Wasser zum Kelleraufgang. Als er ihn die Treppe hinaufgeschleppt hatte, lehnte der Gurkha ihn wieder gegen die Wand. Dann hob er den Holzbalken, der als Riegel gedient hatte, in die Halterung zurück. Wenn er den Amerikaner aus dem Lager herausbekam, hätte er eine gute Chance, dass sein Verschwinden bis zum nächsten Morgen unentdeckt blieb. Das würde ihnen Zeit verschaffen, damit die Lovarazigeuner sie unterdessen über die rumänische Grenze in Sicherheit brachten.

„Bleiben Sie aufrecht stehen. Ich muss erst nachsehen."

Der britische Agent war in dieser schwierigen Situation äußerst angespannt, aber er versuchte sich nicht vom Stress beeinflussen zu lassen. Er spähte durch die offene Eingangstür des alten Fleischereigeschäftes und sah die Schotterstraßen entlang. Kein Wärter weit und breit. Man hörte nur die Violinenklänge der Zigeunervorführung auf der Lagervorderseite.

„Was mache ich jetzt bloß mit dir, Amerikaner?"

Er sah den entkräfteten Mann an. Sein Zustand war sogar noch schlechter, als der Agent befürchtet hatte. Nun musste er die schier unmögliche Aufgabe übernehmen, den Kranken aus dem Lager bis zu den Zigeunerwagen zu schleppen, die schon in der Nähe auf sie warteten.

„Vielleicht bringe ich dich lieber um."

Der Auftrag seines Geheimdienstes lautete, den Amerikaner aus Jugoslawien herauszuholen, oder seinen Tod zu bestätigen. Ihm den Hals aufzuschlitzen und als den Gefangenen Hans Müller im Internierungslager für deutsche Zivilisten sterben zu lassen, würde seinen Auftrag ebenso gut erfüllen. Die Allianz mit den Russen war mit dem bevorstehenden Ende des Krieges am Bröckeln, weshalb es zu Problemen kommen könnte, wenn die Kommunisten in ihrem Gebiet Geheimagenten der Amerikaner entdeckten. Der Gurkha ließ das Khukuri am Gürtel wieder los, weil er den hinterhältigen Gedanken, den Mann zu töten, verwarf. Obwohl es eine praktische Lösung gewesen wäre, um ihn nicht den ganzen Weg tragen zu müssen, fürchtete er doch den Zorn der Zigeunerin. Von ihrem Netzwerk von Leuten, die für Tito arbeiteten, würde sie sicher erfahren, auf welche Art und Weise der amerikanische Spion im

Lager gestorben wäre. Wenn er diese Frau hinterging, könnte er aus Rache sein eigenes Leben verlieren. Außerdem hätte Nadia natürlich kaum ein Interesse daran, ihn sicher aus dem Kommunistengebiet hinauszuschaffen, wenn er den Agenten umbrachte.

Es war offensichtlich, dass sie die Befreiung des Spions herbeisehnte, wahrscheinlich noch mehr, als die Alliierten. Sie war überzeugt davon, dass der Gefangene ihr etwas über die Frau sagen konnte, die sie so dringend finden wollte.

„Los geht's!", sagte der Gurkha.

Er schulterte den halb toten Mann. Obwohl er so abgemagert war, war es umständlich, ihn zu tragen, aber der Elitesoldat schleppte ihn dennoch durch die dunklen Straßen von Nakovo.

Auf der Hut vor den Partisanen legte er mit seiner schweren Last den gleichen Weg von Baracke zu Baracke zurück, den er gekommen war. Am letzten Haus der Reihe ließ er den Mann zu Boden gleiten. Er war von der Anstrengung des Tragens bereits außer Atem. Vor ihm, in der Dunkelheit, lag das freie Feld, das er noch überqueren musste, um zu den Kiefern zu gelangen.

Er legte dem Amerikaner eine Hand auf die Stirn, um seine Temperatur zu prüfen. Immer wieder wurde der Kranke bewusstlos. Wenn er nicht bald medizinische Hilfe bekäme, wäre alle Mühe umsonst gewesen.

„Wie mache ich das jetzt am besten?", überlegte der Gurkha.

Die letzte Wegstrecke über die Wiese bot keinen Sichtschutz. Patrouillierende Partisanen am Lagerrand würden ihn auf dem offenen Feld entdecken. Er würde deshalb mit dem Befreiten möglichst nah am Boden entlangkriechen müssen. Doch wie konnte er das mit dem bewusstlosen Amerikaner zusammen machen?

Der Gurkha nahm einen Strick aus der Tasche und wickelte ihn dem Mann um die Handgelenke. Dann legte er sich die zusammengebundenen Arme des Kranken um den Hals und schleifte ihn unter sich mit, während er über die Wiese kroch. Der Schweiß rann ihm herunter und tropfte dem Amerikaner ins Gesicht, als sie zu Nadia robbten, die sich immer noch hinter den Kiefern versteckt hielt. Es war ein sehr langsamer und beschwerlicher Weg.

„Hey Nadia", flüsterte er, als sie dem Versteck näherkamen.

Sie rannte ihnen entgegen und zerrte den Amerikaner an den zusammengebundenen Händen wie ein totes Tier hinter die Bäume.

„Lebt er noch?"

„Kaum."

Der Gurkha war außer Atem und keuchte. Nadia musterte den befreiten Mann. Er hatte sehr viel Gewicht verloren. Abgemagert und mit zerfetzter Kleidung, was für einen Banater Schwaben untypisch war, sah er ganz anders aus, als bei ihrer letzten Begegnung in Theresiafeld.

„Wir müssen weiter", meinte der Gurkha. „Ich trage ihn zu den Wagen."

„Er ist doch zu schwer. Jetzt übernehme ich", erwiderte Nadia.

Die kräftige Zigeunerin konnte es kaum glauben, dass die kleine Gestalt mit den Grasflecken an den Knien es geschafft hatte, den Amerikaner so weit zu tragen.

„Nein, du tust, was ich dir sage", wies der Gurkhasoldat sie luftschnappend zurecht, der es als Subedar gewohnt war, Befehle zu erteilen. Dann schulterte er den bewusstlosen Mann wieder und folgte Nadia zum vereinbarten Treffpunkt, wo die Lovarazigeuner ihre Wagenkarawane versteckt hatten.

„Komm, jetzt gib ihn mir schon", forderte Nadia ihn auf. „Ich trage ihn den restlichen Weg!"

„Nein, geh weiter. Wir sind fast da."

Das Durchhaltevermögen und die Stärke des kleinen Mannes beeindruckten sie. Sie hatte anfangs geglaubt, dass er schwächlich sei und den Strapazen des unsteten Zigeunerlebens in den Ebenen des Banats niemals gewachsen wäre.

„Oh nein!", flüsterte Nadia erschrocken, die sich nach dem Gurkha umwandte und ihn an der Schulter packte. „Sieh doch, da!"

Er blickte in die Richtung, in die sie zeigte. Jetzt sah er ebenfalls den dicken Partisanen, der dort, wo die Wiese leicht anstieg, entlanglief. Auf dem Hügel wirkte der Wärter noch größer und massiger. Es war aber der gleiche, fettleibige Serbe, der den Gurkha verprügelt hatte, als dieser dem Amerikaner die Botschaft im Brot zugeworfen hatte.

„Um zu unseren Wagen zu gelangen, müssen wir weiter über das Feld."

„Gibt es keinen anderen Weg?", wollte der Gurkha wissen.

„Nein. Es gibt keinen Sichtschutz, weit und breit. Er wird uns entdecken. Wir können nicht umhin..."

„Warte hier!"

Der MI6 Agent ließ den Amerikaner bei einem einzelnen Baum unsanft auf den Boden fallen. Anscheinend war es ihm völlig gleichgültig, dass er dem Mann dabei weitere Schmerzen zufügte. Dann zog er den gebogenen Dolch aus der Tasche und schlängelte sich durch das Gras zu dem dicken Partisanen. Als Nadia eine Eule rufen hörte, die auf einem Ast direkt über ihr saß, zog die abergläubische Zigeunerin ängstlich den bewusstlosen Amerikaner näher an sich heran. Der „Vogel des Todes" flog fort und ihr lief ein kalter Schauder über den Rücken. Ihre Mutter, eine Sintiza, hatte Eulen für ein schlechtes Omen gehalten.

Ohne seine Last kroch der Gurkha unglaublich schnell den Hügel hinauf, um den dicken Kommunisten, der gerade seine grünen Hosen bis zu den Knöcheln heruntergelassen hatte und urinierte, aus dem Hinterhalt zu überfallen.

Der Gurkha nahm jetzt das Khukuri aus der Lederscheide und stürzte sich auf den Wächter. Es war das erste Mal, dass er bei seiner Mission im Banat das nepalesische Messer zücken musste. Der Partisan zog wieder die Hosen hoch und drehte sich gerade um, als der Gurkha wie ein Verrückter auf ihn zupreschte. Der Kommunist hatte keine Zeit mehr, nach seinem Gewehr zu greifen. Schon sprang der Gurkha auf den Wärter und warf ihn um. Sie rollten sich auf dem Boden, während beide versuchten, Kontrolle über den gebogenen Dolch in der Hand des Gurkhas zu gewinnen.

„Nein!" Nadia hielt die Luft an.

Sie ließ den Amerikaner los und rannte zu den beiden Männern, die immer noch rangen. Als sie fast dort war, sah sie, wie der Gurkha seinen Feind, der doppelt so groß und schwer war wie er, niederdrückte. Schließlich schaffte der Geheimagent es, auch die andere Hand freizubekommen und rammte dem Gegner den Zeigefinger in das rechte Auge.

Der dicke Partisan schrie vor Schmerzen auf. Jetzt befreite der Gurkha die Hand mit dem Dolch und holte aus. Mit Schwung traf die schwere Klinge die Brust des Kommunisten. Wenige Sekunden später lag der Partisan reglos und blutüberströmt am Boden.

„Du bist ein Dämon!", sagte Nadia.

Sie hatte den Kampf aus der Nähe beigewohnt. Jetzt kletterte der Gurkha von dem leblosen Körper herunter. Nadia konnte kaum glauben, mit welcher animalischen Kampftaktik er den Feind zu Fall gebracht hatte.

„Wir müssen verschwinden, bevor uns jemand findet", zischte der Gurkha.

Der zu klein geratene Kämpfer besann sich wieder auf seine Mission und zeigte keine Furcht. Die Zigeunerin hatte zuerst nicht gedacht, dass sich der Fremde aus Nepal selbst verteidigen konnte. Doch mit seinem Dolch war er ein kaltblütiger Attentäter, der sogar vor einer so schlauen Zigeunerin wie Nadia seinen wahren Killerinstinkt verborgen gehalten hatte.

„Ich sehe den *Vardo*", verkündete Nadia. „Wir sind gleich da."

Der abgekämpfte Gurkha schleppte den Kranken die restliche Strecke bis zu den wartenden Zigeunerwagen. Endlich hatten sie die Karawane erreicht und er konnte den Amerikaner im trockenen, warmen Innenraum den letzten Planwagens ablegen.

„Jetzt müssen wir schnell losfahren", rief der Gurkha. „Wir treffen die anderen nach der rumänischen Grenze."

Der Lovarazigeuner auf dem ersten Wagen trieb seine Pferde an, die anderen folgten ihm. Die rollenden Räder der Kolonne, die sie aus Nakovo fortbrachte, hinterließen in der sandigen Erde tiefe Furchen.

Nadia lagerte den bewusstlosen Mann bequem mit Kissen abgepolstert, während sie über den unebenen Grund holperten.

„Du lieber Gott, du brennst ja förmlich", sagte sie besorgt.

Das Fieber war gefährlich hoch und saugte jegliche Energie aus seinem Körper.

„Hier, das wird dir helfen, *Gadjo*."

Sie band eine Schnur um seinen Ringfinger und murmelte irgendwelche Beschwörungsformeln. Dieses Zigeunerritual hatte Nadia von ihrer Mutter gelernt. Das Band um den Finger verhinderte, dass der Schweiß den schwachen Körper noch weiter auslaugte und es würde das Fieber senken.

Der Amerikaner in den Kleidern eines Banater Schwaben erwachte und sah die blauen Augen der Zigeunerin, die sich gerade über ihn beugte.

„Wo bin ich?", fragte er schwach.

Im Fieberwahn war er sich nicht sicher, ob es wirklich die Frau war, in die er sich in Theresiafeld verliebt hatte.

„Nadia?"

„Ja, *Gadjo*, ich bin bei dir. Du bist bei mir in Sicherheit."

Die gefährliche Mission war erfüllt und die bunten Zigeunerwagen entfernten sich immer weiter vom Nakovo Arbeitslager, auf dem Weg über die rumänische Grenze.

Pater Peter trieb die Flüchtlingsgruppe weiter voran. Mit abgetretenen Stiefeln folgten sie den Wagenspuren der unbefestigten Straße. Wie Hänsel und Gretels Brotkrumen wiesen die parallelen Abdrücke zahlloser Wagenräder den Weg in den Westen, aus dem kommunistisch besetzten Gebiet heraus.

Der Priester führte die Schar der Banater Schwaben an. Sie trugen alle zerlumpte Kleidung und sahen entkräftet aus. Ein abgemagerter Waisenjunge rief dem Pfarrer etwas zu.

„Was gibt es, mein Sohn?", fragte der Geistliche nach.

Der Bursche hatte ein großes Loch in seinen vormals guten Sonntagsschuhen, die während des langen Marsches durch Jugoslawien kaputt gegangen waren. Seine Lippen waren spröde, weil es nicht viel zu trinken gab. Es war derselbe Junge, dem Pater Peter am Tag der Erschießung vor Theresiafeld begegnet war. Der Vater des Knaben hatte nicht so viel Glück gehabt wie sein Sohn, denn er war von den kommunistischen Unmenschen hingerichtet worden und lag mit den anderen ermordeten Männern des Ortes in der Grube.

„Sehen Sie mal, da vorne!", rief der Junge.

Seine Mutter lebte auch nicht mehr. Schon vor einigen Wochen hatte ein Fieber sie auf dem langen Fußmarsch dahingerafft. Von nun an war der Knabe auf dieser Welt ganz auf sich gestellt. Er trug die Habseligkeiten seiner Mutter in eine ungewisse Zukunft, der alle Flüchtlinge entgegenblickten.

Vor ihnen stand ein Soldat, der an einer Barriere aus aufeinander gehäuften Sandsäcken lehnte, die vom Regen flachgedrückt waren.

„Bleibt mal stehen!"

Pater Peter rief seinen Leuten zu, an der Straßenseite zu warten. Dann ging er alleine zum Kontrollpunkt. Der Soldat richtete seine

Waffe auf den Kopf des Priesters. Doch der Geistliche hatte keine Angst. Er war zu erschöpft.

„Bitte nicht schießen! Ich bin Österreicher," beschwichtigte Pater Peter ihn auf Deutsch.

Die Uniform des Soldaten gab ihn als Deutschen zu erkennen. Der Priester war erleichtert, dass kein russischer Soldat vor ihm stand, den er um Gnade hätte anflehen müssen.

„Ich bin Pfarrer und benötige dringend Hilfe. Meine Gruppe ist schon seit Wochen auf der Flucht und wir haben kaum noch etwas zu essen."

Der Soldat war wahrscheinlich nicht viel älter als achtzehn Jahre - ein weiterer Pechvogel, der in der schwindenden Armee als Ersatz herhalten musste.

„Schon gut, ich lasse Sie den Kontrollpunkt passieren. In Linz gibt es ein Flüchtlingslager, dort wird man Sie wahrscheinlich aufnehmen."

„Glauben Sie, dass die Deutschen diesen Teil von Österreich vor den Russen verteidigen können?"
"Kaum, Herr Pfarrer. Wir verlieren immer mehr Land."

„Wie viele Deutschstämmige sind denn schon über die Grenze gekommen?"

„Langsam werden es weniger. Wahrscheinlich gehören Sie zu den letzten Zivilisten, die noch herauskommen."

Seine Flüchtlingstruppe hatte es gerade noch aus Jugoslawien herausgeschafft, während das Zeitfenster für eine Flucht immer schmaler wurde. Da er die Grausamkeiten in Theresiafeld hautnah miterlebt hatte, wollte Pater Peter eine weitere Begegnung mit den Partisanen oder russischen Soldaten unbedingt vermeiden. Er fürchtete, dass sie an den Deutschen, die aus den kommunistischen Gebieten in den Westen flüchteten, ihre Wut auslassen würden.

„Bringen Sie Ihre Leute nach Linz", sagte der Wehrmachtssoldat. „Und beten Sie zu Gott, dass die Amerikaner noch vor den Russen dort ankommen."

Er zeigte die Straße entlang, die hinter dem Kontrollpunkt weiter verlief. Offensichtlich war es ihm lieber war, den zerlumpten

Österreicher hinüberzulassen, damit er seinen Hunger nach Linz trug.

„Es geht weiter. Beeilt euch!", rief der Priester den anderen zu.

Die Sonne trocknete den Schlamm an Pater Peters Stiefeln, während die Theresiafelder den Kontrollpunkt passierten und ihren Weg nach Österreich fortsetzten, das immer noch unter deutscher Herrschaft stand. Als er noch Pfarrer in dem kleinen Banater Dorf war, hatte er sich nach dem Tag gesehnt, an dem er endlich nach Österreich zurückkehren dürfte. Jetzt, da er tatsächlich zurückkehrte, verspürte er kein Triumphgefühl, sondern nur große Sorge um die Menschen seiner kleinen Flüchtlingsgruppe.

Sie setzten ihren strapaziösen Marsch fort. Auf dem Weg bettelten sie um Essen, bis sie schließlich, nach mehreren Tagen, den Stadtrand von Linz erreichten. Wehrmachtssoldaten zeigten ihnen hinter den Militärbaracken das verlassenen Regierungsgebäude, das nun den vielen Menschen aus Osteuropa als Unterkunft diente. Auf den letzten Kilometern durch die Stadt wurden sie von den abschätzigen Blicken der ortsansässigen Österreicher begleitet, die offensichtlich nicht sehr erfreut darüber waren, dass noch mehr Flüchtlinge kamen, die man unterbringen und ernähren musste.

Endlich im Flüchtlingslager angekommen, wurden sie vom Koordinator nicht gerade warmherzig empfangen.

„Weiter vor", raunte der österreichische Bürokrat.

Die Gruppe bot einen traurigen Anblick, mit ihrer zerschlissenen, dreckigen Kleidung, ihren herunterbaumelnden Töpfen und den zusammengerollten Decken – dem Notwendigsten, um die weite Flucht zu Fuß überleben zu können. Endlich blies ihnen kein kalter Wind mehr um die Ohren. Dafür hörten sie jetzt ein anderes Geräusch, das von den Innenwänden widerhallte: das Husten der vielen Flüchtlingskinder.

„Ihr Name?" fragte der Österreicher, während er Pater Peter musterte. Der Priester wunderte sich, dass er zuerst angesprochen wurde, denn er war weder der Älteste, noch trug er ein Kollar, das ihn als Pfarrer zu erkennen gegeben hätte.

„Ich bin Pater Peter."

Der Mann hatte die schwierige Aufgabe, den Flüchtlingsstrom zu koordinieren und die zunehmende Menge an heimatlosen Menschen in dem Gebäude unterzubringen, das bereits zum Bersten voll war.

„Woher kommen Sie?"

„Meine Gruppe und ich kommen aus Jugoslawien, einem deutschen Bauerndorf in der Nähe von Belgrad."

In seiner verzweifelten Lage verfiel der Pater wieder in seinen österreichischen Dialekt, in der Hoffnung, dass man ihm und seiner entkräfteten Truppe dadurch bereitwilliger half.

„Sie bekommen ein Bett und Essen." Der Koordinator schrieb etwas nieder, dann händigte er ihnen angeschlagene Schüsseln für das Essen aus.

Unter lautem Klappern des Kochgeschirrs, das an ihren Gürteln befestigt war, setzten sich die müden und in ihrer Würde verletzten Theresiafelder an lange Tische. Sie bekamen Hühnerbrühe, die sie schweigend löffelten, während vor dem Fenster draußen weitere Lebensmittel abgeladen wurden. Pater Peter betrachtete seine Leute. Dies war also die Belohnung dafür, dass sie seiner Führung gefolgt waren: Eine Notunterkunft und gespendete Mahlzeiten. Doch sie konnten sich glücklich schätzen. Sie waren den Kriegswirren des Banats entkommen und hatten die Flucht überlebt.

„Was wird jetzt aus uns, Pater Peter?", fragte der Waisenjunge.

„Mach dir keine Sorgen. Wir werden es schon schaffen", beruhigte ihn der Pfarrer.

Der stark abgemagerte Junge aß seine Suppe weiter, die erste richtige Mahlzeit seit Tagen. Doch seine unschuldige Frage lastete schwer auf dem Priester. Was würden sie jetzt tun? Ohne Landbesitz, ohne jegliches Hab und Gut waren diese Menschen, die früher einmal sehr stolz gewesen waren, verloren. Durch harte Arbeit hatten die Banater Schwaben viele Generationen des Kaisertums Österreich mit Brot versorgt. Nicht einmal in ihren schlimmsten Albträumen hätten sie sich vorstellen können, wieder am gleichen Punkt anzukommen wie damals ihre Vorfahren vor hunderten von Jahren, die ins Banat ausgewandert waren und anfänglich um Essen hatten betteln müssen.

In den folgenden Monaten blieb Pater Peter bei seinen Dorfleuten in dem umfunktionierten Regierungsgebäude und half, Ordnung in ihr entwurzeltes, chaotisches Leben zu bringen. Im Mai ergab sich das deutsche Militär und Österreich wurde in Besatzungszonen aufgeteilt. Das Glück, das Pater Peter während der Exekution gehabt hatte, schien ihn nicht verlassen zu haben, denn wie es der Zufall wollte, waren sie in Linz in der amerikanischen Besatzungszone gelandet.

Im Gegensatz zur sowjetischen Zone in anderen Teilen Österreichs, bot das amerikanisch besetzte Linz den arbeitswilligen Flüchtlingen aus dem Banat ganz andere Möglichkeiten. Pater Peter konnte sein Verhandlungsgeschick aus der Zeit, als er Wiens reiche Familien um Spenden bat, gut für seine fleißigen Flüchtlinge einsetzen, indem er sie an österreichische Bauunternehmen vermittelte, die billige Arbeitskräfte brauchten.

Mit amerikanischem Geld und mehr Freiheit als in der sowjetischen Zone half Pater Peter den ehemaligen Bauern aus Theresiafeld, auf dem Arbeitsmarkt in Linz Fuß zu fassen. Banater Schwaben hatten bei den Österreichern einen guten Ruf, weil sie harte Arbeit nicht scheuten. So verdienten sie sich reichlich Essensmarken für ihre Lebensmittelkarten. Mit jedem Tag, an dem sie schweißtreibende Arbeit auf Baustellen oder anderswo verrichteten, hatte die Gruppe mehr zu essen und schon bald war die Angst vor dem Verhungern gebannt.

Im Laufe der Monate wurde es für Pater Peter einfacher, im überfüllten Flüchtlingslager zurechtzukommen. Sie hatten Drähte gespannt und darüber Decken gehängt, um provisorische Wände zu errichten und dadurch ein wenig Privatsphäre zu schaffen. Die einstweilige Behausung des Pfarrers, ebenfalls durch Stoff abgegrenzt, war nicht viel größer als seine Pritsche. Da er so eng mit den anderen Flüchtlingen zusammenwohnte, bekam er hautnah die unzähligen Probleme der heimatlosen Menschen mit.

„Pater Peter", rief jemand mit österreichischem Akzent. Der Pfarrer schob ein tropfnasses Hemd auf der Wäscheleine zur Seite und sah sich suchend nach demjenigen um, der ihn gerufen hatte.

„Ja, hier!" winkte er schließlich einem anderen, etwas älteren Pfarrer, der sich durch die vielen Flüchtlinge schob, die in dem ehemaligen Regierungsgebäude ihrem Alltag nachgingen und zu Pater Peter herüberkam. Der Geistliche fiel zwischen den ärmlich gekleideten Menschen durch sein sauberes, gepflegtes Gewand auf.

„Ein amerikanischer Offizier hat mir gesagt, dass sich hier ein Priester aufhalte. Aber warum sind Sie denn nicht zu mir in meine Gemeinde gekommen und haben mir gesagt, dass Sie in dieser gotterbärmlichen Unterkunft wohnen? Ich kann Sie doch deutlich bequemer unterbringen!"

Das amerikanische Militär hatte schnell gemerkt, dass Pater Peter eine gute Hilfe im Umgang mit den Flüchtlingen in Linz war. Er hatte eine Vielzahl von Aufgaben zu erfüllen und deshalb bislang keine Zeit gehabt, mit anderen Geistlichen Kontakt aufzunehmen.

„Ich kann aber besser helfen, wenn ich hier bleibe", gab Pater Peter zu bedenken.

Offensichtlich teilte der ältere Priester Peters Begeisterung, den Flüchtlingen aus dem Banat zu helfen, nicht, sondern fand sie eher lächerlich. Er selbst hatte weniger Mitgefühl mit den Flüchtlingen, denn zu viele kamen über die österreichischen Grenzen und der Flüchtlingszustrom wurde langsam lästig.

„Dann kommen Sie doch wenigstens mit mir in meine Pfarrgemeinde, damit ich Ihnen etwas Ordentliches zu anziehen geben kann?"

„Na gut, das Angebot nehme ich gerne an."

Pater Peter trug immer noch die gleiche, zerschlissene Kleidung von damals, als er vor vielen Monaten Theresiafeld verlassen hatte. Bisher war kein einziger Tag vergangen, an dem er nicht an die toten Männer im Graben hatte denken müssen. Immer noch konnte er es kaum glauben, dass er die Massenhinrichtung überlebt hatte - ein Wendepunkt in seinem Leben, der seine Denkweise für immer verändert hatte.

„Ich weiß nicht, wie wir für all diese Flüchtlinge noch weitere Unterkünfte finden sollen", meinte der ältere.

Pater Peter folgte ihm nach draußen und sie gingen zusammen zur Gemeinde des anderen Pfarrers.

„Die meisten hier sind Deutsche wie wir", bemerkte Pater Peter. „Meinen Sie nicht, dass es unsere Pflicht ist, ihnen zu helfen?"

Sie bogen um die Ecke und kamen an einem behelfsmäßig errichteten Stand vorbei, an dem ein kleiner Junge gerade dabei war, Zigaretten gegen ein altes Paar Schuhe zu tauschen.

„Diese sogenannten Donauschwaben, oder wie auch immer sie sich nennen, sind überall in Linz. Die Menschen in meiner Gemeinde sind nicht gerade begeistert, dass sie jetzt diese Leute bei sich zu Hause aufnehmen müssen."

„Aber wir müssen helfen, wo wir können!"

Auf dem übrigen Weg beschwerte sich der ältere Priester weiter über die zahlreichen Probleme, die durch den Flüchtlingsstrom entstanden waren. Zu seinem eigenen Erstaunen war Pater Peter ganz anderer Meinung. Durch Gottes Geschenk, die Hinrichtung durch das Erschießungskommando der Partisanen überlebt zu haben, empfand er plötzlich auch unendliches Mitgefühl und Nächstenliebe für die verzweifelten Banater Schwaben.

„Was werden Sie jetzt tun, nachdem Sie dem Chaos in Jugoslawien entkommen sind?"

„Zuerst wollte ich wieder nach Wien zurückkehren. Aber ich habe mich umentschieden."

„Und wohin wollen Sie jetzt?"

„Ich möchte wieder zurück."

Er sah Pater Peter ungläubig von der Seite an und hatte Mitleid, weil der Krieg ihn offensichtlich psychisch sehr mitgenommen hatte.

„Das ist doch ein Scherz, nicht wahr?"

„Jetzt, da die Kommunisten an der Macht sind, wird die katholische Kirche in Jugoslawien mehr gebraucht als eh und je!" Als die Partisanen ihre Gewehre auf ihn gerichtet und geschossen hatten, dachte Pater Peter, sein Leben sei vorbei. Aber dann war er aus dem Graben geklettert, als anderer Mensch, befreit von seinen früheren egoistischen Ambitionen. Er fürchtete den Tod nicht mehr. Das Priesterdasein war nicht mehr zweckerfüllendes Mittel für den gesellschaftlichen Aufstieg, sondern zu seiner wahren Berufung geworden, weil er den Armen und Notdürftigen helfen wollte. Pater

Peter wollte ins kommunistische Banat zurückkehren und in der schwierigen Lage dort den Menschen religiösen Beistand leisten. Vielleicht würde man ihn gefangen nehmen oder umbringen, aber er hatte keine Angst.

„Ach, fast hätte ich es vergessen", meinte der ältere Priester, „der amerikanische Beamte, der mir von Ihnen erzählt hat, wollte Ihnen ein paar Fragen stellen."

Er steckte einen alten Schlüssel in die große, schwere Holztür und sie betraten das Gotteshaus. Es war nicht so schlicht wie Pater Peters Dorfkirche, sondern reich geschmückt mit Bildern und Heiligenstatuen. Es fehlten lediglich die brennenden Votivkerzen, die in der Theresiafelder Kirche in den Ecken gestanden hatten.

„Und was will er von mir?", fragte Pater Peter.

„Das weiß ich nicht. Wahrscheinlich fragt er Sie über die deutschen Flüchtlinge aus, um eventuelle Kriegsverbrecher unter ihnen ausfindig zu machen. Ich schreibe Ihnen die Adresse und seinen Namen auf."

Er wühlte in der unordentlichen Schreibtischschublade, die voller Papiere war. Dann riss er ein Stück von einem Zettel ab, so dass er den Rest des Blattes anderweitig verwenden konnte, denn Papier war in diesen Zeiten ein rares Gut.

„Der amerikanische Beamte wollte Sie noch heute sehen. Sein Büro ist nicht weit von hier." Bisher hatte Pater Peter mit dem amerikanischen Militär in Linz nur dann zu tun gehabt, wenn es um die Koordination von Lebensmitteln und Kleiderspenden für die Flüchtlinge in der überfüllten Stadt ging. Die Dringlichkeit für dieses Treffen war ungewöhnlich.

„Wenn Sie noch zu ihm gehen, dann sollten Sie jetzt aufbrechen. Sie müssen schließlich vor der Sperrstunde wieder in ihrer geliebten Flüchtlingsbaracke sein."

Er drückte Pater Peter die Adresse des Amerikaners in die Hand. Er amüsierte sich offensichtlich darüber, dass der österreichische Pfarrer lieber in der ärmlichen Behausung bleiben wollte. Der junge Priester zog das geistliche Gewand an, dass der Kollege aus seinem vollen Schrank hervorgeholt und ihm geschenkt hatte. Es war eine Wohltat, die alten Fetzen, die er viele Tage und Nächte auf der langen, beschwerlichen Wanderung durch Jugoslawien getragen hatte, abzulegen. Jetzt sah er wieder einem Priester gleich und zum ersten Mal in seinem Leben fühlte er sich auch als solcher.

Langsam rückte die Sperrstunde, die die Amerikaner auferlegt hatten, näher und die sonst so überfüllten Straßen von Linz wurden leer. Er machte sich auf den Weg zu dem eindrucksvollen Gebäude, das nun von amerikanischen Soldaten besetzt war.

„Entschuldigung", sprach Pater Peter den Mann am Eingangsportal an, der gerade schwungvoll die Walze seiner Schreibmaschine zurückschob. Der Mann hielt einen Augenblick inne und wartete darauf, dass sein Gegenüber weitersprach.

„Ich möchte zu diesem Herrn", teilte Pater Peter mit. Er zeigte auf das Stückchen Papier. Er wollte den englischen Namen lieber nicht vorlesen, weil er ihn mit seinem österreichischen Akzent nicht richtig aussprechen konnte. Der Soldat deutete schweigend auf die Bürotür hinter sich und hämmerte dann auf seiner Schreibmaschine, in die ein weißer Bogen Papier eingespannt war, weiter.

„Ja, bitte, was gibt es?", fragte der Offizier auf Deutsch, als Pater Peter eintrat.

Obwohl man ihn gut verstand, klang das Deutsch des Amerikaners, als hätte er einen riesigen Kaugummi im Mund.

„Ich bin Pater Peter. Sie wollten mich sprechen."

„Ja, einen Moment bitte."

Er fuhr mit dem Zeigefinger in seinem Notizbuch eine lange Namensliste mit entlang. Dann schien er gefunden zu haben, was er gesucht hatte und blickte wieder zum Pfarrer auf.

„Wo kommen Sie her?"
"Aus Theresiafeld in Jugoslawien."

„Aha."

Er wusste die Antwort offenbar schon, bevor Pater Peter etwas sagte. Der Amerikaner war es offensichtlich gewohnt, dass man ihn anlog, selbst wenn ein Priester vor ihm stand.

„Waren unter den Leuten in Ihrer Gruppe deutsche Armeeangehörige, als Sie Jugoslawien verließen?"

„Nein."

Der Amerikaner suchte anscheinend nach Flüchtlingen, die in der Wehrmacht eine führende Position gehabt hatten, um Kriegsverbrecher zu finden, die bisher untergetaucht waren. Einige ältere Männer aus Pater Peters Flüchtlingsschar hatten vor Kriegsausbruch für kurze Zeit in der jugoslawischen Armee gedient, doch diese Information gab er nicht freiwillig preis.

„Kommen Sie bitte mit, Herr Pfarrer."

Sie verließen schweigend das Büro und gingen in ein anderes Gebäude. Auf dem Weg dorthin ließ Pater Peter die vergangenen Jahre in Theresiafeld Revue passieren. Er wurde ein wenig nervös, als ihm verschiedene militärische Aktivitäten einfielen. Einige Unternehmungen in seinem kleinen Ort würden die amerikanischen Offiziere sicher infrage stellen. Unternehmungen, die für die Kriegsbemühungen der Alliierten nachteilig gewesen waren.

Sie betraten das Gebäude, das die Amerikaner als Gefängnis für Männer, die in Uniformen der SS oder der Wehrmacht festgenommen wurden, verwendeten. In Linz war es üblich, dass jeder deutsche Armeeangehörige mindestens dreißig Tage inhaftiert wurde, bevor man ihn wieder freiließ. Durch diese kurze Zeit in einem amerikanischen Gefängnis konnten die ehemaligen Soldaten aus dem Banat immerhin wieder etwas Gewicht zunehmen. Nach der Freilassung versuchten sie, ihre Verwandten, falls diesen die Flucht aus dem Banat gelungen war, in Österreichs Flüchtlingsunterkünften wiederzufinden.

Jetzt gingen die beiden den langen Korridor der Gefangenenzellen entlang. Der Amerikaner blickte in sein Notizbuch, verglich die Nummern und blieb vor einer Zelle stehen.

„Kennen Sie diesen Mann?", wandte sich der Offizier an Pater Peter.

Der Pfarrer blickte zu dem Mann, der auf der Pritsche lag. Der Gefangene hielt ein paar ungarische Spielkarten in einer Hand, an der zwei Finger fehlten.

„Ja, ich kenne ihn", antwortete der Priester.

„Wie heißt er?"

„Ich weiß nicht, wie er heißt, aber er kommt aus Theresiafeld."

„War er beim deutschen Militär?"

Pater Peter zögerte einen Augenblick, bevor er antwortete.

„So viel ich weiß: nein."

„Haben Sie ihn je zusammen mit diesem Mann hier gesehen?"

Der Offizier zog ein Schwarzweißfoto hervor. Der Pfarrer erkannte den jungen Mann sofort. Er war mit ihm zusammen im Zug von Wien nach Theresiafeld gereist. Auf dem Bild sah er allerdings verändert aus. Er wirkte reifer und erfahrener als damals in Theresiafeld.

„Nein."

„Sind Sie sich sicher? Sehen Sie sich das Foto noch einmal genauer an."

Er wartete die Antwort des Pfarrers ab, überzeugt davon, dass dieser nicht lange genug überlegt hatte.

„Der Mann auf dem Foto heißt Hans Müller. Er hat auf einem großen Gut gearbeitet, ein wenig außerhalb des Dorfes. Ich habe ihn nie zusammen mit diesem Gefangenen gesehen."

Der Amerikaner stellte weitere Fragen über Valmer, aber die Antworten schienen ihn nicht wirklich zufrieden zu stellen. Während der Befragung wuchs Pater Peters Interesse an dem Mann auf dem Foto, aber er traute sich nicht, den frustrierten Offizier auszufragen. Nach fast einer Stunde, gab der Amerikaner schließlich auf und klappte geräuschvoll das Buch zu.

„Vielen Dank, Herr Pfarrer, Sie können jetzt gehen", verkündete der Offizier.

„Nur interessehalber…", begann der Priester.

„Ich habe gesagt, Sie können jetzt gehen, Pater."

Ohne ein weiteres Wort zeigte ihm der Offizier den Weg aus dem Gefängnis. So schnell er konnte, eilte Pater Peter durch die nun gänzlich menschenleeren Straßen von Linz ins Flüchtlingslager zurück, weil die Sperrstunde gleich begann. Er hatte dem Amerikaner sehr viel verschwiegen, aber er war überzeugt davon, das Richtige getan zu haben. Der Krieg war fast vorüber und Ereignisse aus Theresiafeld gehörten der Vergangenheit an.

Als er sich auf seiner wackeligen Liegestatt zum Schlagen legte, gingen ihm die Gedanken an Hans Müller nicht aus dem Kopf. Auch in der folgenden Woche versuchte er, sich an diesen Mann zu erinnern, an etwas, das bei den Amerikanern auf Interesse stoßen würde, doch es fiel ihm nichts dergleichen ein. Pater Peter hatte mit Reichingers Arbeiter nie eine Freundschaft eingehen wollen, wie auch sonst mit niemanden aus Theresiafeld. Doch jetzt, da sich der Amerikaner für ihn interessierte, bereute er das.

Pater Peter saß auf der Pritsche und flickte ein löchriges Hemd, als plötzlich jemand fragte: „Warum haben Sie gelogen?"

Er legte das Hemd beiseite und blickte zu der Wolldecke, die sein Quartier von den anderen abtrennte. Sie wurde zur Seite geschoben und vor ihm stand der Mann aus Theresiafeld, den er vergangene Woche in der Zelle der Amerikaner gesehen hatte.

„Was meinen Sie?", fragte Pater Peter nach.

„Warum haben Sie den Amerikanern nicht alles über mich gesagt?"

Valmer, der sich unter dem Seil bückte und hereinkam, sah den Priester an. Pater Peter wusste, dass Valmer für die Abwehr, den Geheimdienst des deutschen Militärs, gearbeitet hatte. Auf seinen Geschäftsreisen als Kupetz im Weinhandel hatte er einige Informationen einholen können, die für die Wehrmacht nützlich gewesen waren. Als Pater Peter wieder einmal betrunken gewesen war, hatte er Valmer erlaubt, das Funkgerät in der Kirche zu verstecken, für den Fall, dass Partisanen das Dorf überfielen. Während der eindringlichen Befragung des Amerikaners hatte sich der Pfarrer jedoch entschlossen, Valmers dunkles Geheimnis zu hüten.

„Warum haben Sie mir geholfen, Herr Pfarrer?", fragte Valmer ein zweites Mal.

„Was spricht dagegen? Der Krieg ist fast vorbei. Man würde Sie womöglich hinrichten, wenn ich von Ihrer Spionagearbeit in Theresiafeld berichtet hätte. Es sind aber schon genügend Leute aus unserem Dorf erschossen oder gefoltert worden. Das muss bei Ihnen nicht auch noch sein."

„Ich danke Ihnen sehr für Ihren Großmut."

„Wie sind Sie denn so schnell wieder freigekommen?"

„Man hat mich wohl aufgrund Ihrer Zeugenaussage gehen lassen. Wahrscheinlich wollten Sie nicht das schwerverdiente Steuergeld der Amerikaner dafür verschwenden, einen jugoslawischen Kupetz im Gefängnis durchzufüttern."

Er verbeugte sich scherzhaft vor Pater Peter, um seine Dankbarkeit über dessen Schweigen zu zeigen.

„Warum interessieren sich die Amerikaner für den Mann, der auf Reichingers Gut gearbeitet hat?", erkundigte sich der Priester.

Valmer grinste schief. Er trat näher an den Pfarrer heran und flüsterte:

„Hans Müller war ein amerikanischer Spion."

Pater Peter war fassungslos: „Das glaube ich nicht."

„Die Abwehr wusste schon lange, dass es in Theresiafeld einen Maulwurf gab. Es war meine Aufgabe, ihn zu finden."

„Und woher wussten Sie, dass Hans der Agent der Amerikaner war?"

„Ob Sie es glauben oder nicht, zuerst glaubte ich, Sie wären es, Herr Pfarrer. Aber als ich dann sah, welche Gewohnheiten Sie sich zugelegt hatten, habe ich das nicht mehr gedacht."

Damit sagte Valmer durch die Blume, dass ein saufender Priester kein Spion sein konnte, weil ein Agent möglichst keine Aufmerksamkeit auf sich ziehen durfte. Pater Peter hob die Decke der Seitenwand ein wenig an, spähte hinaus, ob jemand in der Nähe war und ihre Unterhaltung durch die improvisierten Stoffwände mithörte.

„Wer weiß, wie ich wirklich darauf gekommen bin, dass es Hans sein musste. Wahrscheinlich war es die Art und Weise, wie er sprach. Er verwendete oft altmodische Worte, die sonst niemand mehr benutzte. Genau wie jemand, der zwar ursprünglich aus dem Banat kommt, doch erst Jahre später zurückkehrt. Vielleicht war es aber auch sein Kartenspiel. Es gibt kaum einen anderen Magyar, der Fuchser so schlecht beherrscht wie er."

„Und warum haben Sie ihn nicht den Deutschen ausgeliefert?"

„Als ich sicher war, dass er der Spion ist, waren die Deutschen schon dabei, den Krieg zu verlieren und die Abwehr hatte schon den Laden dichtgemacht. Mir war klar, dass in Jugoslawien nun die Kommunisten das Zepter schwangen und deswegen habe ich lieber schnell mein Land verkauft und bin aus Theresiafeld in den Westen geflohen."

„Das haben Sie schlau angestellt", meinte Pater Peter.

Valmer lachte. Seine Kleidung, die im Vergleich zu der modernen Garderobe der Linzer altmodisch wirkte, verriet seine Herkunft aus dem Banat. Doch er war gepflegt und ordentlich, nicht so bettelarm wie die anderen Theresiafelder. Valmer war klüger gewesen als die anderen, die noch mit letzter Kraft die österreichische Grenze erreicht hatten. Er war rechtzeitig geflüchtet, ohne alles zu verlieren.

„Was haben Sie jetzt vor?", fragte Pater Peter.

„Ich bin zum Weinanbau gekommen, weil ich vor Jahren beim Kartenspiel Land gewonnen hatte", sagte Valmer. „Bisher habe ich damit Glück gehabt und deshalb mache ich auch damit weiter."

„Und wo werden Sie hingehen?"

„Ich gehe wieder dorthin zurück, wo meine Wurzeln liegen. Meine Vorfahren kamen aus Frankreich, bevor sie dann ins Banat auswanderten. Ich schließe mich einigen anderen Familien an, die in einem kleinen Städtchen namens La Roque sur Pernes, im Süden des Landes, Weinbauern sind."

Ganz im Gegensatz zu den mittellosen Banater Schwaben des Flüchtlingslagers, war Valmer voller Zuversicht, dass er weiter Landwirtschaft betreiben konnte. Viele Theresiafelder hatten während des Krieges leichtherzig die Deutschen unterstützt, doch Valmer hatte sich gegen das Gruppendenken gewehrt, sein Land verkauft und das Banat mit genügend Geld verlassen, um zum Weinanbau zurückzukehren.

„Wieder zurück nach Frankreich, so, so. Und was ist an Österreich so verkehrt?", fragte Pater Peter scherzhaft.

„Die Österreicher haben mit ihren Flüchtlingen schon genug zu tun. Sie brauchen mich nicht auch noch, einen Nachfahren von französischen Kolonisten aus dem Banat. Und außerdem, wenn sie hinter meinem Rücken sprechen, dann verstehe ich kein einziges Wort."

Der Dialekt der Banater Schwaben klang ganz anders, als das Deutsch der Linzer, was die ohnehin gespannte Lage in der überladenen Stadt nicht gerade erleichterte.

Valmer und Pater Peter unterhielten sich noch lange. Sie redeten über die Überlebenden aus Theresiafeld und tauschten Anekdoten aus, die sie, trotz der grausamen Erinnerungen an die düstere Zeit, aufheiterte. Der gerissene Kartenspieler beeindruckte den Priester auf gewisse Weise. Valmer hatte unter schwierigsten Bedingungen das Banat durchquert und war wohlbehalten in der amerikanischen Besatzungszone angekommen, was ihn zur großen Ausnahme machte. Er hatte die schwere Zeit nicht nur überlebt, sondern gleichzeitig auch alles behalten, was er vorher besessen hatte. Der Pfarrer hatte sich früher selbst für ähnlich schlau und gewitzt gehalten, bevor die Maschinengewehrkugeln ihn verfehlt hatten und er als neuer Mensch aus der Grube geklettert war.

„Und was werden Sie jetzt machen, Herr Pfarrer?", fragte Valmer.

„Ich gehe zurück ins Banat", erwiderte er.

Valmer stand immer noch da, die Hand mit den drei Fingern an der gespannten Schnur. Er schüttelte ungläubig den Kopf.

„Sie sind aber nicht sehr klug, Herr Pfarrer!"

„Es gibt immer noch viele gläubige Katholiken in Jugoslawien. Die brauchen mich jetzt."

„Gibt es noch andere im Flüchtlingslager, die genauso dumm sind und mit Ihnen zurückgehen?"

„Ja, ein paar von ihnen haben noch ihre Familien dort und möchten auch wieder zurück."

„Das sind alles Trottel und Sie sind leider auch einer. Sie können doch das Leben dort vergessen. Wir müssen nach vorne schauen. Die alten Tage sind für immer vorbei."

„Das verstehen Sie nicht. Ich bin anders als Sie. Die Kirche braucht katholische Pfarrer im neuen Jugoslawien. Ich werde dort sein, egal wie schwer es wird."

Pater Peter strahlte eine Autorität aus, die den Kartenspieler aus Theresiafeld schließlich zum Schweigen brachte. Zum ersten Mal in seinem Leben glaubte der Priester aufrichtig an das, was er sagte. Valmer lächelte gönnerhaft. Der Gedanke, nicht aus Eigeninteresse zu handeln, war ihm fremd.

„Kommen Sie. Ich möchte Ihnen etwas geben", sagte Valmer.

Sie gingen an den vielen Menschen vorbei, von denen gerade einige von ihrer Arbeit als Tagelöhner zurückgekehrt waren. Draußen vor dem Gebäude stand Valmers Pferdewagen, der sehr neu aussah und anscheinend nicht den langen Weg aus dem jugoslawischen Banat zurückgelegt hatte.

„Wo haben Sie denn den Wagen her?"

„Den habe ich gekauft, nachdem mich die Amerikaner wieder freigelassen haben."

Als die Deutschen noch Österreich besetzt hielten, hatten sie Pferd und Wagen aller Banater Schwaben, denen die Flucht vor den grausamen Partisanen gelungen war, beschlagnahmt.

„Springen Sie auf", forderte Valmer den Pfarrer auf.

Pater Peter tat, wie ihm geheißen und half Valmer, das Heu auf dem Wagen zur Seite zu schieben. Darunter kam eine große, mit Mist verschmierte Kiste zum Vorschein.

„Was stinkt hier denn so erbärmlich?", fragte Pater Peter angewidert.

„Eine Kombination aus Schweinemist und Schwefel", grinste Valmer. „Damit halte ich mir die Langfinger fern."

Pater Peter hatte auf seiner Flucht aus Jugoslawien viele tote Menschen an den Straßenrändern liegen sehen. Der Gestank, der von der Kiste kam, roch wie verwesende Leichen, mit einer Note von verfaulten Eiern. Der Pfarrer musste ein Würgen unterdrücken und hielt sich ein altes Taschentuch über Mund und Nase. In Theresiafeld war er von Bauernhöfen und Schweinemist umgeben gewesen, aber nie hatte es dort so schlimm gerochen. Valmer wischte den Dung vom Schlüsselloch, dann sperrte er die Kiste auf. Darin befand sich ein schwarzes Hohner Akkordeon.

„Möchten Sie jetzt etwa ein Liedchen spielen?"

„Keine Sorge, Herr Pfarrer, das habe ich nicht vor." Trotz fehlender Finger schraubte Valmer geschickt das Gehäuse auseinander. Die handgemachten Stimmplatten, die den Musettenklang des Instruments erzeugten, waren entfernt und an deren Stelle mehrere Stofftaschen hineingestopft worden.

„Ich möchte Ihnen etwas schenken, weil Sie mir geholfen haben."

Valmer reichte ihm eine Zigarettenpackung. Zigaretten hatten die Reichsmark ersetzt und waren auf dem Schwarzmarkt in Linz zur gängigen Währung geworden. Den Banater Schwaben fehlte es oft am Nötigsten, da von den Amerikanern alles rationiert wurde. Pater Peter nahm das Geschenk gerne an, weil er die Zigaretten anderen Flüchtlingen geben würde, zum Tausch gegen das, was sie zum Leben brauchten.

„Und nehmen Sie auch das hier. Damit können sich die Theresiafelder den Hintern abwischen."

Er gab dem Priester ein Bündel wertloser Geldscheine. Die alten Banknoten stammten aus der Zeit der galoppierenden Inflation während der zwanziger Jahre in der Weimarer Republik. Da man im Flüchtlingslager kaum Toilettenpapier bekam, waren die alten Scheine ein willkommener Ersatz dafür.

Valmer schraubte das Akkordeongehäuse wieder zusammen. Pater Peter erhaschte noch einen Blick auf Schmuck und ungarische Goldmünzen im Inneren des Instruments. Der clevere Spieler hatte, bevor er das Banat verließ, sein Ackerland in harte Währung umgewandelt und sich dadurch abgesichert. Kurz darauf wurde schließlich jeglicher Landbesitz der deutschen Bauern in Jugoslawien von den Kommunisten konfisziert. Sein gesamtes

Vermögen für das neue Leben in Südfrankreich hatte er im Akkordeon bei sich.

„Unvorstellbar...zurück ins Banat..." Valmer schüttelte ungläubig den Kopf. Eine Rückkehr in das kommunistische Land, in dem man die Deutschen hasste, war für den Überlebenskünstler undenkbar.

„Ich bin fest entschlossen und werde zurückgehen", sagte Pater Peter.

„Ich hatte immer Glück im Banat, Herr Pfarrer. Glück beim Kartenspiel. Glück, mein Geld zu haben. Glück, am Leben zu sein. Aber ein kluger Mann weiß, wann man aufhören muss. Zurück ins Banat – das würde mein Glück überstrapazieren!"

„Sie mögen vielleicht recht haben."

Mit den Zigaretten in der Hand sprang Pater Peter vom Wagen herunter.

„Ob er wohl lebendig herausgekommen ist?", fragte Valmer.

„Wer denn?"

„Sie wissen schon, Hans Müller, der amerikanische Spion."

„Das werden wir wohl nie erfahren."

Pater Peter ging zur Seite, als Valmer die Wagenbremse löste. Die Ausgangssperre der Amerikaner verbot den nächtlichen Aufenthalt auf der Straße, aber Valmer schien sich um den Zapfenstreich wenig zu scheren.

Durch den Zerfall der deutschen Gemeinschaft in Theresiafeld würden sich fortan ihre Wege trennen.

„Auf Wiedersehen, Herr Pfarrer."

Er reichte ihm die lädierte Hand und Pater Peter drückte sie zum Abschied, in freundschaftlicher Verbundenheit. Immer noch haftete der Tierkot an Valmers Hand. Vom Wagen aus beobachtete er den Pfarrer, wie er verstohlen an seiner Hand roch und angewidert das Gesicht verzog.

„Gewöhnen Sie sich ruhig an den Gestank, Herr Pfarrer. Den tragen wir Banater alle an uns, für den Rest unseres Lebens", erklärte Valmer schmunzelnd, als sein Pferdewagen losrollte.

Pater Peter wischte mit dem Taschentuch den Dreck von seinen Händen und dachte dabei an Valmers letzte Worte. Jeder wusste, dass die Banater Schwaben während des Krieges die Deutschen unterstützt hatten. Wegen dieses Fehlers würden man die überlebenden Volksdeutschen, die in Jugoslawien blieben, verachten und auch Pater Peter würde bei seiner Rückkehr ins Banat mit dem Deutschenhass zu kämpfen haben.

Der Pfarrer blieb noch ein einige Monate in Linz und half, soweit er konnte, den Theresiafelder Flüchtlingen dabei, in ihrem neuen Leben zurechtzukommen. Als er schließlich die Zustimmung des Bischofs erhielt, wieder nach Jugoslawien zurückzukehren, packte Pater Peter seine wenigen Habseligkeiten in eine kleine Tasche und brach auf, fest entschlossen die katholische Kirche auch unter kommunistischer Herrschaft am Leben zu erhalten.

„Auf Wiedersehen, Herr Pfarrer", hörte man einen Jungen rufen.

Pater Peter lehnte sich aus dem Zugfenster und winkte dem Waisenjungen, mit dem er aus Jugoslawien geflohen war. Seine neuen Adoptiveltern und andere Theresiafelder waren mit zum Bahnhof gekommen, um den Priester zu verabschieden. Pater Peter war dankbar dafür, dass sie seine Arbeit zu schätzen wussten. Man würde ihn vermissen. Diesmal war es ganz anders als auf seiner ersten Reise nach Jugoslawien, denn er freute sich auf die Rückkehr und darauf, den Menschen zu helfen.

Im Zugabteil saß ihm ein Mann gegenüber, der hektisch seine Jackentaschen absuchte.

„So ein Mist!"

„Was ist los?", fragte der Priester ihn.

„Ich finde meinen Flachmann nicht. Den habe ich wohl vergessen."

Verzweifelt suchte er weiter nach der Schnapsflasche. Pater Peter griff in seinen Mantel und zog die verzierte Flasche hervor, die er vor vielen Jahren von der verstorbenen Tante Anna bekommen hatte. Die Flasche gehörte zu den wenigen Dingen, die er aus Theresiafeld mitgebracht hatte.

„Bitte schön."

Seit der Flucht hatte er keinen einzigen Schluck mehr daraus getrunken, doch er hatte sie als Andenken behalten. Sein nervöser Sitznachbar nahm dankbar einen großen Schluck von dem alten Pflaumenschnaps, den der Pfarrer damals in Jugoslawien so gerne getrunken hatte. Dann reichte er die Flasche zurück.

„Sie können sie behalten", sagte der Pfarrer.

„Wie bitte?", fragte der andere nach.

„Sie dürfen die Flasche gerne behalten, Sie gehört jetzt Ihnen. Ich brauche sie nicht mehr."

Ein letztes Mal winkte der Pater den Theresiafeldern auf dem Bahnsteig zu, als der Zug zu losrollte. Er war auf dem Weg zurück ins Banat.

## Rumänisches Banat
## Dezember 1944

Nadia hielt mir die Metalltasse an die Lippen, um mir eine bittere Flüssigkeit einzuflößen. „Trink noch etwas, *Gadjo*", forderte sie mich auf.

Während der Pausen für die Pferde, hatte sie am Wegesrand Wurzeln gesammelt und zu dem abscheulichen Tee verarbeitet, den sie mich nun zu trinken zwang.

„Aus dem Weg!", hörte man durch das Regenprasseln den Zigeuner rufen, der die Karawane anführte.

„Zur Seite, weg da!"

Unser Wagen fuhr durch den Schlamm, um der entgegenkommenden Wagenkolonne auszuweichen. Ich hob die Plane an, die mich vor dem rauen Wetter schützte und sah die anderen vorbeifahren. Die Räder polterten auf dem unebenen Boden durch riesige Regenpfützen. Obwohl ein Auge immer noch von den Schlägen der Partisanen von Nakovo verletzt und meine Sicht dadurch eingeschränkt war, konnte ich die blassen, leidgeprüften Gesichter der Menschen sehen, die in Decken und Mänteln zusammengekauert auf den Wagen saßen. Es waren Banater Schwaben, auf der Flucht in den Westen, nach Österreich. Sie versuchten, den Angriffen der Russen zu entkommen, die immer weiter in die von den Deutschen besetzten Gebiete vordrangen.

Die kastenförmigen Wagen sahen schwerfälligen aus, im Vergleich zu unserem ovalen, schnittigen Fuhrwerk, das ganz auf Mobilität ausgerichtet war. Wir hielten am Wegrand, um sie vorbeiziehen zu lassen. Im Gegensatz zu den Zigeunern, waren diese Banater Schwaben nicht ans Reisen gewohnt und fühlten sich verloren. Jetzt mussten sie auf Wagen, die eigentlich für die Landwirtschaft bestimmt waren, wie Nomaden heimatlos durch das Land ziehen, um der verwüstenden Militärfront in Rumänien auszuweichen.

„Schlaf weiter, *Gadjo*", beruhigte mich Nadia.

Ich ließ die beige Plane los und sah die Frau an, die ich in Theresiafeld kennengelernt hatte. Warum hatte sie mich gerettet und aus Nakovo herausgeholt? Was wollte sie von mir?

„Warum fahren wir nicht in die gleiche Richtung wie diese Leute?"

„Wir werden andere Lovara treffen", erklärte Nadia.

„Wo?"

„In den Südkarpaten, östlich von hier."

„Aber…"

„Du brauchst Ruhe, *Gadjo*. Leg dich wieder hin."

Als der letzte Wagen an uns vorbeirollte, fuhr unsere kleine Zigeunerkarawane wieder auf dem schlammigen Weg weiter nach Siebenbürgen. Für mich ergab es keinen Sinn, dass wir Richtung Osten ins russisch besetzte Gebiet fuhren, doch ich war zu schwach, um weitere Fragen zu stellen. Das Trommeln des Regens auf dem Planwagendach machte mich schläfrig, die Augen fielen mir wieder zu.

Am nächsten Morgen erwachte ich vom Ruckeln unseres Wagens, der so laut schepperte Reichingers alte Dreschmaschine. Wir fuhren wohl einen Hügel hoch, weil ich gegen die Hinterwand gedrückt wurde, während es immer holperiger wurde.

„Wo sind wir?", erkundigte ich mich.

In meinem mobilen Krankenzimmer saß wieder die alte Zigeunerin, die ich bereits von der ersten Begegnung mit diesem umherziehenden Volk beim Pferdekauf kannte. Sie kletterte oft in unseren Wagen, wenn ich wach war, um Nadia im Auge zu behalten, bis ich wieder einschlief. Offensichtlich war es der Alten nicht recht, dass Nadia und ich auf so engem Raum zusammen waren. Ich hob wieder die Plane an und sah draußen, neben unserem mit Schnitzwerk verzierten Wagen ein Pferd laufen, das humpelte. Nadia lief neben dem verletzten Tier und beobachtete seinen Gang.

„Der *Vardo* soll nicht so schnell fahren", ordnete Nadia an.

Die Wagenkolonne fuhr nun langsamer den Hügel hinauf. Nadia gab weitere Anweisungen. Dann sagte sie zu mir: „*Gadjo*, du musst aufstehen. Es tut mir leid, aber wir müssen jetzt den Rest des Weges zu Fuß zurücklegen."

Wir hielten an. Die Zigeuner riefen sich etwas in ihrer mysteriösen Sprache zu, die nur sie verstanden. Ich stieg vom Wagen, der in der vergangenen Woche meine Ruhestätte gewesen war und musste mich bei Nadia anlehnen, weil mir schwindelig wurde.

„Kannst du laufen, *Gadjo*?"

„Ich versuche es."

Ich wagte die ersten Schritte. Immer noch war ich sehr schwach und mich fröstelte es wegen des Fiebers, doch mit Nadias Hilfe konnte ich gehen. Sie legte mir eine warme Decke über die Schultern und wir setzten unseren Weg in die Berge fort. Durch den Nebel konnte man die ersten Bergspitzen Transsilvaniens erkennen. Es sah hier ganz anders aus, als in den Ebenen des Banats, die in den letzten zweieinhalb Jahren zu meiner Heimat geworden waren.

„Wo laufen wir hin?"

„Unsere *Vitsa* schließt sich den anderen Lovara an, die bereits in unserem Winterlager in den Bergen sind", meinte Nadia. „Du kannst dich dort auskurieren. Die Walachen werden uns in Ruhe lassen."

Die Zigeuner versteckten sich vor der Kriegsfront offenbar lieber in Rumänien als in Jugoslawien. Meine Gastgeber bevorzugten die sanftmütigen Rumänen aus der Walachei gegenüber den hasserfüllten Serben aus Jugoslawien.

„Versuche dich auf das Gehen zu konzentrieren, *Gadjo.*"

Der Weg bergauf zu dem versteckten Lager in den Bergen war beschwerlich. Ich war sehr abgemagert und hatte wegen des Fiebers kaum genügend Kraft für den Fußmarsch. Nach einem halben Kilometer wurde mir auf einem besonders steilen Wegstück schwarz vor Augen. Ich brach in Nadias Armen zusammen.

„Ich trage ihn das letzte Stück", hörte ich jemanden sagen.

Es war die vertraute Stimme des dunkelhäutigen, kleinen Mannes, der aus dem Nichts heraus gekommen war und mich aus der Einzelhaft in der überfluteten Zelle gerettet hatte.

„Halte dich gut fest, John."

Der Fremde, der Englisch mit mir sprach, hob mich hoch, legte mich über die Schultern und trug mich den letzten Rest des unebenen, gewundenen Weges den Berg hinauf. Endlich erreichten wir, nachdem wir fast zwei Wochen das Versteck auf einer Hochebene in den transsilvanischen Alpen. Ich ließ meine Blicke über die Ebene schweifen und sah die halbkreisförmigen Zelte, die willkürlich auf dem Platz verteilt standen. Zigeuner aller Altersstufen hielten sich in dem Lager auf.

„Leg ihn dort nieder", sagte Nadia.

Mein Retter, der mich aus Nakovo herausgeholt hatte, trug mich an den vielen Zelten vorbei, die wie ein Bienenschwarm den Berg bevölkert hatten, zu einer dunklen Höhle in der Felswand am Rande der Ebene.

Er legte mich auf eine Decke vor einem knisternden Feuer. In der wohltuenden Wärme schlief ich fast auf der Stelle ein, weil ich von den Strapazen der Wanderung sehr erschöpft war. Ich träumte wieder von den Wagen mit deutschen Siedlern, die durch die Ebenen des Banats ihrer neuen Heimat entgegenfuhren. Der Traum fing stets friedlich an, verwandelte sich aber dann in einen schrecklichen Albtraum. Ich sah das Gesicht des Partisanen, den ich in Theresiafeld umgebracht hatte. Er lachte mich aus. Plötzlich hatte ich keine Kleider und Schuhe an und fiel auf verwesende Leichen auf der Ladefläche. Ich sah den Wagen durch die Straßen Nakovos fahren. Es wurden die Toten des Tages aufgeladen und zum Massengrab gebracht. Schweißgebadet fuhr ich hoch. Nadia kam aus dem Dunklen von der anderen Seite der Höhle herbei.

„Du musst dich gegen die bösen Geister wehren, *Gadjo*.".

Ich war nicht ganz bei mir, aber ich hörte ihre Stimme und merkte, dass sie wieder die Schnur um meinen Finger wickelte, um gegen das Fieber zu senken.

„Ich versuche es", murmelte ich.

„Du musst kämpfen, wenn du gewinnen willst."

Auch während der nächsten Tage schreckte ich immer wieder von Albträumen geplagt auf, während die bitteren Arzneien der Zigeuner gegen das Fieber ankämpften.

Plötzlich erwachte ich von einem Geräusch. Es klang, als ob ein Hund Wasser aus einem Napf leckte. Als ich die Augen öffnete, sah ich ein paar Kinder, die heißen Tee aus ihren Metalltassen schlürften und mich dabei anstarrten. Das heiße Getränk dampfte in der feuchten Höhle.

„*Gadjo, Gadjo*", neckten sie mich.

Meine helle Haut verriet ihnen, dass ich kein Lovara war. Selbst die kleinen Kinder kannten den Unterschied zwischen einem Rom aus ihrer Volksgruppe und einem Außenseiter wie mich. Sie hüpften um mich herum und riefen immer wieder *Gadjo*, eine Bezeichnung für alle, die nicht zu den Sinti und Roma gehörten. Dann wurde es ihnen zu langweilig und sie liefen wieder aus der Höhle hinaus. Ich versuchte aufzustehen, aber musste mich an der kalten unebenen Wand abstützen. Es war das erste Mal, dass ich seit meiner Ankunft im Lager vor mehr als einer Woche, wieder aufstand.

„Na, wie fühlen Sie sich, John Miller?"

Am Höhleneingang stand der Mann, der mich gerettet hatte.

„Wer sind Sie eigentlich?", fragte ich.

Er fuhr sich durch das schwarze Haar und kam auf mich zu.

„Ich bin ein Freund vom Fuchs, wer sonst?", grinste er.

Obwohl er aussah, als ob zumindest ein Elterteil von den Sinti und Roma abstammte, verriet sein britischer Akzent, dass er eine andere Herkunft hatte.

„Wer sind Sie?", wiederholte ich meine Frage.

„Ich bin ein Gurkhasoldat und arbeite für den MI6, den britischen Geheimdienst. Es war ganz schön schwierig, Sie zu finden. Erst haben wir gedacht, dass Sie, wie die meisten anderen Deutschen in Jugoslawien, umgekommen sind."

„Ich habe wohl Glück gehabt."

Ich versuchte ein paar unsichere Schritte, während ich mich weiter an der Höhlenwand abstützte.

„Der Krieg in Europa geht seinem Ende entgegen, mein Freund. Unsere Allianz mit den Russen löst sich auf. Sie wissen ja selber sehr gut, dass wir den Russen nie von unseren Agenten in Jugoslawien erzählt haben. Darum hat man mich geschickt, damit ich Sie hier heraushole."

„Es ist wirklich unglaublich, wie sich die Lage dort verschlechtert hat. Was geschieht mit den vielen Flüchtlingen, die uns entgegen gekommen sind?"

„Das weiß niemand genau. Titos Macht festigt sich immer mehr und wir verlieren wohl ein weiteres Land an die verfluchten Kommunisten. Die Banater Schwaben der Kolonne haben einfach Pech, sie sind eine ethnische Minderheit am falschen Ort."

Der MI6 Agent schien sich, im Gegensatz zu mir, wenig um diese Menschen zu sorgen, die vor Josip Broz Tito und seinen Partisanen auf der Flucht waren. Er war wahrscheinlich ein sehr guter Geheimagent, ein viel besserer als ich es war, denn er konzentrierte sich auf seine Mission und dachte nicht über die brutalen Geschehnisse um ihn herum nach.

„Wie kam es, dass Sie sich mit Nadia zusammengetan haben?", erkundigte ich mich.

„Ein paar Zigeuner von ihrem Volk haben in einem Wirtshaus in Serbien für Partisanen musiziert und getanzt. Ich war zufällig dort und habe nach Ihnen herumgefragt."
"Interessante Kombination, ein britischer Geheimagent, der Zigeuner als Subagenten arbeiten lässt."

Der britische Agent musste lachen, während er weiter meine unsicheren Gehversuche beobachtete.

„Na ja, ehrlich gesagt hätte ich Sie wahrscheinlich ohne ihre Hilfe gar nicht gefunden. Diese Lovarazigeuner haben ein ungeheures Netzwerk an Kontakten, das dem des britischen Geheimdienstes in nichts nachsteht.

„Und was passiert jetzt?"

„Ich habe gefunkt, dass der Fuchs gefunden wurde. Jetzt warten wir auf weiteren Befehl, was wir als nächstes tun sollen. Das gibt Ihnen Zeit, wieder richtig auf die Beine zu kommen."

„Glauben Sie, dass wir hier in Sicherheit sind?"

Ich sah aus der Höhle hinaus, zu den vielen Zelten und Lagerfeuern auf der von Bergen umsäumten Hochebene. Mir fiel wieder die erste Begegnung mit den Zigeunern ein, als ich vor über einem Jahr Reichingers Pferd gekauft hatte. Es war offensichtlich, dass diese Vagabunden mit den dunklen Augen und dem kohlrabenschwarzen Haar uns sesshafte Menschen nicht mochten. Mir wurde wieder schwindelig und ich musste mich auf den unebenen Höhlenboden setzen.

„Ich denke, wir werden keine Probleme haben, weil wir ja mit Nadia gekommen sind", vermutete der Gurkha. „Außerdem habe ich ihnen Geld gegeben. Wenn wir nicht willkommen wären, hätten sie uns wahrscheinlich schon verspeist."
"Ach so, richtig", sagte ich und musste lachen, obwohl meine Rippen dabei immer noch von den Verletzungen aus Nakovo schmerzten.

„Ruhen Sie sich weiter aus", forderte er mich auf. „Ich sehe später noch einmal nach Ihnen."
Der geheimnisvolle Mann, der mir die Botschaft im Brotlaib zugeworfen hatte, verließ die Höhle. Völlig geschwächt legte ich mich wieder auf meine Lagerstätte.

Im Laufe der nächsten Zeit, als es mir allmählich besser ging, unterhielt ich mich gelegentlich mit dem MI6 Agenten. Immer noch hatten wir keine Nachricht vom Office of Strategic Services erhalten, was wir zu tun hätten.

Endlich musste ich das scheußliche Mittel der Lovara nicht mehr so oft einnehmen. Dafür bekam ich deftigen Eintopf mit Igelfleisch. Obwohl die Lovara in dem Winterlager in den Südkarpaten keinen großen Lebensmittelvorrat hatten, waren meine Essensrationen nicht kleiner als ihre eigenen. Früher hätte ich niemals so etwas von dem Volk, dem die Banater Schwaben aus Theresiafeld stets mit Misstrauen und Argwohn begegnet waren, erwartet.

Da ich nicht mehr so schwach war, wagte ich, mich immer weiter von meiner sicheren Höhle zu entfernen und weitete meine Spaziergänge bis zum Lagerrand aus. Ich spazierte zwischen den Zelten umher, die wie riesige Fußbälle aus der ebenen Erde herausragten. Aus einem Haufen Brennholz holte ich mir einen langen Stock, auf den ich mich beim Laufen stützen konnte. Mein verletztes Auge war noch nicht gänzlich geheilt, so dass ich immer noch schlecht sah und deshalb wackelig auf den Beinen war.

Ein Zigeuner war gerade dabei, Goldfolie von dem Blumenmuster seines *Vardos* zu kratzen. Der Wagenschmuck war eine Art Statussymbol, doch den Stolz, seinen Reichtum zu zeigen, musste er wohl vorläufig ablegen. Gold wurde gegen Nahrung und Kleidung eingetauscht und beides hatte nun Vorrang, seit der Krieg im Banat Einzug gefunden hatte.

„Aua! Verflucht!"

Auf dem Boden lag eine federbetriebene Falle, in die ich mit meinem alten Lederstiefel geraten war. Ich zog ihn aus und untersuchte, was sie angerichtet hatte. Zum Glück hatte die Fangvorrichtung, die für kleinere Tiere verwendet wurde, nur die erste Hautschicht erwischt und mein Fuß blutete nur leicht.

Umständlich zog ich den Stiefel wieder an, darauf bedacht, dass die ungarische Goldmünze ans vordere Ende rutschte. Es war sehr erstaunlich, dass sie mir auf der Flucht nicht gestohlen worden war.

Ein Lovara kam mir entgegen. Er hatte ungefähr mein Alter und rief mir etwas auf Romani zu. Ich verstand zwar kein einziges Wort, aber ganz offensichtlich machte er sich mehr Sorgen um die Falle, als um meine schmerzende Verletzung.

„*Gadjo!*", hörte ich.

Es war Nadia. Sie kam den schmalen Bergpfad hochgestiegen, auf dem wir angekommen waren und führte ein paar Pferde, die mit Seilen hintereinander festgebunden waren. Von der alten Zigeunerin, Nadias Vertrauten, wusste ich, dass Nadia das Lager kurz nach unserer Ankunft wieder verlassen hatte, um Pferde gegen Nahrungsmittel für die vielen Neuankömmlinge einzutauschen.

Nadias Gefährten trieben die Tiere an und benutzten dazu Igelpfoten. Während sie die Pferde schlugen, klingelte ein kleines Glöckchen, das einer von ihnen am Gürtel befestigt hatte. Auf diese Weise lernten die Pferde, Schmerzen und den Klang des Glöckchens in Verbindung zu bringen.

„Also, jetzt weiß ich endlich, wie du mich beim Pferdekauf hinters Licht geführt hast", sagte ich.

Das Glöckchen konnte, zumindest für kurze Zeit, selbst einen so altersschwachen Gaul wie Reichingers Mercy, als gesunden, kraftstrotzenden Hengst erscheinen lassen. Ich musste über den klugen Trick lachen, der mich als ahnungslosen Käufer in die Irre geführt hatte.

„Jetzt lernst du alle unsere Lovarageheimnisse kennen, *Gadjo*."

„Das bezweifle ich."

„Sind die bösen Geister weg?"

„Fieber habe ich jetzt keines mehr. Die Schnur am Finger hat wahrscheinlich Wirkung gezeigt."

Verständnislos blickte sie mich an, denn sie fand meinen Sarkasmus bezüglich ihrer Heilmethoden nicht lustig. Sie rief ihren Leuten etwas auf Romani zu. Diese wanderten mit den Pferden weiter zum Lager hinauf.

Nadia und ich waren nun allein und liefen gemeinsam einen anderen Pfad entlang. Wir unterhielten uns über die schweren Bedingungen, unter denen die Menschen des Banats zu leiden hatten und über die ungewisse Zukunft für Theresiafeld. Nicht nur die Banater Schwaben in Jugoslawien hatten Angst um ihre Zukunft. Auch Nadia sorgte sich um ihren Klan, der sie als Kind aufgenommen hatte und fragte sich, ob ihre *Vitsa* unter den Kommunisten ihr traditionelles Zigeunerleben weiterführen könne.

„Warum hast du dem britischen Geheimdienstler geholfen, mich aus Nakovo herauszuholen?", wollte ich wissen.

Die Frage war ihr offenbar unangenehm.

„Ich hatte meine Gründe, *Gadjo*."
"Und welche?"
Sie schwieg noch einen Moment. Dann sagte sie:

„Ich möchte gerne wissen, was mit Renate geschehen ist."

Es war nicht die Antwort, auf die ich gehofft hatte. Ich hatte mir erträumt, es sei aus Zuneigung zu mir geschehen. Aber ich war immer noch ein Fremdling und kam für eine Beziehung mit einer Zigeunerin anscheinend nicht in Frage.

„Meinst du Renate Reichinger?"
Es war erstaunlich, dass diese Frau fast ein zwanghaftes Interesse an der Tochter meines toten Arbeitgebers aus Theresiafeld zeigte.

„Ja."

„Du wirst es nicht hören wollen."
Sie blieb stehen. Ihre blauen Augen verdunkelten sich, doch ich musste ihr die Wahrheit sagen.

„Die Partisanen haben Reichingers Gut überfallen, geplündert und angezündet. Ich konnte gerade noch das alte Pferd, das du mir verkauft hast, schnappen und wollte fliehen. Ich habe Renate angefleht, mitzukommen, aber sie hat sich geweigert."

„Was ist dann mit ihr passiert?"
Nadia war vor Entsetzen blass geworden. Ich musste mich überwinden, weiterzuerzählen. „Sie wurde von einem Partisanen vergewaltigt. Dann hat sie Selbstmord begangen. Sie hat sich auf dem Gut in den Brunnen gestürzt."

Nadia blieb stehen und musste sich auf einem Felsbrocken, der aus der feuchten Erde ragte, abstützen. Sie war fassungslos.

„Es tut mir so leid, Nadia. Ich habe wirklich mein Bestes versucht, ihr zu helfen. Du musst mir glauben."

Ich berührte sie sanft an der Schulter, aber sie wandte sich ab.

„Ich wäre so gerne für sie da gewesen". Nadia begann zu weinen.

„In den letzten Monaten sind viele Menschen umgebracht worden. Warum erschüttert dich ihr Tod mehr als der der anderen?", wollte ich wissen.

Ihre Tränen tropften auf das Gestein und rannen herunter. Sonst weinten Zigeunerinnen nur, wenn sie damit etwas erreichen wollten, aber Nadias Tränen waren echt.

„Sie war meine Schwester."
Ich dachte, nicht richtig gehört zu haben. „Wie bitte?"
„Sie war meine Schwester. Und sie wusste nicht einmal von mir."

Ich drehte Nadia zu mir. Sie hatte zwar eine dunklere Hautfarbe als Renate, aber ich erkannte die Ähnlichkeit in ihren tränengefüllten, blauen Augen. Es waren die Augen ihres Vaters, Johann Reichinger. Jetzt war mir klar, wie das Leben dieser Zigeunerin mit dem des reichen Landbesitzers aus Theresiafeld zusammenhing. Reichinger hatte sie und ihre Mutter vertrieben, nachdem er sich eine zweite Frau genommen und dadurch seine gesellschaftliche Stellung verbessert hatte. Seine Stellung, in einer überheblichen Gesellschaft, die auf Zigeuner geringschätzig herabsah.

„Jetzt verstehe ich auch, warum du Reichinger gehasst hast! Ich wünschte, ich könnte Renate zurückholen, aber das geht leider nicht."

Sie beruhigte sich langsam. Renate wäre vielleicht die Einzige in der Familie gewesen, die Nadia als ebenbürtig angesehen hätte. Doch jetzt war Renate tot. Für Nadia, die durch ihr nomadenhaften Leben sehr stark und abgehärtet war, stellte dieser schwere Schicksalsschlag eine harte Probe dar. Ich wollte sie in den Arm nehmen, um sie zu trösten. Aber auch, weil ich mich nach ihrer Nähe sehnte. Bisher hatte ich im Banat sehr zurückgezogen gelebt, und nur meinem Land gedient. Doch wünschte ich mir Geborgenheit, wie damals zu Hause, in meiner gewohnten Umgebung in New York.

Ich zog sie an mich heran und küsste sie. Ich wollte nicht länger alleine und auf der Flucht sein. Es fühlte sich gut an, ihr nahe zu sein. Schon seit Langem begehrte ich sie und hoffte, sie würde meine Gefühle erwidern. Ich war zwar kein Angehöriger der Lovara und wusste, dass es mir strengstens verboten war, sie zu berühren, aber das war mir im Augenblick gleichgültig.

„Ich möchte mit dir zusammensein, Nadia. Ich begehre dich mehr, als ich je eine Frau begehrt habe."

"Nein." Sie schubste mich weg und wich mir aus.

Im Gehen rief sie: „Das geht bei uns nicht so leicht, *Gadjo*."

Aus Gesprächen mit Lovaramännern wusste ich, was auf dem Spiel stand, wenn eine Frau ihres Klans mit einem *Gadjo* erwischt wurde. Nadias Leute würde sie als unrein ansehen und sie ausschließen.

Ich wartete noch einige Augenblicke, ehe auch ich mit meinem behelfsmäßigen Gehstock zum Lager zurückkehrte.

Nadia mied mich in der nächsten Zeit, weil ich zu aufdringlich gewesen war. Ich bereute es, dass ich Nadia meine wahren Gefühle offenbart hatte. Ich wurde aus der Frau, die mir das Leben gerettet hatte, nicht schlau. Ich blieb in dem versteckten Lager bis Ende des Winters, und kam vollständig wieder zu Kräften, dank der Kleintiere, die in die Fangvorrichtungen der Zigeuner gerieten. Die Lovara konnten mit den harten Bedingungen in der Abgeschiedenheit der Berge erstaunlich gut umgehen. Die Menschen aus Theresiafeld, die nun entweder auf der Flucht oder in einem Arbeitslager gefangen waren, besaßen nicht die Beharrlichkeit der Zigeuner. Immerhin war das Leben in den Südkarpaten keineswegs so brutal wie in den unzähligen Arbeitslagern, die überall im kommunistischen Jugoslawien entstanden waren.

Zu Beginn des Frühlings erhielten der Gurkha und ich endlich eine Funknachricht, dass die Deutschen kurz davor waren, sich zu ergeben. Man würde uns bald weitere Anweisungen geben. Dann würde ich das Lager sicher bald verlassen müssen und Nadia niemals wiedersehen.

Mein Verlangen nach ihr war genauso groß wie zuvor. Wenn ich mit ihr zusammen sein wollte, würde sie ihr Volk verlassen und mit mir nach Amerika gehen müssen. Das wäre die einzige Möglichkeit. Ich konnte nicht im Banat bleiben, denn seit der Machtübernahme der Kommunisten, waren die einstmals lebhaften, deutschen Gemeinden in Jugoslawien für immer zerstört und die Zigeuner würden mich nicht als vollwertiges Mitglied in ihre Gemeinschaft aufnehmen. Die einzige Chance für eine gemeinsame Zukunft war, dass sie mit mir kam.

Später am Abend beobachtete ich sie von meiner Höhle aus beim Flicken einer kaputten Zeltwand. Sie sprach nur mit mir, wenn andere dabei waren. Ich wollte unbedingt das Eis brechen, das sich in den vergangenen Monaten gebildet hatte, doch ich war sehr nervös. Dennoch musste ich einen Versuch wagen.

„Ich habe nachgedacht, Nadia, über uns", begann ich. „Im Banat gibt es für mich leider keine Zukunft mehr. Die Freiheit, die die Deutschen früher in Jugoslawien hatten, ist für immer dahin."

Ich rang um Worte und blickte dabei auf die Gipfel der Berge, die immer wieder im Frühlingsnebel verschwanden.

„Ich wünsche mir so sehr, dass du mit mir nach Amerika kommst. Auch wenn wir uns erst seit Kurzem kennen, fühle ich, dass wir zusammengehören."
Sie unterbrach ihre Arbeit und sah mich an.

„Du bist ein gebildeter Mann mit einer vielversprechenden Zukunft in Amerika. Warum willst du gerade mich, eine Halbzigeunerin?"

Mir gegenüber hatte sie ein geringes Selbstwertgefühl wegen ihrer Herkunft. Immer noch trug sie seelische Narben, dass Reichinger ihre Mutter und sie damals vertrieben hatte, weil Zigeuner in der Banater Gesellschaft der Volksdeutschen als minderwertig angesehen wurden. Die anderen Zigeuner ihrer *Vitsa* aber fühlten sich Volksdeutschen gegenüber nicht unterlegen. Für sie war ich nichts weiter als ein *Gadjo*, ein Barbar, den sie durchfütterten. Ich war kein Zigeuner und ich war erst recht kein Rom. Mit Nadia war es anders. Sie war mir ähnlich, weil wir beide volksdeutsche Gene hatten und Außenseiter waren.

„Wir sind uns sehr ähnlich", sagte ich. „Wir gehören beide nicht wirklich zu den Lovara. Ich weiß, dass du von den Banater Schwaben in Theresiafeld schlecht behandelt worden bist, aber ein Teil von dir gehört zu ihnen. Nur in Amerika wirst du dich frei fühlen und nicht hin und her gerissen zwischen beiden Völkern sein."

„Was verlangst du von mir?"
"Meine Mission ist vorbei. Ich möchte dich heiraten und mit dir zusammen in die USA gehen."

Sie starrte mich ungläubig an.

„Du forderst sehr viel von mir, *Gadjo*."

„Aber nur so können wir zusammen sein!"

„Du verstehst nicht, was es heißt, zu den Lovara zu gehören. Weißt du, wie hart es war, um von dieser *Vitsa* anerkannt zu werden?"

„Aber willst du denn mit mir zusammensein?", fragte ich.

„Ich habe mich noch nie zuvor von einem *Gadjo* angezogen gefühlt, aber mit dir ist es irgendwie anders. Warum weiß ich auch nicht genau. Eigentlich wünschte ich, ich hätte dich nie kennengelernt. Du machst mein Leben unglaublich kompliziert."

„Versprich mir, wenigstens darüber nachzudenken. Ich werde bald aufbrechen und ich wünsche mir, dass du mitkommst."

Als ich mich an diesem Abend in meiner Höhle schlafen lege, fühlte ich mich leer. Der Gedanken, Nadia zurücklassen zu müssen, war unerträglich. Ich beneidete sie um das Zusammengehörigkeitsgefühl ihrer umherfahrenden Gruppe. Sie fühlte sich eng mit den Zigeunern verbunden - eine ähnliche Beziehung wie sie zwischen mir und meinem Vater bestand, obwohl ich ihn schon seit mehreren Jahren nicht mehr gesehen hatte. Ich lag auf der Decke am Feuer und dachte nach. Wie konnte ich Nadia dazu bringen, ihr nomadenhaftes Leben zurückzulassen und mit mir, einem Volksdeutschen, eine gemeinsame Zukunft zu wagen?

## Rumänisches Banat
### März 1945

Schon als Kind hatte Nadia von ihrem Romanivolk gelernt, dass man Fremdlingen nicht trauen durfte. Auch ihr deutscher Vater hatte vor vielen Jahren Argwohn gesät, als er sie mit ihrer Mutter vom Hof jagte. Die Umstellung von einem beständigen, sesshaften Leben in Theresiafeld auf das unstete Leben der Zigeuner war für Nadia nicht leicht gewesen. Es hatte Jahre gedauert, bis die Sippe sie vollständig akzeptierte. Mit fünfzehn Jahren, kurz nachdem ihre Mutter gestorben war, wurde sie von ihrer *Vitsa* aufgenommen. Normalerweise waren Romafrauen in diesem Alter längst verheiratet, aber weil sie keine echte Lovara war, kam sie für die meisten Familien nicht als Ehefrau für deren Söhne in Betracht. Jetzt war sie sechsundzwanzig und hatte keine großen Chancen, einen Mann zu finden, weil die meisten Lovara bereits verheiratet waren.

Sie wollte nicht den Rest ihres Lebens durch das Banat ziehen, unterwegs auf den von den Stammesältesten festgelegten Handelsrouten. Insgeheim sehnte sie sich nach einem sesshaften Leben, aber in das deutsche Dorf, wo man Zigeuner so geringschätzig behandelte, wollte sie auf keinen Fall zurückkehren. Seit sie aber den amerikanischen *Gadjo* kannte, der ähnlich aufgewachsen war wie sie, hatte sich eine neue Gelegenheit aufgetan. Der Gedanke, mit ihm zusammen den Ozean zu überqueren, hatte einen alten Traum erweckt. Vor vielen Jahren hatte sie einmal eine Frau von einem anderen Volk kennengelernt, dessen Reiseroute durch das Gebiet der Lovara führte. Sie spielte fantastisch Geige. Nadia hatte gehört, dass die Frau ihre *Vitsa* verlassen wollte, um in Amerika ihr musikalisches Talent auszuleben. Die Freiheit zu einer solchen Entscheidung, die es unter den strengen Bedingungen der Lovara niemals geben würde, hatte sie damals fasziniert.

Da sie als Kind von ihrem deutschen Vater verstoßen wurde, fürchtete Nadia den Ausschluss aus der Lovaragemeinschaft umso mehr. Wenn sie nun mit einem *Gadjo* davonliefe, dann würde man sie für immer ausschließen. Falls der *Gadjo* sich von ihr trennte, würde der Lovaraklan kein Sicherheitsnetz mehr bieten. Sie brauchte dringend Rat. Den konnte ihr nur Bibi geben, ihre Vertraute. Bibi war die *Phuri Dai* ihrer *Vitsa*, zuständig für alle Angelegenheiten, die Frauen und Kinder betrafen. Im Laufe der Jahre, war sie Bibi sehr nahe gekommen und schätzte ihre Meinung in höchstem Maße.

„Bibi, ich muss unbedingt mit dir sprechen", verkündete Nadia, als sie das Zelt der wesentlich älteren Freundin betrat.

Bibis Gesicht war wettergegerbt, mit unzähligen Falten. Sie legte ihre Pfeife auf einen glatten, flachen Stein, der ihr auf dem sandigen Boden als Tisch diente.

„Was gibt es, mein Kind?", erkundigte sie sich.

Man schätzte Bibi für ihre Weisheit, mit der sie persönliche Probleme innerhalb der Gemeinschaft löste. Deshalb brachten die Lovara, insbesondere Nadia, ihr höchste Achtung entgegen. Sie würde Bibi für immer dankbar sein, dass sie damals den Klan überzeugt hatte, Nadia nach dem Tod der Mutter aufzunehmen, obwohl sie als Sintiza geboren wurde und keine echte Lovara war. Wenn Nadia ein Problem hatte, wandte sie sich an die alte Frau, die stets einen Rat wusste.

„Ich habe vor, die Lovara zu verlassen", brachte Nadia hervor.

„Aber warum denn, mein Kind?", wunderte sich Bibi. „Die *Vitsa* respektiert dich sehr. Du bist keine Sintiza mehr, sondern eine Lovara und wirst von allen als solche angesehen."

„Es geht gar nicht um meine Vergangenheit als Sintiza, sondern um mein Erbe als Volksdeutsche."

Die Alte zog wieder an der Pfeife und dachte nach. Bibi war die Einzige, die von Nadias deutschem Blut wusste. Wenn je ein anderer aus der *Vitsa* davon erführe, wäre ihr Schicksal als unreine Frau für immer besiegelt und sie würde aus der Lovaragemeinschaft ausgestoßen werden.

„Liebst du diesen *Gadjo* denn?", forschte Bibi nach.

Sie hatte richtig erraten, warum Nadia ihr Adoptivvolk verlassen wollte. Bibi hatte mit angesehen, wie sich Nadia liebevoll um den *Gadjo* gekümmert hatte. Im Laufe der Reise mit dem *Vardo*, hatte man Nadia immer öfter an der Seite des kranken Mannes gesehen.

„Ich denke schon – ja, ich liebe ihn tatsächlich", gestand sie.

„Ich weiß noch, wie schwer es damals war, als du zu uns kamst. Man gab dir immer die niedersten Arbeiten. Doch dann fingen die anderen allmählich an, dich zu akzeptieren. Bist du dir sicher, dass du das jetzt alles aufgeben willst?"

„Nein, da bin mir noch nicht sicher. Aber ich möchte mit ihm zusammen sein."

„Nadia, du bist eine kluge Frau. Und durch dein Verhandlungsgeschick bringst du unserer *Vitsa* gutes Geld ein. Was würde denn aus dir werden, wenn dich der *Gadjo* verließe? Dann hast du gar nichts mehr."

„Darüber habe ich auch schon nachgedacht. Ich hatte gehofft, du könntest mir vielleicht helfen. Ich möchte nicht für immer aus der Gemeinschaft ausgeschlossen werden, wenn ich mit dem *Gadjo* gehe."

Bibi zog wieder an der Pfeife und überlegte.

„Das bedeutet also, dass wir den *Kris* einberufen müssen", meinte Bibi schließlich. „Bist du denn bereit, seine Entscheidung anzunehmen, egal wie sie ausfällt?"

Nadia betrachtete nachdenklich die spröden Lippen der Alten. Sie wusste, dass ihre einzige Chance darin bestand, die Stammesältesten der *Vitsas* zu einer Versammlung einzuberufen und auf ihr Urteil zu warten.

„Die Entscheidung des *Kris* kann zu deinen Gunsten ausfallen oder auch nicht. Möchtest du das riskieren?", fragte Bibi.

„Ja, das möchte ich."
Bibi blies Rauch aus. Als *Phuri Dai* war es ihre Pflicht, sich der Sache anzunehmen. Nadia war wie eine Tochter und sie wollte nur das Beste für sie.

„Ich werde morgen Abend den *Kris* zusammenrufen. Aber der *Gadjo* darf ihm nicht beiwohnen."

„Ist gut, Bibi. Ich danke dir sehr!"

Nadia verließ das Zelt. Sie wusste, dass der *Kris* das letzte Wort darüber haben würde, ob sie den *Gadjo* heiraten dürfe oder nicht. Es war ein recht gewagtes Unterfangen und fraglich, ob die männlichen Stammesältesten ihr tatsächlich erlauben würden, mit einem *Gadjo* zu gehen und trotzdem weiterhin zur Gemeinschaft zu gehören. Aber sie musste es darauf ankommen lassen. Alles stand auf dem Spiel! Wenn sie ohne die Genehmigung des *Kris* fortginge, wäre sie unrein und die Brücke zurück für immer eingestürzt. Wenn sie aber hier bliebe, würde sie ihre einzige Hoffnung auf Liebe verlieren – die Liebe zu einem Mann, der ihre Herkunft akzeptierte. Wenn sie den Banater Schwaben heiratete, könnte sie mit der Tatsache, dass sie von ihrem Vater verstoßen worden war, endgültig abschließen und Frieden damit finden. Sie musste das Risiko eingehen und den *Kris* befragen.

## Rumänisches Banat
### März 1945

Bibi beobachtete den *Bandolier*. Er war das neue Oberhaupt des Klans und saß in der Mitte der Höhle beim Feuer, umgeben von den Stammesältesten. Sie war sonst nicht oft bei einem *Kris* dabei, aber heute durfte sie der Versammlung beiwohnen. Das war immer dann der Fall, wenn ihr Rat als *Phuri Dai* für die Probleme der Frauen und Kinder gefragt war.

„Wir sind heute hier zusammengekommen, um über eine heikle Angelegenheit zu sprechen", verkündete die Alte.

„Worum handelt es sich? Bitte erzähle uns davon." Der *Bandolier* sprach mit lauter Baritonstimme, die von den Höhlenwände widerhallte und die anderen Männer zum Schweigen brachte.

„Eine Frau unserer *Vitsa* erbittet die Erlaubnis, einen *Gadjo* zu heiraten."

Die Ratgeberin der Frauen kannte die Regeln der Roma. Es war Frauen der Sippe strengstens untersagt, einen Außenstehenden zu heiraten. Selbst bei einer Hochzeit innerhalb ihres Volkes, brauchten sie die Erlaubnis des *Kris*, wenn der Mann einer anderen *Vitsa* angehörte. Generell wurde eine solche Verbindung nur gestattet, wenn die Ehe beiden Seiten einen Vorteil brachte. Bibi wusste als Einzige von Nadias dunklem Geheimnis über ihren weißen Vater. Wenn sich herumsprach, dass sie ein Mischling war, würde man sie umgehend verstoßen – besonders jetzt, da ihre Zuneigung zu dem Amerikaner öffentlich bekannt gegeben wurde.

„Fehlt ihr ein Auge oder ein Fuß und ist deshalb für unsere Männer nicht attraktiv genug?", erkundigte sich der *Bandolier*.

Die Oberhäupter dieser *Kumpania* aus verschiedenen *Vitsas*, die sich das Winterlager teilten, waren belustigt. Ihr Gelächter schallte durch die Höhle. Die Stammesältesten gehörten alle zum Volk der Lovara und trafen gemeinsam Entscheidungen über Angelegenheiten, die den gesamten Stamm betrafen.

„Die Frau, von der ich spreche, ist viel zu alt für unsere eigenen Männer. Wir haben nicht genügend Lebensmittel und zu wenig Geld. Es wäre deshalb eine Erleichterung, wenn wir eine Person weniger hätten, für die sorgen müssen."

Bibi liebte Nadia und würde niemals schlecht von ihr sprechen und sie erniedrigen. Doch um die Erlaubnis der Ältesten zu erhalten, musste sie ihr Anliegen so vorbringen, dass Nadia für den Klan als unerwünschte Person galt, die man sich besser vom Hals schaffte und dem arglosen Außenseiter anvertraute.

Der *Bandolier* sah zu, wie sich die Ältesten flüsternd beratschlagten. Er war erst vor kurzem zum Oberhaupt der Lovara gewählt worden, weil sein Vorgänger von den Deutschen ins Konzentrationslager verschleppt und umgebracht worden war. Die schwierigste Aufgabe des neuen Vorstehers war nun, für seine *Vitsa* eine möglichst wirtschaftliche Reiseroute durch das kommunistische Banat festzulegen. Außerdem herrschte große Nahrungsmittelknappheit seit die Wintervorräte aufgebraucht waren. Er hatte deshalb wesentlich größere Sorgen als Frauenangelegenheiten. Nachdenklich rieb er sich den Stoppelbart und überlegte, wie die anderen reagieren würden, wenn er in dieser Notlage die Lovarafrau nicht mit dem *Gadjo* gehen ließ. Er musste unbedingt eine weise Entscheidung treffen, denn der unerfahrene Stammesführer wollte, dass die Ältesten ihn in seiner neuen Rolle respektierten und achteten.

„Bibi, du bist die *Phuri Dai* und deine Meinung wird hochgeschätzt. Wie denkst du darüber?"

Der *Bandolier* wollte auch eine gute Beziehung zu der alten Frau aufbauen. Er musste in dieser heiklen Sache Bibis Meinung zu Rate ziehen, um sich ihre Unterstützung auch für zukünftige Angelegenheiten zu sichern. Die steinalte Frau hatte innerhalb ihrer *Vitsa* unglaubliche Macht. Es wäre äußerst unklug, sie gleich zu Beginn seines neuen Amtes vor den Kopf zu stoßen.

„Ich bin zu der Erkenntnis gekommen, dass ihr Herz bei dem *Gadjo* ist."

„Möchte er denn bei unserer *Kumpania* bleiben?"

„Der *Gadjo* wird uns bald verlassen und möchte die Frau mitnehmen. Wir werden also zwei hungrige Menschen weniger haben."

Der *Bandolier* spielte gedankenversunken mit seinem goldenen Ring. Normalerweise würde er nicht zustimmen, dass eine Frau außerhalb des Lovaravolkes heiratete. Aber die Hungersnot setzte das traditionelle Leben der Lovara auf das Spiel. Es war also wichtig, in erster Linie ans Überleben zu denken.

„Holt ihn zu uns", befahl er schließlich.

Einige der jüngeren Männer verließen die Höhle und holten den *Gadjo*, der sich in einem der runden Zelte aufhielt. Im Feuerschein konnte man ihm die Angst vor dem *Kris* im Gesicht ablesen.

„Er darf nicht hier sein!", rief einer des Ältestenrates. „*Gadjos* sind bei einem *Kris* verboten."

„Schweig!", wies ihn der *Bandolier* zurecht, dessen Gesicht eingefallen war, die schwarzen Augen tief in den Höhlen. Die harten Bedingungen des vergangenen Winters hatten auch ihm zugesetzt und die Fettpolster der Wangen aufgezehrt. Er schritt langsam an den versammelten Männern vorbei, bis er vor dem blassen *Gadjo* stand.

„Ich weiß, was du von uns hältst, *Gadjo*."

Ein jüngerer Lovara stand sehr nahe neben dem weißen Mann, dass sich die Schultern berührten. Er übersetzte die hart klingenden Romaniworte gebrochen ins Deutsche.

„Du denkst, wir sind primitiv, weniger wert als du."

„Aber warum glaubt ihr das denn?", sagte der *Gadjo*. „Ich möchte doch eine von euren Frauen heiraten!"

„Vor vielen, vielen Jahren, bevor die Schwabos in die Ebenen des Banats kamen, wurde das Land von den *Voivodes* regiert. Die Großgrundbesitzer haben mein Volk zu Sklaven gemacht, uns zur Arbeit gezwungen und fast verhungern lassen. Wir sind ihnen entkommen, haben uns in diesen Bergen versteckt, wo uns die Soldaten nicht fanden. Sie nannten uns *Netotsi*, wilde Menschen, Kannibalen."

Die Anwesenden schwiegen während dieser Rede des Anführers. In der feuchten Höhle war nur das Knistern des Feuers zu hören.

„Als das deutsche Militär ins Banat einmarschierte, machten sie uns wieder zu Sklaven. Sie stecken uns in Konzentrationslager, weil sie uns für faul und schmutzig halten. Wir haben aus der Vergangenheit gelernt und verstecken uns, wie damals die *Netotsi*, in den Bergen. Du siehst also, *Gadjo*, die Netotsi und die Voivodes gibt es nicht mehr, aber uns gibt es noch.

Auch die Deutschen, die hier im Banat gelebt haben, sind jetzt entweder tot oder auf der Flucht, aber wir Roma bleiben. Deshalb haben wir mehr Macht als du, Schwabo. Deshalb sind wir besser als du.“

Er trat nahe vor das Gesicht des *Gadjos*. Von dem goldenen Armband des *Bandoliers* baumelten kleine Anhänger, die wie Glöckchen klingelten. Er starrte den Weißen mit dunklen Augen durchdringend an, als ob er in dessen zitternde Seele blicken wollte. Auf seinen Reisen durch Rumänien war das Zigeuneroberhaupt durch viele volksdeutsche Orte gekommen. Er wusste also aus eigener Erfahrung, was die deutschen Bauern über die Sinti und Roma dachten und hatte gelernt, dass man ihnen nicht trauen konnte.

„Liebst du diese Lovarafrau, *Gadjo*?“

„Ich bin zwar kein Rom, aber ich liebe sie von ganzem Herzen!“

Der *Bandolier* entspannte sich sichtlich.

„Was kannst du uns als Gegenleistung für sie geben?“

Er wartete er auf eine Antwort. Nach einer kurzen Pause zog der *Gadjo* den alten Lederstiefel aus und holte eine ungarische Goldmünze hervor.

„Mein Vater hat mir diese Münze einst als Glücksbringer gegeben. Es ist das einzig Wertvolle, das ich noch besitze. Ich gebe sie euch - aus Liebe zu dieser Frau.“

Die glitzernde Münze lag in der Hand des *Bandolier*s, der sie vorsichtig ansah und untersuchte, ob sie echt war. Wie alle Zigeuner hatte auch er eine Vorliebe für Gold und Schmuck – eine Vorliebe, die lediglich von Freiheitsdrang und Reiselust übertroffen wurde. Nachdem er einen Moment mit der Münze gespielt hatte, steckte er sie in seine Tasche. Dann zog er ein Messer aus einem Schlitz in seinem Hosenbein hervor und zeigte mit der Klinge auf den *Gadjo*. Der weiße Mann trat erschrocken einen Schritt zurück. Plötzlich schnitt sich der *Bandolier* in die eigene Hand. Blut tropfte aus der Wunde auf den Boden der Höhle.

„Gib mir deinen Arm, *Gadjo*", verlangte der *Bandolier*.

Der *Gadjo* folgte zwar der Aufforderung, aber er musste offensichtlich seinen ganzen Mut zusammennehmen. Der *Bandolier* kam auf ihn zu, nahm seine Hand und schnitt ihm ins Fleisch. Dabei sah er ihm tief in die Augen, um die Tapferkeit des weißen Mannes beurteilen zu können.

„Jetzt bist du gleich ein *Phral*, junger *Gadjo*, ein Bruder der Roma."

Der *Bandolier* drückte die eigene blutende Wunde gegen die des *Gadjos*. Die Männer in der kalten Berghöhle heulten auf wie die wilden Wölfe Transsilvaniens.

Während sich das Blut der beiden vermischte, ließ der Stammesführer sein Gegenüber nicht aus den Augen. Nun war die Blutsbrüderschaft besiegelt. Der *Gadjo* war fortan ein adoptiertes Mitglied der Lovarazigeuner, wie es auch Nadia als junges Mädchen nach dem Tod der Mutter geworden war. Die Worte des *Kris* waren besiegelt. Jetzt war er kein Fremdling mehr, sondern ein Blutsbruder der Roma und zwar für den Rest seines Lebens.

## Rumänisches Banat
## Mai 1945

Durch die chaotischen Zustände im Banat war es für die Stammesältesten der *Vitsas* schwierig, die Reiserouten festzulegen, was den Aufbruch vom Winterquartier herauszögerte. Das Oberhaupt der Zigeuner hatte bei den seltenen Gesprächen, in denen Nadia als Dolmetscherin half, große Bedenken für die Aussichten seines Volkes geäußert. Die ungewisse Zukunft in ihrer Heimat unter den Kommunisten und die Nahrungsmittelknappheit lagen ihm schwer auf der Seele. Eine Hochzeitsfeier, die die Zigeuner ablenkte, bevor sie das Winterlager verließen, war in seinen Augen genau das Richtige.

„John und Nadia stehen heute vor mir", begann der *Bandolier*.

Die Lovara, zu denen ich nun offiziell gehörte, standen im Halbkreis auf dem Hochplateau, auf dem frisches, grünes Gras wuchs. Nadia und ich standen vor dem Oberhaupt, der mich nicht mehr *Gadjo* nannte, sondern erfreulicherweise meinen echten, amerikanischen Namen benutzte.

„John hat für diese Frau den *Darro* bezahlt."

Er hielt die ungarische Münze meines Vaters hoch, so dass alle sie sehen konnten. Damit zeigte er den Anwesenden, dass der Brautpreis bezahlt worden war. Der *Bandolier* blickte zu Nadia und wartete auf ihre Bestätigung dafür, dass das Goldstück eine adäquate Bezahlung für sie als Braut war. Da sie keine Angehörigen hatte, war niemand unter den Versammelten, der die Angemessenheit der Zahlung angezweifelt hätte.

Der *Bandolier* ergriff meine Hand, an der noch die Narbe des Brüderschaftsrituals zu sehen war und legte sie in Nadias.

„Seid euch treu", gebot er uns lächelnd.

Dann verkündete er: „Der *Abiav* wurde vollzogen. Lasst uns mit den Feierlichkeiten beginnen!"

Die Stammesältesten jubelten und applaudierten so laut, dass das Echo vom Berg widerhallte. Die einfache Geste des *Bandoliers* war alles, was es in den Augen der Stammesältesten für die Eheschließung brauchte. Bibi band ein Tuch um Nadias Kopf. Es war ein Zeichen dafür, dass Nadia von nun an nicht mehr ledig war. Jetzt durfte sie mit ihrem Mann zusammen die *Vitsa* verlassen und war von der Bürde befreit, wegen ihrer Liebe zu einem Nichtzigeuner als unrein angesehen zu werden. Der *Bandolier* blickte dankbar zur *Phuri Dai*, die sich für Nadia eingesetzt hatte. Bibi erwiderte seinen Blick, nickte und bedankte sich wortlos auch bei ihm für die zweckmäßige Lösung der Adoption. Dadurch würde Nadia wieder zurückkehren dürfen, falls es nötig wäre.

An diesem Abend wurden auch die letzten Biervorräte herbeigeschafft und ausgeschenkt. Geigenmusik und Kastagnettenklänge begleiteten das Hochzeitsfest.

„Jetzt bin ich auch ein Zigeuner, Nadia", sagte ich.

Wir saßen am Feuer. Ich rückte näher an sie heran. Endlich war es mir nicht mehr verboten, in ihrer Nähe zu sein. Wir hatten nichts mehr zu befürchten.

„Ich weiß, warum du die Zustimmung der Ältesten für die Hochzeit wolltest. Du wolltest dir die Möglichkeit offenhalten, wieder zurückkehren zu dürfen, falls ich dich verließe."

„Das stimmt nicht."

Sie log, aber man sah es ihr nicht an. Vielmehr zeigte sie den gleichen reglosen Gesichtsausdruck, den sie sich in all den Jahren des Pferdehandels angeeignet hatte, als sie alte Gäule als junge Hengste an die Volksdeutschen verkaufte.

„Was Reichinger mit deiner Mutter gemacht hat, wird sich bei uns nicht wiederholen", sagte ich.

„Ich lebe jetzt mir dir zusammen, John und nicht mehr mit den Lovara. Ich gehe mit dir, egal wohin."

Der Schmerz, einmal verlassen worden zu sein, saß immer noch tief. Aber sie hatte einen unbeugsamen Überlebenswillen und ich konnte es gut verstehen, dass sie das, wofür sie gekämpft hatte, nicht so leicht wieder aufgeben wollte. Sie legte die Arme um mich und wir lauschten gemeinsam der Musik.

Am nächsten Morgen ging ich zum Zelt des Gurkhas, das etwas abseits von den anderen Zelten stand. Er war gerade dabei, sein Khukuri zu schleifen, während sich ein paar Kinder um ihn scharten und zusahen.

„Gratulation zur Hochzeit, John", sagte er. „Schicken Sie mir doch eine Kopie Ihres Abschlussberichts für die Europaabteilung des OSS. Er wird sicher sehr unterhaltsam sein."

Ich setzte mich zu ihm und ließ seinen Spott über meine Hochzeit mit einer Zigeunerin über mich ergehen.

„Wenn Sie zu ihnen nett sind, adoptiert man Sie vielleicht auch …", spöttelte ich zurück.

Der Gurkha unterbrach seine Arbeit und zog die Augenbrauen hoch. Anscheinend fand er meinen Sarkasmus nicht lustig. Er legte das Khukuri auf die Lederscheide und entgegnete:

„Lächerlich! Das sind alles Wilde, niedere Menschen."

Trotz seiner geringen Körpergröße wirkte er einschüchternd.

„Diese Lovara haben Ihnen geholfen, mich aus dem Arbeitslager zu befreien", erinnerte ich ihn.

„Allmählich zweifle ich daran, ob das eine weise Entscheidung war."
Ich ignorierte seine Bemerkung.

„Gibt es endlich eine neue Anweisung?", fragte ich.

Ich sah mein Spiegelbild auf der Messerklinge und rieb mir die Augen, die von der nächtlichen Feier noch gerötet waren.

„Ich fürchte, Ihre Tage bei den Zigeunern sind vorbei, ehe sie richtig angefangen haben."
"Was soll das heißen?"

„Die Deutschen haben sich ergeben. Der Krieg ist vorbei, mein Freund."
Es war Mai 1945. Ich war erleichtert, als ich seine Worte hörte!

„Sie müssen jetzt wohl Ihr sorgloses Zigeunerleben abbrechen und in Ihre eigene Welt zurückkehren."

Er grinste und zeigte dabei eine Reihe weißer Zähne, die durch die dunkle Hautfarbe zu leuchten schienen.

„Sie haben den Befehl erhalten, die Südkarpaten Richtung Norden zu überqueren, bis Sie nach Sibiu kommen. Dort werden Sie am Bahnhof Ihren Kontaktmann treffen."

„Und wie werde ich ihn erkennen?"

Der Gurkha blickte auf einen Notizzettel und las, was er dort von der verschlüsselten Botschaft niedergeschrieben hatte.

„Haben sie nicht erwähnt. Aber er wird Sie erkennen, Sie werden keine Probleme haben. Die rumänischen Kommunisten zeigen nicht das gleiche Engagement, einen amerikanischen Spion zu fangen, wie die Serben."

„Kommen Sie auch mit?"

„Nein."

"Wo gehen Sie hin?"

"Man hat mir angeordnet, Richtung Osten aufzubrechen. Dort gibt es noch ein paar Dinge zu erledigen, jetzt, da der Krieg vorbei ist. Mehr darf ich darüber nicht sagen."

Der Gurkha war weitaus pflichtbewusster als ich. Deshalb war es auch verständlich, dass der britische Geheimdienst ihn weiter in dem kommunistischen Land brauchte, während die Amerikaner ihren Mann lieber herausbrachten.

"Übrigens", fügte der Gurkha hinzu, „ich habe nichts von dem Unsinn mit dieser Zigeunerin erwähnt."

Ich antwortete nicht sofort auf seine subtile Beleidigung, dann sagte ich:

„Ich nehme sie mit. Meine Entscheidung darüber steht fest."

Sein Gesichtsausdruck zeigte, wie sehr der britischen Offizier es missbilligte, dass ich Spionage mit persönlichen Angelegenheiten vermischte.

„Die Alliierten schmuggeln für gewöhnlich keine Zigeuner in den amerikanischen Sektor. Ich habe die Frau nur gebraucht, um Sie aus Nakovo zu befreien, sozusagen als Mittel zum Zweck. Sie spielt jetzt keine Rolle mehr."

„Das ist mir egal. Sie kommt mit."

Die Augen des Gurkhas verdunkelten sich.

„Denken Sie doch vernünftig, John. Im Moment ist alles schön und gut, aber was wollen Sie mit dieser Zigeunerin, wenn Sie wieder zu Ihrem früheren Leben in Amerika zurückkehren und dort als Anwalt arbeiten?"

Seine negativen Kommentare ärgerten mich zwar, aber immerhin hatte der Mann mein Leben gerettet und durfte natürlich seine Meinung äußern.

„Sie ist nur zur Hälfte Zigeunerin", entgegnete ich. „Zur anderen Hälfte ist sie eine Volksdeutsche, wie ich. Ich schere mich nicht darum, was man in Amerika sagen wird."

Von früheren Gesprächen wusste ich, dass mich der Gurkha nicht unbedingt als vorbildlichen Agenten schätzte. Mein Handeln seit der Freilassung hatte überdies auch nicht dazu beigetragen in seiner Wertschätzung zu steigen. Sich in eine Zigeunerin zu verlieben, selbst in eine solch attraktive Frau wie Nadia, verstieß eindeutig gegen den Verhaltenskodex eines Geheimagenten. Obwohl auch er gemeinsame Wurzeln, die auf mehr als tauschend Jahre Geschichte zurückgingen, mit dieser Frau teilte, war sie für ihn nichts weiter, als ein Werkzeug. Jetzt, da die Mission beendet war, hatte sie keinerlei Bedeutung mehr für ihn.

„Sie kennen Ihre Anweisung. Tun Sie, was Sie für richtig halten.", sagte er voller Ablehnung und ging. Er wusste, dass er an meiner Entscheidung nichts ändern konnte.

Innerhalb von drei Stunden hatte der Gurkha die Zelte abgebrochen und das Lager in den transsilvanischen Alpen verlassen. Sein Auftrag war erledigt und er hatte seinen guten Ruf als Gurkha-Offizier bewahrt. Bevor ich ihm noch einmal danken konnte, weil er mein Leben gerettet hatte, war er verschwunden.

„Nadia!" Ich schlug die Leintuchbahn am Eingang zur Seite und betrat das Zelt.

„Ja, John, was gibt es?"

Sie war gerade dabei, den abgeschlagenen Rand eines Tellers an einem flachen grauen Stein glattzuschleifen und sah zu mir hoch.

„Wir müssen umgehend aufbrechen."

„Was, jetzt sofort? Können wir wenigstens noch ein paar Tage bleiben, um uns zu verabschieden?"

Ihr stand ein großer Schritt bevor, die Lovara und das Zigeunerleben zu verlassen. Ich war zwar ein *Phral*, ein Bruder der Zigeuner, aber ich fühlte mich immer noch wie ein Außenseiter. Nadia wusste, dass ich mich ihrem unsteten Lebensstil nie vollständig anpassen können würde. Mit der Heirat hatte sie es in Kauf genommen, ihre Familie zu verlassen.

„Ich habe Anweisungen von meinem Land erhalten, wie wir die russische Zone verlassen können. Wir müssen in drei Tagen in Sibiu sein, um in die amerikanische Besatzungszone in Österreich zu kommen."

Meine Kontaktperson, wusste nichts von Nadia, was die bevorstehende Flucht erschweren würde. Ich wollte ihr aber noch nichts von den Schwierigkeiten erzählen, aus Angst, sie könne ihre Meinung ändern und bei ihrer *Vitsa* bleiben.

In den nächsten Stunden tauschte Nadia mit den Frauen ihres Stammes ein paar persönliche Gegenstände gegen Lebensmittel. Ihre Habseligkeiten wären auf dem langen Fußmarsch nach Sibiu ohnehin nur Ballast. Dann packte sie ein paar Töpfe und Decken in einen Jutesack.

„Ich muss von Bibi Abschied nehmen", sagte sie.

Es war ihr anzusehen, wie schwer es ihr fiel, sich von der einzigen Familie, die sie je gehabt hatte, zu trennen. Wir gingen schweigend durch das Lager. Nadia wollte der alten Frau, die für sie das Unmögliche möglich gemacht hatte, ein letztes Lebewohl sagen.

Sie duckte sich durch den offenen Zelteingang und ich folgte ihr. Bibi reinigte gerade ihre Pfeife. Sie unterbrach ihre Tätigkeit und stand auf. Wortlos umarmten sich die beiden Frauen. Das war nun das Ende von Nadias Leben als Zigeunerin und auch Bibi war sich darüber im Klaren. Die Alte, deren Falten im Gesicht wie eine Landkarte der Straßen im Banat aussahen, öffnete wieder ihre Augen und streckte die Hand nach mir aus. Ihre Umarmung fühlte sich echt an. Die frühere Skepsis, die sie mir als *Gadjo* gegenüber hatte, wenn ich mich in Nadias Nähe aufhielt, war gänzlich verschwunden und hatte sich wie der Rauch ihrer Pfeife aufgelöst. Wir setzten uns eng zusammen auf den Boden ihres Zeltes.

„Jetzt bist du ein Blutsbruder der Roma, mein Freund", meinte Bibi mit einem Blick auf die Narbe an meiner Hand. „Und das für den Rest deines Lebens."

Die beiden Frauen unterhielten sich in ihrer geheimnisvollen Sprache.

„Sie möchte dir etwas mitteilen", sagte Nadia und übersetzte, was Bibi sprach:

„Hilf stets deinen Brüdern. Tu deinen Brüdern nie etwas zuleide. Zahle immer zurück, was du schuldest und nicht unbedingt mit Geld. Und habe keine Angst, John. Du darfst nie Angst haben."

Ich nickte und lächelte. Langsam begann ich die Lebensphilosophie der Roma zu verstehen. Diese umherziehenden Vagabunden des Banats waren nicht immer schmutzige Diebe, die deutsche Bauern betrogen, wie es mir mein Vater damals während unserer Zeit im ungarischen Banat eingebläut hatte. Ihre Kultur und ihr Leben war viel facettenreicher. Diese dunkelhäutigen Menschen hatten für Außenstehende zwar wenig übrig, aber innerhalb ihrer eigenen Sippe waren sie warmherziger und fürsorgender, als ich es jemals in unserer Kultur erlebt hatte. Nach einer letzten Umarmung verließen wir Bibis Zelt.

„Bist du bereit, Nadia?"

„Ja Johnyyy, das bin ich,", sagte sie und es klang lustig, wie sie meinen amerikanischen Namen aussprachen. Es gefiel mir.

Ich hob das Bündel mit den zusammengerollten Decken, in denen sich unsere Vorräte befanden, hoch und schwang es über die Schulter. Nadia blickte sich noch ein letztes Mal um - ein letzter Blick auf das Lovaralager in den Südkarpaten. Dann folgte sie mir für den Abstieg.

Wir liefen den gewundenen Bergpfad hinab und begannen den langen Marsch nach Sibiu, wo wir unseren Kontaktmann treffen würden.

## Rumänisches Banat
### Juni 1945

Schweißgebadet schreckte ich hoch. Mein immer wiederkehrender Alptraum hatte mich geweckt. Das Bild von den toten Banater Schwaben, die auf den Wagen geladen und aus Nakovo fortgebracht wurden, verfolgte mich immer noch, obwohl bereits viele Monate seit meiner Befreiung vergangen waren.

Wir waren in den Tälern angekommen und hatten dort unser Nachtlager aufgeschlagen. Ich stand auf und ließ meine Blicke über den Roteturmpass entlangschweifen, dessen Straße eine Schneise durch die Südkarpaten bildete und mich an den aufgeschlitzten Bauch eines Schweines auf den Schlachtfesten in Theresiafeld erinnerte. In einiger Entfernung von mir kniete Nadia auf dem Boden und blickte zum Himmel. Sie war nackt.

„Der Mond nimmt wieder zu", sagte Nadia, als ich zu ihr kam. „Möge er uns Glück bringen. Er kommt zu uns, obwohl wir mittellos sind. Möge er unser Schicksal leiten und uns Gesundheit spenden und zu Geld verhelfen."

„Ist der Mond eine Gottheit?"

Sie stand auf.

„Gott ist Gott, aber der Mond bringt uns Glück."

Schweigend nahm sie ihre Kleidung und zog sich in der Dunkelheit an. Bald würde die Sonne aufgehen.

„Wie lange wird es denn noch dauern, bis wir in Sibiu ankommen?", erkundigte ich mich.

„Ich denke, wir erreichen die Stadt schon heute Nachmittag. Ich versuche noch, etwas zu essen zu erbetteln, bevor wir zum Bahnhof kommen."

Sie war den Lovara schon oft durch das Tal gekommen. Wir liefen die letzten zehn Kilometern auf dem Pass, bis wir schließlich, kurz vor Sibiu, zu den ersten strohgedeckten Häusern kamen, wo wir um Essen bettelten.

In den letzten drei Tagen unser Wanderung hatte mich Nadias Überlebensinstinkt immer wieder beeindruckt. Überall entdeckte sie etwas, das uns half, voranzukommen. An einem Haus hatte sie ein altes Kopftuch geschenkt bekommen, am nächsten es gegen etwas Salz eingetauscht. Sie hatte ein eisernes Durchhaltevermögen, das auch nach den vielen mühsamen Kilometern nicht nachließ.

Am Wegesrand stand ein kaputtes Schild, auf dem „Hermannstadt" stand. Sibiu war nicht mehr weit. Am späten Nachmittag erreichten wir pünktlich zum festgelegten Termin den Bahnhof.

Ich hatte ein Flugblatt gefunden und bevor ich völlig erschöpft über die nächsten Schritte nachdachte, las ich, was darauf stand. Es waren die Namen der deutschen Familien, die sich in Flüchtlingslagern in Österreich aufhielten. Diese Liste war für zurückkehrende deutsche Soldaten aus dem Banat, damit sie ihre Angehörigen, die aus Rumänien in den sicheren Westen geflüchtet waren, wiederfanden.

„John?"

„Ja?"

„Was machen wir jetzt?"

Nadia fühlte sich offensichtlich nicht sehr wohl dabei, mir die Kontrolle zu überlassen.

„Gute Frage. Wir warten erst mal und hoffen, dass mich die Kontaktperson findet."

Wir legten unsere Decken über eine Bank am Bahnsteig und aßen Brot mit Gänsefett, das wir von einem Walachen bekommen hatten. Immer wieder sah ich um mich. Jedes Mal, wenn ein Zug abfuhr, wurde der zuvor überfüllte Bahnhof menschenleer. Manchmal kam ein Russe in Militäruniform an uns vorbei und blickte misstrauisch zu uns herüber. Ich starrte den kommunistischen Soldaten an, in der Hoffnung, er sei meine Kontaktperson, getarnt als Soldat.

Die meisten Walachen auf dem Bahnhof aber schenkten uns wenig Aufmerksamkeit, was wohl an unserer schmutzigen und schäbigen Kleidung lag. Zusammen mit der Halbzigeunerin, meiner Ehefrau, sah ich aus, wie einer von den anderen armen Flüchtlingen. Selbst meine Vorgesetzten auf der Farm hätten sich nichts Besseres für diese Situation ausdenken können.

„Dort ist er."

Nadia hatte die Augen auf einen Mann in Arbeiterkleidung gerichtet, der gerade den Bahnsteig betrat.

„Woher weißt du das denn?", fragte ich erstaunt.

„Er muss es sein", sagte sie nur.

Wer weiß, wie sie darauf kam. Vielleicht lag es an seiner Kleidung, die für körperliche Arbeit nicht zerknittert genug war oder es lag an seiner Statur. Er war nicht mager genug, um den Krieg in Rumänien durchlitten zu haben. Mit ihrem feinen Spürsinn, von all den Jahren des Pferdehandels, bei dem sie auch sehr sensibel auf potentielle Kunden reagieren musste, um sie zum Kauf der gebrechlichen Tiere zu bringen, hatte Nadia unseren Kontaktmann erkannt. Vielleicht war es auch weibliche Intuition oder eine geheimnisvolle Gabe, die nur Zigeunerinnen besaßen. Auf jeden Fall wusste Nadia, dass es jetzt soweit war.

Der Mann setzte sich uns gegenüber und öffnete eine rumänische Zeitung, in der nur noch kommunistische Propaganda abgedruckt wurde. Der Mann in der ordentlichen Arbeiterkleidung blieb eine Weile sitzen, bis eine Lautsprecheransage zu hören war, nach der sich der Bahnhof wieder füllte. Als der Fünfuhrzug, der eine Stunde verspätet war, endlich einfuhr, stand er auf und mischte sich unter die Walachen, die an unserer Bank vorbeieilten. Er kam näher zu uns. Ich merkte, wie Nadia in Alarmbereitschaft automatisch ihre Hand auf den versteckten Dolch in ihrem langen, geflickten Rock legte. Während die anderen Reisenden geräuschvoll ihr Gepäck durch den Bahnhof schoben und zogen, blieb der Fremde kurz vor uns stehen und sah uns einen Augenblick lang an. Dann ließ er wortlos die Propagandazeitung auf unsere Bank fallen und ging durch den überfüllten Bahnhof zum Zug.

Nachdem ich mich verstohlen umgesehen und vergewissert hatte, dass niemand die Übergabe mitbekommen hatte, schnappte ich mir die Zeitung und rollte sie zusammen. Der Kontaktmann drehte sich noch einmal um, um zu sehen, ob ich die Zeitung auch genommen hatte und stieg ein.

„Mach sie auf und sieh nach, was drinnen ist", sagte Nadia ungeduldig.

Langsam rollte ich die Propagandaseiten mit zittrigen Händen auseinander, blätterte und warf die, die ich nicht brauchte, auf den ohnehin schon schmutzigen Boden, wo sie sich mit Zigarettenstummeln und anderem Unrat vermischten. Schließlich entdeckte ich einen Umschlag, der auf eine der schwarz-weißen Seiten geklebt war. Im Umschlag befand sich rumänisches Geld und ein Pass mit meiner neuen, österreichischen Identität. Der falsche Pass wirkte sehr echt. Mit ihm würde ich ohne Probleme durch das russisch besetzte Gebiet in die Sicherheit der amerikanischen Besatzungszone reisen können.

„Dann gehe ich jetzt und kaufe uns die Fahrscheine", sagte Nadia.

Sie nahm die rumänischen Lei und ging zum Schalter. Es kam mir plötzlich vor, als sei es erst gestern gewesen, dass ich auf einer Bank wie dieser in Wien saß und nervös auf mein Debüt als Undercoveragent in Jugoslawien wartete. Von dem Idealismus des jungen Anwalts, der das Spionagetraining absolviert hatte, war nicht mehr viel übrig geblieben. Ich – der in Ungarn geborene Sohn eines deutschen Immigranten, der mit einem interessanten Lebenslauf Karriere machen wollte – hatte mich für immer geändert. Ich hatte von meiner Zeit im Banat Narben davongetragen.

„Der Zug nach Arad ist jetzt abfahrtbereit, bitte alles einsteigen!", knisterte es aus dem Lautsprecher und verkündete die verspätete Ankunft unseres Zuges. Wieder eilten von allen Seiten Leute herbei und auch wir standen jetzt auf und stellten uns in der langen Reihe der Reisegäste an.

„Wie werde ich eigentlich in die amerikanischen Besatzungszone in Österreich einreisen können?", wollte Nadia wissen.

„Darüber werden wir uns Gedanken machen, wenn es so weit ist."

Nadia besaß keinen gültigen Pass, was zu Probleme führen könnte, wenn man uns am letzten Bahnhof der sowjetischen Besatzungszone kontrollierte, bevor wir zu den Amerikanern hinüberfuhren. Ich musste mir überlegen, wie ich sie am besten hinüberschmuggeln konnte, aber im Moment hatte ich noch keine Ahnung, wie wir das anstellen würden.

„Warum gibst du mir nicht das Geld und ich marschiere zu Fuß weiter?"

„Kommt überhaupt nicht in Frage. Wenn die Russen dich erwischen, stecken sie dich in ein Arbeitslager."

Der Gurkhasoldat hatte mir im Zigeunerlager in den Bergen erzählt, dass Frauen ohne Kinder aufgegriffen und in Zügen nach Russland deportiert wurden. Kommunistische Länder wie Rumänien mussten eine Quote für Arbeitskräfte erfüllen, die sie zum Wiederaufbau nach Russland schickten. Stalin ließ dafür nicht nur Volksdeutsche gefangen nehmen, sondern auch Menschen anderer ethnischer Minderheiten, wie Sinti und Roma.

„Die Fahrscheine bitte."
Ein älterer rumänischer Schaffner lochte unsere Fahrkarten. Dann ging er weiter durch den wackligen Zug. Ich lehnte mich an Nadia und schlief ein. Wir hatten Glück, weil wir Geld in der Tasche hatten und mit der Eisenbahn fahren konnten, statt zu Fuß aus dem Banat zu wandern.

Der Zug fuhr den gleichen Weg zurück, den ich damals gekommen war. Wir kamen an deutschen Dörfern vorbei, deren einstmals weiße Häuschen nun heruntergekommen und verlassen waren. Nach einem kurzen Aufenthalt in der rumänischen Stadt Arad, überquerten wir die Theiß und erreichten die Region Batschka in Ungarn. Seit meiner Ankunft vor drei Jahren, verließ ich nun zum ersten Mal wieder das Banat und ich fühlte mich erleichtert, das Chaos hinter mir zu lassen.

„Wir brauchen jetzt einen Plan, Hans. An der letzten Station werden überall Russen sein."

„Ja, stimmt. Ich wünschte, ich könnte dir schon sagen, was wir tun."

Während wir durch Ungarn fuhren, beobachtete ich Nadia, die eine sorgenvolle Miene machte. Noch reisten wir ohne Probleme, aber schon bald stünden uns bei der Einreise in die amerikanische Besatzungszone, deren Grenze an der Enns entlang verlief, Schwierigkeiten bevor. Ich nahm sie in den Arm, um sie zu beruhigen.

„Jetzt sind wir bald an der letzten Station der Russen", murmelte Nadia besorgt.

„Warte. Bleib hier, bis ich wiederkomme", sagte ich.

Wir näherten uns langsam der letzten Hürde, die Grenze zur russischen Zone. Die Luftdruckbremsen wurden aktiviert und die Bahn verlangsamte sich. Ich sprang von meinem Sitz auf und stolperte.

„Hey, pass doch auf!", sagte ein Russe.

„Tut mir leid. Verzeihung."

Ich war aus Versehen gegen einen Kommunisten gestoßen, der nun angewidert den Staub meiner schmutzigen Kleidung von seinem sauberen, roten Halstuch klopfte.

„Verzeihung.", sagte ich und machte eine beschwichtigende Geste, als ich mich an ihm vorbeizwängte. Anschließend aber ärgerte ich mich über mich selbst, weil ich höflich zu ihm gewesen war. Ich hasste die Kommunisten noch mehr, als es mein Vater tat. Dieser Hass war ein Teil von mir geworden, wie einst der Geheimcode, mit dem ich sie im Krieg gegen die Deutschen sogar unterstützt hatte. Die brutale Hinrichtung der Banater Schwaben in Theresiafeld würde ich niemals aus meinem Gedächtnis löschen können.

Die Diesellok bremste jetzt noch stärker, wir befanden uns kurz vor der Grenzstation. Ich ging zum vorderen Ende des Zuges und blieb auf der nicht überdachten Fläche zwischen dem letzten Passagierwagon und dem Abteil der Bahnangestellten stehen. Als ich durch das kleine, rechteckige Fenster blickte, sah ich die Angestellten in schwarzen Uniformjacken Karten spielen. Die

Grenze entlang der Enns, die die Banater Schwaben überqueren mussten, um den Kommunisten zu entwischen und in die Freiheit des Westens zu gelangen, schien diese Männer wenig zu kümmern.

Ich rauchte meine letzte Zigarette, während die Arbeiter in dem engen Quartier ihre ungarischen Karten nacheinander auf den Stapel in der Mitte des Klapptisches warfen.

„Gehen Sie an Ihren Platz zurück.", forderte mich plötzlich der Schaffner auf.

„Ist das jetzt eigentlich der letzte Halt in der russischen Zone?", erkundigte ich mich.

Der Rumäne sah mich an, als ob ich nicht ganz bei Verstand wäre. Er hatte diese Frage offensichtlich schon zu oft gehört.

„Ja, der nächste Halt ist Sankt Valentin."

Ich ließ meine Zigarette fallen und musste mich festhalten, weil sich die Bodenplatten der beiden Wagons, zwischen denen ich stand, in unterschiedliche Richtungen bewegten. Dann ging ich den Mittelgang des überfüllten Fahrgastwagens zurück, vorbei an dem Schaffner, der mit der Passkontrolle begonnen hatte. Von den Berichten des Gurkhas wusste ich, dass viel auf dem Spiel stand. Ethnische Deutsche, die in den russischen Gebieten zurückblieben, wurden diskriminiert und stark benachteiligt oder gleich in Arbeitslager gesteckt, wo sie große Hungersnot erlitten. Jetzt wurden tatsächlich die strengen Kontrollen an dieser Grenzstation durchgeführt und ich konnte meine Angst davor nicht weiter leugnen.

Nur die Leute, die das Glück hatten, gültige Papiere zu besitzen, durften im Zug bleiben und in die amerikanische Besatzungszone von Österreich einreisen.

Schweißperlen hatten sich auf meiner Stirn gebildet. Man könnte Nadia herauswerfen! Mit meinem neuen, gefälschten Pass würde ich sicherlich keine Probleme haben, aber Nadia besaß schließlich keinen Ausweis. Ich fürchtete das Schlimmste und musste mir unweigerlich vorstellen, wie Nadia in Russland, in einer eiskalten Flüchtlingsbaracke eines Arbeitslagers kauerte und verhungern musste.

„Komm schnell mit, wir müssen hier weg!"

„Warum?", fuhr Nadia erschrocken auf.

„Sie kontrollieren die Papiere. Der Fahrschein zur Weiterreise wird nur bei einem gültigen Pass gestempelt."

Ich half ihr vom Sitz auf und wir eilten zum Zugende. Auf dem Weg vermieden wir jeglichen Blickkontakt zu den anderen Passagieren, die links und rechts von uns saßen.

„Wir müssen springen!", rief ich.

Wir waren durch die letzte Wagontür an der hinteren Plattform angelangt, die von einem Stahlgeländer umgeben war. Ich musste laut brüllen, weil Lock und Räder so laut waren. Gleichzeitig schaute ich, ob eine geeigneten Stelle für den Absprung kommen würde.

„Lass mich alleine springen. Du hast ja einen Pass", beschwor mich Nadia.

„Kommt gar nicht in Frage, wir bleiben zusammen!"

Selbst wenn sie es über die Grenze schaffte, würde es schier unmöglich sein, sie zwischen den tausenden von Flüchtlingen in den Sammelunterkünften wiederzufinden.

„Schnell!"

Obwohl der Zug jetzt langsamer fuhr, weil wir uns dem Bahnhof von Sankt Valentin näherten, war das Springen schwieriger, als ich es mir vorgestellt hatte. Die Schienen verliefen auf einem Bahndamm, der an beiden Seiten der Gleise steil abfiel.

„Das ist nicht wirklich die beste Stelle zum Springen, aber wir haben keine andere Wahl!"

Der Bahnhof war schon in Sicht. Jetzt oder nie!

„Roll dich ab, wenn du aufkommst!"

Ich half Nadia über das Geländer. Ihr langer Rock hob sich wie ein Fallschirm. Nur wenige Sekunden später folgte ich ihr und schlug Purzelbäume, den Abgrund jenseits der Gleise hinunter. Das Rattern des Zuges wurde leiser. Ich lag zwischen hohen Grasbüscheln, in einer Gegend, die vom Krieg verschont geblieben war.

„Alles in Ordnung?", fragte ich, als ich Nadia entdeckte.

Sie zog das hinten geknotete Kopftuch zurecht, das ihre feinen Gesichtszüge mit der dunklen, glatten Haut umrahmte.

„Ich glaube schon", ächzte sie. „Das letzte Mal habe ich so etwas getan, als ich als kleines Kind heimlich mit meiner Mutter mit dem Güterzug gefahren bin."

Sie blinzelte in die Sonne und versuchte, sich zu orientieren.

„In welche Richtung?"
"Ich bin mir noch nicht sicher."

Sie blickte den steilen Hang der Schienen entlang, zur Grenzstation Sankt Valentin. Langsam hatte ich gelernt, dass ich mich auf ihre außerordentlichen Navigationskünste ohne Kompass verlassen konnte.

„Vielleicht zur Stadt?"

„Nein", widersprach sie. „Das wäre keine gute Idee. Die Enns ist dort viel zu breit, man kommt da nicht über den Fluss. Wir müssen es weiter südlich versuchen und eine schmalere Stelle finden."

Der Fluss war die Grenzlinie zwischen der russischen und der amerikanischen Besatzungszone. Aufgrund ihrer geographische Kenntnisse der Gegend, war Nadia die Anführerin auf unseren Marsch gen Süden, der uns immer weiter von der Grenzstation wegführte.

Wir hatten nichts mehr zu essen. Die Lebensmittel, die wir zuvor erbettelt hatten, waren längst aufgebraucht. Außerdem brannte die Sonne erbarmungslos auf uns nieder, als wir den Fluss entlangwanderten, auf der Suche nach einer geeigneten Stelle für die Überquerung. Wir wanderten nun seit drei Tagen, meistens schweigend. Die schwere Zeit der letzten Monate hatte uns zusammengeschweißt und uns eine Vertrautheit geschenkt, die sonst nur alte Paare kannten.

„Warte mal!", rief Nadia, als wir einen Moment am Flussufer ausruhten, immer auf der Hut vor russischen Grenzwachen.

„Was siehst du denn?", fragte ich.

„Das Gebäude dort". Sie zeigte auf ein halb zerfallenes Haus in der Ferne. „Ich möchte es mir mal von Nahem ansehen."

Ich konnte den maroden, kleinen Bauernhof zwischen den Feldern kaum sehen. Nadia ging voraus, ich folgte ihr. Dem Heuschuppen fehlten Holzplanken, die wahrscheinlich von Plünderern für Feuerholz entfernt worden waren. Nadia blieb stehen, kniff die Augen zusammen und suchte das Äußere des Gebäudes ab.

„Diese Leute hier können uns sagen, wo man den Fluss gut überqueren kann", verkündete sie schließlich.
"Woher willst du das denn wissen?"

„Siehst du die Zeichen dort?"

„Ja, ich glaube schon."

In manchen Brettern der Tenne waren Schlangenlinien eingeschnitzt.

„Die stammen von einer *Vitsa*, die anderen Roma mitteilt, dass der Bauer hier sehr gutherzig und hilfsbereit ist."

Genau in diesem Augenblick sah ich hinter dem Haus bei den Bäumen einen Grenzwächter marschieren.

„Oh nein!", flüsterte ich und zog Nadia schnell auf den Boden. Die Erde hier war ganz anders als damals in Theresiafeld. Sehr viel härter und lehmiger als das fruchtbare Ackerland im Süden des Banats.

„Was ist denn los?", fragte Nadia erschrocken.

„Dort!", zischte ich und deutete auf den Mann in der Ferne.

„Die Kommunisten haben wohl ihre Wachen an der Grenze zur amerikanischen Zone verstärkt", bemerkte sie leise.

Wir blieben flach auf dem Boden liegen, während von beiden Seiten am baumgesäumten Rand der Felder jeweils ein Grenzwächter kam und auf den anderen zulief. Auf dem Feld, in der Nähe der Männer, entdeckte ich den Bauern, der den Grenzwachen keine Beachtung schenkte. Sie gingen vor ihm aneinander vorbei und liefen dann in entgegengesetzter Richtung weiter.

„Komm, wir fragen den Bauern", meinte Nadia.

„Aber was ist, wenn er die Männer zurückruft?"

„Die Symbole am Haus sagen, dass man sich auf ihn verlassen kann. Die Roma wissen, was sie tun."

Ich erwiderte nichts darauf, doch mir war nicht ganz wohl dabei, mich lediglich auf ein paar Schlangenlinien an einem alten Haus zu verlassen. Nadia aber zweifelte nicht daran, dass die Schnitzereien uns Gunst und Hilfsbereitschaft des Bauern auf dem Feld mitteilten. Obwohl ich jetzt ein Blutsbruder der Lovara war, konnte ich nicht das gleiche, innige Vertrauen in ihr Volk aufbringen wie Nadia. Mein Vater hatte mir vor vielen Jahren, als ich noch ein kleines Kind war, beigebracht, dass man Zigeunern nicht trauen konnte und alte Gewohnheiten ließen sich nur schwer ablegen.

„Komm schon", ermutigte mich Nadia.

Wir liefen am Bauernhaus vorbei, den Abhang hinunter zum Bauern, der das Feld pflügte. Als wir näher kamen, zog er an den Lederriemen und ließ das Pferd anhalten. Die Riemen waren rissig und alt, genau wie sein Gesicht, das von vielen Jahren harter Arbeit gekennzeichnet war.

Der österreichische Landwirt wischte sich mit einem Taschentuch den Schweiß von der Stirn und lehnte sich gegen das altertümliche Gerät, das die meisten Bauern in Theresiafeld schon vor vielen Jahren ausrangiert hätten.

„Guten Tag! Wir möchten gerne den Fluss überqueren, um zu den Amerikanern zu kommen", sagte Nadia.

„Möchte das nicht jeder?", antwortete er.

Da sein Hof in der sowjetischen Zone von Österreich stand, würde er als privater Landbesitzer natürlich lieber auf der anderen Seite des Flusses leben, als bei den Kommunisten. Sein Dialekt war für einen Banater Schwaben wie mich schwierig zu verstehen.

„Aber ich sage Ihnen, was Sie machen müssen", fuhr er fort. „Die Grenzwächter werden bald zurückkommen. Wenn sie wieder außer Sichtweite sind, rennen Sie über mein Feld bis zu den Bäumen dort hinten. Die Enns ist hier sehr schmal. Es sind nur noch ungefähr hundertzwanzig Meter bis zum amerikanischen Sektor."

Der Bauer hatte zwar nicht den ausgehungerten Blick der Inhaftierten Nakovos, aber er war genauso spindeldürr. Der Krieg hatte offensichtlich auch von ihm einen hohen Tribut gefordert. Eigentlich hatte ich um Essen betteln wollen, aber bei seinem Anblick brachte ich es nicht über das Herz.

„Die Männer sehen uns aber doch, wenn sie gleich zurückkommen …"

Schon von Weitem sah man sie wieder näherkommen. Wenn wir in diesem Augenblick den Fluss überquerten, würden ihre Maschinengewehre uns treffen.

„Sie lassen uns in Ruhe. Es sind ständig Nachbarn bei mir und die Männer sind es gewohnt, mich mit anderen Leuten zu sehen."

Die Wächter kamen immer näher. Ich wusste nicht recht, ob ich mich wirklich auf das, was der österreichische Bauer sagte, verlassen konnte. Andererseits war kein Deutschenhass herauszuhören. Wie er wohl über die Runden kam, mit so wenig Ackerfläche? Ich war zwar kein Landwirt, aber durch die Gespräche mit anderen Bauern am Kartentisch in Theresiafeld hatte ich ein wenig darüber gelernt.

„Beachten Sie die Soldaten einfach nicht", riet er uns. „Sonst merken sie, dass Sie etwas vorhaben."
Während die bewaffneten Männer näherkamen, unterhielten wir uns über die Schwierigkeiten, die seine Familie hatte, weil Nahrungsmittel und Gerätschaft konfisziert worden waren. Wegen der Lage seines Hofes, hatten gleiche beide Kampfseiten, die Russen und das deutschen Militär, sein Eigentum in Besitz genommen. Seine Geschichte klang ähnlich wie die meines verstorbenen Arbeitgebers, Johann Reichinger, damals in Theresiafeld.

Die Wächter blieben stehen und sahen uns in der brütenden Sonne mit dem Bauern sprechen. Ich war sehr angespannt, während sie uns beobachteten. Doch dann nahmen sie ihren Patrouillengang wieder auf und gingen abermals aneinander vorbei.

„Jetzt können Sie, meine Freunde. Los geht's!"

Während die Männer mit den Maschinengewehren aus unserem Sichtfeld verschwanden, sammelten Nadia und ich unsere letzten Kräfte und rannten über das Feld. Ich sah noch, wie der Bauer den alten Holzpflug wieder umspann, um sein Tagewerk zu verrichten. Wir rannten zu unserer letzten Hürde vor der amerikanischen Zone und hofften, dass wir genauso zäh und stark waren, wie der dürre

Mann auf dem Feld. Ich ließ unsere letzten Habseligkeiten fallen und zog hastig die Schuhe aus, um den Fluss zu überqueren.

„Binde sie an deinem Gürtel fest", riet mir Nadia. „Wir wissen schließlich nicht, wie weit wir drüben noch laufen müssen, bevor wir endlich auf einen Amerikaner stoßen."

Also band ich die Schuhe mit den Schnürsenkeln am Gürtel fest. Die schmale Stelle des Flusses war für die Überquerung gut geeignet, doch die Strömung war relativ stark. Nadia zog sich ihr Kleid aus, nahm das Kopftuch ab und rollte beides zu einem kleinen Bündel zusammen, das sie in die Jutetasche steckte. Ich trat ins kalte Wasser und hatte Mühe auf den glitschigen Steinen, die mir wie eingefettete Fußbälle vorkamen, nicht auszurutschen. Ich schöpfte etwas Wasser und trank es hastig, um wenigstens für einen Moment das Loch in meinem Magen zu füllen.

„Bleib in meiner Nähe, Nadia."

Sie warf noch eine alte, gusseiserne Pfanne am Ufer ab und folgte mir.

„Ok, es kann losgehen", sagte sie.

Ich watete im Wasser, bis der Fluss zu tief wurde und ich schwimmen musste. Obwohl ich, so gut es ging, mit den Armen ruderte, trieb mich die Strömung nordwärts. Diesmal war ich viel geschwächter, als damals auf der Flucht nach der Nacht des Partisanenangriffs im Fluss. Ich wandte mich nach Nadia um, die sich tapfer über Wasser hielt. Die wenigen Dinge, die wir nicht am Uferrand zurückgelassen hatten, waren auf ihren Rücken gebunden. Wir wurden durch die Strömung weiter auseinander getrieben, so dass wir nicht mehr, wie zuvor an Land, uns gegenseitig helfen konnten. Meine Schuhe trieben mal mit der Strömung, mal zogen sie mich nach unten und erschwerten das Schwimmen. Als ich zum Luftholen meinen Kopf zur Seite drehte, damit ich kein Wasser schluckte, sah ich den Umriss eines Mannes mit einem Gewehr. Die Strömung war noch stärker, als ich gedacht hatte und trieb mich immer näher zu dem russischen Soldaten. Ich musste es zum anderen Ufer schaffen, bevor ich in seine Schussweite gelangte! Aber ich hatte unerträgliche Schmerzen bei jeder Armbewegung.

„Ich schaffe es nicht", stöhnte ich.

Wegen der Mangelernährung hatte ich nicht mehr genügend Kraft in den Armen. Ich konnte nicht weiterrudern. Es war eine Erleichterung, die Arme nicht mehr zu bewegen. Ich gab auf, schloss meine Augen und ließ mich sinken.

Doch plötzlich spürte ich wieder den Grund unter meinen Füßen. Der Fluss war gar nicht mehr so tief, wie ich gedacht hatte. Die kurze Erholung meiner Arme und das Wissen, dass es wieder flacher wurde, gaben mir erneut Auftrieb. Ich stieß mich vom Grund ab und kam wieder zur Wasseroberfläche. Mit letzter Kraft erreichte ich die Uferzone. Dort blieb ich im flachen Wasser liegen wie ein Frosch, während auf der anderen Seite der Feind Patrouille ging.

„Nadia?"

In dem kurzen Moment, in dem ich aufgeben wollte, hatte ich sie aus den Augen verloren. Ich ließ meine Blick am Ufer entlangschweifen und hoffte inbrünstig, dass sie sich von der Überquerung irgendwo ausruhte. Schließlich rappelte ich mich auf und zog mich an Land. Ich versuchte die nassen Knoten zu öffnen, mit denen ich meine Schuhe an den Gürtelschlaufen befestigt hatte. Dann lief ich am Fluss entlang und suchte verzweifelt nach meiner Frau. Endlich entdeckte ich sie. Sie tauchte plötzlich zwischen dem hohen Gras in einiger Entfernung auf.

„Wir haben es geschafft!", rief ich voller Freude.

Sie nickte nur, während sie ihre nassen Sachen auswrang.

„Hast du mich nicht am Ufer im Wasser liegen gesehen?"

„Es hätte Unglück bedeutet, wenn ich dir näher gekommen wäre", antwortete sie.

Der Aberglaube, den sie von den Lovara übernommen hatte, war ein Teil von ihr und ließ sich nicht so leicht ablegen wie die Habseligkeiten auf ihrem Rücken.

„Und warum bedeutet es Unglück?", fragte ich ungläubig.

„Wir nennen es *Kuntari*, das Gleichgewicht des Lebens. Wenn du wie ein Fisch im Wasser schwimmst, bist du nicht in deinem natürlichen Element wie sonst auf dem trockenen Erdboden, an Land."

Sie streifte sich das letzte, nasse Kleidungsstück über.

„Du bist jetzt der *Bandolier*, John. Du musst unsere *Vitsa* ins Glück geleiten", bekundete sie.

Sie lächelte und reichte mir ihre Tasche. Sie gab mir also zu verstehen, dass ich hier in der amerikanischen Besatzungszone in Österreich, auf der Suche nach Hilfe, fortan die Führung übernehmen würde.

Endlich in Sicherheit wanderten wir mehrere Stunden auf einer menschenleeren Straße entlang, als wir plötzlich jemanden vor uns hörten.

„Hey da, aus dem Weg!", rief ein Mann.

Weil wir schon so lange nichts gegessen hatten und die Hitze uns zu schaffen machte, hatte ich nicht mehr auf den Weg geachtete und war mitten auf der Straße gelaufen. Ein entgegenkommender Geländewagen musste stehenbleiben.

„Aus dem Weg, verdammt! Verschwindet!"

Wie angewurzelt waren wir stehen geblieben. Ein unrasierter Soldat ragte hinter der schmutzigen Windschutzscheibe eines Jeeps hervor. Er machte eine wegscheuchende Handbewegung. Offensichtlich hatte er genug von den vielen Flüchtlingen, die aus Osteuropa hereinströmten. Die Autohupe ertönte ohrenbetäubend.

„Bist du verrückt, oder was?", brüllte der Soldat.

Als der Amerikaner heruntersprang und auf mich zukam, vor Wut schäumend, stand ich immer noch bewegungslos da. Doch Nadia, die Angst vor dem Mann hatte, zog mich am Ärmel. Im Laufe des vergangenen Jahres hatten mir viele Soldaten Befehle erteilt, aber diesmal war es anders. Die englischen Worte, die er hervorbrüllte, versetzten mich nicht in Angst und Schrecken, sondern brachten vielmehr ein Gefühl unheimlicher Erleichterung.

„Wenn du nicht sofort abhaust, dann gibt es Prügel!"

Der Soldat spuckte mir ins Gesicht, als er mich anschrie. Ich roch seinen schlechten Atem, als er noch näherkam und mich schlagen wollte.

„Ich heiße John Miller", brachte ich auf Englisch hervor. „Ich bin ein Undercoveragent des OSS. Herr im Himmel, ich freue mich so, Sie zu treffen."

Ich legte meine Arme um den wohlernährten, wütenden Amerikaner und mir kamen die Tränen.

*Bei Yorkville*

*Upper East Side von Manhatten in New York City*

*Oktober 1945*

"Jetzt musst du dich wahrscheinlich wieder um eine neue Stelle kümmern."

Mein alter Herr sprach zwar zu mir, doch statt ihn anzusehen beobachtete ich meine Frau, wie sie an der Fensterbank Rosmarin aussäte. Immer noch fühlte sich mein Vater mit einer Halbzigeunerin im Haus etwas unwohl, obwohl man Nadia ihr früheres, unstetes Leben nicht mehr anmerken konnte.

„So viel steht fest. Aber die Lage in New York hat sich deutlich verbessert.", fuhr er fort.

„Ja, ich weiß, ich weiß", antwortete ich. „Ich werde bald anfangen, zu suchen."

Mit dieser vorsichtigen Erinnerung an die guten Arbeitsaussichten für junge Anwälte mit Militärvergangenheit in New York, wollte er mir sagen, dass ich langsam wieder Fuß fassen sollte. Er hatte wenig Emotionen gezeigt, als ich endlich, nach all den Jahren und weiteren Wochen psychologischer Evaluation, heimgekehrt war. Doch ich wusste, dass er überwältigt und glücklich war, weil ich noch lebte.

Mein stets wiederkehrender Traum, der mit den deutschen Kolonisten im Banat begann und sich in einen Alptraum verwandelte, verfolgte mich nicht mehr so häufig. Ich war froh, nicht mehr im polarisierten Banat zu sein, in einer Region, die den Faschismus gegen eine andere extreme Ideologie, den Kommunismus, getauscht hatte. Der Krieg lag jedenfalls hinter mir, und ich war mehr als froh darüber.

„Ach, das hätte ich fast vergessen", erinnerte sich mein Vater. „Lisa, gib mir bitte doch mal die Post."

Seine Frau legte das Geschirrtuch beiseite und reichte ihm einen Stapel Briefe.

„Schau, Hans…"

Mein Vater verwendete immer noch die deutsche Version von John.

„Ja, was denn?", fragte ich.

Ich löffelte den letzten Rest der Hühnersuppe mit dem guten Silberbesteck. Meine schlechte Angewohnheit, immer etwas übrig zu lassen, hatte ich im jugoslawischen Banat abgelegt.

„Ein Brief für dich."

„Ein Brief?"

Ich reichte über den Holztisch, auf dem eine weiße Tischdecke lag, und nahm ihm den Umschlag aus der Hand.

„Von wem ist er denn?", erkundigte sich mein Vater neugierig.

Ich drehte das Kuvert, um den Absender zu lesen. Für einen Augenblick verschlug es mir die Sprache.

Dann antwortete ich: „Von einem Pfarrer, den ich aus Theresiafeld kenne."

Von einem Theresiafelder, der vor Kurzem nach New York ausgewandert war, hatte ich von dem Wunder gehört, das Pater Peter das Massaker der Partisanen überlebt hatte. Weil ich Zeuge der brutalen Hinrichtung war, konnte ich kaum glauben, dass der Priester noch lebte. Während der Nachgespräche beim OSS hatte ich niemanden von der Exekution der Banater Schwaben erzählt. Streng genommen hatte ich auf der gleichen Seite wie diese grausamen Mörder aus Jugoslawien gestanden und wollte deshalb mein furchtbares Geheimnis lieber mit ins Grab nehmen.

„War er ein Freund von dir?", wollte mein Vater wissen.

„Das weiß ich selber nicht so genau."

Im Banat hatte der Priester kein sonderliches Interesse an einer Freundschaft mit mir gezeigt. Um so überraschter war ich nun, dass er mir schrieb. Vorsichtig öffnete ich das Kuvert und las den handgeschriebenen Brief. Die geschwungene, europäische Schreibschrift war nicht gerade leicht zu entziffern.

*Lieber Hans Müller,*

*ich schreibe Ihnen aus Belgrad, meinem neuen Posten. Ich freute mich sehr, als ich erfuhr, dass Sie noch am Leben sind und unseren Theresiafeldern helfen, Finanziers für die Auswanderung nach Amerika zu finden. Seit einige von ihnen nach New York gegangen sind und von den guten Arbeitschancen berichten, werden sicher noch viele folgen. Abgesehen von der Tatsache, dass man hier auf Banater Schwaben geringschätzig herabsieht, haben die meisten in Linz ein neues Leben angefangen und mit ihrer entwurzelten Vergangenheit abgeschlossen.*

*Leider kann ich nicht das gleiche von den Banater Schwaben behaupten, die in Jugoslawien geblieben oder nach ihrem Aufenthalt in Österreich wieder in die Heimat zurückgekehrt sind. Viele von ihnen sind in Arbeitslagern umgekommen oder wurden zur Zwangsarbeit nach Russland deportiert. Die letzten Deutschen in Jugoslawien werden nun wahrscheinlich auch für immer das Land verlassen, weil Hof und Land vom Staat konfisziert und für das sogenannte übergeordnete Wohl des Volkes kollektiviert wurden. Als Priester in diesem Land bekomme auch ich die Entbehrungen durch das kommunistische Regime zu spüren. Man hat mich schon oft über meine antikommunistische Einstellung verhört und mehr als eine Nacht brachte ich im Gefängnis zu, wie auch jetzt, während ich diesen Brief schreibe. Es ist nicht leicht, meine Kirche in Belgrad am Leben zu erhalten, aber ich weiß, dass ich das Richtige tue. Ich werde nicht aufgeben!*

*Vor Kurzem habe ich mit einigen Theresiafeldern Lastkraftwagen gemietet und alles, was von unserem Dorf übriggeblieben ist, mitgenommen. Ich habe ihnen auch die Stelle gezeigt, wo die vielen Männer unserer Dorfgemeinde, unter denen auch ich mich befunden hatte, brutal hingerichtet worden waren. Im Schutz der Dunkelheit, haben wir die sterblichen Überreste ausgehoben und auf einen Hügel von Reichingers Ländereien gebracht. Von dort blickt man auf die umliegenden Wiesen, die früher einmal Sumpfgebiet waren. Der Kanal, dessen Bau Sie beaufsichtigt haben, ist die letzte große Tat, die von uns Banater Schwaben im kommunistischen Theresiafeld zurückbleibt. Wir* feierten dort einen Gottesdienst und haben ein Steinkreuz aufgestellt, zur Erinnerung an unsere Mitmenschen. Ein Grabmal auf fruchtbarer Erde, wo einst nur Morast war. Von der letzten Ruhestätte der Theresiafelder ist der Ausblick auf unser Dorf und die Umgebung atemberaubend – es würde ihnen dort sicher gefallen!

Herzlichst

Ihr Pater Peter